Bent Wenningen

BUCKS
BESTSELLER

Roman

Originalausgabe:

Die dargestellten Charaktere sind allesamt fiktiv und
Parallelen zu real existierenden Personen rein zufällig.

Bibliographische Information der Deutschen
Nationalbibliothek:
Die Deutsche Nationalbibliothek verzeichnet diese
Publikation in der Deutschen Nationalbibliographie;
detaillierte bibliografische Daten sind im Internet über
dnb.dnd.de abrufbar.

Verlag: BoD · Books on Demand GmbH,

Überseering 33, 22297 Hamburg, bod@bod.de

Druck: Libri Plureos GmbH, Friedensallee 273,

22763 Hamburg

ISBN: 978-3-8192-4418-6

MIX
Papier aus verantwortungsvollen Quellen
Paper from responsible sources
FSC® C105338
FSC
www.fsc.org

In Zukunft wird jeder

für 15 Minuten berühmt sein.

Andy Warhol

(Stockholm, 1968)

Basti und Lena

Annalena ist attraktive 36. Mit ihrem rotblonden Long Bob immer noch ein Hingucker. Ihre Figur weckt Phantasien und ihr selbstbewusstes Auftreten birgt etwas Unnahbares. Bastian schaut sie immer noch gerne an. Auch nach 11 Jahren Ehe kann er sich ihrer Anziehungskraft nicht verschließen. Ihr Gang, ihre Bewegungen, ihr mit den Jahren seltener gewordenes Lächeln, das alles lässt ihn trotz der Untiefen der Alltagsroutine immer noch an den Zauber der Ehe glauben.

Seit ihrem ersten Aufeinandertreffen auf einer Studentenparty waren sie ein Paar. Aus einem One-Night-Stand wurde eine Beziehung, die zwei Jahre später geräuschlos in den Zustand der Ehe überging. Annalena wurde schwanger und die Familie brauchte ein Nest. Man bezog eine Zweizimmerwohnung, die man nach der Geburt von Tochter Josephine in eine Vierzimmerwohnung im gleichen Haus eintauschte. Diese bewohnen sie bis heute.

Der smarte Bastian, 3 Jahre älter, war in den letzten Zügen seines Germanistik-Studiums und jobbte bereits in einem lokalen Verlagshaus. Schriftsteller wollte er werden. Seine lyrischen Liebestexte hatten Annalena gefangen und ließen die angehende Verwaltungsfachwirtin an eine „gute Partie mit Esprit" glauben. Lena, wie er sie liebevoll nannte, war eine Taffe, beendete ihr Studium zügig und hatte die Perspektive, als Chefsekretärin Fuß zu fassen. Den gemeinsamen Sohn Jelle bekam sie quasi im Vorbeigehen. Annalena wurde zur tragenden Säule des gemeinsamen Lebensunterhalts und ließ Bastians hoffnungsvolles Literatenansehen zunehmend in den Hintergrund treten.

„Basti" nannte sie ihn zu Beginn ihrer Beziehung. Im Laufe der Jahre war der Kosename zunehmend durch die korrekte Langversion ersetzt worden. Basti war mit seinen dunklen

4

Locken, der sonoren, unaufgeregten Stimme und der poetischen Ader ein Charmeur par excellence. Als sein Nebenjob durch die Pleite des Verlagshauses verloren ging, setzte er voll auf die Karte des selbstständigen Romanautors. Annalena glaubte an sein Talent und verbrachte unzählige Abende mit dem Gegenlesen von Manuskripten. Der Deal, dass Basti Haushalt und Kinder versorgte, während Lena den Unterhalt heranschaffte, hielt eine Weile, ging jedoch zu Lasten seiner schriftstellerischen Kreativität. Erst als die Kinder größer wurden, begann er das Ziel zu verfolgen, mit dem Schreiben zum Familieneinkommen beizutragen.

Annalena träumte von einem Haus, freistehend, mit Terrasse und Garten. Bastian, für den materiellen Besitz sekundäre Bedeutung hatte, war der klassische Wohnungstyp. Er brauchte das höhlenartig Fokussierte, um seine innere Welt zu Papier bringen zu können. Fontane, Brecht, Mann, Hesse, Böll, keiner von denen war ein Terrassenschreiber. Die besten Romane waren in dunklen Schreibstuben entstanden. Bastians Sorge, dass ihm in einem lichtdurchfluteten Haus so gar nichts mehr einfallen würde, hielt sich hartnäckig. Nachdem seine ersten drei Romane über den Status des Ladenhüters nicht hinausgekommen waren und keine einträglichen Einnahmen abwarfen, kam es zur Aussprache.

„Es wird langsam Zeit, dass Du Dir nen geregelten Job suchst und mit dem Hirngespinst des Romanautors aufhörst. Ich habe keine Lust mehr, mit Dir und den Kindern in dieser dunklen Hütte zu sitzen. Die Miete frisst uns auf, die Nachbarn nerven, während andere auf der Terrasse ihren Prosecco trinken. So geht's nicht weiter", waren Annalenas ultimative Worte.

Bastian verstand ihre Ungeduld, ein sie Zeit ihrer Beziehung auszeichnender Wesenszug. Doch bei ihm kam regelmäßig das Gefühl auf, mit dem nächsten Roman den Durchbruch schaffen zu können. Auf Hoffnung folgte Enttäuschung. Die

Stimmung wurde angespannter und Annalenas Interesse an den schriftstellerischen Betätigungen ihres Mannes erlosch. Nach dem dritten erfolglosen Roman interessierte sie sich nicht mal mehr für die Titel der kommenden Werke, geschweige denn für die Inhalte, die der werte Gatte so zu Papier brachte. Freunde und Bekannte belächelten den Hobbyliteraten und traten der Ernährerin in einer Mischung aus Bewunderung und Mitleid gegenüber. Allen voran war es ihr Vater Jürgen, der Bastians Literatenspleen missbilligte und das Charakterbild eines „verträumten Nichtsnutz" schnell gefällt hatte. Die regelmäßigen Abendessen mit den Schwiegereltern zwangen Bastian dazu, gegen den Kugelhagel der Kritik argumentative Schützengräben zu errichten. In einer Mischung aus äußerer Selbstrechtfertigung und stiller Ignoranz war er versucht, die teils hinterhältigen Attacken gesichtswahrend zu überstehen. Dank seiner sensiblen Wortgewandtheit gelang es ihm – unbemerkt von der grobschlächtigen Egozentrik seiner Schwiegerfamilie – den ein oder anderen Giftpfeil zu platzieren.

Schwiegervater Jürgen, seines Zeichens gut erhaltener Mittsechziger, war als Abteilungsleiter einer Verwaltungsbehörde vor kurzem in den Ruhestand getreten. Um der migränebedingten Launenhaftigkeit von Ehefrau Erika zu entgehen, verbrachte er seine Zeit tagsüber vornehmlich auf dem Golfplatz sowie beim abendlichen Herrendoppelkopf. Annalena war Einzelkind und Jürgens ganzer Stolz. Zwischen die Beiden passte kein Blatt, Ausdruck einer innigen Vater-Tochter-Beziehung. Bastian nannte Jürgen in dessen Abwesenheit „Gekko", weil er ihn in seinem Habitus und seiner rechthaberischen Arroganz an den von Michael Douglas verkörperten „Wall-Street"-Broker Gordon Gekko erinnerte. Annalena zischte ihm ob der vermeintlichen Parallele nur ein knappes „Du spinnst" entgegen.

Das Verhältnis von Annalena zu Mutter Erika war dauerhaft angespannt. Seit ihren Teenagertagen verspürte sie eine unterschwellige mütterliche Missgunst. Annalenas Attraktivität und Selbstständigkeit hatten die Bewunderung ihres Vaters befördert, während Erika die Geringschätzung ihres Ehemanns regelmäßig zu spüren bekam. Erikas pferdeartige Gesichtsform mit einer talgglänzenden Warze auf der Stirn waren dem Selbstwertgefühl einer frustrierten Hausfrau keineswegs förderlich. Ihr keifiger Tonfall in Verbindung mit plötzlichen Stimmungsumschwüngen machten ihre Gesellschaft regelmäßig zu einer Belastungsprobe. Als Ass in der Küche zauberte sie im Gegensatz zu ihrer eher unhäuslichen Tochter Gourmetgerichte aus dem Ärmel. Für Bastian als notgedrungenen Hobbykoch eine zusätzliche Herausforderung. Dennoch war Erika an guten Tagen die Einzige, die Bastians Literatendasein etwas abgewinnen konnte und dies mit der gebetsmühlenartigen Floskel „Der Junge wird es schon schaffen" unterlegte. Immer dann, wenn Annalena verkündete, „Mama und Papa kommen am Wochenende zu uns", spürte Bastian ein Gefühl des kalten Unbehagens in sich emporkriechen.

Josie und Jelle

Kinder sind das Familienglück und die Vollendung inniger Zweisamkeit. Zumindest theoretisch. Das nicht seltene Phänomen einer Ehe, die nach der Geburt der Kinder in unruhigeres Fahrwasser gerät und zu partieller Entfremdung führt, machte auch vor dem Familienleben der Bucks keinen Halt.
Josephine war kein Wunschkind. Mitten in ihrer Bachelorarbeit stellte Annalena fest, dass sich bei ihr etwas tat.

Übelkeit morgens, tagsüber Hitzewallungen waren erste Indizien, die sich postwendend bestätigten.

„Haben wir zwei Idioten nicht aufgepasst", schimpfte sie wie ein Rohrspatz. „Erst verlierst Du Deinen Job, dann werde ich schwanger…als nächstes gibt bestimmt unser klappriges Auto den Geist auf. Es kommen ja immer drei Unglücke zusammen", fuhr sie erbost fort. Mitten im Karriereaufstieg ausgebremst. Ein dicker Bauch gegen den Wohlstand. Nun würden sie die nächsten Jahre finanziell auf der Stelle treten. Die Lebensplanung der taffen Annalena sah weiß Gott anders aus.

„Leben ist das was passiert, während Du dabei bist, andere Pläne zu schmieden", versuchte Bastian beschwichtigend einzuwirken.

„Geiler Spruch", Lena verdrehte die Augen, „wo hast Du den Kitsch schon wieder her?"

„Ist kein Kitsch. Da steckt ne Menge Leben drin. Ist von John Lennon."

„John Lennon ist tot. Erschossen mit 40. So viel zum Thema Leben", Lena blieb in ihrer ablehnenden Haltung unbestechlich. „Außerdem ist unsere Wohnung zu klein für drei. Verrate mir, wie wir ohne Job und Kohle mit schreiendem Blag eine größere Bude finden sollen."

Bastian blieb zuversichtlich und sah den kommenden Nachwuchs von Beginn an als Bereicherung. „Schatz, das mit der Bachelorarbeit kriegen wir zusammen hin. Die redaktionelle Feinarbeit mache ich für Dich. Und wenn die Kleine da ist, halte ich Dir mit allem anderen den Rücken frei."

„Basti, das ist ja süß von Dir. Aber Stillen und nachts aufstehen, wirst Du mir kaum abnehmen können", stellte Lena achselzuckend fest. „Schließlich habe ich schon die Jobzusage. Zwei Monate nach dem ausgerechneten Termin. Diese Geburt verhagelt uns alles."

„Und wenn Du etwas später anfängst?", gab Bastian vorsichtig zu verstehen.

„Soll das ein Witz sein? Der Job ist fest terminiert. Eine Vollzeitstelle in der Chefetage. Wenn ich denen sage, „Nee doch lieber n halbes Jahr später", bin ich raus. Aber diese weltlichen Zwänge kommen in Deiner kleinen, heilen Literatenwelt offenbar nicht vor", konstatierte sie angefressen.

„Schatz ich verspreche Dir, dass Du pünktlich den Job antreten kannst und tue tags wie nachts alles dafür. Vielleicht ist es ja unser Glück, dass ich den Verlagsjob nicht mehr habe und ich dadurch flexibler geworden bin", wirkte Bastian beruhigend auf sie ein. „Auch aus Steinen, die einem in den Weg gelegt wurden, kann man etwas Schönes bauen", hielt er ermunternd fest.

„Ist das wieder so n kaputtes Musikerzitat aus dem „wahren" Leben", antwortete Annalena genervt.

„Schatz, das ist Goethe", stellte Bastian korrigierend fest.

„Ach ja, natürlich. Der große Frauenversteher. Hat seine Mätressen geschwängert und dann fröhlich weitergeschrieben", schoss sie zurück.

„Goethe hat monogam gelebt. Glaube, Du verwechselst ihn mit Schiller", korrigierte er sie.

„Ooh, das tut mir leid. Habe ich die Lichtgestalt der deutschen Literatur in Deiner Gegenwart beleidigt?! Apropos: Wo viel Licht ist, ist auch Schatten. Ist das nicht auch so n Goethe'scher Phrasendrescher?", legte Annalena einmal in Fahrt gekommen nach.

„Korrekt. Das Zitat ist sogar belegt und stammt aus dem Götz von Berlichingen", wies Bastian zustimmend hin.

„Das andere Götz-Zitat läge mir jetzt deutlich näher", gab Lena sarkastisch zu verstehen, „aber Du hast recht, irgendwie werden wir das schon packen."

Nach einer turbulenten Schwangerschaft mit reichlich Aufs und Abs sollten sich die Wogen mit der Geburt von Tochter

Josephine glätten. Den Vorschuss für die Kaution und die ersten Mietzahlungen der neuen Vierzimmerwohnung konnte Annalena ihrem Vater Jürgen mit reichlich Augenklimpern abringen. Bastian wirbelte im Haushalt und stand des nachts für die Babyfütterung mit der Flasche parat, so dass Annalena ihren Chefsekretärinnenposten pünktlich antreten konnte. Die Rolle des Hausmanns und Kindsversorgers war kräftezehrend und untergrub Bastians literarische Schaffenskraft.

Josephine war ein hübsches Kind. Fortan wurde sie ob ihrer Niedlichkeit nur noch Josie genannt. Ein Name, der sie bis ins Teenageralter begleiten sollte. Annalena entdeckte in ihr vieles von sich und war auf der Stelle schockverliebt. Ein Umstand, der sich durch den Reiz der neuen, beruflichen Aufgabe nach und nach relativierte. Josie war lebhaft und wusste in frühstem Alter, ihren Wünschen Nachdruck zu verleihen. Bastian war als alltägliche Bezugsperson der launenhaften Vitalität seiner Erstgeborenen gnadenlos ausgeliefert. Nach Feierabend, wenn die Pflichten der Erziehungsarbeit getan waren, fand Annalena Gelegenheit, den Rahm des Elterndaseins abzuschöpfen und ihre Rolle als bespaßende Freizeitmutter wahrzunehmen.

Bastian war berufsbedingt ein guter Beobachter. Josies ungezügeltes Temperament, die mitunter herrische Art und eine schon fast chronische Ungeduld ließen Wesenszüge aufkommen, die auch bei Annalena in kritischen Situationen zum Vorschein kamen. Von seinem ruhigen Wesen und der schöngeistigen Ader hatte sie offenbar nichts mitbekommen. Vorlesen war für Josie ein Graus. Bücher taugten allenfalls als Flugobjekte. Dafür wurden Puppen bereits im Kleinkindalter angemalt, frisiert und auf Optik getrimmt. Bastian glaubte, bei ihr Ansätze von ADHS zu entdecken. Ein Vorwurf, den die entsetzte Annalena mit den Worten „Vielleicht liegt's an Deinem Umgang. Schau doch, bei mir ist sie ruhig."

umgehend entkräftete. Durch die Strapazen des Nanny-daseins entfremdeten sich Vater und Tochter zusehends. Für beide Seiten war das Miteinander ein Job, den es abzuwickeln galt.

Während dieser Phase fand Bastian nur gelegentlich Zeit, mit ein paar kleinen Zeitungskolumnen zum Unterhalt beizutragen. Josie saugte ihn mit ihrer Omnipräsenz nahezu aus. Jegliche Inspiration als Romanautor war zum Erliegen gekommen. Erst mit der Anmeldung in der Kita fand er wieder etwas Boden unter den Füßen. Doch zu dem Zeitpunkt war das nächste Großereignis bereits auf dem Weg. Annalena war erneut schwanger, dieses Mal durchaus gewollt. Ihr Leben funktionierte, die Wertschätzung im Job, der geregelte Haushalt und die netten Abendstunden mit ihrer Prinzessin machten einen erfüllten Wochentag aus. Auch die Wochenenden zu dritt funktionierten, zumindest so lange wie Bastians Joblosigkeit nicht zum Thema wurde.

Bastian setzte auf die Geburt seines Sohnes große Hoffnungen. Lena und Josie hatten sich zu einem Team verschworen und bildeten eine Front, die ihm nur selten Zugang gewährte. Er, mit seiner kleinen Literatenwelt im Kopf, fühlte sich ausgeschlossen, ausgegrenzt, unverstanden, unerwünscht. Sein Sprössling sollte etwas von ihm haben und so setzte sich Bastian bereits bei der Namensfindung für seine Interessen ein.

„Pelle? Bist Du wahnsinnig? Wir werden zum Gespött der Leute. Mit diesem alternativen Bullerbü-Quatsch nimmst Du dem Jungen alle Chancen, im Leben irgendetwas zu werden. Aber wem sag ich das?", brauste Lena ungezügelt auf. „Und außerdem denke ich dabei unweigerlich an Fleischwurst."

„'Pelle zieht aus' war als Kind mein Lieblingsbuch. Außerdem ist Astrid Lindgren zeitlos und pädagogisch unumstritten", gab sich Bastian kämpferisch.

„Bitte, Schatz, lass uns nach was Anderem suchen. Vielleicht irgendwas mit J. Dann hätten wir eine Verbindung zu Josie", zeigte sich Lena kompromissbereit.

„Jelle klingt doch nett. Damit hast Du Dein J und ich meinen Lindgren-Bezug", lenkte Bastian ein.

„Ist das n' Name. Heißt irgendjemand so?" Lenas Widerstandskräfte gerieten nach einem langen Arbeitstag an ihre Grenzen.

„Klar. Kommt aus dem Niederländischen. Du magst doch Holland. Es gibt einen Autor, der in Köln lebt, mit dem gleichen Vornamen. Hat in Südamerika ein Kinderhilfswerk gegründet." Bastian spürte leichtes Oberwasser. Dass besagter Autor sich als Anhänger der Waldorf-Erziehung einen Namen gemacht hatte, ließ er unerwähnt.

„Ja. Keine Ahnung. Zumindest mal ein kleiner Fortschritt und ich hab' das Bild mit der Wurst aus'm Kopf. Lass uns weiter dran arbeiten, ok?" Annalena war offensichtlich darauf aus, das Thema zu vertagen, bevor ihr noch weiteres Terrain in Sachen alternativer Namensfindung abgerungen werden würde. Bastian fühlte sich in jenem Moment als Etappensieger und genoss im Innern das selten gewordene Gefühl des persönlichen Triumphes.

In den folgenden Wochen bis zur Geburt entwickelte Bastian eine Art Terrierverhalten und ließ seinen Namensvorschlag immer wieder mit dezenter Selbstverständlichkeit einfließen. „Fühlst Du Jelles Tritte in Mamas Bauch?" Er wusste, wenn er Josie auf seine Seite gezogen hatte, war der Bann gebrochen.

„Mama, gefällt Dir der Name?", kam deren postwendende Antwort.

„Eigentlich ist der Name ganz süß. Aber ich finde ihn für einen Heranwachsenden etwas zu verniedlichend. Wir brauchen einen zweiten Vornamen, mit dem man auch in der Erwachsenenwelt überleben kann. Ich finde Simon zeitlos schön", war Annalenas salomonischer Konter.

6 Wochen nach jenem Gespräch wurde Jelle Simon geboren. Bastian hatte sich durchgesetzt und wie ein Wadenbeißer um seinen Namensvorschlag an der ersten Stelle gekämpft. Bei der Geburt platzte er vor Stolz. Während Josies Neugeborenenhaupt mit zartem, rotblondem Flaum bedeckt war, kam Jelle mit dunklen Strähnen zur Welt. Haare, die im Kleinkindalter dem Lockenkopf des Vaters nahekommen sollten. Jelle war ein stilles Kind ohne übermäßige Ansprüche an seine Umgebung, selbstzufrieden in sich ruhend. Vom Aktivitätsdrang seiner großen Schwester um Lichtjahre entfernt. Bastian hatte sein Ebenbild. Nun herrschte zu Hause Waffengleichheit. Der Familienproporz war hergestellt.

Im Kinderzimmer herrschte hingegen Krieg. Jelle, der schon als Kleinkind von Büchern fasziniert war, wurde regelmäßig zur Zielscheibe seiner Schwester, die sich einen hässlichen Spaß daraus machte, Pixibücher mit der Schere zu bearbeiten. Als Gegenreaktion wurde der Kopf von Josies Lieblingsbarbie Gegenstand einer heimtückischen Bissattacke. Bastian, der diese Konflikte zum Teil hautnah mitbekam, fühlte die Opferrolle seines Sohnes leibhaftig mit, bemühte sich jedoch um des Familienfriedens willen um Fairness und Neutralität. Jelle, dem die kindliche Grundfähigkeit des Protestweinens fehlte, saß stundenlang stumm im Schneidersitz, bis Bastian ihm den Grund seiner Apathie entlocken konnte. Josie ließ kaum eine Gelegenheit aus, ihre zum Feierabend hereinstürzende Mutter mit den neuesten Ungerechtigkeiten der Vater-Sohn-Bande zu konfrontieren. Der Stellvertreterkrieg im Kinderzimmer wurde zum Flächenbrand und weitete sich auf die komplette Wohnung aus.

Mit Jelles Einschulung und Josies Wechsel aufs Gymnasium wurde das Konfliktpotenzial wieder beherrschbar. Beide

Kinder bekamen ihr eigenes Zimmer. Bastian verlegte seine Schreibstube fortan ins Wohnzimmer. Jelle hatte sich zu einem wahren Bücherwurm entwickelt, während Josie ihre optischen Reize zu entdecken begann. Auseinandersetzungen wurden nun nur noch verbal ausgetragen. Josies spitze Bemerkungen konnte der wortgewandte Jelle problemlos ins Leere laufen lassen.

„Weißt Du eigentlich, dass zu viel Bücher lesen doof macht", eröffnete Josie den Dialog.

„Warum? Wie kommst Du darauf?"

„Hat Opa gesagt. Schau Dir Mama an. Sie liest weniger als Papa und verdient trotzdem unser Geld. Und das finde ich klug."

„Wenn Du meinst. Andere für sich arbeiten zu lassen und seinem Hobby nachzugehen, ist auch nicht wirklich dumm..."

Mit derartigen Diskussionen wurden Annalenas und Bastians Rollenbilder auf die nächste Generation übertragen. Während Jelle großes Interesse an der Schreibtätigkeit seines Vaters zeigte, folgte Josie den materiellen Einstellungen ihrer Mutter. Jelle war ein begabter Schüler, während Josie sich mit Tricks und Kniffen durch die Schuljahre hindurchhangelte.

Durch die zunehmende Entlastung in der Haushalts- und Erziehungsarbeit hatte sich Bastians jahrelange Schreibblockade nach und nach gelöst. Sein letzter Roman, „Der Vielflieger", über einen erfolgreichen Geschäftsmann, der sein Zuhause vernachlässigt und geschäftlich wie privat in die Pleite stürzt, war zwar ein kommerzieller Flop, gab ihm aber immerhin ein gutes inneres Gefühl, dass es in Sachen Kreativität wieder aufwärts geht. Sein Verlagschef, Kilian Krix, ein dynamischer Business-Literat, bat ihn bezüglich eines neuen Buchprojektes um ein Gespräch.

Jostein und Krix

Der Jostein-Verlag war nunmehr seit 5 Jahren Bastians literarischer Hafen. Ein kleines, feines Verlagshaus, das dem freischaffenden Künstler keinerlei inhaltliche Vorgaben auferlegte. Bastian war mit Elan gestartet, hatte jedoch nach den ersten kommerziellen Misserfolgen zunehmenden Druck zu spüren bekommen. Jener Druck kam von allen Seiten. Annalena, die Schwiegereltern, Freunde, der Verlag und nicht zuletzt er selbst hatten die Erwartungshaltung, dass langsam etwas passieren müsse. Der Druck der Erfolgslosigkeit belastete den Schreibenden und führte in eine schier endlose, mentale Abwärtsspirale. Nun stand ein Gespräch mit Kilian Krix an, um diesen Negativtrend zu durchbrechen.

Krix war ein Ehrgeizling, der als Chef des Jostein-Verlages Misserfolg hasste wie die Pest. Und er hasste die Erfolgslosen, insbesondere die Heterosexuellen. Krix bewohnte mit seinem Partner, einem lokalen Szeneclubbesitzer, eine Vorstadtvilla mit Pool, Personal und jeder Menge Pferdestärken. Trotz seiner Lebensführung mochte er den scheuen, statuslosen Buck, dessen offenbar vorhandenes literarisches Talent nur in die richtigen Bahnen gelenkt werden musste. Nach dem Flop des „Vielfliegers" war ein Gespräch über dessen Zukunft in beiderseitigem Interesse.

„Buck, Sie können schreiben. Das wissen wir beide. Aber Ihren Storys fehlt es an Authentizität."

Schüchtern saß Buck vor dem großen Nussbaumschreibtisch, hinter dem der Verlagschef wie ein filmreifer Pate thronte. Krix hatte ein Faible für Goldschmuck, Designeruhren, Einstecktücher und Hochglanzsuits. Umhüllt von einer schweren Gaultier-Wolke wirkte sein Antlitz mit der graumelierten Gelfrisur, der zackigen Mensurnarbe und dem großporigen, dunklen Teint wie der klassische Gegenentwurf zu Bucks bescheidener Schreibstubenblässe.

15

„Noch letztens sagten Sie zu mir, ich beobachte die Leute genau und bringe es dann zu Papier. Das klingt für mich ziemlich authentisch", warf Buck zu seiner Verteidigung ein. „Korrekt, Buck. Sie verarbeiten Beobachtungen. Aber nicht aus erster Hand. Sie schreiben über Dinge, von denen Sie nichts verstehen, über Personen, die Sie nicht kennen. Woher wollen Sie, gerade Sie, wissen, wie ein vielfliegender Geschäftsreisender fühlt? Was wissen Sie von einsamen Hotelnächten in fremden Städten, dem Reiz anrüchiger Nachtclubs, dem Hangover nach einer harten Verhandlungsnacht mit Geschäftspartnern? Buck, wie viele Linien Koks haben Sie in Ihrem Leben konsumiert, um im entscheidenden Moment in Form zu sein? Kennen Sie das Gefühl des Triumphes nach einem Deal, der Ihr Unternehmen in neue Sphären bewegt, vielleicht sogar Ihr Leben verändert?"

Krix hielt inne, musterte den scheuen Autor, fasste ihn an die Schulter und zog ihn zu sich heran. „Buck, Sie sind das Gegenteil von alledem. Sie stehen für Misserfolg, Unsicherheit, Biederkeit, Verzagtheit. Das ist Ihre Welt. Im Scheitern sind Sie authentisch." Krix ließ die Hand von Bucks Schulter sinken und drehte sich um in Richtung Fenster.

„Schreiben Sie über die kleinen Leute, die ewig Träumenden, die Realitätsfernen, die Unverstandenen. Schreiben Sie über sich", grinste Krix süffisant, „über einen erfolglosen Schriftsteller, der sich als überforderter Hausmann von seiner Frau aushalten lässt...wenn Ihnen nichts Besseres einfällt." Der Verlagschef strich sich eine Strähne aus der Stirn und brach in schallendes Gelächter aus.

„Ich werde über das alles nachdenken", gab sich Buck desillusioniert.

Krix drehte sich um, setzte eine ernste Miene auf und blickte ihn wohlwollend an. „Buck, wenn ich nicht an Sie glauben würde, wäre unser Gespräch Zeitverschwendung. Sie sind einer der talentiertesten Schreiber, die ich jemals unter

Vertrag hatte. Ihre Beobachtungen sind messerscharf, Ihre Bildsprache ist brillant. Aber der Leser spürt, wenn man etwas nicht fühlt."

„Sieht man nicht manchmal als Außenstehender besser? Ist der Blick aus der Vogelperspektive nicht ehrlicher, objektiver als das Innenleben des von Subjektivität zerfressenen Protagonisten?", warf Buck zu seiner Ehrenrettung ein. „Karl May hat nie einen Indianer gesehen und konnte Millionen von Jugendlichen mit seinen Wild-West-Geschichten begeistern."

„Karl May? Buck, ich bitte Sie. Der ganze Winnetou-Kram konnte bei uns doch nur funktionieren, weil kein Jugendlicher wusste, was Indianer überhaupt sind und wie sie leben. Dieser sächsische Scharlatan hat uns in unserer eigenen Unwissenheit einen vom Pferd erzählt - im wahrsten Sinne des Wortes.", presste Krix ungehalten hervor. „Nehmen Sie Hemingway. 'Wem die Stunde schlägt' wurde ein Welterfolg auf Basis der authentischen Schilderungen aus dem Spanischen Bürgerkrieg. Hermann Hesse hat ‚Narziß und Goldmund' durch seine Erfahrungen im Kloster Maulbronn zu einem mitreißenden Werk gemacht. Kerouacs kaputtes Naturell war für den Erfolg von ‚On The Road' als Standardwerk der Beat-Generation unverzichtbar."

„Und Dostojewskis Psychogramm des ‚Idioten' wäre ohne seine psychologischen Vorprägungen wohl weniger eindrucksvoll rübergekommen", gab Bastian klein bei.

„Sie verstehen was ich meine, Buck.", lächelte Krix wohlwollend. „Der Leser lässt sich nicht bescheißen. Er möchte wahre Gefühle, die ihn bestenfalls sogar an ihn selbst erinnern. Kein Secondhand-Quatsch. Auf der Bühne kannst Du den Leuten etwas vorgaukeln. Auf Papier musst Du echt sein. Buck, seien Sie echt, finden Sie etwas von sich und schreiben Sie darüber."

Auf dem Heimweg wirkte Buck wie paralysiert. War sein ganzes literarisches Streben ein großer Irrtum? Hatte er sein überschaubares Lesepublikum über all die Jahre getäuscht? Wie viel Bastian Buck steckte wirklich in seinen Romanen? Zu Hause angekommen schnappte er sich seinen „Vielflieger" und begann zu blättern. Er hatte sie schon immer geliebt, die Geschichten über die großen Helden, die Abenteurer, die Veränderer, die Alpha-Tiere, auch wenn sie durch tragische Umstände als gefallene Helden geendet waren. Auch sein „Vielflieger" passte in dieses Schema. Er hielt inne. Wieviel von seinen Helden steckte in ihm selbst? Es war immer das Anderssein, das Unerreichbare, Exotische, das ihn fasziniert hatte. Das biedere Alltagsleben der Zweifler, der Unterdrückten, der Gescheiterten, der vergeblich Strebenden hat ihn schon morgens beim Blick in den Spiegel eingeholt und kam als Romanstoff nie wirklich in Frage. War das ganze Schreiben für ihn nicht mehr als eine große Selbsttherapie, ein Ablenkungsmanöver von der realen Nüchternheit des Alltags? Bastian erschauderte innerlich. Es war der Eigennutz, der ihn angetrieben hatte. Schreibtherapie gegen die Nichtigkeit. Er war sein Publikum.

Inmitten seiner Selbstreflektion fiel die Tür auf und Annalena stand im Raum. Geistesgegenwärtig stellte er die in ihm bohrende Frage. „Schatz, findest Du, dass der „Vielflieger" nicht authentisch rüberkommt?"

„Der was?", Annalena stand entgeistert im Raum. „Ich bin 5 Sekunden zur Tür rein und Du kommst mit deinem Bücherquatsch um die Ecke! Was weiß ich denn? Tatsache ist, dass das Ding sich nicht verkauft hat und ein weiterer Beleg dafür ist, dass Du Dir einen festen Job suchen solltest." Angenervt warf sie ihre Aktentasche aufs Sofa. „Ich hatte einen Scheißtag heute. Nur so nebenbei... Haben die Kinder ihre Hausaufgaben gemacht? Hast Du was Vernünftiges gekocht? Geputzt sieht es hier schon mal nicht aus", stellte sie resignierend fest.

18

„Ich dachte wir gehen heute mal was essen. War im Verlag, hatte ein Gespräch mit Krix...über eine Änderung meiner Romanstrategie."

„Hat die schmierige Tucke Dich wieder belabert?" Annalena rollte die Augen. Sie konnte Kilian Krix auf den Tod nicht ab und hasste es, wenn er Bastian gönnerhaft von oben herab literarisch beschulmeisterte. Die Krone war, als er ihr im Rahmen der Einweihung der neuen Verlagsräume vorhielt, ihr unsensibles Alltagsverhalten würde der Kreativität seines Autors schaden. ‚Der hat gut reden. Fährt abends nach Hause und feiert mit seinen Boys lustige Poolpartys', war ihre seinerzeit erboste Reaktion auf dem Heimweg von der Verlagseinweihung.

„Nein, Krix hat mich auf etwas aufmerksam gemacht, das der Schlüssel zum Erfolg sein könnte", lenkte Bastian ein.

„Weißt Du was, ich höre diese Leier jetzt zum x-ten Mal! ‚Ooh der neue Roman wird gaaanz anders als der Vorgänger. Ich habe eine zündende Idee, die ich unbedingt zu Papier bringen muss. Es fühlt sich an wie ein Erfolg'. Bastian, bleib mir weg mit diesen Phrasen und hör auf, mich länger hinzuhalten. Das wird nichts mehr – mit Dir und dem Schreiben. Du bist Germanist, es werden massenweise Lehrer gesucht. Fang endlich an, Dir ein Standbein zu suchen, das uns weiterbringt und aus dem Sumpf dieser Mietwohnung rauszieht."

„Krix meint, ich sollte über jemanden wie mich schreiben. Das wäre authentischer und käme beim Publikum besser an", blieb Bastian hartnäckig.

„Na, Prost Mahlzeit. Dein Leben auf 400 Seiten? So viel Frust und Tristesse führt Deine wenigen Leser noch in die Klapse."

Annalenas Make-Up hatte sich im Angesicht ihrer Erregung fast aufgelöst. Ihre Augen schimmerten feucht. „Weißt Du was? Mir ist es scheißegal, worüber Du als nächstes schreibst. Ich will davon nichts mehr hören. Aber eines weiß

19

ich. Dass ich so nicht weiterleben möchte und kann."
Augenblicklich schossen ihr die Tränen die Wangen herunter.
Bastian nahm sie in den Arm. „Schatz, ich verstehe Dich ja.
Aber verstehe auch mich. Ich kann meinen Traum vom
Schreiben nicht so einfach aufgeben. Gib mir noch dieses
eine Buch. Wenn das nicht läuft, ist danach Schluss -
definitiv."
Annalena schaute ihn hilflos an. „Wir haben mit Deiner
Schreiberei so viel Zeit vergeudet. Es zieht mich runter. Ich
kann kaum noch eine Buchhandlung betreten, ohne dass ich
einen Kloß im Hals spüre." Gefasst fuhr sie fort. „Ok. Schreib
noch dieses eine Buch. Meinetwegen. Aber ich will davon
nichts wissen, nichts hören. Und bitte...wenn Du über Deines-
gleichen schreibst, lass mich und die Kinder raus."
„Versprochen. Ich setze mich heute noch hin und fange mit
dem Entwurf an", gab er eifrig zu verstehen.

Aufbruchstimmung

Annalena war erleichtert, fast schon beschwingt, als sie das
Bad betrat. Sie spürte, wie sich die Schlinge um ihren Hals
langsam löste. Das Ende des piefigen Alltagslebens war in
Sicht. Sie hasste die balkonlose Mehrfamilienhausidylle.
Während die Kinder ihrer Freundinnen sich im heimischen
Garten austobten, zog es sie an den freien Tagen mit Pick-
nickkorb auf die städtischen Spielplätze. Dort wo die Bäcke-
reifachverkäuferin und die Klempnerhausfrau ihr prekäres
Sozialleben schamlos vor ihren Augen ausbreiteten. Bastian
würde sicher einen Job finden, der ihr die Perspektive für den
sozialen Aufstieg ermöglichte. Lehrer wurden gesucht und
wenn es nur Berufskolleg war. Deutsch für Ausländer war
doch ein Riesenmarkt. Ihr Berater von der hiesigen
Sparkasse würde ihrem Traum vom Eigenheim bei zwei

geregelten Einkommen sicher nicht weiter im Wege stehen. Und wenn Paps sieht, dass Bastian einem geregelten 9-to-5-Job nachgeht, würde er ihnen finanziell sicher unter die Arme greifen. Annalenas Gedanken schweiften in die Ferne. Wie würde es sein, das gemeinsame Leben mit Haus, Terrasse, Garten, einem standesgemäßen Auto und einem Berner Sennenhund, der sie schwanzwedelnd nach der Arbeit begrüßte? Wie würde es die Statik ihrer Beziehung zu Bastian verändern? Annalena hatte gerne das Sagen, hasste Kontrollverlust und verachtete all jene, die sich im Schatten ihres erfolgreichen Partners profilierten. Was wäre, wenn er künftig mehr verdiente als sie? Und vielleicht noch eine Führungsposition übernahm? Wer wusste schon, was so ein neuer Job mit Bastians anspruchsloser Lethargie anstellte? Vielleicht schlummerte in ihm ein Karrierist, der nur darauf wartete, geweckt zu werden? Eventuell würde er aufmüpfig, eigensinnig, stellte Forderungen? Würde sie überhaupt zu ihm aufschauen können, wenn er sich als erfolgreich entpuppte? Annalena wurde nachdenklich. Wenn ihr eine gute Fee einen großen Sack Geld vor die Tür stellen würde und ihr Traum sich dadurch realisieren ließe, könnte alles andere so bleiben, wie es war. Dann könnte Bastian bis zum Sankt-Nimmerleins-Tag erfolglos Romane schreiben und sie würde dies ohne Druck zu machen nonchalant hinnehmen. Die Angst vor Veränderungen außerhalb ihrer Einflusssphäre entpuppte sich als immer wieder aufflammendes Problem. Ihr Familienleben hatte gelitten über die Jahre. Die vertraute Zweisamkeit zwischen ihr und Bastian war nahezu eingeschlafen. Die Beziehung zu den Kindern deutlich optimierbar. Während Josie ihr kaum Luft zum Atmen ließ und sie spiegelbildlich idolisierte, blieb Jelle ihr emotional fern. Mit verschlossenen Menschen, die in sich hineinbrüteten, konnte Annalena noch nie etwas anfangen. In seiner reflektierten Introvertiertheit war

21

Jelle klar auf Bastians Linie. Ohnehin hatte sie den Eindruck, dass Bastian seinen Sohn instrumentalisiert hat, um eine Front gegen Josie und sie aufzubauen. Mit ein bisschen mehr Geld würden sich auch diese Spannungen lösen und man könnte den Kindern etwas Gemeinsames, etwas Einendes bieten. Anstatt ihr klappriges Gefährt bis aufs letzte durch Deutschland zu quälen, eine schöne Flugreise mit Hotel, Apartment oder Finca? Griechenland, vielleicht Mallorca, statt immer nur Kühlungsborn und die Xantener Südsee. Noch wenige Monate, dann würde Bastian seinen letzten erfolglosen Roman veröffentlichen. Der Startschuss in ein freies Leben. Annalena kräuselte die Stirn. Bastian zu kontrollieren, wenn er nicht mehr in den sicheren Gefilden der eigenen vier Wände weilte, würde ihre neue Aufgabe werden. Kein Fortschritt ohne Opfer. Bis dahin blieb ja noch etwas Zeit und vielleicht kommt die gute Fee ja doch noch um die Ecke. Beschwingt schmunzelte sie in sich hinein.

Euphorisiert schritt Bastian an seinen Schreibtisch. Wieder hatte er Zeit gewonnen. Ein paar Monate hatte er ihr abgerungen. Der Traum lebte weiter und wartete auf seine finale Erfüllung. Dank Annalenas unkontrollierter Emotionalität – die augenblicklich von erbitterter Aggression in traurige Verletzlichkeit umschlagen konnte – hatte er die Oberhand behalten. So war es schon einige Male. Immer wieder gelang es ihm, bei seiner Frau die richtigen Knöpfe zu drücken, um Aufschub für seine Romanvorhaben zu gewinnen. Dennoch spürte er, dass es enger wurde und die Zeit ihm langsam davonlief. Annalena war emotional, ja, aber sie war nicht sprunghaft und würde ihn nicht wegen eines weiteren erfolglosen Romans vor die Tür setzen. Lehrer für Deutsch? Gut, er konnte mit Kindern umgehen, zumindest so lange wie sie seinen logischen Argumentationsweisen folgten. Zwei oder drei Josies im Klassenraum und die Sache sähe anders aus. Bastians Kumpel und Ex-Kommilitone Torben, seines Zeichens Gymnasiallehrer für Deutsch und Geschichte, hatte ihn schon vor einiger Zeit auf Vakanzen in seinem Kollegium aufmerksam gemacht. Aber war es das? Die selbstbestimmte Kreativität des Schreibens gegen das sture Abarbeiten vorgefertigter Lehrpläne einzutauschen? Faktisch war er als Germanist mit Masterabschluss ohnehin überqualifiziert. Sicher, wenn eine Notlage entstünde, würde er zum Erhalt seiner Familie jedweden Job annehmen. Da wäre Lehrer sicher das Naheliegendste. Doch die prekäre Notlage, in einer geräumigen Vierzimmerwohnung sein Dasein zu fristen, existierte nur in Annalenas Kopf.

Bastians Vater war gestorben, als er 12 war. Mit seiner Mutter Eva und der jüngeren Schwester Bianca lebte er bis zum Beginn seines Studiums in einer Mietwohnung auf 58 qm. Gefehlt hatte es ihm an nichts, außer dass sie nie in Urlaub fuhren und er für seinen Führerschein jahrelang Zeitungen austragen musste. Später mit der eigenen Familie eine größere Wohnung zu beziehen, entsprach seinem Gefühl von Genügsamkeit in vollem Maße.

Bastian war kein Terrassentyp. Es schauderte ihn förmlich, wenn sein Schwiegervater selbstverliebt grinsend über das Anwesen stolzierte, die Rosenzüchtung in Form trimmte und fettige Grillwürstchen von links nach rechts drehte. Die darin schlummernde Botschaft, ‚Mein Junge, da wirst Du als armer Literat nie hinkommen', bohrte sich wie ein Dolch durch Bastians bescheidenes Autorenherz.

Annalena blühte im Anwesen ihrer Eltern stets auf. Sobald sie die Schwelle betrat, wurde sie augenblicklich zum Kind. An der elterlichen Kaffeetafel zeigten sich bei der dominanten Businessfrau spontane Züge von Ausgelassenheit und Infantilität.

„Papa, wenn Euch das Haus mal zu groß wird, für uns beide und die Kinder wäre es ein Traum, nicht wahr Basti?", war der

Satz, bei dem Bastian spontan an die dralle Brünette dachte, die er für Annalena auf der Studentenparty seinerzeit stehen gelassen hatte. Er liebte Lena immer noch, trotz aller Eskapaden, Marotten und gegensätzlicher Lebensplanungen. Doch ihre Impertinenz in Bezug auf seine Berufsausübung und den damit verbundenen materiellen Aufstieg blieben ein ungelöstes Problem.

Gedankenversunken saß Bastian vor seinem PC. Ein leeres Blatt lachte ihn an. Dokument 1. Er hatte weder einen Titel, noch eine Storyline, mit der er seine nächste, womöglich letzte Chance als Schriftsteller in Angriff nehmen wollte. Er konnte unmöglich über sich schreiben, so sehr ihm der Gedanke eines authentischen Persönlichkeitsprofils auch gefiel. Sein Leben gab einfach nicht genügend her, um in irgendeiner Form interessant, geschweige denn unterhaltsam rüberzukommen. Immerhin hatte er sich ein neues Pseudonym überlegt. Um in Anbetracht der erfolglosen Romanvorgänger möglichst unbelastet ins Rennen zu gehen, wechselte er den Autorennamen mit jedem Werk. Berthold Beck gefiel ihm als Name, mit dem er literarische Aufmerksamkeit erzielen könnte.

Bastian dachte an den „Vielflieger". Eine Heldengeschichte mit tragischem Ausgang. Seine Geschichten endeten meist tragisch, von Happy End keine Spur. Und jene Helden waren Typen, die mit seinem wahren Leben und dem seines Umfeldes wenig gemein hatten. Jegliche Identifikation mit dem Leser war schon mit der ersten Seite Makulatur.

Bastian dachte nach und ließ plötzlich den Stift fallen. „Das ist es", rief er laut, ohne zu sehen, dass Jelle mit verheulten Augen in der Tür stand.

„Papa, Josie hat meinem Nils Holgersson rosa Flügel gemalt."

„Zeig mal her, Schatz!" Bastian durchblätterte das Buch und auf Seite 26 saß der gute Nils mit pink angemalten Flügeln auf seiner Hausgans. Josies Terrormethoden waren mit den

Jahren deutlich subtiler geworden. Hatte sie als Kleinkind noch mit Büchern um sich geworfen und ihnen als Grundschulkind Scherenschnitte verpasst, begann sie nun, Jelles Bücher gestalterisch zu „verschönern". Wohlwollend entdeckte er in Josies Malbeitrag eine erste zarte Annäherung an die Literatur. Ihr destruktives Verhalten gegenüber Büchern hatte sich in eine eigenwillige Kreativleistung verwandelt.

„Josie, kommst Du mal bitte!" Widerwillig betrat die schuldbewusste Tochter den Raum und blieb vor ihm stehen. „Warum hat Nils Holgersson auf Seite 26 rosa Flügel? Was hast Du Dir dabei gedacht?" Bastian erwartete keine schlüssige Antwort, versuchte jedoch seiner Tochter zu deren Gesichtswahrung argumentativ die Tür zu öffnen. Eine originelle Antwort und sie könnte auf Strafmilderung hoffen.

„Ich finde, wenn Nils Holgersson Flügel hätte, wäre er frei und nicht auf die Gänse angewiesen", brachte Josie als Argument hervor.

Uff! Bastian erstarrte innerlich. Er wurde Zeuge einer Premiere, der ersten positiven Auseinandersetzung seiner Tochter mit der Literatur. „Josie, Du hast Dir echt Gedanken gemacht. Das finde ich toll. Aber Du hättest Jelle fragen müssen, ob er mit Deinem Beitrag einverstanden ist. Jelle, was ist Deine Meinung zu Josies Malleistung?"

„Die Geschichte macht ohne die Gänse keinen Sinn. Wenn Nils alleine losgeflogen wäre, hätte er mit Martin niemals Freundschaft schließen können. Uns außerdem hasse ich rosa."

Bastian war in seinem Element. „Kinder, diskutiert die Rolle der Gänse bitte unter der Fragestellung, welchen Einfluss Nils' Freundschaft zu der Hausgans Martin auf seine Charakterbildung hat? Wenn Ihr das getan habt, möchte ich Eure Argumente hören, und wir diskutieren das anschließend gemeinsam zu Ende. Josie, Jelle bekommt ein neues Buch von Deinem Taschengeld, da Du sein Eigentum ohne zu fragen angemalt hast! Da Du Dir aber Gedanken gemacht hast, schenkt Jelle Dir sein Exemplar mit den rosa Flügeln. Haben wir einen Deal?" Zufrieden nickend zogen beide von dannen. Bastian fühlte sich großartig. Er liebte den Nils. Eine Geschichte der charakterlichen Läuterung mit Happy End. Die Wendung zum Positiven war das, was seinen Romanen bislang immer gefehlt hat. Warum nicht die Dramaturgie umdrehen, als Normalo starten und als Held enden? Er dachte an sich und an Krix' Worte. Ein erfolgloser Schriftsteller und dessen Seelenleben zwischen Hoffnung und Enttäuschung. Niemand würde das besser, authentischer zu Papier bringen können als er selbst. In seiner eigenen Vita fehlte lediglich die Wendung zum Positiven. Warum nicht die bislang unvollendete Geschichte einfach zu Ende schreiben? Ein erfolgloser Schriftsteller landet mit seinem letzten Romanversuch einen Bestseller, wird über Nacht zum Star und beendet sein Leben in der Alltagstristesse. Bastian spürte eine wohlige Wärme in sich aufsteigen. Wortbilder schossen ihm durch den Kopf. Sein Gedankenfass strebte nach Entleerung. Im Hintergrund hörte er die Stimmen seiner Kinder und begann zu schreiben.

„Buck, das ist es. Wir werden die Geschichte groß machen. Schicken Sie mir Ihre Entwürfe, sobald sie fertig sind. Wir schalten Werbung und machen Ihren „Bestseller" zum Bestseller." Krix war gerne schnell euphorisiert, um dann im nächsten Augenblick doch wieder die Verbalkeule rauszuholen. Doch dieses Mal schien er tatsächlich überzeugt und bot seinem Autor schon vor Veröffentlichung einen Vorschuss an. Bastian, seinerseits ein gebranntes Kind in Sachen Erwartungen, hatte dankend abgelehnt. Er hielt den Ball lieber flach und grub sich mit Begeisterung und Akribie in die Ausgestaltung seines neuen Werkes. Der „Bestseller" machte Fortschritte.

Annalena merkte Bastian eine innere Zufriedenheit an, die auch den Umgang zwischen ihnen positiv beeinflusste. „Worüber schreibst Du eigentlich jetzt? Doch nicht wirklich über Dich, oder?

„Nein, nicht wirklich. Es ist die Story über einen erfolglosen Schriftsteller, dessen Leben sich über Nacht ändert", bemerkte Bastian geheimnisvoll.

„Also doch über Dich?!", sinnierte Lena. „Apropos ändern. Hast Du noch mal mit Torben über den Lehrerjob gesprochen? Schatz, ich weiß, es wird eine große Veränderung für Dich sein, aber es wird uns als Familie guttun. Mach Dir keine Sorgen, wir werden Haushalt und Kinder schon gemeinsam wuppen."

Bastian verspürte eine innere Unruhe. „Schatz, ich muss erst den Roman zu Ende bringen. Totaler Fokus ist wichtig. Es fühlt sich dieses Mal richtig gut an. Und dieses Gefühl muss ich zu Papier bringen. Wenn der Roman draußen ist, werde ich mit Torben reden. Versprochen."

Bastian konnte auf Zeit spielen. Es würde noch Wochen dauern, bis das Manuskript vollendet war und an den Verlag

27

zum Lektorat weitergegeben werden konnte. Dann kam erst mal der Sommerurlaub, bevor die ersten Exemplare in den Handel gingen. Erst danach wäre er bereit, mit Torben zu sprechen und seiner Zukunft eine neue Richtung zu geben. Doch zunächst hatte er zwei weitere Klippen zu überwinden, die ihm spürbares Kopfzerbrechen bereiteten.

„Schatz, denkst Du an die Einkäufe für das Essen mit meinen Eltern am Freitagabend? Und Samstag ist die Betriebsfeier mit Partnern in unserer Firma. Roller hat drauf bestanden, dass Du mitkommst", stellte Annalena als verbale Mahnmale in den Raum.

Bastians Gute-Laune-Feeling verdunkelte sich zunehmend. Die Abendessen mit den Schwiegereltern wurden regelmäßig zum ultimativen Stresstest. Noch während der Vorspeise würde er den ersten verbalen Seitenhieb seines Schwiegervaters erwarten. ‚Naa Junge, was macht die Kunst? Ist unser Vorstadtgoethe wieder kreativ?' Bastian hasste diese Attacken fast ebenso sehr wie Annalenas schelmisches Grinsen, garniert mit den Worten ‚Jaa, er hat wieder eine zündende Idee. Basti, erzähl doch mal vom Deinem gescheiterten Möchtegernhelden?'

Tom-Kha-Gai-Suppe hatte er vorbereitet, Pad Thai als Hauptgang und Klebereis mit Mango zum Nachtisch. Die Flucht nach Thailand bot eine gute Chance, den kritischen Anmerkungen seiner in der mitteleuropäischen Küche versierten Schwiegermutter halbwegs zu entgehen. Zu scharf würde es ihnen ohnehin sein und die Dominanz von Kokosmilch würde ihre auf Kartoffelstärke ausgerichteten Gourmetgaumen beleidigen. Zudem würde Gekko als erklärter Gegner fernöstlicher Kultur den ein oder anderen Giftpfeil abschießen. ‚Warum überhaupt Asien? Wo die Chinesen doch ohnehin schon überall ihre Finger im Spiel haben! Wenigstens auf dem Esstisch sollten wir uns kulturell gegen sie behaupten!' Bastian wusste aus Erfahrung, dass seine

Verteidigungslinien bis zum Nachtisch halten mussten, bevor der Grauburgunder seine Wirkung entfaltete und Gekko in den Zustand leutseliger Entspannung überführte. Die nächste Hürde würde am folgenden Tag in Annalenas Firma auf ihn warten. Roller, Lenas Chef und Leiter der Unternehmensgruppe, würde darauf bestehen, mit seiner attraktiven rechten Hand gemeinsam am Tisch zu sitzen und über die große weite Welt des Big-Business zu fabulieren. Ronald Roller war ein eitler Egozentriker, dem vereinzelt unangemessene Verhältnisse zu seinen Mitarbeiterinnen nachgesagt wurden. Eine Art Womanizer-Variante von Kilian Krix. Als Geschäftsführer eines internationalen Vertriebes von Medizinprodukten war er häufig dienstlich unterwegs. Roller bildete die Vorlage zu Bastians „Vielflieger", ein Umstand, den Annalena wenig wohlwollend mit dem offensichtlichen Min- derwertigkeitskomplex ihres Ehemannes quittierte. Hier und da musste sie mit auf Dienstreise. Bastian war sich sicher, dass da nichts lief. Annalena berichtete von Gesellschafts- damen, die er sich aufs Zimmer bestellte und den peinlichen Knutschflecken, die bei den morgendlichen Meetings unter seinem gestärkten Hemdkragen hervorlugten. Auf dem Betriebsfest würde Bastian Rede und Antwort stehen müssen, ob seine offensichtliche Erfolgslosigkeit Lenas Leistungsfähigkeit in irgendeiner Form beeinträchtigte.

Freitagabend, Punkt 18:30 Uhr. Doom Day! Bastian hatte den kompletten Nachmittag in der Küche gestanden, um sein thailändisches Drei-Gänge-Menü auf den Punkt hin zu zaubern. Annalena war verspätet nach Hause gekommen und hatte es eben noch geschafft, sich umzuziehen und ihr strahlendes Make-Up zu erneuern. Sie sah wieder großartig aus, würde ihrem stolzen Vater gefallen und ihrer komplex- beladenen Mutter ein schlechtes Gefühl vermitteln.

Es klingelte und Schwiegervater Jürgen lächelte herablassend. Bastian hatte die Kochschürze noch an, die Finger rochen nach Zitronengras und ein Stück von der überreifen Flugmango hatte sich als gelber Stempel auf seinem Fair-Trade-Polohemd verewigt.

Mit den Worten „Na, Herr Hausmann, ist alles angerichtet?" näherte sich „Gekko" der gedeckten Tafel. Unbewusst hatte er sich alle Mühe gegeben, dem filmischen Vorbild des legendären Wall-Street-Brokers zu entsprechen. Das gestärkte Leinenhemd und die korrekt sitzende Stromlinienfrisur in Verbindung mit seiner rechthaberischen Ader gaben eine originalgetreue Replik ab. Annalena hätte es Bastian niemals verziehen, ihren Vater trotz bester Eignung als Romanvorlage zu persiflieren.

„Hallo, Paps, hallo Mum. Ich freu mich so auf Euch. Die Woche war brutal hart." Annalena wies schon bei der Begrüßung auf ihre Arbeitsbelastung hin und brachte den immer noch beschürzten Bastian spontan in die Defensive.

„Aber Du hast ja Deinen treusorgenden Haus- und Ehemann, der Dir den Rücken freihält", stichelte Gekko süffisant. ‚Man beachte die Reihenfolge ‚Haus- und Ehemann'!' Bastian war hypersensitiv, was diese Spitzen anging. Offensichtlich war sein Schwiegervater wieder in Bestform. Die Verteidigungslinien mussten weiter verstärkt werden.

„Mama, schick siehst Du aus. Das Schlankere steht Dir gut." Annalena hatte die „Gabe", ohne rot zu werden, haltlose Komplimente zu verteilen. Erika litt unter ihrem hageren Pferdegesicht, dem jeglicher Gewichtsverlust nicht zuträglich gewesen wäre. Ein Blick auf das pralle Hüftgold unter der transparenten Blümchenbluse verriet unmissverständlich, dass sie ihr altes Kampfgewicht zumindest gehalten hatte.

„Anna, es ist schön Euch zu sehen. Kind, Du siehst wirklich abgekämpft aus. Wir hätten auch zu uns einladen können." Der Mutter-Tochter-Kleinkrieg nahm langsam Fahrt auf.

„Um Gottes willen nein. Bastian hat sich so viel Mühe gegeben und ein tolles Rezept rausgesucht", strahlte Annalena demonstrativ in die Runde. „Was gibt's denn?", fragte Erika mit ehrlicher Neugier. „Thailändisch. Tom-Kha-Gai-Suppe mit Pad Thai-Nudeln und Flugmango zum Nachtisch", fasste Bastian grob zusammen. Kurze Stille, dann legte Erika, ihres Zeichens Gourmetköchin für klassische Gerichte, los. „Mit diesen Nudeln hast Du Dir in Bangkok mal den Magen verdorben, Jürgen. Drei Tage hast Du flach gelegen und wir mussten unsere Rundreise absagen."

„Ich glaube, es lag an dem Leitungswasser und nicht am Essen", fuhr Gekko ihr in die Parade. Bastian atmete durch, nachdem sein Schwiegervater Erikas Steilvorlage an sich vorbeiziehen ließ. Offensichtlich war er hungrig und wollte sich nicht die Blöße geben, den Hauptgang auszulassen. „Bastian kann thailändisch. Er macht es extra mild und es wird Euch schmecken", ergänzte Annalena, die spürte, dass Deeskalation angesagt war. Doch Gekko hatte sich wieder gesammelt und ließ die längst erwartete Spitze vom Stapel. „Warum eigentlich immer Asien? Erst kopieren sie unsere Technologie, dann produzieren sie billig im eigenen Land und überschwemmen unseren Markt. Jetzt übernehmen sie auch noch unsere Küche."

Die im Stile eines Altkolonialisten geäußerte Kritik an der fernöstlichen Küche ließ Bastian mit einem wirksamen Konter auflaufen. „Sei unbesorgt, Jürgen. In unserer Küche ist fast alles Deutsch. Der Herd ist ein echter Seppelfricke. Wertarbeit aus dem Ruhrgebiet. Auch der Koch spricht Deine Sprache, wie Du weißt", grinste er in die Runde. „Asiatisch ist nur das Rezept. Wenn es Euch zu scharf sein sollte, die Kokosmilch wird Eure Mägen wieder beruhigen."

Annalena schnappte kurz nach Luft und lenkte die Aufmerksamkeit auf die Getränkewahl. „Wir haben einen leckeren

Grauburgunder aus der Pfalz. Südliche Weinstraße. Trocken mit einem tollen Aroma von reifen Äpfeln und Mirabellen. Paps, er wird Dir schmecken. Mama, einen kleinen Schluck wegen Autofahren? Oder bleibst Du bei Sprudel?" Erika brodelte ob der Spitze ihrer Tochter. Es war innerhalb der Familie bekannt, dass sie gerne ein bis zwei Gläser Wein über den Abend verteilt zu sich nahm und den Wagen samt angetrunkenem Beifahrer sicher nach Hause manövrieren konnte. Dementsprechend saß ihr Konter hart und präzise. „Du könntest mir einen Jasmintee kochen. Passt doch gut zur Essenauswahl." Frei nach dem Motto ‚Madämchen, beweg Deinen Business-Hintern in die Küche, anstatt hier die große Sommelière zu spielen' dirigierte sie ihre innerlich konsternierte Tochter in die Küche.

Die Küche war für Annalena „Terra incognita". Der Ort, an dem ihre zur Schau getragene Selbstsicherheit ins Wanken geriet. Vergeblich hatte Erika ihrer heranwachsenden Tochter jahrelang versucht, die Lust und Liebe am Kochen zu vermitteln. Für Annalenas ungewürzte Nudelaufläufe und angebrannte Pfannkuchen hatte die perfekte Hausfrau nur Verachtung übrig.

„Schatz, wo hast Du den Tee hin gepackt?", versuchte Lena ihre Orientierungslosigkeit zu überspielen. „Da wo immer. Zweite Schublade von oben. Das Päckchen Jasmintee steht ganz vorne", warf Bastian ein, während er die leicht überwürzte Tom-Kha-Gai-Suppe in die IKEA-stylishen Porzellanterrinen füllte.

‚Fuck' war Annalenas erster Gedanke. Sie trank nie Tee. ‚Beutel wäre einfacher gewesen als diese dämliche Krümelei aus der Tüte. Wie viele Löffel noch mal pro Tasse? Egal, einfach nach Gefühl. Soll sie doch an nem Koffeinschock verrecken.' Lena war außer sich und beruhigte sich angesichts der passablen Vorspeise nur langsam.

„Holla, Bastian, was hast Du denn da an Chili reingehauen? Schaut, dem Jürgen tränen die Augen!" Erika war bereit und gewillt die familiären Gastgeber mit weiteren Stressattacken zu überziehen.

„Das ist ein Originalrezept. Anderthalb Chilischoten sind drin. Vielleicht ist es auch der Ingwer, der Euch ein wenig scharf vorkommt", übte sich Bastian in Sachen Verteidigung.

„Für einen Hobbykoch ganz ordentlich", bemerkte Gekko, der sich den letzten drei Löffeln seiner Terrine zuwandte. Nach einer kurzen Stille bot sich Raum für die lang erwartete Attacke.

„Und, mein Junge, was macht die Kunst? Schreibst Du wieder über gefallene Helden?" Gekko hatte die fremdländische Suppe unbeschadet überstanden und der Wein hatte seine mildernde Wirkung noch nicht voll entfaltet.

„Paps, er schreibt dieses Mal über erfolglose Schriftsteller, quasi über sich." Annalenas Groll war immer noch nicht ganz verflogen und brauchte ein Ventil.

„Das klingt nach Selbsttherapie. Dürfen wir wohl die Hoffnung haben, dass dies Dein letztes Buch sein wird?", ätzte Gekko seinem Gastgeber entgegen.

Bastian war als Literat sprachgewandt und mit einer naturgegebenen Schlagfertigkeit gesegnet. In Anwesenheit seines dominanten Schwiegervaters kam diese Fähigkeit nur in seltenen Fällen zum Vorschein.

„Schreiben als Selbsttherapie? Jürgen, funktioniert das? Wusste nicht, dass Du da Erfahrungen hast. Erzähl uns mehr...!" Nach einem kurzen, unangenehmen Moment der Stille legte Bastian nach. „Für mich geht es darum, möglichst authentisch zu sein und nicht in wesensfremde Rollen zu schlüpfen."

Annalenas Unterlippe bebte. In diesem Moment war Bastian klar, dass diese Nacht eine Ungemütliche werden würde. Einmal angestachelt setzte er noch einen drauf. „Ich habe

Lena in der Tat versprochen, dass dies mein letzter Roman sein wird. Es sei denn, ich finde in meinem Umfeld eine neue Heldenvorlage."

Annalena fiel der Löffel in die leere Terrine. Es gehörte zu ihren bevorzugten Eigenschaften, nach spontaner Emotion schnell die Contenance zurückzuerlangen. Postwendend setzte sie zum Konter an. „Bastian wird übrigens Lehrer. Da kann er seine Blümchen-Erziehungsmethoden an fremden Objekten austesten", genoss sie grinsend ihr wiedergewonnenes Oberwasser.

„Bereit für den zweiten Gang?" Bastian ignorierte Annalenas Spitze und hoffte mit seinem Pad Thai auf beruhigte Gemüter.

„Mama, noch einen Tee? Ich hoffe, er war nicht zu stark", schnippte Lena ihrer Mutter entgegen.

Erika spürte den Migränehammer in ihrem Kopf hochpochen. „Nein danke, Kind. Ich bin noch versorgt", grummelte sie beim Anblick der kalt gewordenen Aufgussplörre, während ihr leutseliger werdender Ehemann begeistert das dritte Glas Wein ansetzte.

Bastians Pad Thai war ein voller Erfolg. Sogar sein magenempfindlicher Schwiegervater unterlegte dies mit den Worten ‚Kochen kann er mindestens so gut wie schreiben. Vielleicht wäre das ja ein zweites Standbein.' Annalenas aufgestauter Groll wich schluckweise im Verlauf des Abends und brachte sie sogar dazu, ihrer Mutter ein Glas des leckeren Grauburgunders zu kredenzen. Von Gekko waren nach der zweiten Flasche ohnehin keine Widerstände mehr zu erwarten. Mit Bastians Flugmango war der Bann dann endgültig gebrochen und Erika erinnerte sich daran, dass der Thailand-Urlaub vor 15 Jahren – trotz Gekkos Gastritis – auch seine exotischen Reize hatte.

Abgefüllt und abgefüttert verließen Bastians Schwiegereltern kurz vor Mitternacht die Räumlichkeiten. Gekko hatte zuvor noch die Toilette geflutet und Erika gab Bastian den Standardhinweis mit, dass es schon werden würde mit dem Schreiben. Beide bedankten sich für den Abend und überließen die Gastgeber ihrem privaten Schicksal. Nachdem die Tür ins Schloss gefallen war, baute sich Annalena vor ihm auf. „Wir müssen reden!"

„Reicht morgen früh?", gähnte ihr Bastian entgegen.

„Nein, jetzt. Sofort!", insistierte seine aufgebrachte Ehefrau. „Unmöglich, wie Du Papa angegangen bist. Du hast ihn als Psychopathen hingestellt. Schämst Du Dich eigentlich nicht?"

„Ich hab ihn lediglich nach seiner Therapieerfahrung gefragt. Alles Weitere ist Deine Interpretation. Vielleicht würde ihm die ein oder andere Sitzung sogar helfen, seine Profilierungssucht auf Kosten anderer loszuwerden", hielt Bastian den Vorwürfen entgegen.

„Ich kille Dich, wenn Du ihn in Deinem Roman in irgendeiner Form erscheinen lässt. Er ist der Grund, weshalb wir uns überhaupt noch zu viert sehen. Er ist der Grund, weshalb ich die neidzerfressene Visage meiner Mutter über mich ergehen lasse. Unmöglich die Nummer mit dem Tee. Sie lässt keine Gelegenheit aus, mich als unfähige Hausfrau vorzuführen." Annalenas aggressive Grundstimmung schlug langsam in Selbstmitleid um.

Bastian schmunzelte augenzwinkernd in sich hinein. „Sie wollte einen Tee, nachdem Du ihr Sprudel statt Wein angeboten hast. Und Schatz, mit der Teedosierung hättest Du Tote aufwecken können."

„Ich weiß, ich bin eine lausige Hausfrau. Aber das ist kein Grund, das demonstrativ zum Thema zu machen." Annalenas Augen wurden feucht und das Kajal unter ihren Lidern löste sich langsam auf. „Und Du hättest von Dir aus betonen können, dass es Dein letzter Roman wird, anstatt mich mit dem Deutschlehrer im Regen stehen zu lassen."

„Als ob ich Dich mit einem Deutschlehrer im Regen stehen lassen würde." Bastians treuer Blick in Verbindung mit einer neckischen Haarlocke über der linken Augenbraue tat sein Übriges.

„Du bist doof", ergab sich Lena lächelnd, „und ein verdammt guter Koch. Du hast uns heute den Arsch gerettet, Schatz." Seufzend sank sie in seine Arme. „Lass uns schlafen gehen. Morgen Mittag in der Firma müssen wir wieder einigermaßen fit sein."

„Ja, die Nacht wird brutal kurz. Ich gehe schon mal ins Bad."

„Mach das. Ich wische auf dem Gästeklo eben noch Papas Pisslache weg. Wärm schon mal das Bett an!"

Bastian stellte sich schlafend. Angesäuselt robbte Annalena sich an ihn ran. „Na, ist mein kleiner Thai-Boy noch wach?" Zielsicher langte sie unter seine Bettdecke. Bastian war ob Lenas Spitzen gegen ihn immer noch angefressen. Sich den ganzen Abend auf seine Kosten zu profilieren und dann im Nachhinein mit der billigen „Du hast aber toll gekocht-Masche" um die Ecke zu kommen, empfand er als an- maßend. Ihn ihrem ohnehin schon kritischen Vater wieder- holt als erfolglosen Schriftsteller zum Fraß vorzuwerfen, grenzte an Demütigung. Und dann noch die Sache mit dem Lehrerjob. Ihm nach Jahren des stressigen Nannydaseins Blümchen-Erziehungsmethode zu unterstellen, ging aus seiner Sicht überhaupt nicht.

Auch wenn ein kleiner Quickie nach längerer Abstinenz durchaus seinen Gefallen gefunden hätte, Bastian war fest entschlossen, Annalena für ihre Verbalausfälle nicht mit Sex zu belohnen. Im Stillen hatte er es sogar ein wenig ausge- kostet, als Erika ihre Tochter mit dem Jasmintee an ihre Grenzen gebracht hatte. Nun rieb die Vorzeigetochter mit der rechten Hand - der Hand, die vor wenigen Minuten noch die Notdurft seines Schwiegervaters trockengelegt hatte – an ihm rum. Bastians halbsteifes Gemächt schmolz unter ihren hek- tisch-feuchten Fingern wie Butter in der Sonne zusammen.

„Schatz, ich hab' n bisschen Magen", log er. „Und die Nacht ist in wenigen Stunden wieder rum. Du willst doch, dass ich morgen ausgeschlafen bin und mich gut präsentiere."
„Als ob Du wüsstest, was ich will", ließ sie enttäuscht von ihm ab. „Wir reden aneinander vorbei und leben aneinander vorbei. Und wenn ich mich Dir nähere, weist Du mich ab. Wir teilen nicht mehr in die gleiche Welt", resümierte sie mit zittriger Stimme, bevor sie mit tiefen Atemzügen einschlief.

Der nächste Morgen startete in frostiger Atmosphäre. Bastian hatte noch länger wachgelegen und über die Tragik von Annalenas finalen Worten nachgedacht. Tatsächlich hatten sich ihre Differenzen auf sämtliche Bereiche des Zusammenlebens ausgedehnt. Dennoch blieb ein starkes emotionales Band, das ihn im Innern bestätigte, seit 11 Jahren mit seiner Traumfrau verheiratet zu sein.

„Ich hab Scheiße geschlafen. Das mit Deinem Magen war doch nur vorgeschoben. Du hast mich letzte Nacht auf kalte Art abserviert. Bilde Dir nicht, dass ich mich Dir noch einmal freiwillig nähere", giftete sie ihn an, während sie ihr Frühstücksei mit tödlicher Präzision köpfte.

„Du hast mich in Gegenwart Deiner Eltern einige Male bloßgestellt. Das kann ich nicht so einfach verdrängen und dann spontan „einen auf geil" machen", entgegnete er bestimmt. „Ich liebe Dich und möchte, dass wir das auch in Gegenwart anderer ausstrahlen."

„Davon hab ich letzte Nacht unheimlich viel gemerkt. Ich weiß gar nicht, ob ich Dich überhaupt noch lieben kann, wenn wir uns dauernd immer so in die Parade fahren", gab sie resigniert zum Besten. „So und jetzt lass uns Gas geben. Wir sind spät dran. Die Firmenfeier beginnt in einer Stunde."

Augenblicke später stand Bastian vor seinem Kleiderschrank. Annalena trat ein und fing an zu hyperventilieren. „Du wirst doch wohl nicht ernsthaft mit diesem Ökofummel auflaufen

37

wollen. Die gesamte Geschäftsleitung sitzt mit uns am Tisch. Ich versuche in diesem Laden täglich einen Top-Eindruck zu hinterlassen, und mein Literatenmann kippt das Ganze innerhalb von Sekunden. Hier, nimm das Sakko, Polohemd drunter und dunkle Jeans. Zieh meinetwegen Deine Hochzeitsschuhe an, bloß keine ausgetretenen Sneaker. Die denken sonst, ich hätte Dich irgendwo aufgelesen." Annalenas „Formkurve" zeigte bereits zu dieser frühen Tageszeit steil nach oben, während Bastian seinen karierten Pullunder zurück in den Schrank beförderte.

Es war einer dieser Termine, bei denen für Bastian schon im Vorfeld feststand, dass er verlieren würde. Profilierungsgeile Herren in Anzügen mit ihren aufgetufften Begleitungen würden ihn unweigerlich wie einen Fremdkörper dastehen lassen. Die schiere Anzahl ausgelegter Fettnäpfchen würde einem entspannten Tête-à-Tête mit den Vertretern der lokalen Wirtschaftselite unweigerlich entgegenstehen. Bastians Lieblingsthemen wie Umwelt, Energiewende, die soziale Frage und nicht zuletzt „seine" Literatur galt es als Showstopper zu vermeiden. Annalena würde versuchen, mit ihrem verführerischen Outfit zumindest optisch zu punkten und den ein oder anderen intelligenten Einwurf zu platzieren.

Auf der Fahrt sprachen sie kaum. Konsequenz beidseitiger Anspannung. Beim Betreten des lichtdurchfluteten Foyers zog sich Bastians Magen zu. Auf den Stehtischen standen Canapés mit Crevetten, Lachsrollen und Kaviartoppings. Die Sektflöten wurden von einem livrierten Kellner mit strahlender Miene angereicht. Bastians Fokus fiel unweigerlich auf einen dunkel gekleideten Herrn, um den sich eine Traube interessiert wirkender Menschen scharte.

Er hatte Ronald Roller einige wenige Male getroffen. Zuletzt vor etwa 2 Jahren, als an gleicher Stelle die neuen Büroräume eingeweiht wurden. Bastian erinnerte sich mit Unbehagen daran, als Roller ihm attestierte, dass er Annalenas Fähigkeiten in jeder Hinsicht zu schätzen wisse.

Als Roller sie erblickte, ließ er seine Gesellschaft unvermittelt stehen und kam mit gemessenen Schritten auf sie zu. Ronald Roller hatte so ziemlich alles, was Bastian nicht hatte. Er wirkte mit seinen 1,90 m von Natur aus stattlich, hatte einen breitschultrigen, offenbar gut trainierten Oberkörper und einen Teint, der ihn auf jeder Cocktailparty in St. Tropez hätte gut aussehen lassen. Die glutdunklen Augen und das pechschwarze volle Haar erinnerten an den jungen Alain Delon. Ihn umgab die Aura eines Filmstars, in dessen Nähe man sich gerne sonnte. Sein faltenloses Gesicht, für einen Endvierziger durchaus bemerkenswert, blieb selbst bei dem aufgesetzten Lächeln bemerkenswert glatt. Der Doktortitel auf der goldumrandeten Visitenkarte erinnerte Bastian an seine eigene, im Zuge der Familienplanung abgebrochene Promotion. Roller war unverheiratet und trat in Gesellschaft regelmäßig alleine auf. Private Liebschaften eilten seinem Ruf voraus. Außer einem unehelichen Sohn mit einer Düsseldorfer Industriellentochter war wenig Privates bekannt.

„Annalena, schön dass Sie da sind. Herr Buck, fühlen Sie sich bei uns willkommen." Rollers Entree wirkte überzeugend echt, während Annalena auf Knopfdruck den Schleimspurmodus aktiviert hatte.

„Ich liebe unsere Sommerfeste. Unsere Gäste schwärmen noch Wochen später davon." Das gestelzte „Sie" zwischen Roller und ihr war aus Bastians Sicht eine Farce. Die vertrauten Blicke zwischen beiden ließen Tieferes erahnen. Annalena sah mit ihrer figurbetonten Bluse und dem dunkelblauen Minirock top aus. Roller und sie gaben rein optisch ein gutes Paar ab, das auch Geschäftspartner durchaus beeindrucken konnte.

„Folgen Sie mir doch. Ich möchte Sie gerne ein paar Leuten vorstellen." Während Annalena hinter ihm her schwebte, wähnte Bastian bereits den nächsten Canossagang. An einem abseitigen Stehtisch standen vier gesetzte Herren in dunklen Jacketts. Drei von ihnen waren Mitglieder der Geschäftsleitung, die Annalena wie selbstverständlich mit gewinnendem Lächeln begrüßte. „Ich möchte Ihnen Herrn Wickel vorstellen", eröffnete Roller die Runde. „Er ist Leiter einer Privatklinik und einer unserer führenden Geschäftspartner. Außerdem ein ausgewiesener Kenner der Kunst und Literatur. Herr Wickel, der Ehemann meiner bezaubernden Assistentin Annalena ist selbstständiger Autor und gilt in Insiderkreisen als großes Talent."

Bastian erstarrte innerlich, während Annalena betreten zur Seite schaute. Sie hasste es, in Vorstandskreisen regelmäßig auf ihr Aussehen reduziert zu werden, während andere die Themen der großen weiten Welt diskutierten.

Wolfram Wickel war ein graumelierter Herr Ende 60 mit einem gütigen Gesichtsausdruck, der sich von den ehrgeizigen Karrieremienen der anderen Anwesenden wohltuend abhob. „Sehr erfreut, Sie zu sehen, Annalena. Sie sehen umwerfend aus, wenn ich mir diese Bemerkung erlauben darf", gab der Privatklinikchef mit freundlichem Respekt zum Besten. Nun lächelte er Bastian interessiert zu und griff die Steilvorlage des anwesenden Gastgebers auf. „Sie schreiben? Großartig. Sachbücher oder Belletristik?"

„Ich bin Germanist und arbeite als freiberuflicher Romanautor", replizierte Bastian, der das aufrichtige Interesse seines Gegenübers spürte.

„Hooochinteressant", jubelte der Klinikleiter. „In welchem Genre sind Sie zu Hause?"

„Ich bin von den großen Heldengeschichten, deren Aufstieg und ultimativem Scheitern fasziniert – angefangen von Ovid bis zu den Autoren der Neuzeit versuche ich, diesen Geist ins Hier und Jetzt zu übertragen", gab Bastian zu verstehen.

„Fassssszinierend!" Wickels Interesse schien authentisch. „Welcher Roman ist denn Ihr Bekanntester, Herr….???" „Buck", ergänzte Roller zufrieden lächelnd und beorderte die sichtlich irritierte Annalena in Richtung Getränkenachschub. „Tiefsinnige Gespräche brauchen einen flüssigen Begleiter, nicht wahr, meine Herren." Bastian nutzte die Sekunden, um sich zu sammeln und von seinen erfolglosen Werken das kleinste Übel zum Besten zu geben. „Der Vielflieger" ist mein aktuellstes Werk. Auch in der Geschäftswelt gibt es Helden, die vor Abstürzen nicht gefeit sind." Bastian wusste, entweder würde seine naive Ehrlichkeit die Runde augenblicklich sprengen oder seinem Gegenüber nachdenkliche Zustimmung entlocken.

Nichts von beidem geschah. Stattdessen riss Wickel die Augen auf und winkte eine dickliche Frau in einem gelbgepunkteten Sommerkleid von dem benachbarten Damentisch zu sich herüber. „Luise, kommst Du mal bitte zu uns?! Neben mir steht der Autor von Deinem „Vielflieger!"

Bastian spürte wie jegliches Gefühl aus seinem Körper rann. Mickrige 400 Printexemplare hatte er verkauft. Wie konnte es in aller Welt sein, dass einer dieser papiergewordenen Ladenhüter den Weg auf den Tisch der Gattin eines hier anwesenden Privatklinikleiters gefunden hatte?

„Sind Sie Burkhard Block? Ich fühle mich geehrt, Sie kennenzulernen", entgegnete die Dame mit sichtbarem Respekt.

„Mein Name ist Bastian Buck. Burkhard Block ist mein Pseudonym", stellte Bastian seiner offensichtlich wohlgesonnenen Gesprächspartnerin mit entspanntem Lächeln klar.

„Luise, Autoren verwenden häufig Pseudonyme. Entweder um ihre Identität geheim zu halten oder um sich vor dem Risiko eines möglichen Misserfolges zu schützen", holte Wickel das Gespräch auf den Boden der Tatsachen zurück.

Rumms! Schlagartig fühlte sich Bastian ertappt, entlarvt, entzaubert. Doch postwendend setzte der sympathische

Klinikboss zu einer neuen Charmeoffensive an. „Luise hat Ihren Schreibstil sehr gelobt und das Buch tagelang nicht mehr aus der Hand gelegt."

Ein Lob aus offenbar kompetentem Munde war für Bastian das Größte, das er sich als Schriftsteller und letztlich auch als Mensch wünschen konnte. Was sagen schon die Verkaufszahlen?! Die ehrliche Meinung eines berufenen Lesers wusch jegliche Zweifel an seiner Autoreneignung beiseite. Aus dem Augenwinkel suchte er Annalena, die immer noch mit der Getränkebestellung zugange war. Er hätte zu gerne ihren Blick beim Klang jener wohlmeinenden Worte gesehen. Ein weiterer Beweis dafür, dass er als Autor ankam und dass das mit dem Deutschlehrer nur ein Irrweg sein konnte. Jetzt fühlte er sich stark genug, die entscheidende Suggestivfrage zu stellen: „Das heißt, Ihnen hat das Buch gefallen?!"

„Bis zur Hälfte ja. Ich habe es förmlich verschlungen, aber dann...", legte Frau Wickel los. Bastian wurde blass. Seine Stirn produzierte in furchtsamer Erwartung Schweißperlen. „...ist mein Held zum Versager geworden. Ich hätte mir so gewünscht, dass er noch die Kurve bekommt, anstatt ins Nichts abzustürzen."

Während die anderen Anwesenden in ihre Businessgespräche vertieft waren, schaltete sich Wolfram Wickel in das Zwiegespräch ein. „Luise liebt Happy Ends, obwohl sie mit der Realität nicht viel zu tun haben. So geht es vielen Lesern. Ihr Buch hat offensichtlich das Gegenteil, eine umgekehrte Dramaturgie. Dies ist sehr mutig und damit verdienen Sie als Autor meinen Respekt. Aber für die Verkaufszahlen ist es immer besser, wenn die Menschen sich am Ende eines Buches gut fühlen."

Bastian fühlte sich ertappt und herausgefordert zugleich. „Die tragischen Helden waren schon in der griechischen Mythologie populär. Auch mit oder gerade wegen ihrer Fehler. Nehmen Sie Ikarus... oder Odysseus. Heute beschreiben wir

gerne die heile Welt und versuchen, unsere Helden zu über-
höhen. Mein Roman hat die Intention zu zeigen, dass der
Heldenweg nicht unbegrenzt nach oben führt. Auch wenn das
Ende dem Leser nicht gefällt, es beschäftigt ihn und macht
ihn gewissermaßen zum Leidesgenossen." Wickel nickte vielsagend und leitete den Austausch in ein
Fachgespräch über. „Sind Sie der Meinung, dass die
Darstellung der Heldenschicksale ein kulturelles Phänomen
ist? Also z.B. in der angelsächsischen Literatur anders
funktioniert als in der Deutschen, der Französischen oder
Russischen?"

„Von der kulturellen Vorprägung bin ich überzeugt", holte
Bastian aus. „Die amerikanischen Autoren neigen eher zu
Glamour und Überzeichnung, nehmen Sie Fitzgeralds
‚Gatsby' oder Melvilles ‚Ahab'. Je pathetischer, desto größer
die Fallhöhe und der Überraschungseffekt für den Leser. Bei
den deutschen Autoren ist die Charakterbildung deutlich näher an der Realität. Thomas Buddenbrook war ein Lübecker
Kaufmann, wie man ihn sich originalgetreu hätte vorstellen
können. Und eben wegen dieser Realitätsnähe nehmen wir
als Leser größeren Anteil. Die russischen Autoren verzichten
auf jegliche Überhöhung bringen das tragische Element von
Beginn an. Bei Dostojewski spürt man ab der ersten Seite,
dass der Held fallen wird."

„Herr Buck, Sie gefallen mir", entgegnete Wickel lächelnd.
Bastian schien in seinem Element und wirkte zufrieden über
den Verlauf des Vormittags. Just in diesem Moment tauchte
Annalena mit dem Tablett und den bestellten Kaltgetränken
auf. Sie schaute genervt, angestrengt, irritiert. „Sagen Sie
Herr Buck, welcher von allen ist Ihr Lieblingsroman?", fuhr
Wickel fort.

„‚Die Blendung' von Elias Canetti…" Just in diesem Moment
stach ein Sonnenstrahl durch das geöffnete Fenster in Annalenas Sichtfeld und das mühsam organisierte Getränke-

arrangement polterte beim Versuch des Absetzens in klirrender Manier auf den marmorierten Fußboden. Annalena bückte sich in einer Mischung aus Groll und Scham. Mit den Worten „Warte Schatz, ich helfe Dir" ging Bastian mit ihr auf Tauchstation, um unterhalb des Stehtisches die groben Scherbenreste aufzulesen. „Ich hasse den Puff hier", fauchte Lena ihm zu. „Dieser Machoclub hat ein Frauenbild wie in den 50ern. Geil mit dem Arsch wackeln und Getränke bringen, das ist hier die Aufgabe. Aber selbst für Letzteres bin ich offensichtlich zu dämlich." „Annalena, um Gottes Willen kommen Sie hoch, das macht unser Personal", trat Roller an sie heran. „Lassen Sie uns den Stehtisch wechseln!"

Während die Runde geschlossen den Nachbartisch ansteuerte, konnte der in seinem Element befindliche Bastian seiner Frau an der Nasenspitze ansehen, dass der Tag nicht mehr zu retten war und die baldige Abreise anstehen dürfte. „Canetti, hoochinteressant", nahm Wickel den verlorenen Gesprächsfaden wieder auf. „Was fasziniert Sie an der „Blendung"?"

„Für mich ist er ein zeitlos moderner Roman, obwohl er in den 30ern des letzten Jahrhunderts geschrieben wurde. Canetti ist ein großartiger Psychograph in der Darstellung seiner Charaktere. „Die Blendung" ist ein Lehrbeispiel dafür, welche Folgen es haben kann, wenn man sich von der Realität entfremdet. Im Internetzeitalter aktueller denn je. Haben Ihre Kinder „Die Blendung" gelesen?", holte Bastian zur Gegenfrage aus.

„Ich habe keine Kinder", entgegnete Wickel knapp. „Aber ich habe sie als junger Mann gelesen und war beeindruckt. Ist der Protagonist Peter Kien für Sie ein Held?"

Annalena biss sich frustriert auf die Unterlippe und versuchte dem Fachgespräch auf der anderen Seite des Tisches zu folgen, während Bastian ungehemmt dozierte: „Eigentlich bringt Kien alle Zutaten für einen Helden mit. Er ist hochintelligent, spricht fließend chinesisch und lebt in einer prunkvollen Bibliothek mit dem Wissen der Welt in seinen vier Wänden. Doch Heldentum beruht immer auf Interaktion. Sobald die Gesellschaft ins Spiel kommt, wird er zum Loser, sozusagen zu seinem eigenen Bildungsopfer."

„Brillant, Herr Buck. Ich würde mir wünschen, dass unsere Schüler im Deutschunterricht in dieser Form an die Literatur herangeführt würden. Sollte es mit dem Schreiben mal nichts mehr werden, die Schüler würden Ihnen an den Lippen hängen."

Bastian zuckte kurz. Annalena hatte die besondere Gabe, sich an einem Gespräch zu beteiligen und gleichzeitig das Nachbargespräch mitzuverfolgen. Spontan hellte sich ihre Miene auf.

„Mein Mann möchte nach seinem nächsten, seinem letzten Roman, genau diesen Weg gehen. Er wird tatsächlich Deutschlehrer. Sie glauben also auch, er hätte Talent?!"

Rumms! Das war es mit der Illusion vom erfolgreichen Autor. Bastian spürte augenblicklich, dass Annalena diese Vorlage gnadenlos verwerten würde. Gestern noch Blümchen-Erziehung, heute die totale Lehrereignung. Jener Opportunismus war nach 13 Jahren Beziehung – wie die hässlichen Häkeltopflappen in der Küche – zum untrennbaren Bestandteil ihres Zusammenlebens geworden.

Wickel lächelte väterlich. „Gewiss. Ich würde mir wünschen, dass mehr Autoren in die Schulen gingen. Schließlich ist das Schreiben alleine kein sicheres Standbein. Als Lehrer wäre Ihr Wert für die Gesellschaft dagegen eine sichere Bank... Ach, übrigens, ich habe eine Kinderstation in meiner Klinik und wir veranstalten regelmäßig Lesungen. Lieber Herr Buck, es wäre großartig, wenn Sie uns mal beehren könnten. Ein richtiger Buchautor, das wäre für die Kleinen eine Sensation. Hier meine Visitenkarte. Rufen Sie mich jederzeit an." Wickel reichte ihm seine mit Schnörkeln umrandete Karte, empfahl sich und wechselte mit seiner Frau an einen der Nachbartische.

Bastian fühlte sich gut. Auch Annalena schien mit dem Ergebnis der Konversation nicht unzufrieden. „Vielleicht hilft Dir dieses Gespräch, endlich loszulassen, Schatz. Ein halbes Stündchen müssen wir hier noch durchhalten. Dann können wir diese heiligen Hallen endlich verlassen. Außerdem spricht der Thailänder von gestern Abend mit mir. Ich muss dringend auf die Couch."

Zwei Tische weiter beobachtete Bastian die angeregte Konversation zwischen Wickel und Ronald Roller. Rollers Gewinnerlächeln wurde von Wickels verschmitztem Grinsen erwidert. Als Roller Annalena und Bastian erblickte, verabschiedete er sich von seinem Geschäftspartner mit Handschlag und kam mit zur Schau gestelltem Selbstbewusstsein herüber.

„Wir haben ihn am ‚Wickel', sozusagen", Roller schien allerbester Laune und warf Lena einen wissenden Blick zu. Annalena, ich brauche Sie am Montag etwas früher, wegen der Vertragsaufsetzung...Und jetzt erst mal eine Runde Champagner für alle."

Annalenas Laune ging wieder Richtung Gefrierpunkt. „Es ist mal wieder eine tolle Feier, aber wir müssen heute früher weg. Unsere Tochter hat Klavierunterricht, und Bastian muss mit unserem Sohn für eine Deutscharbeit üben", log sie mit selbstsicherer Contenance.

„Das ist schade. Aber Familie geht immer vor", stimmte Roller in Lenas Lügenkanon ein. „Herr Buck, ich bedanke mich sehr für Ihren Besuch. Ihre Anwesenheit war für uns von hohem Wert." Mit schraubstockartiger Überzeugung drückte er Bastians Hand und hielt sie für einen Sekundenbruchteil länger als gewohnt fest. Die Aura des Siegers, des stets Überzeugten, des Unverzagten, des über jeden Selbstzweifel

Erhabenen! Wie viele von Rollers Erfolgsmolekülen würden auf Bastians Körper wohl übergehen, durch bloßen Handkontakt in ihn hinein diffundieren? In Geschäftsangelegenheiten per natura unbedarft genoss er das Gefühl der Ehrerbietung, während Annalenas innere Stimmung Minustemperaturen verströmte.

Sie verabschiedeten sich und Annalena zog Bastian mit leisem Flüsterton resolut Richtung Ausgang. „So ein A...loch Deluxe."

Bastian, der Lenas Empörung nicht so recht einordnen konnte, lief beim Herausgehen Wolfram Wickel direkt in die Arme. Mit frisch getanktem Selbstbewusstsein sprach er den Klinikleiter an. „Darf ich Ihnen auch eine Frage stellen?"

„Jederzeit gerne, mein Freund", entgegnete Wickel mit verschlagenem Blick.

„Was erwarten Sie von einem guten Buch? Welche Art von Roman fasziniert Sie?"

Annalena setzte ihre Maske gespielten Interesses auf, während Wickel entschieden antwortete. „Nehmen Sie es mir nicht übel, Herr Buck. Aber die Storys über gefallene Helden sind für mich schon lange auserzählt. Ich mag die Geschichten der kleinen Leute, die sich in ihrem Alltag jeden Tag neu beweisen, die Hoffnung nicht aufgeben, um dann eines Tages doch etwas Großes zu erreichen. Geschichten, die für alle fühlbar sind. Wäre das nicht auch für Sie ein Stoff für einen Bestseller?"

Wickels Worte hallten auf dem Weg durch die Tiefgarage in Bastians unaufgeräumtem Schädel nach. „Ich bin froh, dass Du mich mitgenommen hast. Es war für mich sehr unterhaltsam und erkenntnisreich", fasste er seine Eindrücke zusammen.

Annalenas stakkatohafter Gang spiegelte ihren aufgestauten Unmut nur bruchstückhaft wider. Augenblicklich blieb sie stehen und fokussierte ihn mit finsterer Miene. „Sag mal, raffst

Du überhaupt noch irgendetwas? Die haben uns benutzt nach Strich und Faden, als billige Instrumente ihrer Gewinnmaximierung. Roller liegt mir schon seit Wochen in den Ohren, dass er einen besonderen Gast erwarte und Deine Anwesenheit von hoher Bedeutung sei."

„Ich verstehe nicht. Meinst Du, ich war nur wegen Wickel eingeladen?"

„Ja und er wegen Dir. Roller baggert schon seit Monaten an ihm rum. Es geht um einen Gerätedeal. 1,8 Millionen! Dein Literaturgeschwafel hat ihn geschmeidig gemacht, so dass er den Deal heute eintüten konnte. Und als kleines Dankeschön darf ich Montag um 7 in Rollers Büro erscheinen und die Verträge aufsetzen."

Bastian wirkte irritiert. „Also hat Roller das alles inszeniert? Auf mich wirkte er sehr nett, zugänglich und ohne Vorbehalte."

„Rollers Nettigkeit ist immer nur zweckgebunden. Glaub mir, ich kenn ihn gut." Annalena stutzte kurz, als sie Bastians fragenden Blick sah. „Geh mal davon aus, dass er Dich beim nächsten Mal ignorieren bzw. keinen Wert darauf legen wird, dass Du überhaupt erscheinst. Es sei denn, Deine Anwesenheit bringt ihm einen Deal, so wie heute." Annalenas Frust hatte sich tief in ihr schlafarmes Gesicht eingegraben. „Ich hätte es wissen müssen. So'n spontanen Todesfall in der Familie hätte ich mir einfallen lassen sollen. Dann hätte er sich seinen Wickel-Deal wo hinstecken können."

Bastian bemühte sich, die Wogen zu glätten. „Schatz, am Ende lebt Deine Firma doch von diesen Deals. Und Du hast mitgeholfen, dass sie zustande kommen."

„Ja sicher. Annalena, machen Sie hier, holen Sie da. Und, ist Sie nicht bezaubernd?... Bastian, ich bin 36 und über 10 Jahre in diesem beschissenen Laden! Ich möchte verdammt noch mal auch ohne diesen äußeren Schein respektiert werden. Stattdessen darf ich mit Tabletts durch die Gegend wackeln und in meiner Schusseligkeit die Getränke auf dem Boden verteilen, während mein Mann mit den hohen Herren über Canettis Blendung doziert."

„Schatz, Du bist eine tolle Assistentin. Roller weiß das und kann es wahrscheinlich nicht so rüberbringen. Er hat Dich sicher nicht als Teeköchin eingestellt." Bastian war durch seinen sarkastischen Einwurf um Auflockerung bemüht. Annalena schmunzelte kurz und quittierte dies mit einem symbolisch hochgekurbelten Stinkefinger.

"Was weißt Du über Wickel? Ist er wirklich so ne große Nummer. Er kennt sich in Sachen Literatur gut aus. Wirkte sehr sympathisch." Bastians Interesse an seinem Gesprächspartner hielt weiterhin an.

„Sehr viel weiß ich nicht. Er leitet die INSANIO-Klinik am Stadtrand und ist auch gesellschaftlich gut vernetzt. In seiner Freizeit hat er wohl mal als Theaterregisseur gearbeitet. Roller kann ihn auf den Tod nicht ausstehen, weil er ihn seit Monaten wegen dieses Deals hingehalten hat und auch sonst mit unangemessenen Preisvorstellungen daherkommt. Er..." Bastian unterbrach Annalena kurz. „Wickels Literaturfaible wirkte sehr authentisch und seine Ausführungen zur Romanliteratur haben mich zum Nachdenken gebracht. Ich würde den Kontakt gerne ausbauen. Seine Frau zählt immerhin zu den wenigen Menschen, die mein Buch mit Interesse gelesen haben."

„Wickel ist stockschwul. Die fette Pomeranze im gelben Fummel war seine Schwester. Ich bin mir nicht sicher, ob das Interesse nur Deinen Büchern galt. Das mit der Lesung in seinen Gemächern würde ich mir an Deiner Stelle noch mal überlegen."

Annalenas Ausführungen verhallten unkommentiert und beide fuhren sichtlich abgeschlagen nach Hause. Nachdem sie die Wohnungstüre hinter sich geschlossen hatten, ließ sich Annalena sich matt in den Sessel fallen. „Ich bin so was von urlaubsreif. Nur noch 4 Wochen, dann ab an die Südsee. Ich mache drei Kreuze, wenn wir endlich im Auto sitzen."

Vollendete Tatsachen

Während Annalena die Tage zählte, stürzte sich Bastian in sein Schreibabenteuer. Er kam gut voran mit dem „Bestseller". An manchen Tagen flossen ihm die Worte förmlich aus der Feder. Gleichzeitig verschlang das permanente Redigieren wertvolle Kreativzeit. Er hatte Krix regelmäßig mit den Zwischenständen versorgt und dem ehrgeizigen Verlagsleiter positive Reaktionen entlocken können. „Buck, das ist groß, das ist gut. Und kommen Sie nicht zu früh mit der Heldenpointe um die Ecke. Lassen Sie den Loser noch ein bisschen ‚gedeihen'."

Bastian hatte das Gespräch mit Wickel nachhaltig beeinflusst. Sein neuer Held war ein Normalo, ein Alltagsheld sozusagen, dessen Erweckung noch bevorstand. Er hatte auch Annalenas Wunsch erfüllt und als gehässigen Schwiegervater einen Charakter gewählt, der zu Gekko keine naheliegenden Parallelen aufwies. Noch 14 Tage blieben ihm bis zum Urlaub. Das Manuskript musste bis dahin rechtzeitig beim Verlag vorliegen. Die Veröffentlichung war für den dritten Tag nach Urlaubsbeginn angesetzt. Bastian musste Gas geben.

In den Vortagen des Urlaubes wurde Bastian zum einsamen Höhlenmenschen. Er begann morgens um 6, arbeitete eine Stunde und machte im Anschluss die Kinder für die Schule fertig. Dann begann die zweite Schicht bis circa 12 Uhr. Anschließend Essen vorbereiten, Kinder versorgen und ab 15 Uhr die dritte Schicht, die so lange währte, bis Annalena nach Feierabend in der Tür stand. Mit Lena war in jenen Tagen wenig los. Sie wirkte ausgebrannt, müde, im klassischen Sinne urlaubsreif. Selbst zum Streiten fehlte ihr die Kraft.

Regelmäßig schlief sie nach den Nachichten auf dem Sofa ein. Diesen Umstand nutzte Bastian für eine Abendsession, um das Tageswerk Korrektur zu lesen.

So verbrachte er die Tage bis zur finalen Abgabe vornehmlich alleine an seinem Biedermeier-Sekretär, einem Schmuckstück, das er vor einigen Jahren auf einem Antik-Möbelmarkt erworben hatte. Vier Tage vor der finalen Abgabe spürte er die Gewissheit, dass die Zeit reichen würde. Die zwischenzeitlich drohende Verschiebung des Veröffentlichungstermins war abgewendet. Bastian entspannte sich und feilte an den letzten Formulierungen. Hin und wieder besuchte ihn Jelle an seinem Schreibtisch.

Sein Sohn zeigte als einziger in der Familie Interesse an Bastians geheimnisvoller Schreibarbeit. „Papa, warum arbeitest Du so viel?"

„Vor dem Erfolg setzten die Götter den Schweiß." Bastian fiel auf diese einfache aber zutreffende Frage wie so häufig ein Zitat ein. „Das ist ein Spruch eines alten Griechen namens Hesiod, und der gilt bis heute."

„Das verstehe ich nicht. Ich dachte immer, die Götter wären faul und ließen andere für sich arbeiten?"

Bastian musste schmunzeln. „Bei den alten Griechen gab es solche und solche. Die Bequemen und diejenigen, die etwas geleistet haben. Ähnlich wie bei uns Menschen. In unserer Bibel steht ‚Gott ruhte am 7. Tag'. Das heißt unser christlicher Gott hat von Montag bis Samstag gearbeitet. Also war er offensichtlich einer der Fleißigen."

Jelle nickte verständnisvoll und schickte die nächste Anmerkung hinterher. „Götter verbringen doch außergewöhnliche Dinge, Wunder und so etwas! Dein neuer Roman muss sehr, sehr gut sein."

„Oh ich danke Dir, Jelle. Wie kommst Du darauf?

„Weil Du Dich gerade mit einem Gott verglichen hast..."

„Ich hoffe doch sehr, dass der Gott da oben mit meiner Arbeit zufrieden ist und ich ihn nicht beleidigt habe." Bastian war von der analytischen Schärfe seines Sohnes immer wieder angetan. Jelles Zweifel an dem alten Hesiod-Zitat waren keineswegs aus der Luft gegriffen. War fleißig sein in der Tat eine göttliche Tugend? Und wenn ja, war es dann nicht anmaßend, sich mit Ihnen auf eine Stufe zu stellen? Eine zufriedenstellende Antwort wollte auch Bastian nicht so recht einfallen. Fortan beschloss er, das berühmte Hesiod-Zitat aus seinem Kanon zu streichen.

Am Tag der finalen Abgabe fühlte Bastian eine seltsame Leere. Er hatte Stunde über Stunde an den Worten gebastelt, gedreht, frisiert, Passagen gestrichen, ergänzt, Hinweise des Verlagslektorats integriert und sich schließlich das Gesamtwerk in seiner vollen Pracht zu Gemüte geführt. Er war zufrieden. Seine zwischenzeitliche Begeisterung wurde immer wieder von den seinem Naturell anhaftenden Selbstzweifeln eingefangen. In puncto hohe Erwartungen war er ein gebranntes Kind.

Krix war der Meinung, der „Bestseller" hätte etwas Besonderes und würde den Zeitgeist der Leser treffen. ‚Buck, ich halte Ihren Roman für sehr gelungen und glaube, dass wir ihn mit ein bisschen Werbung unter die TOP-100 der Bestsellerliste bringen können. Natürlich brauchen wir auch etwas Glück, aber ohne das geht es ja nie.' Mit diesen finalen Worten im Ohr drückte Bastian die Enter-Taste und schickte den „Bestseller" auf seine ungewisse Reise durch das Dickicht des örtlichen Glasfasernetzes. Es war vollbracht, zu Ende, kein Zurück mehr. Der letzte Schuss seiner Autorenkarriere war abgefeuert.

Bastian fühlte sich leergeschrieben, ausgewrungen, der innere Tank seiner kreativen Wortbildung stand auf Reserve. Er blickte aus dem Fenster. Dorthin, wo sich sein Alltagsleben in Zukunft verlagern würde. Schule, Lehrer, Lärm, fremde Kinder, volle U-Bahnen, regennasse Kleidung…. Der Preis für ein paar Quadratmeter Sonnenterrasse im Austausch gegen die behagliche Stille seiner Schreibstube.

Annalena war seit der Betriebsfeier verändert. Abgesehen von ihrer chronischen Müdigkeit und dem ständigen Erwähnen, wie sehr sie den Urlaub herbeisehnte, gab sie sich in Alltagsdingen ungewohnt entspannt. Weder die sich auftürmenden Wäscheberge noch die fehlende Grundreinigung der Wohnung machte sie zum Thema. Sie ließ Bastian schreiben ohne die gewohnt bissigen Kommentare und erkundigte sich zumindest beiläufig hin und wieder danach, ‚wie es so läuft‘. Auch der Lehrerjob wurde seitdem nicht mehr erwähnt. Möglicherweise hatte sie doch leise Manschetten, ob der damit einhergehenden privaten Veränderungen? Hausarbeit und Kindererziehung würden zwischen ihnen aufgeteilt werden. Essensvorbereitung plus weitere heimtückische Küchenaufgaben und nicht zuletzt Jelles tiefgründige Verständnisfragen kämen als neue Alltagsherausforderungen auf sie zu. Würde sie vor der Wucht der neuen Aufgaben doch noch kapitulieren und das Leben mit einem erfolglosen Schriftstellerehemann in bescheidenen Mietwohnungsverhältnissen als kleineres aber sicheres Übel vorziehen wollen? Bastian empfand den Burgfrieden als trügerisch. Er fühlte die Ruhe vor dem Sturm, die sich jederzeit in einem spontanen Feuerwerk von Verbalattacken zu entladen drohte. Mit Torben hatte er gesprochen. Die Vakanz in seinem Lehrerkollegium bestand nach wie vor. Nach dem Urlaub würde er die neue Herausforderung in Angriff nehmen.

Südseeromantik

Urlaub. Zwei Mal im Jahr. Gleicher Ort, gleiche Zeit. Die Urlaube im Hause Buck hatten etwas von Alltagsroutine. Zu Ostern ging es für 2 Wochen nach Kühlungsborn. Hier war der Name Programm. Selten ließ der schattige, norddeutsche Frühling Badefreuden in irgendeiner Form zu. Annalena hegte dort Kindheitserinnerungen, seitdem ihre Eltern das einst verschlafene Ostseenest nach der Wende für sich entdeckt hatten. Heute war es das mondäne Flair der Shops entlang der Strandstraße und im nahegelegenen Heiligendamm, das ihre nach Erfüllung strebende Upper-Class-Seele streichelte. In dem 3-Zimmer-Ferienapartment Nr. 212 ohne Balkon gab es wenig Platz zur Entfaltung. Der weitläufige Strand bot sich als Fluchtort an. Die dank der Kurtaxe geschmackvoll angelegten Spielplätze unterschieden sich wohltuend von den baufälligen Gerippen der hiesigen Vorstadt.

In den Sommerferien ging es nach Xanten. Seit der Klassenfahrt im 8. Schuljahr hatte Bastian ein Faible für die altehrwürdige römische Siedlung. Der geschichtsträchtige Hintergrund, die erhabenen Gebäude und die Faszination des Archäologischen Parks inspirierten ihn. Ein Großteil seiner Romanideen war hier entstanden. Auch dieses Jahr ging es wieder an die „Südsee", einem künstlich angelegten Naherholungsgebiet am Rande der Innenstadt. 3 Wochen Sommer, Sonne, Strand sollten die aufgeladene Familienatmosphäre wieder in den Zustand der Entspannung versetzen. Annalena, die ihren Mädchentraum von Hawaii keineswegs aufgeben wollte, hatte zur Xantener Südsee ein gespaltenes Verhältnis. Nach dem verregneten letzten Sommer hatte sie der niederrheinischen Tristesse Abschied geschworen. Doch mit Blick auf den Familienfrieden ließ sie sich ein erneutes Mal breitschlagen. Bastian blühte in Xanten regelmäßig auf, lachte, scherzte, unterhielt die Kinder und fand mit Annalena in den

Abendstunden Gelegenheit für „gute" Gespräche. Dieses Mal, so befürchtete er, könnte der Urlaub ob der anstehenden Veränderungen anders verlaufen.

Am nächsten Morgen würden sie ihren altersschwachen Mini-Van bis unters Dach beladen und dem Urlaubsziel entgegenstreben. Bastian hatte die Waschmaschine in Dauerbetrieb und der Wohnung einen flüchtigen Grundputz verpasst. Die Tiefkühlpizza war im Ofen. Josie und Jelle hatten ihre tagtäglichen Streitigkeiten ganz offensichtlich beigelegt und sich in ihren Zimmern verschanzt. Sobald Annalena den Flur in hoffentlich ausgelassener Feierabendstimmung betrat, konnten die letzten Vorbereitungen für das „Unternehmen Südsee" starten.

Bastian hörte das Schloss. Annalena hatte ihren letzten Arbeitstag mit finaler Kraft und Würde zu Ende gebracht. Mit überschwänglichem Jubel glitt sie durch den Flur ins Wohnzimmer. „Geschaaaaaaafft! Ich kann es kaum erwarten, hier rauszukommen", fiel sie euphorisiert in Bastians Arm. Er stutzte. War es die bloße Freude auf den Urlaub oder die herannahende Aussicht, dass die Tage in ihrer Wohnung gezählt sind? Bastian vermutete Ersteres. Annalenas Laune war prinzipiell zu gut, um das leidige Thema Job- und Wohnungswechsel kontrovers zu diskutieren. „Lass uns schnell was essen. Die Pizza riecht lecker. Dann hab' ich auch wieder die Energie zum Kofferpacken."

Bastian war beruhigt in der Erwartung eines friedvollen Urlaubsvorabends. Doch schon mit Annalenas nächster Frage sollte jene Erwartung postwendend zu Staub zerfallen „Wo ist Josie? Wie waren die Zeugnisse? Ich hab' heute gar nichts gehört."

Zeugnisse. Bastian fühlte einen inneren Stromstoß. Im Wirrwarr der Urlaubsvorbereitung war die Zeugnisvergabe, das Ritual des letzten Schultages vor den Sommerferien, bei ihm vollkommen untergegangen. Selbstbewusst ging er in die

Offensive. „Fragen wir sie doch selbst!" Augenblicklich stand Jelle in der Tür.

„Wie war Dein Zeugnis, Schatz?", fragte Annalena erwartungsvoll.

„Ich hab 4 Einsen. Eine davon in Deutsch. Der Rest Zweier." Bastian war stolz, bemerkte jedoch Lenas Stirnrunzeln ob Josies Abwesenheit.

„Wo ist Deine Schwester?" Die gelassene Feierabendstimmung mutierte in Richtung Anspannung.

„Ich glaube, die hat heute keinen Bock auf Zeugnis", war Jelles knappe Antwort.

Annalena erstarrte und erhob ihre Stimme Richtung Kinderzimmer. „Josie, kommst Du bitte zu uns!"

Wenige Augenblicke später stand ihre verheulte Tochter mit ihrem Lieblingsstofftier im Arm im Wohnzimmer. Es war das zweite Jahr Gymnasium. Trotz Realschulempfehlung war Annalena der Auffassung, dass sie dorthin gehörte. Ihre Noten waren durchwachsen, die Vier Minus in Mathe und die Fünf in der letzten Deutscharbeit wurden als Betriebsunfall abgetan. Schließlich war ihre aufgeweckte Tochter jederzeit in der Lage, ihre Noten durch mündliche Mitarbeit wieder rauszureißen.

Den letzten Elternsprechtag hatte Bastian ausgelassen, da dieser genau in seine intensive Schreibphase fiel. Ihm wurde schlagartig bewusst, dass er über den schulischen Leistungsstand seiner Tochter keinen wirklichen Überblick hatte.

„Josie, sei nicht traurig. An den Noten können wir arbeiten. Hauptsache ist, dass Du die Stufe geschafft hast", sagte Bastian ermutigend.

In jenem Moment brachen bei seiner ansonsten betont selbstbewusst auftretenden Tochter alle Dämme. „Ich bin sitzengeblieben!"

Annalena wurde augenblicklich zur Salzsäule. Sie presste die zitternde Josie in ihre Arme und warf Bastian einen tötenden

Blick zu. Geschlagene 5 Minuten bildeten Mutter und Tochter eine körperliche Symbiose, während Bastian Lenas Giftblitze auf sich spürte. Nachdem sich das in emotionaler Eintracht verbundene Mutter-Tochter-Bündel von einander gelöst hatte, wurde dem Boden der Tatsachen Platz bereitet. ‚Nicht versetzt' war das Statement, das sich auf dem welligen Stück Papier wie ein Richterschuldspruch in der letzten Instanz anfühlte. Deutsch und Mathe hatten Josie das Genick gebrochen und Bastian wusste, dass seine Argumentationsfestung ob der heranrückenden Wortartillerie einer harten Probe unterzogen werden würde.

Nachdem Annalena ihre Kinder mit zähneknirschend-aufmunternden Worten in die Zimmer geleitete, näherte sie sich Bastian mit wehenden Haaren. „Sag mal, kriegst Du hier überhaupt noch was auf die Kette? Es ist DEINE Aufgabe, Haushalt und Kinder zu managen. Oder erwartet der große Hobbyliterat, dass ich mit meiner Tochter abends noch Deutsch und Mathe pauke. Hauptsache, Dein Strebersohn steht mit 4 Einsen da."

Bastian verstand Annalenas Aufregung, auch wenn die Spitze mit dem Hobbyliteraten unnötiges Öl ins Feuer goss. „Ich habe mit ihr geübt, aber Josie macht ab einem bestimmten Punkt zu. Es ist, als wenn Du mit einer Wand sprichst... Dennoch war ich mir sicher, dass es für eine 4 reicht und wir nicht zum Elternsprechtag gehen müssen."

Annalenas innere Wut schwoll weiter an. „Überall den großen Intellektuellen spielen...Goethe hier, Canetti da... und dann die eigene Tochter an Schillers Glocke scheitern lassen! Wolltest Du mir damit zeigen, dass Du für den Lehrerjob nicht geeignet bist? Du bist echt schäbig. Aber glaube mir, dass ich da nicht mitspiele."

Immer dann, wenn Annalenas Wut den Siedepunkt erreichte, neigte sie zu Unterstellungen, die sie gerne mit diffusen Drohungen zu garnieren pflegte. Bastian blieb in diesen

57

Fällen nur das Mittel der Deeskalation. „Schatz, es war dumm von mir, nicht zum Elternsprechtag zu gehen. Ich habe nicht geahnt, dass es so eng wird, dass ihre schriftlichen Noten nicht ausreichen würden. Ich hatte sie vorbereitet, so gut ich konnte."

„Schön, was willst Du mir jetzt damit sagen?", giftete Lena zurück. „Dass Josie zu doof ist fürs Gymnasium oder dass Du es nicht drauf hast, weniger schöngeistigen Kindern etwas beizubringen? Bastian, ich lass mich von Dir nicht einlullen. Du hast sie auflaufen lassen, weil, whatever, Dir Deine Kackschreiberei wichtiger war und bei Josie Deiner Meinung nach sowieso Hopfen und Malz verloren ist." Lenas Wut hielt sich konstant und ihre Augen bekamen einen seltsam schimmernden Glanz.

Bastian sah die Urlaubsfreuden nun gänzlich davonschwimmen und bemühte sich weiter um Versachlichung. „Glaub mir, ich habe alles versucht und es hat halt nicht gereicht. Josie ist noch jung. Da wir sie damals ein Jahr zu früh eingeschult haben, ist die Ehrenrunde für ihre Entwicklung am Ende vielleicht sogar hilfreich. Ich besorge ihr einen guten Nachhilfelehrer. Die Doppelrolle aus Eltern und Lehrer im eigenen Haus funktioniert manchmal eben nicht. Torben hat sich letztens nach einem Schlag auf die Tischkante die Mittelhand gebrochen, weil sein Sohn die pq-Formel nicht verstanden hat."

Annalena sank resigniert in sich zusammen. „Es ist so Scheiße. Ich schiebe nur noch Kühe vom Eis. Kaum ist die eine Kuh runter, rutschen zwei Neue nach."

Bastian hob anerkennend die Augenbrauen, ob der bäuerlichen Bildmetapher seiner Ehefrau und legte prompt nach. „Wenn Josie dranbleibt, wird sie eine gute Schülerin. Das weiß ich. ‚Der sichere Weg zum Erfolg ist immer, es noch einmal zu versuchen'."

„Grandios, wie Du versuchst, mir Josies Ehrenrunde mit Deinem Philosophenquatsch schmackhaft zu machen", entgegnete Annalena spürbar kraftlos.

„Das Zitat ist von Edison."

„Na wenigstens mal was Praktisches. Apropos Edison, die Glühbirne im Gästeklo ist kaputt. Frag doch mal Deinen Thomas Alva, ob er Zeit hat." Lenas aufkommender Sarkasmus war ein sicheres Zeichen erfolgreicher Deeskalation. „Ich hole jetzt die Koffer und garantiere Dir, wenn es an Deiner Südsee wieder nur pisst in Strömen, bin ich nach 3 Tagen zu Hause."

Am nächsten Morgen schien die Sonne. Doch über der Familienstimmung türmten sich dunkle Gewitterwolken. Bastian hatte vergeblich versucht, mit demonstrativ guter Laune die Urlaubsvorfreude zu aktivieren. Annalena blickte hinter ihrer gefakten Gucci-Sonnenbrille wortlos und starr durch die Windschutzscheibe. Josie hatte sich auf dem rechten Rücksitz mit immer noch geröteten Augen hinter ihrer Spielekonsole vergraben. Jelle fühlte sich ob seines guten Zeugnisses ein Stück weit schuldig und hatte sich in die Lektüre von Andersens „Standhaften Zinnsoldaten" vertieft.

Bei der Ankunft im Ferienpark war die 3-Zimmer-Standardunterkunft der Bucks wegen Renovierung nicht verfügbar. Das kostenlose Upgrade auf eine 4-Zimmer-Villa mit Sonnenterrasse hellte die Familienlaune spürbar auf. Das Wetter spielte ebenfalls mit. Den Südseefreuden der gestressten Städterfamilie sollte von nun an nichts mehr im Wege stehen. Eigentlich.

Annalena blieb wortkarg, als die Familie ihren Weg zum künstlich angelegten Badestrand antrat. Sie hatte die Hand ihrer Tochter fest umklammert, deren Frustpanzer langsam aber sicher auftaute. Lena hatte ihr deutlich gemacht, dass das Sitzenbleiben nicht ihr Fehler war und Bastian sich im neuen Schuljahr um einen Nachhilfelehrer bemühen würde.

Josies ansonsten übliche Sticheleien gegenüber Jelle blieben angesichts der Ehrenrundendemütigung aus.

Annalena fühlte sich deprimiert und leer. Josie, ihre Tochter und „Juniorpartnerin in mind", hatte versagt. Sie war Lena in fast allem ähnlich, nur der Ehrgeiz etwas zu erreichen, schien ihr abhandengekommen. Die Peinlichkeit einer Ehrenrunde würde im Freundeskreis und nicht zuletzt bei ihren Eltern hohe Wellen schlagen. Nach dem Urlaub würde sie Farbe bekennen müssen. ‚Dass eine Schuljahrwiederholung ihrer persönlichen Entwicklung guttat', ‚Dass Bastian dies mit den Lehrern so besprochen hatte' und ‚Dass Josie in Kunst, Sport und Religion überdurchschnittliche Leistungen erbracht hatte' …Egal, welche Ausrede Annalena sich zurechtlegte, das Gefühl gemeinschaftlich versagt zu haben, blieb. Sie projizierte es auf sich, auf ihre 10 Jahre in der Firma ohne Fortschritt und Entwicklung, als rechte Hand des Chefs stets zu Diensten. ‚Vorstandsassistentin' stand auf ihrer Visitenkarte. Nichts was sie irgendwo außerhalb von einer besseren Sekretärin unterschied. Und dann Bastians Unfähigkeit, mit extrovertierten Kindern umzugehen. Er würde als Gymnasiallehrer klassisch baden gehen und irgendwann mit einem Burn-Out nach Hause kommen. Vielleicht doch eher Berufskolleg? Da sind die Schüler älter und über ihre Probierphase hinaus. Aktuell wusste sie gar nichts. Es blieb die Hoffnung, dass die Xantener Südsee das Stimmungstief irgendwann aufhellen würde.

„Papa, kann ich Dein Handy für ein paar Strandfotos haben?", blies der Junior Bastian entgegen. Er konnte seinem Sohn, seinem Abziehbild, ohnehin keinen Wunsch abschlagen.

„Klar, aber nur Fotos, keine Videos. Das braucht zu viel Speicher."

Bastian spürte Annalenas Zurückhaltung und verzichtete auf seine üblichen, mit Zitaten garnierten Aufmunterungsversuche. Zeit wollte er ihr geben, um das Mindset wieder in

Ordnung zu bringen. Er dachte weder an Josies Nichtversetzung noch an seine in diesen Tagen anstehende Buchveröffentlichung. An der Südsee fühlte er sich frei, kreativ aufgeladen und voller Energie. Womöglich wartete hier zwischen künstlich angelegten chinesischen Hanfpalmen der Stoff für ein weiteres Buch? Seit seinem ersten Südsee-Besuch gab es für Bastian ein festes Ritual. Als Achtklässler waren sie geschlossen mit Anlauf und voller Montur in den See gehüpft. Trotz der Konsequenz umfangreicher Reinigungsstrafdienste, verhängt durch den mitgereisten Klassenlehrer, hatte jener Akt des Ungehorsams etwas Befreiendes. Etwas Seelenreinigendes, etwas Religiöses und zugleich Verbotenes. Etwas von Neuanfang. Resetknopf für ein freies Bewusstsein.

Auch bei jeder weiteren Ankunft hatte Bastian dieses Ritual bis zum heutigen Tage zelebriert. Annalenas bissige ‚Der Papa muss mal wieder Kind spielen'-Kommentare ließen ihn als Outlaw gegen die Spießigkeit des Alltags noch rebellischer erscheinen. In manchen Jahren war es ziemlich frisch für seinen rituellen Dive. Dieses Mal herrschten perfekte Bedingungen. Durch die schwülwarmen Tage des Frühsommers war der See vorgewärmt. Der Urlaub konnte beginnen.

„Willst Du Dich schon wieder vor all den Leuten zum Affen machen?" Annalena blieb auch dieses Mal konsequent ablehnend.

„Schatz, Du weißt doch. Es muss sein. Eine Art innerer Zwang."

„Na Bravo. Wenn ich meinen inneren Zwängen nachgeben würde, wären wir jetzt woanders. Wie wäre es mal mit etwas Selbstkontrolle, anstatt permanent großes Kind zu spielen? Und falls mich jemand zu Deiner infantilen Nummer befragt …ich kenn Dich nicht."

Bastian hatte seine karierten Bermudas mit der Seitentasche und eines der über die Jahre ausgeblichenen Polohemden an. Er war präpariert und nahm Anlauf für den großen Sprung. Mit jedem Schritt fühlte er wie der Rost der Alltagsseele zu blättern begann und der finalen Sprengung im Moment des Eintauchens entgegenstrebte. Noch vier Schritte, drei, zwei, eins und...!

„Paaapa, Dein Handy", schallte eine Kinderstimme just in dem Moment als Bastian mit dem Kopf zuerst seinen seelenbefreienden Tauchgang einleitete. Dass Jelle ihm nach seiner Fotosession das Smartphone stumm in die Seitentasche der Shorts gesteckt hatte, war unbemerkt geblieben. Nur Sekundenbruchteile nach Bastians Eintauchen platschte sein Endgerät neben ihm ins Wasser, um in wilden Wellenkreisen auf dem schlickigen Grund der Südsee zu versinken.

Annalena bewegte sich Richtung Ufer und rief ihm mit bissigem Unterton entgegen, während Bastian wie ein triefendes Etwas irritiert im hüfthohen Wasser stand.

„Deinem hochintelligenten Sohn hast Du es zu verdanken, dass Dein Hörknochen jetzt U-Boot spielt."

Jelle blickte mit hängenden Schultern schuldbewusst gen Boden. Bastians befreites Strahlen war augenblicklich gefroren. Wie ein begossener Pudel blickte er um sich. Verstohlen grinsende Badegäste wurden Zeugen seines skurrilen Rituals, während er begann, den schlammigen Grund mit Händen und Füßen abzutasten. „Papa, ich komme und helfe Dir suchen. Schließlich bin ich schuld", wimmerte Jelle mit tränenerstickter Stimme.

10 Minuten später zog Bastian ein sandig-schlammiges Etwas aus dem Wasser. „Das war's wohl mit dem Mobilempfang für die nächsten 3 Wochen. War ja auch nicht das allerneuste Modell", war sein lakonischer Kommentar.

„Papa, wenn Du es in Reis legst, bekommst Du es wieder trocken", stellte Jelle hoffnungsvoll fest, während Annalena jegliche Illusionen im Keim erstickte.

„Schau Dir das versiffte Teil an. Da kannst Du halb Peking drüber schütten. Großartig ist übrigens, dass Ihr beide ausseht wie Sau. Schlammtaucher par excellence. Nicht nur sickenass seid Ihr, sondern auch verdreckt ohne Ende. Die Klamotten können wir nach dem Trocknen direkt in nen Sack packen."

Infolge jenes Ereignisses trübte sich die Urlaubsstimmung im Hause Buck wieder ein. Bastian hatte sein Smartphone aufwändig gereinigt und zum Trocknen in 500 Gramm Basmati-Reis gelegt. Vergeblich. Sein mobiler Empfang war für die nächsten 3 Wochen Geschichte. Bastian spürte, dass der Tauchgang als verunglücktes inneres Resetmanöver auch seine aufkeimende Stimmungslage negativ beeinflusste. Er hatte die Buchveröffentlichung aus dem Gedächtnis gestrichen und fühlte keinerlei kreative Energie. Sollte es das mit dem Autorendasein tatsächlich gewesen sein? War dieses Kapitel nun endgültig beendet? Er dachte darüber nach und spürte, es war ihm egal. Er dachte an Annalena, die Kinder und ihr zunehmend angespanntes Verhältnis. Produkt seiner anhaltenden Erfolglosigkeit? Seines egomanischen Festhaltens an der brotlosen Schreiberei?

Er hatte versagt und dies auf dem Rücken seiner Familie ausgetragen. Annalena war frustriert, weil er nicht in der Lage war, ihr etwas zu bieten. Seine Tochter eine Niete in der Schule, ohne dass es ihm bewusst war. Und Jelle, sein Ebenbild, drohte als introvertierter Nerd auf seinen eigenen Erfolglospfaden zu wandeln. Bastian konnte Zusammenhänge erklären und hatte die nötige Empathie, auf Menschen einzugehen. Damit ließe sich sicher Geld verdienen. Die Vorstellung eines geregelten Lehrerjobs erschien ihm vor diesem Hintergrund angenehmer und vertrauter als jemals zuvor.

Am vierten Abend schien sich die Stimmung zwischen den Eheleuten bei einem Glas Wein ein wenig zu entspannen und Annalenas Eispanzer aufzutauen.

„Schatz, ich habe nachgedacht", begann Bastian vorsichtig.
„Klingt wie eine Drohung. Worüber darf ich mir dieses Mal
Sorgen machen?", antwortete Annalena beiläufig.
„Ich glaube, das war's mit dem Schreiben."
„Gibst Du mir das schriftlich?", antwortete sie lakonisch.
„Ich fühle es nicht mehr, dass ich irgendetwas Sinnhaftes zu
Papier bringen kann. Es ist vorbei."
Annalena hatte sich hinter der neuesten Ausgabe des Vogue-
Magazins verschanzt und legte es bedächtig beiseite. „Ob Du
es noch fühlst oder nicht, ist mir relativ egal. Die Sache war
doch eh klar besprochen. Nach diesem Buch ist Schluss. Wir
haben so viele Jahre mit Deinem Autorenspleen verschenkt.
Da kannst Du Dir Deine salbungsvollen Gefühlsduseleien
sparen... Ich dachte, Du würdest mir mitteilen, dass Du mit
Torben, oder whoever, gesprochen und einen festen Job an
der Angel hast. Das wär mal n Fortschritt."
„Ich werde mich mit ihm nach dem Urlaub treffen und die
Sache angehen. Ich habe jetzt die Einstellung gefunden, das
auch durchzuziehen. Nur dann, wenn Menschen ihre innere
Einstellung ändern, können sie auch die äußeren Umstände
ihres Lebens ändern."
„Von wem ist das jetzt schon wieder. Klingt nach Sportlerzitat.
Günter Netzer?"
„Das ist von William James, Amerikas bedeutendstem Philo-
sophen."
„Amerika hat Philosophen? Offensichtlich sind die so bedeu-
tend, dass die Politik einen Scheißdreck drauf gibt", Annalena
blieb bissig, aber ihr aufkommender Sarkasmus versprach
Hoffnung.
„William James hat den Pragmatismus salonfähig gemacht
und damit das praktische Handeln in der Politik nachhaltig
beeinflusst. Dies gilt als Maxime für fast alle Präsidenten der
USA. Selbst ein Donald Trump ist gewissermaßen ein Prag-
matiker, wenn Du so willst."

„Oooh, jetzt hast Du mich überzeugt...!" Annalenas Sarkasmus nahm langsam Formen an. „Bastian, Zitat hin oder her. Pragmatismus bedeutet nicht, dass Du immer nur dem folgst, was Dir gerade in den Kram passt. Du lebst nicht alleine auf dieser Welt. Manchmal sind die äußeren Umstände so, dass man ihnen folgen muss. Du hast Familie und jahrelang Deinen Stiefel durchgezogen. Das hatte mit Pragmatismus wenig zu tun. Hoffen wir mal, dass Dein Ego es sich nicht noch anders überlegt und Du nicht wieder mit einer zündenden Romanidee um die Ecke kommst. Dann hätten wir Krieg." Annalena hatte ihren Kommunikationswillen wiedergefunden und blieb in der Sache entschlossen.

„Schatz, ich war ein Idiot. Lass uns das hier heute als Neuanfang sehen. Ich werde das Schreiben zurückstellen, egal was ich fühle. Unser gemeinsames Leben zählt und wir werden als Familie wieder zusammenwachsen." Bastian hatte schwere Geschütze aufgefahren und hoffte auf ihre Wirkung.

„Ach Bastian, wir haben so viel Zeit vergeudet. Ich darf da gar nicht drüber nachdenken. Manchmal wünschte ich mir, wir könnten die Zeit zurückdrehen. Bei null anfangen. Damals an der Uni, als noch alles unbeschwert war."

Spontan dachte Bastian wieder an die dralle Brünette von der Unifete. Wo wäre er heute, wenn er sie für Annalena nicht stehen gelassen hätte? Hätte sie ihn inspiriert und sein Autorenleben unterstützt? Er sah seine Frau an. In ihrer rebellischen Art hatte sie etwas Anziehendes. Wie ein toxischer Cocktail, der süß schmeckte und am nächsten Morgen einen sicheren Hangover hinterließ. Er spürte unverändert, dass er sie liebte. Bastian versuchte es mit dem bewährten Hundeblick. „Schatz, wir kriegen das alles wieder auf die Reihe. Es ist höchste Zeit für mich, Euch als Familie etwas zurückzugeben." Gequält-hoffnungsvoll lächelte sie zurück.

Bevor sie ins Bett gingen, wollte Bastian eben noch etwas erledigen. Seit 4 Tagen war er „off" und hatte auf diese Weise ein großes Stück seines unerquicklichen Alltages hinter sich gelassen. Dennoch wollte er zumindest in größeren Abständen in seine E-Mails schauen, um den ganzen Wust nicht nach dem Urlaub auf einen Schlag abarbeiten zu müssen. Lenas Smartphone lag vor ihm. „Schatz, dürfte ich eben Dein Phone benutzen, um in meine Mails zu schauen?"

„Muss das jetzt sein?" Annalena stand mit der Zahnbürste in der Hand etwas genervt vor ihm. „Wegen Deines Buches? Oder warum ist das jetzt so dringend?"

„Ich hatte mein Profil auf ein paar Bewerberportalen hinterlegt und wollte mal schauen, ob da was eingegangen ist", gab er vor.

„Meinetwegen. Gib her, ich entsperre es Dir eben." Sie reichte ihm das Gerät zurück und verschwand im Bad.

Bastian war kein misstrauischer Mensch. Er konnte vertrauen und mochte es, zu vertrauen. Eifersucht war in seinem Leben kein vordergründiges Thema. Er hielt sich an Fakten und vermied es, über Untreue und dergleichen zu spekulieren. Annalena hatte ihm diesbezüglich keine stichhaltigen Anlässe geliefert. Also vertraute er und vermied es folglich, an ihrer Treue zu zweifeln.

Ihr Smartphone lag nun offen vor ihm. Er sah eine eingegangene Textnachricht. Von „Ron"! Annalena sprach in Bastians Beisein regelmäßig von „Roller", wenn es um ihren Chef ging und gab sich damit alle Mühe, Distanz zu signalisieren. In seltenen Fällen rutschte ihr ein „Ron" über die Lippen, zum Beispiel wenn sie mit ihrer besten Freundin Jule telefonierte. An die aufgesetzte Siez-Nummer glaubte er nach über 10 Jahren Zusammenarbeit und einigen gemeinsamen Dienstreisen ohnehin nicht.

Nun war die Chance gekommen, die Konversation zwischen ihr und Roller als rein dienstlich abzuhaken und jegliche Restzweifel auszuräumen. Annalena war noch immer im Bad.

Bastian öffnete die Textnachricht von „Ron" und es offenbarte sich folgender Dialog:

Er: „Du warst großartig. Was würde ich nur ohne Dich machen?"

Sie: „Ich hoffe, Du weißt, was Du an mir hast. Schließlich kenn ich Dich besser als jede andere." (Smiley)

Er: „Natürlich weiß ich das, Leni. Du bist wie ein Teil von mir. Und ich freue mich, wenn Du wieder zurück bist."

Sie: „Soso. Da brauchst Du aber noch zweieinhalb Wochen Geduld."

Er: „In 3 Wochen fliege ich dienstlich nach Wien. Ich möchte, dass Du mitkommst..."

Bastian wurde bleich. Er hatte sich getäuscht. Vertrauen, Treue und Liebe, die Fundamente einer jeden intakten Beziehung waren binnen Sekunden pulverisiert worden. Annalena hatte eine Affäre mit ihrem Chef. Die gelesenen Worte waren für ihn mehr als nur ein Verdachtsmoment. Er schauderte innerlich. Würde dieser schmierige Alain Delon für Arme all ihre intimen Stellen kennen, die eigentlich nur ihm vorbehalten waren? Das Muttermal über der linken Brustwarze, das Schmetterlingstattoo unter der rechten Leiste? Die letzte Nachricht von „Ron" war noch ungelesen. Von der anstehenden Dienstreise wusste Annalena folglich nichts. Würde sie Bastian gegenüber nervös werden, wenn sie es erführe? Er fühlte sich schlecht im doppelten Sinne. Ein misstrauischer Schnüffler und betrogener Ehemann zugleich. Bastian legte ihr Phone beiseite. Er würde sie ansprechen. Am besten sofort. Oder doch eher morgen? Sie würden nach 4 Tagen Urlaub die Heimreise antreten. Neben Job- und Schulstress nun auch noch eine schmutzige Trennung? Bastian war kein Konfliktmensch und konnte kleinere Dinge gut unter den Teppich kehren. Doch diese Sache war zu groß. Sein Leben würde ab morgen neu beginnen.

Annalena kam aus dem Bad. „Hast Du alles erledigt? Gab es was Wichtiges von den Karriereportalen?"

Bastian stutzte kurz. „Nein. Ich konnte nichts abrufen. Das WLAN hier ist auch nicht das Allerbeste. Egal. Ich komme jetzt auch ins Bett." Am nächsten Morgen nach dem Frühstück, wenn die Kinder draußen waren, würde er sie ansprechen.

Bastians Nacht war kurz, zumindest gefühlt. Er hatte sich in Gedanken ein Drehbuch zurechtgelegt, wie er Annalena nach dem Frühstück mit der Realität konfrontieren würde. Jenes Mindskript, mit dem er ihre Verfehlungen aufdecken würde, musste präzise sitzen. Sie würde sich ihm gnadenlos stellen müssen. Kein Ausweichen, kein Beschönigen, kein Dekontextualisieren.

Er stand zeitig auf und machte Frühstück. Jelle und Josie waren bereits wach. Bastian blickte sie sehnsuchtsvoll an. Würde er sie auch in Zukunft regelmäßig sehen, mit ihnen als Trennungskindern unverkrampft umgehen können? Er, ein arbeitsloser Single Anfang 40, der über Nacht alles verloren hatte. Das Bücherschreiben, die Frau, die Kinder... Annalena würde mit Sicherheit augenblicklich ausziehen. Vielleicht hatte Roller für sie schon ein Nest eingerichtet. Das Häuschen am Stadtrand, das ihren Träumen entsprach und deren bloße Erwähnung sich zu einer dauerhaften Belastungsprobe für die Eheleute entwickelt hatte.

In der Zwischenzeit war Annalena aufgestanden und betrat im Morgenmantel die Küche. „Wow. Schon Tisch gedeckt! Womit hab ich das verdient?"

Das Ablenkungsmanöver einer Schuldbewussten prallte an Bastian ab. Zur Schau gestellte gute Laune war das, was er aktuell am wenigsten vertragen konnte. „Konnte nicht so gut schlafen. Toast? Eier?"

„Ja gerne beides. Was hältst Du davon, wenn wir heute mal nen Ausflug machen? In eineinhalb Stunden wären wir in Amsterdam. Hätte Lust auf n bisschen Shopping?" Ausflug aha! Die Realität mit ein bisschen Shopping überspielen. Bastian blieb alarmiert und bereitete seine Argumentationslinie langsam vor. „Bin etwas platt gerade. Mal schauen, wie es nach dem Frühstück aussieht." Während des Frühstücks blieb Annalena überraschend gut gelaunt und lächelte ihn – zum ersten Mal in diesem Urlaub – zwischendurch sogar ein wenig an. Dann kam der Moment, auf den Bastian gewartet hatte. Die Kinder gingen nach draußen und Annalena griff zum Smartphone. Er würde sie genau beobachten, ihre Reaktion auf Rollers letzten Chat mit Tiefenschärfe analysieren. Sie scrollte durch den Chat und ihre Augen verdrehten sich gen Decke. „Neiin. So ne Sch…!" „So? Was ist denn?", spielte Bastian den Unwissenden. „Ich muss am Mittwoch nach unserem Urlaub auf Dienstreise. Roller fliegt nach Wien und braucht mich als Assistentin", gab sie offensichtlich genervt zum Besten.

Bastian staunte über ihr schauspielerisches Talent. Über ihre gespielte Contenance, mit der sie die Freude über die dienstliche Lustreise zu verbergen suchte. „So schlimm? Was ist denn dort Deine Aufgabe als… ‚Assistentin'? Annalena bemerkte den Unterton und blickte Bastian mit offenem Mund an. „Sag mal, hast Du n Rad ab? Willst Du mir hier irgendwas unterstellen? So n Scheißvorwurf passt wunderbar zu meiner Laune."

Bastian blickte sie mit starrem Blick an. Seine Unterlippe bebte leicht. „Ich weiß, dass Du auf Dienstreise musst. Habe es gestern in Deinem Chat gelesen?"

„Whatt?!" Lena stand auf und ließ den Rühreilöffel in die Müslischale fallen. Nun war der Moment der ultimativen Explosion gekommen, des Spontanausbruchs, wie sie seit Beginn ihrer Beziehung Gang und Gäbe waren. Würde sie sofort Farbe bekennen und die Trennung einfordern oder müsste er weiter seinem Mindskript folgend detektivisch nachbohren?

Annalena blieb in starrer Haltung stehen. Doch anstelle der erwarteten Eruption sank sie langsam auf ihren Stuhl zurück. „Du missverstehst da was. Zwischen mir und Roller ist nichts." Bastian spürte einen wohlig warmen Schwall im Innern. Abstreiten war eine beliebte Strategie. Schon der alte Sophokles wusste ‚Vor allem hass' ich den Ertappten, der sein Bubenstück noch zu beschönen sucht.'

„Erwartest Du wirklich, dass ich Dir das glaube. Du nörgelst mir seit Jahren vor, dass Roller Dich nervt und ihr per Sie seid. Leni und Ron, sehr hübsch! Du kennst ihn besser als jede andere. Schließlich bist Du ja ein Teil von ihm. Und überhaupt warst Du großartig und wie sehr er sich freut, Dich wiederzusehen..."

Annalena griff an ihre Stirn und rieb sich mit der Handfläche durchs Gesicht. „Stopp, Bastian, stopp. Bevor Du weitermachst..." Seit rund 3 Monaten hatte sie in seinem Beisein nicht mehr geraucht. Sie holte eine Schachtel aus ihrer Handtasche, nestelte hektisch eine Zigarette heraus, zündete sie an und machte einen tiefen Zug. „Ich war unehrlich zu Dir." Bastian zögerte. War ‚unehrlich' eine Verbrämung für ‚untreu'? Er erlebte Lena ungewöhnlich gesettled und reflektiert. „Ich bin mit Ronald tatsächlich per Du. Schon seit circa 6 Jahren. Allerdings nur, wenn wir unter vier Augen sind. In dienstlichen Runden besteht er weiter auf das ‚Sie'. Konnte ich es ablehnen? Er hatte es mir irgendwann angeboten. Und ich hab' einfach den Moment verpasst, es Dir zu sagen..."

„Unter vier Augen! Wunderbar, ‚Leni'! Offenbar führst Du ein Doppelleben mit ‚Ron'. Warum gibst Du nicht zu, was Sache ist? So gut wie Du ihn kennst und wie sehr er Dich vermisst. An seinem Chat kann doch ein Blinder ablesen, dass er auf Dich steht."

„Nein, Basti, es ist anders", Annalena lief eine Träne über die Wange und suchte nach Fassung. „Dieser Job ist wichtig für mich und auch für unsere Existenz." Wieder nahm sie einen tiefen Zug und sah ihn eindringlich an. „Ronald ist ein Macho und schießt mit seinen Sprüchen manchmal übers Ziel hinaus. Ich muss das Spielchen bis zu einem gewissen Punkt mitspielen und werf ihm hin und wieder ein Zückerchen hin. Bastian, ich hab es unter Kontrolle und weiß, wie weit ich gehen kann. Mach Dir keine Gedanken. Wir haben keinen Sex."

Bastian lehnte sich etwas zurück. „Du solltest kündigen!"

„Auch wenn es zuletzt ein bisschen stressig war, der Job ist gut und – nochmal – er sichert unsere Existenz. Diese Verbalerotik hat nix zu bedeuten. Ich hab das im Griff. Ja richtig, ich kenn ihn wohl besser als jede andere Frau. Und warum, weil ich zwangsläufig mit ihm Zeit verbringe. Ob im Büro oder auf Dienstreisen, er ist bindungsunfähiger Single und hat nur mich als seine Vertraute. Ich wiegele alle unerwünschten Anrufe ab, ich weiß, dass er den Kaffee mit 3 Löffeln pro Tasse trinkt, dass er am liebsten Penne Arrabiata mit einem Berg handgeriebenen Parmesan isst und um 16 Uhr seine Tablette gegen Sodbrennen nehmen muss." Lena griff zum Taschentuch und wischte sich den verschmierten Eyeliner von der Wange. „Auf Dienstreisen bestell ich ihm Nutten aufs Zimmer, am liebsten Latinas mit dicken Möpsen. Er ist regelmäßig auf Koks. Deswegen ist er so ungehemmt, aber in seinem Job leider auch schweineerfolgreich. Er kann jeden Geschäftspartner um den Finger wickeln. Bastian, es ist zum Teil eklig mitanzusehen, aber... es ist UNSER Job." Annalena drückte die Zigarette aus und lehnte sich zurück. „So, und jetzt kannst Du mich rausschmeißen!"

Bastian atmete tief. Er konnte nicht umhin, sich schuldig zu fühlen. Seine Lena muss sich von einem schmierigen Chauvinisten erniedrigen lassen, um die Familie über Wasser zu halten, um auch seinen jahrelangen Traum vom erfolgreichen Autor zu alimentieren. Ihre Story war schlüssig. Annalena war im Grunde eine ehrliche Haut. Wahrheiten verschweigen konnte sie zwar, aber Lügen erfinden, war nicht ihr Ding. Er hatte keine andere Wahl, als ihr zu glauben und zu vertrauen. „Aber so kannst Du, können wir, doch nicht weitermachen. Das macht Dich und uns als Familie irgendwann kaputt." „Ich sagte ja, ich hab's im Griff. Roller weiß auch, wo seine Grenzen sind. Ich habe Macht über ihn und weiß Dinge, die sonst niemand weiß. Ich weiß, wen er wann geschmiert hat und welche Bilanzfälschung er in Auftrag gegeben hat. Mit diesem Wissen wird er mich niemals gehen lassen. Andererseits bin mit den Jahren so sehr Teil dieser Firma geworden, dass ich gar nicht anders kann als zu bleiben. Ich werde mit ihm in Rente gehen oder warten, bis er sich die Birne so vollknallt, dass er nicht mehr aufsteht."

„Schatz, das ist alles verrückt. Ich werde mir einen Job suchen, der so gut bezahlt ist, dass Du aufhören kannst."

Annalena spürte, dass ihr Oberwasser langsam zurückkehrte.

„Du willst mich wohl nicht verstehen. Ich kann und will da nicht aufhören. Roller und ich sind eine Schicksalsgemeinschaft. Es gibt keine Alternative. Außerdem brauchen wir zwei Einkommen, um aus dem verdammten Mietloch rauszukommen." Einmal in Fahrt gekommen legte sie unmittelbar nach. „Außerdem hast Du mich mit Deinen Anschuldigungen ziemlich verletzt. Wo ist Dein Vertrauen, das Du immer so groß schreibst? Du schnüffelst im Urlaub in meinem Phone rum und hast nichts Besseres zu tun, als mich jetzt an den Pranger zu stellen. Anstatt mir den Rücken freizuhalten, türmt sich bei uns eine Baustelle nach der nächsten auf. Soll ich mich jetzt Scheiße fühlen, weil ich für den Familienunterhalt alles gebe? Bastian, Du hast nicht das Recht, Dich so zu verhalten."

Annalena stand auf und verschwand wortlos im Badezimmer. Bastian blickte ihr nach. Er verspürte Hilflosigkeit. Gleichzeitig eine innere Erleichterung, dass sich sein erhärteter Verdacht offenbar nicht bewahrheitet hatte. Wie würden die nächsten 2 Wochen Urlaub vor dem Hintergrund des eben Diskutierten verlaufen? Er wollte sein schlechtes Gefühl loswerden und der Familie etwas bieten. Annalena war aus dem Bad zurückgekehrt und kramte nach einer neuen Zigarette. „Es tut mir leid, dass ich die Situation so falsch eingeschätzt habe. Lass uns nach Amsterdam fahren und uns einen schönen Tag machen", schlug Bastian versöhnlich vor. „Oooh, da steht mir jetzt voll der Sinn nach. Stadtbummel gegen's schlechte Gewissen? Vergiss es. Mir pocht der Schädel. Ich leg mich gleich wieder hin..." Annalena war auf dem Weg Richtung Schlafzimmer und machte auf dem Absatz kehrt „...und übrigens, ich werde die Dienstreise absagen. Wollte Jule sowieso beim Wohnung ausmisten helfen. Da wird Ron halt ohne mich klarkommen müssen."

Während der kommenden 2 Wochen sollte sich zwischen den Eheleuten kein Gefühl von Südseeromantik mehr einstellen. Annalena gab sich wortkarg, Bastians halbherzige Versuche, das schlechte Gewissen durch gute Laune zu überspielen, blieben ohne nachhaltigen Erfolg. Die Tage verliefen stereotyp. Mit den Kindern zum Südseestrand, nach dem Abendessen wurde etwas TV geschaut, anschließend vergrub sich jeder in seine Lektüre. Bastian spürte, wie er las, ohne zu lesen. Er starrte Löcher in die Seiten seines Romans „Mann im Dunkel" von Paul Auster. Sein Leben war an einem Wendepunkt. Mitnichten gelang es ihm, diese Wende zu qualifizieren, zu emotionalisieren. Er fühlte sich einmal mehr leer, desorientiert und ohne jeden Esprit. Seine Kreativität, die Lust am Schreiben, war verflogen. Und die entstandene Vakanz wartete darauf, durch etwas Neues aufgefüllt zu werden.
Annalena blieb ihm in diesen Tagen fremd. Nach dem Disput

über ihre vermeintliche Untreue blieb sie unzugänglich und kurz angebunden. Er fühlte in sich eine Mischung aus Schuld und Unbehagen. War Lena noch die Frau, mit der er seinem Leben eine Wende geben konnte? Bastian war gerade 40 und seine Lebensbilanz bis dato bescheiden. Er war fest entschlossen, sein Leben anzupacken und nichts dem Zufall überlassen. Noch 3 Tage, dann ging es zurück nach Hause. Zurück in seine neue Zukunft.

Annalena stand im Bad und schminkte sich ab. Sie spürte, dass Veränderungen anstanden. Bastian, die Kinder, der Job, die Konstanten ihres Lebens waren in Bewegung. Ihr war klar, dass ihr Job und ihr toxisches Verhältnis zu Ronald Roller irgendwann Thema werden würden. Sie bewunderte Roller, ob seiner Dominanz, Ausstrahlung und Überzeugungskraft. Sie blickte zu ihm auf und fühlte sich gleichzeitig benutzt und abgestoßen. Er war genau das, was sie zu Hause nicht hatte, das, was ihr als Kontrast den Alltag geschmeidig machte. Rollers anzügliche Art hatte sie im Griff, machte die Sache aber zunehmend schwieriger. Wo war die Grenze, wie weit konnte sie gehen, um als Individuum ihre Eigenständigkeit zu bewahren? Sie hasste Kontrollverlust und genoss es, den Spieß umzudrehen, ihn zappeln zu lassen, seine Neigungen und Vorlieben gegen ihn zu verwenden. Ohne die Dienstreisen hatte sie alles im Griff. Waren sie gemeinsam unterwegs, dann musste sie mehr geben. Ein bisschen Knutschen in der Hotelbar war das Äußerste, das sie zugelassen hatte. Jeder Schritt weiter würde ihr die Kontrolle entziehen und sie unweigerlich in den Strudel hinabreißen. Ein seltsames Gefühl der Erleichterung überkam sie, wenn die spitzen Schreie der Prostituierten aus dem Nachbarzimmer zu ihr vordrangen. Seine Hämatome an Hals und Armen, die geweiteten Pupillen, die Koksreste am Hemdkragen waren Symbole eines selbstzerstörerischen Schauspiels. Eines Schauspiels, bei dem sie als Regieassistentin

Ursache und Wirkung beeinflussen konnte. Sie brauchte den Alltag, Bastian und die Kinder, um das toxische Spiel zu überstehen, um sich in der Tristesse der Feierabende und Wochenenden neu aufzuladen. Andererseits sehnte sie sich nach Normalität. Einer Familie, mit der sie den Weg des sozialen Aufstiegs gehen konnte. Bastian schien ihr „perfect match" zu sein. Gutaussehend, intelligent, redegewandt. Ein Germanist mit angehender Promotion, mit dem man auf gesellschaftlichem Parkett Eindruck machen konnte. Andererseits war er still, wenig dominant und konnte damit leben, in der zweiten Reihe zu stehen. Sie hatte zu Hause das Sagen, bestimmte Richtung und Tempo. Doch Bastian war ein Schöngeist, ein ehrgeizloser Träumer, der mit wenig zufrieden war und brotlosen Idealen hinterherhing. Was sie bei ihrem Kennenlernen noch als romantische Ader wertschätzte, brachte sie im Familienalltag zur Weißglut. Mit ihm trat sie auf der Stelle. Kein Häuschen mit Terrasse, keine extravaganten Urlaube, kein fahrbarer Untersatz, mit dem man sich sehen lassen konnte. Xanten statt Waikiki, Kühlungsborn statt Cape Coral. Seine Schreiberei hatte alles vermasselt.

Nun war der Urlaub zu Ende und Annalena spürte die Vorboten der Veränderung. Bastian wirkte entschlossener als jemals zuvor und bereit, ihrem gemeinsamen Leben den nötigen Drive zu geben. Sie hatte ihn förmlich gedrängt, aus seiner passiven Schreiberrolle herauszukommen. Dabei war es von je her seine Ausgeglichenheit und innere Zufriedenheit, die sie als Ruhepol an ihm schätzte. Es würde ihre Aufgabe sein, den neuen Bastian mitzugestalten, ohne die alte Grundform zu verlieren. Sie brauchten Geld und sie wollte ihre Terrasse.

Bucks neuer Alltag

Der neue Alltag hatte die Bucks schnell erfasst. Bastian Buck schlenderte durch die Stadt, kümmerte sich um den Ersatz für sein versunkenes Smartphone und hatte für den kommenden Tag einen Termin mit seinem Lehrerkumpel Torben vereinbart. Es sähe in dem Kollegium wohl gut aus, so dass er sich berechtigte Hoffnungen auf einen Job als Deutsch- und Literaturlehrer machen könne. Torben wollte für ihn ein gutes Wort einlegen und einen ersten Gesprächskontakt herstellen. Annalena hatte unterdessen Wort gehalten und die Dienstreise mit Roller unter Angabe „unaufschiebbarer privater Verpflichtungen" abgesagt. Josie bekam derweil die Chance, durch eine Nachprüfung in Deutsch doch noch versetzt zu werden. So saßen beide Elternteile mit ihrer Tochter und „Schillers Glocke" zusammen, um die Schmach der Ehrenrunde noch abzuwenden.

Buck fühlte sich gut, als er aus dem Handyshop mit neuer Ersatzkarte herauskam, die er zu Hause mit Annalenas ausgemustertem Vorgängergerät bestücken würde. Das „alte Schrottteil" (Originalton Lena) stellte seine persönlichen Anforderungen an mobile Kommunikation vollauf zufrieden. Die Veröffentlichung seines Buches hatte er im Zuge der Begleitumstände des Urlaubes zeitweise vergessen. Nun keimten die Gedanken wieder auf. „Der Bestseller" war jetzt zweieinhalb Wochen auf dem Markt. Regelmäßig die Zeit, zu der der Verlag ihn kontaktierte und über den mauen Umsatzstart unterrichtete. Dem Xantener Südseesplash sei gedankt, dass jene Wasserstandsmeldung dieses Mal keinen enttäuschten Abnehmer gefunden hatte. Zu Hause angekommen, würde er Krix anrufen, um den Akt der kollektiven Enttäuschung mit seinem Verlagsleiter zu teilen. Die TOP-100-Liste hatte Krix in Aussicht gestellt und ihm für einen kurzen Zeitraum den Mund wässrig gemacht.

Nun stand Buck in der städtischen Einkaufspassage vor dem Eingang des Buchladens seines Vertrauens. Wie eine unsichtbare Macht zog es ihn hinein. Er bemerkte eine Menschentraube vor der Auslage der Bestsellerromane und näherte sich dem Aushang der TOP-100-Liste. Buck atmete kurz und tief durch und scannte die Liste von unten aufwärts bis zu Platz 50 ... Nichts, mal wieder nichts! Das Maß an Enttäuschung hielt sich im Vergleich zu seinen Vorgängerromanen in Grenzen. Ein Ergebnis seiner inneren Kündigung als Schriftsteller? Er scannte weiter nach oben bis zu Platz 30. Negativ! Buck spürte nicht mehr den berühmten Stich im Herz, der ihn als Jungschriftsteller nach überhöhten Erwartungen getroffen hatte. Eine bestätigende Leere war es, die ihm langsam den Weg Richtung Ausgang wies. Zuvor noch ein kurzer Blick auf die TOP-Seller, die Lichtgestalten der Szene, in deren Schatten er jahrelang um sein berufliches und privates Überleben gerungen hat. Die Buchstaben sprangen ihm wie eine unverhohlene Drohung entgegen. Platz 1! „BESTSELLER" VON BERTHOLD BECK! Bucks Knie wurden weich. Die Liste verschwamm vor seinen Augen. Sein Magen verschloss sich. Ein tsunamiartiger Hitzeschub überrollte ihn. Mit letzter Kraft schaffte er es aus dem Buchladen auf die naheliegende Toilette, wo er sich bei offener Türe mit einem fulminanten Schwall übergab. Hitze, Schweißperlen, Schwindel. Er dachte an den Buchladen. Platz 1, er? Waren jene Halluzinationen Folgesymptome seiner erfolglosen Schaffenskraft? Buck kniete vor der Schüssel. Die Reste einer Urinlache sogen sich in den Jeansstoff. Sein Blick wanderte nach oben entlang des diffusen Fliesenmusters, das sich vor seinem Auge langsam fokussierte. „He!", schallte es hinter ihm. Buck drehte den Kopf und blickte durch die offene Toilettentür. Gelber Speichel rann seinen Mundwinkel hinunter. Zwei entsetzte Augen sahen ihn an.

„Verdammter Junkie!" Die Person machte auf dem Absatz kehrt und stampfte fluchend heraus.

Buck brauchte einige Minuten. Er stand vor dem Waschbecken und sah die geplatzten Äderchen, die seine Augäpfel durchzogen. Nach einer flüchtigen Grundreinigung sammelte er sich und ging zurück in die Buchhandlung. Verrückt, welche Streiche die unerfüllten, über Jahre aufgestauten Phantasien und Hoffnungen spielen konnten. Gefestigten Schrittes näherte er sich der Bestsellerliste. Ein zweiter Blick und alles war wieder gut!? Nichts war gut. „Der Beck" thronte immer noch auf Platz 1 und blickte verächtlich auf seinen fassungslosen Autor hinab. Vor ihm lag ein Stapel Exemplare, mit seinem Pseudonym und seinem geschriebenen Wort.

Buck ließ sich in einen Sessel fallen und sah entgeistert dem Ende seiner fein geordneten Erfolglosigkeit entgegen. Wie in Trance nahm er sich ein Exemplar und begann zu blättern. Das Lesen bereitete ihm Schmerzen. Er ging zur Kasse. Hinter ihm in der Schlange stand eine adrette Frau mittleren Alters. In der linken Hand hielt sie ein Buch. Sein Buch. Beim Anblick des gleichen Buches in seiner Hand warf sie ihm einen wissenden Blick zu. Bevor er bezahlen konnte, wandte sich die Kassiererin an ihre junge, mit Gesichtspiercings übersäte Auszubildende: „Zoé, kannst Du noch den Stapel vom „Bestseller", der heute Morgen gekommen ist, in das Regal einsortieren?"

„Brauch ich nicht mehr. Bis auf drei sind alle schon weg", entgegnete diese schwach motiviert.

„Unglaublich dieser Hype." Die Verkäuferin lächelte Buck freundlich an und hob anerkennend den Daumen. „Tolles Buch. Ich lese ja viel. Aber von dem Autor habe ich noch nie etwas gehört. Kennen Sie ihn?"

Buck war wie in Trance. „Nur flüchtig", stammelte er. Mechanisch legte er das Geld auf die Theke und eilte Richtung Ausgang. Gesprächsfetzen drangen an sein Ohr. „Seltsamer Typ. Wirkte ziemlich verwirrt", warf die Kassiererin ihrer Auszubildenden zu. „Das war n Junkie. Der kam vom Klo, stand völlig stoned vor dem Bücherstapel und hat die Bestsellerliste angeglotzt. Hatte Pissflecken an der Hose und eklig nach Kotze gestunken." „Drogen, glaubst Du? Immerhin konnte er bezahlen." „Ja, ich kenn die Typen. Hast Du die Augen gesehen? Der war völlig weg. Wahrscheinlich Crack oder Heroin."

Auf der Rückfahrt in der Straßenbahn kehrte Bucks Realitätssinn langsam zurück. Er, sein „Bestseller", auf Platz 1?! Ungläubig ließ er die Gedankengänge an sich vorbeilaufen. Seine Karriere als Schriftsteller hatte er beendet. Warum konnte es nicht ein mittelmäßiger Platz 50 sein, den er seinem Umfeld als finalen Achtungserfolg hätte verkaufen können? Er fühlte sich fremd, überrollt, überfordert, schmutzig. Wie ein Vergewaltigungsopfer, das sich nach einer heißen Dusche sehnt, um das Ergangene ungeschehen zu machen. Annalena hatte frei und war zu seinem Glück noch nicht zu Hause. Die Kinder spielten draußen. Bastian duschte lange, seifte sich dreimal ein und schlüpfte anschließend in seinen Wohlfühldress. Hoodie, Jogginghose, Birkenstock. Vielleicht war alles doch nur eine Illusion? Eine Verwechslung? Er hatte den frisch erworbenen „Bestseller" vor sich liegen. Rein äußerlich spiegelte er die Unschuld des Probeexemplars, das der Verlag ihm vorab zur Verfügung gestellt hatte, wider. Schlummerte zwischen den Seiten das hemmungslos-gierige Monster, das sein fein säuberlich sortiertes Leben unterhalb des öffentlichen Radars freilegen, von Grund auf pervertieren würde?

Bastian nahm Annalenas ausrangiertes Smartphone und machte es startklar. Während er ehrfurchtsvoll wartete, prallte der Wasserfall auf ihn ein. 65 ungelesene Textnachrichten, davon 39 von Verlagsleiter Krix! Auch sein E-Mail-Fach war explodiert. Er hörte das Türschloss und legte das Smartphone beiseite. Mit dynamischen Schritten kam Annalena in den Raum: „Du siehst fertig aus. Ist alles ok?"

„Alles gut. Bin nur kaputt und irgendwie etwas durch den Wind."

„Ich muss mit Josie in die Stadt, neue Schuhe kaufen und treff mich abends mit Jule. Könnte etwas später werden. Übst Du heute Abend mit ihr noch für die Nachprüfung?"

„Ja. Mache ich. Sehen uns dann wohl erst morgen früh. Bin irgendwie kaputt, werde früh ins Bett gehen." Bastian machte aus seiner unübersehbaren Abgeschlagenheit keinen Hehl. Sobald Annalena durch die Tür war, schaltete er das Smartphone an. Wieder zwei neue Nachrichten, beide von Krix. Selten war Buck die spontan verkündete Abwesenheit seiner Frau so lieb und angenehm wie in diesem Moment. Es war kurz vor 14 Uhr. Er verzichtete auf die Verfolgung seiner Textnachrichten und entschied sich dafür, Krix im Büro anzurufen. Zitternd wählte er die Nummer des Verlages.

Krix!", schallte es ihm entgegen.

„Hallo Herr Krix, hier ist Buck."

„Buck, sind Sie wahnsinnig? Hier bricht die Hütte zusammen, wegen Ihnen! Und ich kann Sie tagelang nicht erreichen."

„Das tut mir leid. Mein Smartphone war defekt. Hängt es mit meinem Buch zusammen? Habe gesehen, es verkauft sich gut."

„Gut? Soll das ein Witz sein? Es ist der Renner. Platz 1. Mehr als 100.000 Verkäufe in einer Woche und endlos Nachbestellungen. Wir kommen mit dem Produzieren nicht hinterher. Ich habe Interviewanfragen ohne Ende. Die musste ich alle vertrösten, weil der werte Autor nichts Besseres zu tun hatte, als im Moment des größten Erfolges einfach in Urlaub zu fahren."

„Ich kann das alles nicht wirklich glauben.", entgegnete Bastian mit bebender Stimme.

„Glauben? Vielleicht schärft ein Blick aufs Konto Ihre Sinne. Der Verlag hat Ihnen auf die Verkäufe einen ersten Abschlag gezahlt. Und glauben Sie mir Buck, das ist erst der Anfang. Buck, Sie müssen vorbeikommen, am besten sofort. Dies ist Ihre, was sage ich, unsere große Chance. 15 Uhr bei mir im Büro." Klack!

Bastian atmete tief. Völlig unvorbereitet auf den unverhofften Erfolg als Schriftsteller legte er das Phone beiseite. Er spürte Kontrollverlust. Von null auf hundert, zu viel für seine introvertierte Seele. Konto!? Bastian hatte eine eigene Kontoverbindung auf seinen Namen für die dürftigen Verlagszahlungen eingerichtet. Es war ihm unangenehm, Annalena gegenüber die Kleckerbeträge seiner Erfolgslosigkeit zu rechtfertigen. Angespannt fuhr er den Rechner hoch und gab die Zugangsdaten seines Online-Bankings ein. Dieses Mal saß er gut. Bastian spürte im Schutze des Schreibtischsessels seine weichen Knie nicht. Er scannte die Buchungsposten bis zu folgender Position:

Jostein-Verlag: 1. Abschlag: 78.523 EUR!"

Bastian war fertig mit der Welt. Sein Geld, nur seins. Ohne Wissen von Annalena, ihrem arroganten Vater und den missgünstigen „Freunden". Nur er und der Verlag. Hüter des Erfolges, eine Schicksalsgemeinschaft gegen den Rest der Welt. Minutenlang starrte er ungläubig auf jene fünfstellige Ziffer, die sein Leben aus den Bahnen zu werfen drohte. Er dachte an das Gespräch mit Krix, an Torben und den Lehrerjob, an Lena und ihr intaktes Weltbild des erfolglosen Schriftstellers. Er hörte das Türschloss. Jelle kam vom Spielen zurück und näherte sich dem Schreibtisch. In Windeseile fuhr er den Rechner runter, wärmte Jelle das Essen auf und machte sich auf den Weg in Richtung Verlag.

In der Straßenbahn spürte er die Blicke seiner Sitznachbarn. Anders als sonst. Ein Star unter Normalos weckt Aufmerksamkeit. Existierte ein Foto von ihm? Nein, weder der Verlag noch sonst jemand verfügte über Bilder, die in Verbindung mit seinen wechselnden Pseudonymen in den Netzwerken kursieren könnten. Selbstschutz war alles. Festung des personalisierten Misserfolges. Bis dato jedenfalls. Die Blicke blieben auffällig. Zwei Damen mittleren Alters gegenüber begannen zu tuscheln. War es die unwiderstehliche Aura des Siegers, die ihn umgab? Buck stand auf und touchierte beim Aussteigen eine attraktive Teenagerin. Verlegen blickte sie zur Seite. Groupie?! Offenbar gab es zwischen Erfolg und Sexappeal eine unsichtbare Korrelation. Im Aufzug zur 5. Etage des Verlagshauses war er alleine. Was würde passieren, wenn sich die Tür öffnete? Gratulanten, Schulterklopfer, Autogrammjäger? Am Empfang musste er erst mal warten. Es herrschte hektische Betriebsamkeit. Schließlich war er dran und nannte seinen Namen. Die Dame hinter dem Tresen reagierte gelassen und antwortete knapp: „Einen Moment, Herr Buck, ich gebe Herrn Krix Bescheid." Kein Wunder, hätte er sich mit Beck vorgestellt, wäre die Gute vor Ehrfurcht womöglich zu Boden gegangen.

„Herr Krix erwartet Sie", entgegnete die Empfangsdame in pfeifendem Ton. Buck betrat das herrschaftliche Büro und spürte seine weichen Knie augenblicklich wieder. Kilian Krix stand mit dem Rücken zu ihm und blickte aus dem Panoramafenster. Der stylishe Sharkskin-Anzug warf Falten. Langsam drehte sich der Verlagschef um. Dunkle Augenringe und eine strähnige Haarlocke über der rechten Augenbraue zierten das Antlitz. Während Buck ihn mit der Xantener Südseerestbräune erwartungsvoll anblickte, wirkte sein Gegen-über blass und abgekämpft. Offensichtlich hatte sich der Preis des Erfolges tief in Krix' Gesichtszüge eingegraben.

„Wir sind am Ziel, Buck. Gut, dass Sie da sind", lächelte ihn der Verlagsleiter mit gequälter Zufriedenheit an. „100.000 verkaufte Exemplare in einer Woche, noch mal so viele Vorbestellungen. Anfragen zu Lesungen, Buchvorstellungen, Interviews, wir arbeiten hier für nichts Anderes als Ihren „Bestseller". Sogar das Ausland fragt nach Terminen. Wir gehen hier auf dem Zahnfleisch, meine Mitarbeiter klopfen Überstunden ohne Ende und - vielleicht sehen Sie's mir an - die letzten 3 Nächte hatte ich in Summe nicht mehr als 6 Stunden Schlaf. Aber, gut, dass Sie da sind."

Buck schaute verlegen und rang weiter um Fassung. „Ich bin genau so überrascht wie Sie, Herr Krix. Aber geben Sie mir die Zeit, das alles ein wenig zu verarbeiten."

„Zwei Mal falsch, Buck. Erstens bin ich nicht überrascht. Ich spüre Erfolg, offenbar im Gegensatz zu Ihnen. Zweitens haben wir keine Zeit. Wir müssen das Eisen schmieden, solange es heiß ist. Wenn wir jetzt die Hände in den Schoß legen, redet in 4 Wochen keiner mehr über uns. Jetzt müssen Sie als Aushängeschild an die Front. Morgen erscheint ein Artikel im „Stadt Journal". Dann kommen die ersten Lesung-en, Radio- und TV-Termine. Am 12. ist Buchvorstellung in Wien, 2 Tage später Zürich. Die Flüge sind schon für Sie ge-bucht."

Krix' atemlose Aufzählung hatte etwas beschämend Gönner-haftes. Mit eindringlichem Blick nahm er Buck ins Visier. "Von jetzt an ist nichts mehr, wie es war. Buck, Sie sind ein Star, die Galionsfigur unseres Verlages. Jetzt beginnt Ihre Zeit, die Zeit unerfüllter Wünsche." Krix hielt inne, schluckte heftig, sodass die Augen tief aus den Höhlen hervortraten. „Lieben Sie Sportwagen? Ein Häuschen am See? Haben Sie einen

Steuerberater? Den werden Sie brauchen. Die nächsten Zahlungen sind schon auf dem Weg."

Buck ließ die Informationen wie einen Film an sich vorbeilaufen. Seine Gesichtsfarbe glich sich langsam seinem Gegenüber an, während Krix unvermindert fortfuhr. „Ist sicher alles etwas viel für Sie, Buck...! Fahren Sie nach Hause, machen Sie sich mit Ihrer Frau eine gute Flasche Wein auf. Morgen beginnt die Arbeit. Der „Bestseller" wird der neue „Vorleser", besser als das „Parfüm", das garantiere ich Ihnen."

Bastian öffnete die Haustür. Die gesamte Bahnfahrt hatte er sich im „Tunnel" befunden. Mechanisch war er eingestiegen, hatte seinen Sitzplatz eingenommen, aus dem Fenster geschaut, ohne etwas zu sehen und an der Endhaltestelle die Bahn wieder verlassen. Die Körperhülle, die ihn umgab, war nicht die seine. Die Metamorphose vom Loser zum Autorenstar erwies sich als irritierender Prozess.

Jelle und Josie waren in ihren Zimmern. Bastian stand im Wohnzimmer vor der Glasvitrine. Wenn er alleine war, trank er nie, in Gesellschaft nur in Maßen. Sein Blick fiel auf die Flasche Kirschwasser, die sein Schwiegervater aus dem letzten Schweiz-Urlaub mitgebracht hatte. Ein kleiner Shot für ein bisschen mehr Orientierung? Bastian schüttete ein und stürzte den Obstbrand mit einem Zug herunter. Er ließ sich in seinen Schreibtischstuhl fallen und begann zu reflektieren. Bei dem Versuch die überbordenden Emotionen zu eliminieren und die nackten Fakten einzuordnen, kam er zu folgenden Schlüssen.

Er hatte rund 80.000 Euro auf dem Konto. Privates Geld, keine Mitwisser. Sein Pseudonym „Berthold Beck" war weder der Familie noch Bekannten geläufig (Eventuell hatte Jelle das Probeexemplar bei ihm liegen sehen. Er würde auf seinen Sohn achten und ihn eventuell ins Vertrauen ziehen müssen!). Dennoch blieb er fest entschlossen, mit dem

Schreiben aufzuhören und das Leben als Autor zu beenden. Sein Umfeld, allen voran Annalena, war von seiner Erfolglosigkeit überzeugt und würden mit der Erfolgsnachricht nur schwerlich bis gar nicht umgehen können. Der Verlag, allen voran Krix, wollte ihn mit einer Fülle von Terminen überziehen und zur öffentlichen Person machen. Bastian spürte multiples Unbehagen. Seine innere und äußere Welt prallten frontal zusammen. Nach dem Gusto eines Schwerverbrechers verspürte er Schuldgefühle, mit dem gleichzeitigen Verlangen das Geschehene zu vertuschen, ungeschehen zu machen. Doch die Zahnpasta war aus der Tube. Was konnte er tun, was wären die nächsten Schritte, um seine Persönlichkeit vor den Auswüchsen des Autorenstardaseins in Sicherheit zu bringen? Es war weder sein Ziel noch sein Wunsch, ein zweiter Schlink, ein zweiter Süskind zu werden, so sehr er die beiden „Kollegen" auch schätzte. Er hatte lediglich Spaß am Schreiben und damit die Hoffnung verbunden, seinen Lebensunterhalt einigermaßen bestreiten zu können. Nicht weniger, aber auch nicht mehr.

Bastian blickte aus dem Fenster und sah eine Gruppe Schüler über die Straße gehen. Morgen würde er mit Torben über den Lehrerjob sprechen. Nur einen Tag später sollte er dem hiesigen Lokalsender ein Interview geben, bevor die Horrorshow des Rumreichens beginnen würde. Lesungen, Buchvorstellungen, Wien, Zürich… es würde unmöglich sein, das alles unter Verschluss zu halten, im schwindelerregenden Erfolg er selbst zu bleiben. Er musste die Maschinerie stoppen. Am nächsten Morgen um 9 Uhr bei Krix im Büro.

Strategiewechsel

Krix' Halsschlagader trat vor Erregung über dem gestärkten Hemdkragen hervor. „Haben Sie denn völlig den Verstand verloren?" Der Verlagschef war außer sich und nahm Buck eindringlich ins Visier. „Verraten Sie mir, warum Sie den ganzen Scheißdreck über all die Jahre gemacht haben?! Erst eine Pleite nach der nächsten einkassieren und jetzt, ja jetzt, da Sie das Ziel erreicht haben, kneifen und den Schwanz einziehen! Buck, wo ist Ihre Autorenehre? Sie haben einen Volltreffer produziert, das, wonach Heerscharen glückloser Autoren jahrelang vergeblich streben. Und was machen Sie daraus? Sie treten Ihren – was sage ich – unseren Erfolg mit Füßen."

Buck kannte sein Gegenüber und war auf die Reaktion gefasst. „Herr Krix, ich bin kein Star und werde auch keiner sein." Er bemerkte, dass Krix irritiert zurückwich und setzte seine Ausstiegsrede fort. „Ich werde weder Lesungen halten, noch Interviews geben. Die Reisen nach Wien, Zürich und sonst wohin kann ich nicht antreten. Der „Bestseller" ist und bleibt mein letzter Roman. Meine Karriere als Autor ist mit dem heutigen Tag beendet."

Der Verlagschef blickte Buck stumm an und sein Gesicht nahm einen unappetitlichen Ausdruck an. „Buck, so einfach ist das nicht. Sie sind nicht allein. Der „Bestseller" ist unser gemeinsames Werk. Wir sind Ihr Vertragspartner und haben als Verlag auch unsere Interessen." Krix zeigte zur Tür. „Haben Sie unsere Damen am Empfang gesehen? Die schieben seit Tagen Sonderschichten. Für Ihren Bestseller. Wenn wir jetzt die Aktivitäten einstellen, gehen uns massive Einnahmen verloren. Geld, mit dem ich meine Angestellten bezahlen, mit dem ich unseren Verlag groß machen kann...Nein Buck, ich lass mir das durch Ihren Egoismus nicht kaputt machen."

Buck spürte den Druck seines Gegenübers und deutete ein dezentes Einlenken an. „Ich verstehe, wie wichtig Ihnen der Erfolg meines…unseres… Buches ist und möchte dem auch nicht im Wege stehen…", warf er mit fester Stimme ein, „…aber die Vermarktung müssen Sie ohne mich machen. Ich gebe Ihnen alle Vollmachten, die Sie brauchen, aber ich stehe als öffentliche Person nicht weiter zur Verfügung."

„Als öffentliche Person nicht zur Verfügung? Buck, ohne Ihr Gesicht in vorderster Reihe wird es nicht laufen. Als Autor müssen Sie sich verdammt noch mal zeigen. Die Leute wollen Sie sehen…", Krix ließ sich entrüstet in seinen Ledersessel fallen.

Buck stand langsam auf und blickte Krix wohlwollend an. „Das Parfüm wurde ein Welterfolg, obwohl niemand wusste, wer Süskind war. 20 Millionen Verkäufe, in über 40 Sprachen übersetzt, obwohl sein Autor nie in der Öffentlichkeit erschienen ist. Keiner weiß, wie Bernhard Schlink aussieht, aber alle Welt kennt den „Vorleser". Liegt nicht in der Anonymität, im Verborgenen, im Geheimnisvollen auch ein Erfolgsrezept?"

Buck setzte nun zum verbalen Leberhaken an und blickte seinem Verlagsleiter fest ins Gesicht: „Einstein hat nicht umsonst gesagt ‚Das Schönste, was wir erleben können, ist das Geheimnisvolle.'"

Krix vergrub sein Gesicht resigniert unter seinen Händen. „Buck, Buck, Buck, Sie machen mich fertig." Sekundenlang verharrte der Verlagsleiter in dieser Position, um anschließend aufzustehen und auf seinen Autor zuzugehen. Wie zwei Boxer beim Stare-Down standen sie sich gegenüber. Buck spürte wieder das Zittern in den Knien, als Krix ihn verächtlich anlächelte: „Buck, verraten Sie mir es eines. Was ist so ekelhaft daran, Erfolg zu haben, die Früchte seiner Arbeit zu ernten, die Entschädigung für den Frust vergangener Jahre zu erhalten? Was ist so schlimm daran, der Welt zu zeigen und zu sagen, ich kann es, ich bin wer, und ihr da draußen, verdammt noch mal, ihr steht auf das, was ich mache? Buck, vielleicht haben Sie nur diese eine Chance, aus der Masse herauszutreten und Ihre Familie, Ihre Frau, stolz zu machen?"

„Meine Frau weiß nichts davon und soll es auch nicht erfahren", hielt Buck standhaft entgegen.

„Buck, Sie sind ein Naivling und eine tragische Figur obendrein." Krix nestelte an seinem Hemdkragen und löste den obersten Knopf. Mit gemessenem Schritt stampfte er in Richtung des Panoramafensters, stützte sich mit beiden Händen an der Scheibe ab und blickte hinaus. „Bedeutet Ihnen Anerkennung denn gar nichts? Prestige, Wohlstand, hm? Sie wohnen zur Miete nicht wahr? Noch ein paar Wochen und Sie können sich von Ihren Einnahmen ein Häuschen mit Terrasse und Garten leisten? Autos, Klamotten, Urlaub, all die schönen Dinge des Lebens... Nichts für Sie, was? Apropos Urlaub, wo waren Sie eigentlich die ganze Zeit? Muss ja ne echte Fernreise gewesen sein, 3 Wochen lang ohne Handyempfang?"

„Wir waren in Xanten, zum Badeurlaub?", Buck vermied den Begriff „Südsee", um keine weitere Angriffsfläche zu bieten.

„Xanten, soso. Zum Baden!" Krix drehte sich um und schüttelte sich vor Lachen. „Malediven, Seychellen, Mauritius, auch da gibt's Strände. Sand fein wie Pulver. Glauben Sie nicht, dass das Ihrer Familie auch gefallen könnte?"

„Wir machen keine Flugreisen", antwortete Buck knapp.

„Ja ja klar. Jetzt kommen Sie mir am besten noch mit der CO_2-Bilanz." Krix hielt kurz inne. „Passen Sie auf, Buck! Ich biete Ihnen einen Deal." Mit demonstrativer Langsamkeit wischte er sich durch das strähnig zurückgegelte Haar.

„Selbst wenn wir alles auf null runterfahren, werden Sie in den nächsten Wochen sehr viel Geld verdienen. Ich habe die neuesten Verkaufszahlen recherchiert. Sie werden auch in der kommenden Woche wieder die Nr. 1 sein. Dass wir unsere Einnahmen durch gezieltes Marketing noch um ein Vielfaches erhöhen können, dürfte Ihnen klar sein. Aber...", Krix räusperte sich kurz „…das ist mit Ihnen ja anscheinend nicht zu machen. Also biete ich Ihnen einen Kompromiss, der unsere beiden Interessen berücksichtigt."

Buck wusste um Krix' Gewieftheit als Geschäftsmann und wartete mit gespannter Vorsicht. „Ich werde statt Ihrer Wenigkeit zu den Vorstellungsterminen nach Wien und Zürich reisen, um das Buch in eigener Regie zu bewerben. Die anberaumten Lesungen sagen wir mit Blick auf den Anonymitätswunsch des Autors ab. Wir werden weiter Anzeigen schalten und Ihr Buch aktiv bewerben. Da die Weitervermarktung ohne Ihr Zutun erfolgen wird, werde ich die Umsatzbeteiligung des Verlages um einen moderaten Prozentsatz, sagen wir um 10%, erhöhen…Das wäre mein Beitrag in puncto Kompromiss. Ich muss verrückt sein, Ihnen so etwas anzubieten, Buck… So und jetzt geht es um Sie. Heute hatten wir einen Zeitungsartikel im „Stadt Journal". Krix griff in seine Schublade und warf die aktuelle Ausgabe des Printexemplars auf den Schreibtisch. „Morgen sind Sie dran. Dann ist das Radiointerview mit der „Kulturwelle". Da können wir nicht mehr zurück…. Kommende Woche Mittwoch, dann Ihr großer TV-Auftritt in der Talkshow von „Martin Tanz". Auch der ist fest zugesagt. Danach können Sie sich verkrümeln, wenn Ihnen danach ist." Krix setzte einen hypnotischen Blick auf. „Buck, ich hoffe wir haben einen Deal?"

„Ich bin mit Ihrem Vorschlag einverstanden…unter einer Bedingung." Buck pustete sich nervös seine Haarlocke aus der Stirn. „Ich muss vollständig anonym bleiben. Es dürfen keine Fotos, keine Aufnahmen von mir in Umlauf geraten. Das müssen Sie mir zusagen…Radio und TV-Auftritte sind für mich tabu."

„Verdammt noch mal, Buck! Der Auftritt bei „Tanz" ist für uns Gold wert. Wir verbrennen Geld, wenn wir den sausen lassen." Krix tobte und stützte sich wie ein Gorilla auf seinen Nussbaumschreibtisch.

„Sie können Ihre Umsatzbeteiligung gerne um 15% erhöhen, wenn wir auf Bilder jeglicher Art von mir verzichten." Buck war bemüht, Verhandlungsgeschick zu beweisen und versuchte seinen Verlagsleiter an dessen empfindlichster Stelle weitere Zugeständnisse zu entlocken. „25%...sonst brauchen wir nicht weiterreden." Krix' Mimik nahm einen unmissverständlich ernsthaften Ausdruck an. „Und das Radiointerview ist für mich nicht verhandelbar. Es geht nur um Ihre Stimme. Keine Sau wird das Interview ausgerechnet mit Ihnen und Ihrer langweiligen Person in Verbindung bringen."

„Also gut, wir machen das so." Buck fühlte sich kraftlos und erleichtert gleichermaßen.

Krix sank in seinen Sessel zurück. „Buck, so etwas wie Sie habe ich in 15 Jahren Verlagsarbeit noch nicht erlebt. Ich hatte hier schon Autoren sitzen, von denen ich wusste, dass Sie es nicht draufhaben, die mich auf Knien um Vorschüsse angefleht haben. Die mir versprochen haben, dieses eine letzte Mal noch und wir werden Erfolg haben...Die um jeden Artikel gelechzt haben, die um die halbe Welt gereist wären, nur um ihre Fratze einmal in eine Fernsehkamera zu halten..." Krix öffnete das Fenster, zündete sich einen Zigarillo an und nahm einen tiefen Zug. „...und dann kommen Sie. Ein hochbegabter Autor mit der Lizenz zum Gelddrucken... und wirft alles achtlos über Bord. Buck, ich würde Ihnen für die Fortsetzung des „Bestsellers" aus dem Stand heraus 100.000 als Vorschuss überweisen. Aber ich bin es auch Leid, Ihnen in Ihren renitenten Autorenarsch zu kriechen."

Buck stand unbeweglich im Raum, während Krix ihm provozierend den Rauch ins Gesicht blies. „Damit sind die Fronten geklärt.... Ich werde Ihren Wunsch nach Anonymität respektieren. Vielleicht lässt sich daraus doch noch irgendein halbwegs passables Geschäftsmodell stricken. ‚Berthold Beck, der unsichtbare Autor' oder sowas... Werde mir dazu ein paar Gedanken machen."

Freund und Feind

Auf der Rückfahrt fühlte Buck eine seltsame Mischung aus Erschöpfung, Erleichterung und Verunsicherung. Er hatte Krix die Stirn geboten und seine Anonymität gegen ein paar unvermeidliche Zusagen verteidigt. Gleichzeitig fühlte er sich leer und schuldig, ob seiner irrationalen Verweigerungstaktik, die ihm und damit indirekt auch seiner Familie eine Unmenge Geld kosten würde. Dennoch würde er – Krix' Worten folgend – in den nächsten Wochen genügend verdienen, um sich größere materielle Wünsche problemlos erfüllen zu können. Er dachte an Annalena. Haus, Terrasse, Garten, Urlaub... Endlich würde sie den sozialen Aufstieg feiern und den materialistischen Emporkömmlingen aus dem Bekanntenkreis das Wasser abgraben können. Doch sie verachtete seinen Job und alles, was damit zusammenhing. Sie würde das „schmutzige Geld des Schreibens" sicher ablehnen und seinen Erfolg als Autor unmöglich akzeptieren können. Die Statik ihrer Beziehung würde unter der Last des Erfolges zusammenbrechen. Das Ende ihrer Ehe wäre gewiss.
Dennoch spürte er im tiefsten Innern ein dumpfes Gefühl der Genugtuung. Er hatte Erfolg, mit einem Roman, der anders war als seine Vorgänger. Sein Held war ein Antiheld, ein Abziehbild seiner selbst, im Widerstreit mit der unfreiwilligen Bekanntheit. Er dachte an Süskind, der als nicht-öffentliche Person Auftritte und Auszeichnungen bis zum heutigen Tag ablehnt und irgendwo am Starnberger See ein privates, selbstbestimmtes Leben führt. Ob jener Süskind bei seinen Seespaziergängen jemals die Richtigkeit der selbstgewählten Anonymität in Zweifel gezogen hatte?

Buck kamen Zweifel. War es die richtige Entscheidung, das Schreiben im Moment der größten Selbstbestätigung einfach an den Nagel zu hängen und dies gegen einen soliden aber weniger einträglichen Lehrerjob einzutauschen? Es brummte in seiner Jackentasche. Er griff nach seinem Smartphone und öffnete die Textnachrichten. Torben hatte geschrieben. ‚Es täte ihm leid, aber die Vakanz an seiner Schule bestünde nicht mehr'... Buck blickte aus dem Fenster, während Vergangenheit, Gegenwart und Zukunft an seinem inneren Auge vorbeirauschten.

Als er die Wohnung betrat, war Annalena noch nicht zu Hause. „Papa, Mama hat gesagt, wir müssen heute lernen. Morgen ist meine Nachprüfung." Josie stand mit säuerlichem Grinsen vor ihm. Klar, die Nachprüfung! Die letzte Ausfahrt, um der Schmach der Ehrenrunde doch noch zu entgehen. Bastian begann, sein Geflecht an krausen Gedanken zu sortieren. Mit einem innerlichen Störgefühl nahm er am Schreibtisch neben seiner Tochter Platz. Sie war für ihre Verhältnisse ungewöhnlich fleißig und vermittelte den Eindruck, es tatsächlich schaffen zu wollen. Bastian hatte seine pädagogischen Fähigkeiten bis zum Anschlag ausgereizt, um Josie das nötige Rüstzeug mitzugeben. Würde sie scheitern, wäre auch er in seiner Kompetenz als Lehrer beschädigt. Er dachte an Torben und den geplatzten Job. Da saß er nun, der versteckte Bestsellerautor, der als verzweifelter Wissensvermittler in Gegenwart seines eigenen Fleisches und Blutes zu versagen drohte. Ermattet schlug er das Buch auf und begann seine Tochter mit den Untiefen des Lehrstoffes zu konfrontieren.

Nach 2 Stunden konzentrierter Lernarbeit schien die Vorbereitung beendet. „So. Das müsste reichen für morgen." Bastian strich Josie fürsorglich über den Kopf. „Lerne bitte heute Abend vor dem Schlafen noch die Stilmittel auswendig. Dann bist Du gut vorbereitet."

Just im gleichen Moment hörten beide das Türschloss und Annalena stand im Flur. „Schaaatz, haben wir noch etwas Essbares im Kühlschrank?" Lenas Gesichtsausdruck trug eine Mischung aus Erwartung und Schuldgefühl. Bastian wusste, was nun kam. Irgendetwas Spontanes, Halbvergessenes, Unvorbereitetes. Schlimmstenfalls ein unerwarteter Besuch. „Ich hatte ganz vergessen, dass Jule und Justus heute Abend zu uns kommen. Könntest Du nicht noch ne Kleinigkeit zaubern? Muss nix Besonderes sein. So n leerer Tisch wäre ja blöd. Schließlich haben wir ja auch noch nicht gegessen."

Bäm! Bastian war paralysiert. Obwohl er jede Ablenkung von seiner Autorenwahrheit aus Sorge vor Lenas Reaktion mit Kusshand angenommen hätte, stand ihm nun ein Ereignis der besonderen Art bevor. ‚Jule und Justus', jene Namen hatten Signalwirkung, die Bastian spontan in Alarmbereitschaft versetzten. Körperliche Abwehrreaktionen von Rückenschauern bis Magendrücken stellten sich ein.

Er kannte beide von der Uni, so lange wie er Annalena kannte. Justus war BWLer und Lenas Ex. Als Bastian Annalena kennenlernte, waren sie bereits getrennt und Justus hatte frisch mit ihrer Freundin und Kommilitonin Jule angebandelt. Bastian kannte die Umstände der Trennung nicht, aber dass Justus immer noch auf Lena stand, konnte ein Blinder erkennen. Er hielt Justus für einen arroganten Schnösel, der seinen Job als Unternehmensberater wie eine Monstranz vor sich her trug. Seine Designeroberhemden und die neuesten Trendsneaker von Kenzo, Amiri & Co. würden in Anbetracht von Annalenas materialistischer Grundeinstellung auch heute Abend wieder zwangsläufig zum Thema werden. Die Gespräche mit Justus drehten sich regelmäßig um Geldvermehrung und dessen Rückführung in den Wirtschaftskreislauf. Beim letzten Treffen war es der orange-farbene AUDI TT Cabrio, mit dem er seinen Gastgebern ein minderwertiges Gefühl zu vermitteln gedachte. Selbstredend, dass er Bastians Job verachtete und dies mit sarkastischen Bemerkungen unterlegte. „Na, Herr Kafka!" war Justus' Standardbegrüßung und auf diese würde er auch heute Abend sicher nicht verzichten.

Jule hatte sich an Justus' Seite den Traum von einem Eigenheim mit Terrasse erfüllen können. Noch bevor Annalena Bastian kennenlernte, hatten sich die beiden Freundinnen auf einer Studentenparty stockstramm geschworen, einen coolen Typen zu heiraten, der beruflich erfolgreich ist. Aus Annalenas Sicht hatte Jule ihr Ziel erreicht. Sie führte das perfekte Leben. Ein Typ mit Geld, zwei wohlgeratene Kinder, ein schickes Auto, Luxuscluburlaube und nicht zuletzt ein Häuschen mit Garten und Terrassenüberdachung. Dies alles vermittelte Annalena ein Gefühl von Minderwertigkeit.

„Ich kann uns n Krabbensalat machen und dazu hätten wir noch Flammkuchen mit Zwiebeln. Mehr gibt unsere Resterampe nicht her. Meinst Du, wir können damit vor Jule und ihrem aufgeblasenen Sponsor gesichtswahrend bestehen?", gab Bastian lakonisch zum Besten.

„Du bist fies. Nur weil sie aus ihrem Leben was gemacht haben, musst Du nicht so über sie reden. Wenn wir beide demnächst mit zwei geregelten Jobs etwas auf der hohen Kante haben, werden Dich seine Spitzen nicht mehr so stören."

Spontan schoss Bastian die Verlagsüberweisung durch den Kopf. 78.523 Euro! Und eine weitere Zahlung war bereits unterwegs. ‚Wenn der kleine Pisser heute wieder mit seinen neuesten Designerkäufen um die Ecke kommt, werde ich an mich halten müssen, um mein Geheimnis nicht unüberlegt preiszugeben', ging Bastian mit einem seltsamen Gefühl der Stärke in sich.

„Krabben sind super. Und Zwiebelkuchen geht immer. Dazu noch der Grauburgunder, der Paps letztens so gut geschmeckt hat, dann sind wir gut aufgestellt", gab Annalena pragmatisch zum Besten.

Als es an der Tür klingelte, nahm das Erwartete seinen Lauf. „Na, Herr Kafka, vor lauter Schreiben den Ofen vergessen…? Irgendwie riecht's nach verbrannten Zwiebeln, findest Du nicht auch, Schatz." Justus blickte Jule mit eindringlicher Bestimmtheit an, deren Gesichtsausdruck eine Mischung aus Fremdscham und Zustimmung verriet.

„Der Zwiebelkuchen ist im Ofen etwas zerlaufen. Aber alles gut gegangen. Dazu gibt's Krabbensalat." Annalena war versucht, Justus polterndes Entree etwas zu versachlichen. „Fein, ich freu mich… auf Euch und auf das Essen", gab Jule deeskalierend hinzu.

Bastian fühlte sich innerlich angewidert, als er seinen am Tisch sitzenden Gästen den Krabbensalat servierte. Spontan kam ihm der Gedanke, dem feinen Herrn die volle Schüssel über den Kopf zu stülpen und die Crevettensoße in dessen schmalzlockigen Schopf zu massieren.

„Sag mal, Bastian. Das mit dem Schreiben…", Justus' Gesprächsführung schien seinen erwarteten Lauf zu nehmen, „…mag ja ein nettes Hobby sein. Aber wollt Ihr nicht auch irgendwann mal aus dieser Hütte raus. Geld verdienen, so'n bisschen?"

Bevor Bastian auf Justus' süffisanten Einwurf reagieren konnte, grätschte Annalena dazwischen. „Es gibt Neuigkeiten bei uns."

Beide Gäste blickten erstaunt hoch. „Echt, noch n Drittes?... Schon beim Reinkommen, fand ich, sah Lena ein bisschen verändert aus. Oder was sagst Du, Schatz? So n bisschen runder um die Hüften. Nicht, dass Dir das nicht steht…" Justus blickte Annalena aufreizend an, ließ einen peinlichen Lacher los und schaute mit treffsicherer Miene zu seiner Frau herüber.

Annalena war um Fassung bemüht. „Nein. Nichts dergleichen. Basti hört mit dem Schreiben auf. Er bewirbt sich als Lehrer. Auf dem Gymnasium seines Freundes ist ne Stelle frei."

„Glückwuuunsch", schallte es ihnen im Duett entgegen. Bastian fühlte sich ertappt und vorgeführt zugleich. Nichts schien momentan weiter entfernt, als der Lehrerjob an Torbens Schule, der Job, von dem Lena immer noch glaubte, dass er existiert.

„Haben wir gemeinsam so entschieden. Vom Schreiben zu leben, braucht nicht nur Talent und Enthusiasmus, sondern auch das nötige Glück, zur rechten Zeit das Richtige zu veröffentlichen", gab Bastian salomonisch zum Besten.

„Ja. Wie bei allem im Leben. Es braucht das richtige Timing." Justus tat sich zu Bastians „Freude" im Phrasendreschen hervor. „Aber es gibt Beispiele, wo es offenbar funktioniert. Habt Ihr von diesem neuen Roman gehört, der an der Spitze der Bestsellerliste steht. Von dem Autor, den vorher niemand kannte." Bastian gefror innerlich und hielt den Atem an. „Juleschatz, Du hast das Buch doch letztens in Händen gehabt."

Wie auf Kommando kramte Jule in ihrer Handtasche und holte einen säuberlich gefalteten Zeitungsartikel heraus. „Hier, eine Besprechung im „Stadt Journal". Der „Bestseller" von Berthold Beck. Über einen Nobody, der über Nacht zum Star wird. Hast Du doch bestimmt schon von gehört, Bastian, ein Kollege sozusagen?!"

‚Das bin ich, Ihr neureichen Schnösel!' wäre die wohl ehrlichste und naheliegendste Antwort gewesen. Eine entwaffnende Antwort, die alles torpedieren, Bastians Lebensrealität und die seiner Tischnachbarn auf links drehen würde. Die ahnungslose Annalena wäre kompromittiert, die beiden Gäste konsterniert. Immer unter der Voraussetzung, dass sie es nicht für einen großen Scherz hielten.

Augenblicklich hatte Bastian seine Schockstarre überwunden und war bemüht, die Situation wie so häufig mit einem Zitat zu retten. „Ja ein solcher Erfolg ist nicht wirklich planbar. Zu einem Bestseller kommt man wie die Jungfrau zum Kind. Man muss nur empfangsbereit sein." Annalena drehte die Augen gen Decke und Justus ging zum Gegenangriff über. „Was will uns der werte Autor denn nun damit sagen? Dass Erfolg nur auf Zufällen beruht und nicht auf ehrlicher Arbeit?" „Ist nicht von mir. Stammt von Herrn Rowohlt persönlich. Danach ist literarischer Erfolg weder planbar noch erklärbar und kommt meistens unerwartet. Dazu gibt es prominente Beispiele. Wollt Ihr die hören?", gab sich Bastian selbstbewusst. „Lass mal stecken. Ihr Schriftsteller lebt in einer Traumwelt. Im realen Leben ist Erfolg immer planbar und eine Symbiose aus Fleiß und Talent. Es ist kein Zufall, dass ich als Unternehmensberater erfolgreich Projekte manage, wir einen TT vor der Tür haben, uns einen Wintergarten auf die Terrasse stellen, 3 Wochen Sommerurlaub auf Sylt machen und im Herbst in den Robinson nach Fuerte fliegen... Wenn ich wie eine empfangsbereite Jungfrau am Schreibtisch sitzen würde, wäre unser Lebensstandard gleich null." Annalena blickte betreten auf ihren Teller. Bastian spürte, dass das Ekelpaket ihren wunden Punkt getroffen hatte und sie sich augenblicklich schlecht fühlte. Er dachte an seinen Kontostand, der möglicherweise in diesem Augenblick schon die 100.000 überschritten hatte. Was wäre, wenn er sich nun „outen" würde, seinem Gegenüber mit der gleichen materiellen Arroganz begegnen, ihm sein kleingeistiges Statusgehabe wie einen Spiegel vorhalten würde? Nach kurzem Zögern hatte Bastian seine innere Besonnenheit zurückgewonnen. „Wenn alle nur materiell argumentieren würden, gingen die Ideale verloren, wäre die Welt geistig ärmer. Es ist die Bestimmung der Literaten, den Menschen geistiges Futter zu geben, ihre Phantasie anzureichern und mit der Kraft ihrer Worte die Welt zu verändern."

Justus schüttelte verständnislos mit dem Kopf. „Wenn Du dieser Beck wärst und über Nacht einen Haufen Kohle auf dem Konto hättest, was würdest Du tun? Sag mir jetzt nicht, dass es nicht dich nicht triggern würde?"

„Basti, würde es nicht mal merken, und wenn es so wäre, bekäme er es wahrscheinlich mit der Angst zu tun. Nicht wahr, Schatz?" Annalena grinste schelmisch. „Vielleicht bekommt er durch den regelmäßigen Verdienst als Lehrer langsam einen Bezug zu materiellen Dingen. Das ist auch ein Stück weit meine Hoffnung. Denn klar ist, wir wollen aus dieser Hütte raus."

Bastian blickte auf die Amiri-Sneaker seines Gegenübers, die er ihm in lässiger Sitzhaltung entgegenstreckte. Sie gefielen ihm. Die Leinenoptik hatte sogar etwas Alternatives.

„Kein Mensch in unserer Gesellschaft würde freiwillig auf Geld verzichten. Dafür sind wir zu sehr Teil des Systems. Die Frage ist nur, wie weit man sich von der Gier leiten lässt und moralische Grenzen überschreitet. Ein Job sollte immer sinnstiftend sein und der Gesellschaft einen Mehrwert bieten. Dann kommt es darauf an, was man mit seinem Geld anfängt. Setzt man es zur persönlichen, materiellen Bedürfnisbefriedigung ein oder gibt man der Gesellschaft, in der man sich finanziell etabliert hat, etwas zurück."

„Bastian, aus Dir spricht die Erkenntnis des Besitzlosen. Ich garantiere Dir, sobald Du mehr Kohle verdienst, als Du ausgeben kannst, und die Beträge auf Deinem Konto immer größer werden, wirst Du anders reden...", Justus nahm in jenem Moment Annalena mit einem auffordernden Blick fest ins Visier, „...und ... das garantiere ich Dir...im Sinne des Wohlergehens Deiner Familie auch anders handeln."

„Kennst Du denn diesen Beck? Er soll bei einem kleinen Verlag schreiben und quasi aus dem Nichts zum Erfolg gekommen sein." Jule bemühte sich, die Konfrontation ein wenig aufzulösen.

„Habe davon gehört. Kenne aber weder den Autor noch den Inhalt genauer." Bastian blieb in Alarmbereitschaft und dankte allen Anwesenden innerlich, dass sie keine weiteren Details zum Inhalt seines „Bestsellers" präsent hatten. „Wie gesagt, solche „Übernachterfolge" hat es in der Literatur immer wieder gegeben. Thomas Mann war 26 und völlig unbekannt, als er die „Buddenbrooks" schrieb. Letztlich hatte er einen Verleger, der an ihn geglaubt hat."

„Da hast Du mit Krix ja den richtigen Förderer an Deiner Seite." Bastian registrierte Annalenas zynischen Einwurf und fuhr ohne darauf einzugehen fort.

„Doch während Thomas Mann sich danach als Weltliterat einen Namen gemacht hat, blieben andere nur Eintagsfliegen. Salinger ist das beste Beispiel. Sein „Fänger im Roggen" hat sich als Schullektüre weltweit etabliert. Salinger war 32 und in der Blüte seiner Schaffenskraft. Alle prophezeiten ihm eine große Karriere. Doch er schrieb nie wieder einen Roman und zog sich kurz darauf aus der Öffentlichkeit zurück."

„Ich hab ‚den Fänger' in der Schule gehasst", schaltete sich Jule in das Gespräch ein. „Diese aufgesetzte Vulgärsprache hat mich unglaublich aufgeregt."

Annalena blieb während des gesamten Disputs auffallend still. Literatur war nun wirklich nicht ihr Ding. Namen und Titel waren für sie Schall und Rauch. Das ständige, trockene Korrekturlesen aus Bastians früher Schreibphase hatte ihr noch die letzten Restleidenschaften in dieser Hinsicht entzogen. Sie gab der Literatur ein Stück weit die Schuld für ihren bescheidenen Lebensstandard und schaltete, sobald es um Bücher ging, gerne auf Durchzug.

Der weitere Verlauf des Abends hatte alle Beteiligten ein Stück weit an ihre Grenzen gebracht. Nachdem der gelackte Selbstdarsteller mit seinem langhaarigen Anhängsel hinter der Haustüre verschwunden war, saßen Bastian und Annalena am noch unabgeräumten Esstisch. Der Rest des Grauburgunders wartete auf seinen Vollzug. Bastian spürte Annalenas Unruhe und fürchtete, dass das Gespräch in eine für ihn unerwünschte Richtung gehen könnte. Hatte sie Lunte gerochen, dass am „Bestseller" womöglich etwas dran war? Dass er mehr wusste, als er vorgab? Nach dem heutigen Abend verstärkte sich sein Gefühl, dass die Wahrheit einem Erdbeben gleichkäme und die über Jahre fein eingeübte Rollenverteilung als Grundlage ihrer Beziehung demolieren würde.

„War's sehr schlimm für Dich?", fragte sie seufzend.

Bastian atmete ob Lenas unschuldiger Frage auf. „Du meinst Justus und seinen Egotrip?"

„Jo. Ich finde, er hat ziemlich dick aufgetragen. Jule hätte ihn das ein oder andere Mal bremsen müssen. Wenn ich mit ihr alleine bin, regt sie sich jedes Mal über seine Art, andere vorzuführen auf. Aber sobald Dritte dabei sind, hält sie die Klappe."

„Er hat sie gekauft. Drücken wir's so aus. Audi TT, Wintergarten, Urlaub auf Sylt, Fuerte... Das Schweigegeld scheint sie ja dankend anzunehmen."

„Ich finde, dass er in der Sache grundsätzlich recht hat. Nur die Art, sich über andere zu erheben und persönlich zu werden, ist nicht ok. Was spricht dagegen, sich etwas zu gönnen, wenn man die Kohle hat? Wenn man Ziele hat, auf die man hinarbeitet und den Erfolg in materielle Dinge ummünzt? Ich finde daran nichts verwerflich und wünsche mir, dass Du für meine Ziele und Wünsche in dieser Hinsicht auch ein wenig Verständnis aufbringst."

Bastian nutzte die Gelegenheit und packte den Stier bei den Hörnern. „Jetzt stell Dir vor, ich wäre dieser Beck und hätte 100.000 Euro auf dem Konto? Was würdest Du tun?" Annalena schaute regungslos, bevor das Lachen aus ihr herausbrach. „Schatz, glaubst Du immer noch an dieses Hirngespinst des erfolgreichen Autors? Bitte schmink es Dir ab. Du bist kein Beck und wirst auch keiner sein. Du wirst als Lehrer Dein Geld verdienen und wir werden es auf diesem Wege gemeinsam schaffen. Es ist Zeit, in der Realität anzukommen und dort den nächsten Schritt zu gehen."

Bastian ließ sich seine Ernüchterung nicht anmerken und nahm das Thema Realität beim Wort. „Torben hat mir übrigens abgesagt. Der Job in seiner Schule steht nicht mehr zur Verfügung."

„Whaaat?" Annalenas Augen schienen aus ihren Höhlen zu springen. „Einfach so? Is nich? Da hast Du Dich von dem Phantasten ganz schön einlullen lassen." Annalena kannte Torben flüchtig. Der alternative, zopftragende Hobbybienenzüchter lebte in einem umgebauten Bauwagen am Stadtrand und war in ihren Augen kein guter Einfluss auf Bastians Fortentwicklung. Torbens Frau Trine gehörte den Klimaklebern der „Letzten Generation" an und war als Gegnerin materieller Besitztümer „genau Lenas Fall". Es passte für sie ins Bild, dass das vermeintliche Jobangebot nicht mehr als eine hohle Phrase gewesen ist.

„Ich spreche noch mal mit ihm. Vielleicht ist ja doch noch was zu machen. Ansonsten werde ich mich in den nächsten Tagen bei einigen Bildungsträgern bewerben. Adressen hab ich schon rausgesucht." Bastian war bestrebt, den Eindruck eines engagierten Jobsuchers zu vermitteln, um von dem dünnen Eis des „Bestsellerautors" runterzukommen.

„Was ist das eigentlich für ein Buch, von dem die beiden gesprochen haben? Scheint ja was Besonderes zu sein?"

Bastian merkte, wie das Eis unter seinen Füßen zu knirschen begann. „Keine Ahnung. Hab die letzten Wochen nicht so viel mitbekommen. Urlaub, kein Handy und so weiter. Werde mir das sicherlich noch mal zu Gemüte führen."
„Vielleicht sollte ich es mir kaufen. Ich habe die letzten Jahre zu wenig gelesen. Muss mal wieder reinkommen. Und wenn Gott und die Welt darüber spricht, sollte man zumindest mitreden können."
Bastian schluckte und trat die Flucht nach vorne an. „Ich bin morgen in der Stadt und kann es Dir mitbringen."
„Ja, ist nicht soo eilig. Hab im Moment eh nicht die Ruhe dafür. Bin froh, wenn ich nach den Bürotagen abends mal an nichts denken muss."

Reichtum und Radio

Der kommende Tag sollte positiv beginnen. Strahlend kam Josie aus dem Schulgebäude. „Ich hab's geschafft. Bleibe in meiner alten Klasse."
Bastian hatte seine Tochter daraufhin mit gewissem Stolz und Erleichterung in den Arm genommen, anschließend Annalena die frohe Kunde übermittelt und Josie zu ihrer Freundin Kassandra gebracht. Nun stand er inmitten der Einkaufspassage und starrte auf den Geldautomaten. Was wäre, wenn die astronomische Summe von gestern nur ein Spuk gewesen ist? Nach Krix' Aussage müsste das Guthaben aufgrund der Verlagsüberweisungen mittlerweile sechsstellig sein.
Buck tippte seine Daten ein und starrte auf das Display. Guthaben: 152.138 EUR! Er spürte, wie die Hitze in ihm hoch stieg und der Magen erneut zu rebellieren begann. Doch dieses Mal war er vorbereitet. Er schloss die Augen und wartete einige Sekunden, bis sich seine Atmung wieder

beruhigt hatte. Jetzt war er bereit für den Praxistest. Noch nie hatte er auf einen Schlag 1.000 Euro abgehoben. Nun war der Zeitpunkt gekommen. Bucks Herz schlug schneller, als er die 1 mit den drei Nullen eingab. Kurze Verzögerung! Das Display blieb leer. Schon rechnete er damit, dass der Automat ihm den symbolischen Stinkefinger zeigen würde, als die Zählmaschine im Innern zu rattern begann. Sekunden später spuckte das Höllengerät auf stakkatohafte Weise zwanzig 50 Euro-Noten aus. Das Display des Automaten zeigte den Kontostand von 151.138 EUR an und bedankte sich höflich für die Transaktion.

Hektisch raffte Buck die Scheine zusammen und stopfte sie im Stile eines Bankräubers in seine Jackentasche. Er blickte nach links und rechts ob mutmaßlicher Beobachter und zog strammen Schrittes weiter durch die Passage. Rund eine Stunde Zeit blieb ihm bis zum Interview in den Redaktionsräumen des naheliegenden Radiosenders. Vor ihm lag der Schuhladen mit den hippen Designersneakern. Im Schaufenster standen sie und lachten ihn provozierend an. ‚Na Bucki, wollen wir mal sehen, ob nicht doch so n verkappter Snobbi in Dir schlummert' schienen die trendigen Leinentreter mit der Amiri-Aufschrift ihm mitzuteilen. Sie ähnelten dem Modell, das Justus ihm am Vorabend so provozierend entgegengestreckt hatte.

Herzklopfend wie ein Halbwüchsiger vor dem ersten Date betrat Buck die Lasterhöhle für Fußbekleidungen. Eine Verkäuferin sprach ihn an. Eigentlich wollte er nur schauen, die Schuhe kurz anfassen, vielleicht unbeobachtet anprobieren, um dann mit der Grenzerfahrung im Nacken auf dem Absatz kehrt zu machen. Die Verkäuferin war hübsch, hatte mit ihren Katzenaugen und den dunklen lockigen Haaren etwas Verführerisches. Ihr „Na Kleiner, wie wär's mit uns beiden-Blick" ließ Bucks Zurückhaltung weichen.

„Haben Sie die Amiris aus dem Schaufenster in Größe 43?"
Buck wunderte sich selbst über seine zur Schau gestellte
Selbstsicherheit.

„Das ist unser Premium-Produkt. Ich schaue direkt mal nach.
Einen Moment." Die Verkäuferin lächelte ihn an, verschwand
hinter der Theke, tuschelte kurz mit einer Kollegin, die neugierig zu ihm rüber schaute.

Buck blickte an sich herab. Die alten Skechers hatten weiß
Gott bessere Zeiten gesehen. Reste von Südseesand in den
Nähten gaben dem Exemplar einen wenig förderlichen
Shabby-Chic.

„Wir haben Glück. Das letzte Exemplar in 43." Aufreizend
lächelnd präsentierte die Dame die Box und öffnete den
Deckel. ‚Warum sprach sie von „wir"? Hatte sie etwa ein
persönliches Interesse daran, dass er seine alten Skechers
gegen etwas Neues, Ausgefallenes eintauschte?' „Sie wissen
um den Preis, hoffe ich. 650 Euro sind ja kein Pappenstiel."

„Geld spielt keine Rolle. Sie sind es mir wert." Buck blickte
augenzwinkernd zurück und fühlte wie die Rolle des Materialisten von ihm Besitz ergriff.

„Oh!" Die Verkäuferin erschrak. Ihr ebenmäßiger Teint
verfärbte sich rötlich und sie lächelte unsicher zurück. „Ach…
Sie meinen die Schuhe?"

Buck musste schmunzeln. „Ja natürlich. Sie sind sehr
schön… Die Schuhe, meine ich." Die Verkäuferin musterte
ihn kurz, fuhr mit der Zunge über ihre Oberlippe, warf ihm
einen neckischen Blick zu, bevor sie sich auf dem Absatz
umdrehte und ihn das Paar anprobieren ließ. Mit den neuen
Sneakern in der Hand blickte er ihrer wohlgeformten Rück-
ansicht hinterher.

Inspiriert schlüpfte Buck in die Designerexemplare, die seine
Füße wie eine zweite Haut umgarnten. Gut sahen sie aus.
Aber an ihm? Torben würde ihn verachten und Annalena
hätte Zweifel an seinem Verstand, wohl wissend dass 650

Euro die finanziellen Spielräume ihrer Haushaltskasse empfindlich überfordern würden. Dennoch spürte er ein schlimmschönes Gefühl der Rebellion, des sozialen Ungehorsams in sich hochsteigen.

„Ich würde sie gerne nehmen." Die Verkäuferin stutzte kurz. „…die Schuhe meine ich." Buck lächelte verschmitzt, während die Verkäuferin kurz auflachte und ihre Katzenaugen zum Funkeln brachte.

„Soso…ich finde sie auch sehr schön…die Schuhe… Und falls Sie an weiteren Markensneakern Interesse haben… Cavalli, Kenzo, Autry, Golden Goose oder andere… ich kann Ihnen auch welche bestellen. Rufen Sie mich einfach an. Hier meine Karte…ich bin Loreena."

„Sehr angenehm. Ich bin Bastian." Buck folgte Loreenas Parfümspur auf dem Weg zur Kasse und streckte ihr 13 der frisch gezogenen 50-Euro-Noten entgegen.

„Oh, in bar. Das ist ungewöhnlich… Entschuldigen Sie die Frage, aber wohnen Sie hier in der Stadt?" Loreenas Blick schien tieferes Interesse an seiner Person zu verraten.

„Ich wohne und arbeite hier. Ich bin Schriftsteller und arbeite von zu Hause. Da ist man quasi immer im Dienst."

„Ooh wie spannend. Worüber schreiben Sie? Kennt man Ihre Bücher?"

„Ja. Der letzte Roman ist ziemlich bekannt…Vielleicht…oh!" Buck blickte auf die Uhr und sah, dass ihm die Zeit langsam davonlief.

„Vielleicht…?" Loreenas intensiver Blick verriet zunehmende Neugier.

„Tut mir leid, Loreena. Ich muss los. Ich habe einen wichtigen Termin. Es war mir ein Vergnügen. Vielleicht beim nächsten Mal." Buck zog einen weiteren 50er aus der Tasche und streckte ihn der Verkäuferin entgegen. „Hier…das ist für Ihre tolle, persönliche Beratung."

105

„Ooh. Das darf ich nicht annehmen. Aber ich weiß Ihre Großzügigkeit zu schätzen."

„Verstehe. Ist mir dennoch ein Bedürfnis. Nehmen Sie es für
Ihre Kaffeekasse oder teilen Sie es mit Ihren Kolleginnen.
Vielen Dank nochmals und bis bald, Loreena." Buck setzte
einen wohlwollenden Blick auf und drehte sich um Richtung
Ausgang.

„Vielen Dank nochmals, Bastian, und viel Spaß mit den
Schuhen. Melde Dich, wenn Du wieder etwas brauchst."
Loreenas Stimme hallte noch Sekunden später in Bucks
Gehörgängen nach, als er eine Holzbank inmitten der Passage ansteuerte. Was war passiert? Er hatte Designerschuhe
im Wert von 650 Euro gekauft. Er, der Wohlstandsverächter,
der ständig Alternative, der auf Bescheidenheit, Nachhaltig-
keit und ideelle Werte ausgerichtete Wortakrobat, der materielles Geprotze Zeit seines Lebens verachtet hatte. Er war
sich untreu geworden, dem schnöden Mammon erlegen.
Darüber hinaus hatte er eine, zugegebenermaßen attraktive,
Mittzwanzigerin angeflirtet, mit seinem Bargeld gewedelt und
ihr die Story eines erfolgreichen Schriftstellers aufgetischt.
Nun hatte er ihre Visitenkarte, auf der eine mit Kuli geschrie-
bene Mobiltelefonnummer, womöglich ihre Private, stand.
Buck erschauderte vor sich selbst. Hatte der Besitz von einem
Bündel Geldscheinen eine bislang unbekannte, hässliche
Seite seines Charakters zu Tage gefördert? Hatte der sprung-
hafte Reichtum aus dem biederen, intellektuellen Dr. Jekyll einen maßlosen, menschen- und werteverachtenden Mr. Hyde
werden lassen? Buck blickte auf seine Schuhe. Das Amiri-
Logo grinste ihn provokant an. Zum weiteren Reflektieren
fehlte ihm die Zeit. Er musste los. Eilig stopfte er die
ausrangierten Skechers als Relikt seines alten Lebens in
einen der Müllbehälter und machte sich auf den Weg
Richtung Radiosender.

Die nußbaumvertäfelte Wand des Redaktionsleiterbüros der „Kulturwelle" erinnerte Buck an die Dienstgemächer seines Verlagsleiters Kilian Krix. Freundlich blinzelte ihn sein Interviewpartner durch eine abgerundete Hornbrille an. Thomas Tücks war ein sympathischer Zeitgenosse, dessen feine, mit leichter Blässe unterlegten Gesichtszüge Sensibilität erahnen ließen. Buck hörte die Buchbesprechungen und Schriftstellerinterviews der „Kulturwelle" regelmäßig jeden Donnerstagabend und konnte seinem Gegenüber eine gewisse literarische Kompetenz attestieren. Die Ausstrahlung des Interviews war für die kommende Woche Donnerstag vorgesehen. Tücks hatte Philosophie studiert, bevor er als Redakteur bei der „Kulturwelle" begann und diese mit der Zeit zu einem renommierten Sender für Musik- und Literaturinteressierte ausbaute. Buck wusste, dass er keine Fehler machen durfte. Seine sonore Stimmfarbe könnte ihn augenblicklich entlarven. Er würde etwas schneller sprechen als gewohnt und gleichzeitig die Tonlage anheben.

Tücks war mit Kilian Krix gut bekannt. So kam es, dass der ein oder andere Autor aus dem Jostein-Verlag durch die „Kulturwelle" bereits ein wenig Starthilfe bekommen hatte. Doch heute war für den renommierten Sender und seine getreuen Zuhörer ein besonderer Tag. Vor ihnen saß ein Star, dessen Buch seit 2 Wochen die Bestsellerliste anführte. Ein Mann, den ein großes Geheimnis umgab und der bis zum heutigen Tage der Öffentlichkeit ferngeblieben war.

„Herzlich willkommen, Herr Beck. Ich freue mich sehr, dass Sie hier sind und wir die Ehre haben, ein Interview mit Ihnen zu Ihrem „Bestseller" zu führen."

„Vielen Dank meinerseits für die Einladung. Herr Krix hat mir mitgeteilt, dass Sie an meinem Buch Gefallen gefunden haben. Ich fühle mich geehrt", gab Buck in einem Gefühl höflicher Übertreibung zum Besten. Er räusperte sich kurz und spürte selbst, dass seine Stimmfarbe ein wenig verstellt klang.

„Oh ja, sehr sogar. Ich bin ein Fan Ihrer Story und glaube, dass Ihr „Bestseller" das Zeug zu etwas ganz Großem hat." Buck saß geplättet in dem ergonomisch vorgeformten Schalensitz. Unzählige Besprechungen und Interviews, auch mit den ganz Großen, hatte Tücks in den letzten Jahren geführt. Vor diesem Hintergrund hatte jene Lobhudelei etwas seltsam Irreales.

„Herr Krix sagte mir, dass Sie Ihre Anonymität wahren und keine persönlichen Fragen beantworten möchten. Das respektieren wir selbstverständlich... so weit, wie es bei einem Buch mit autobiographischen Zügen eben möglich ist." Tücks lächelte verlegen. Buck war im Innern überrascht, dass Krix seinen Anonymitätswunsch dermaßen deutlich adressiert hatte. Offensichtlich war der ehrgeizige Verlagsleiter nicht gewillt, sein bestes Pferd im Stall zu vergrätzen. „Ich werde Sie am Anfang bitten, sich vorzustellen. Dann können Sie selbst entscheiden, wie weit Sie gehen wollen. Sind Sie Einverstanden?"

„Ja in Ordnung." Buck blieb schmallippig in Anbetracht etwaiger Fallstricke, die ihm sein gewiefter Interviewpartner auslegen könnte.

„Wenn Sie bereit sind, beginnen wir jetzt mit dem Interview." Buck hob den Daumen und Tücks startete die Aufnahme.

„Meine Damen, meine Herren, liebe Hörerinnen und Hörer der Kulturwelle. Heute haben wir einen besonderen Gast. Seit 2 Wochen ist sein Roman „Der Bestseller" in aller Munde und steht auf Platz 1 der Verkaufscharts. Ich begrüße bei uns zu einem exklusiven Interview den Schriftsteller Berthold Beck."

„Vielen Dank für die Einladung. Ich freue mich hier zu sein." Buck war um einen sympathischen Einstieg bemüht, um

gegenüber den erwartungsfrohen Hörern nicht als abgehoben oder gar stoffelig dazustehen.

„Herr Beck, Sie sind vielen Lesern bis dato unbekannt. Umso überraschender ist für manche Ihr Erfolg. Vielleicht zu Beginn kurz ein paar Worte zu Ihrem Werdegang und Ihrer Person."

Buck nippte an seinem Wasserglas und versuchte sich zu konzentrieren. Sprache, Tonlage, Inhalt, das alles musste er nun in Einklang bringen. *„Mein Name ist Berthold Beck. Ich bin verheiratet und Vater von 3 Kindern"*, log er. *„Ich schreibe seit etwas mehr als 10 Jahren, meistens kleine Essays. Nun habe ich mich an meinen ersten Roman herangewagt und bin natürlich selbst überrascht, dass er so gut angenommen wird."*

„Der „Bestseller" handelt von einem Schriftsteller, der nach Jahren des Misserfolges über Nacht den Durchbruch schafft und am Ende mit den Schattenseiten des Ruhms zu kämpfen hat. Blickt man auf Ihre Person, sei die Frage erlaubt, wie viel Autobiographisches findet sich in Ihrem Roman?"

Buck war auf jene Frage selbstverständlich vorbereitet und spulte seine Antwort herunter. *„Ich lege großen Wert darauf, dass es kein Buch über mein Leben ist. Dennoch verarbeite ich Eindrücke und Erfahrungen, die mit meinem Leben als Schriftsteller in Zusammenhang stehen. Millionen Menschen aus der Mitte der Gesellschaft stellen sich die Frage, wie es wäre, aus dem normalen Leben auszubrechen und über Nacht erfolgreich zu sein. Mit allen positiven und negativen Begleiterscheinungen. Ob Musiker, Schauspieler, Sportler, Wirtschaftsbosse oder Literaten, die Mechanismen sind immer die gleichen. Offensichtlich scheint diese Gedankenwelt viele Menschen zu beschäftigen."*

„Nun sind Sie selbst über Nacht ein Star geworden. Können Sie diese Entwicklungen anhand Ihrer eigenen Person nachfühlen bzw. bestätigen?

‚Was ein raffinierter Hund!‘, dachte sich Buck. Dem Versuch, ihm durch die Hintertür persönliche Gefühlsregungen zu entlocken, musste er entgegenwirken. *„Es geht nicht um mich und wie ich damit umgehe. Ich führe ein zurückgezogenes Leben und fühle mich von materiellen Dingen nicht angezogen. Doch viele von uns sehen in dem was sie tun, die große Chance gesellschaftlich aufzusteigen und ein anderes Leben zu führen. Der „Bestseller" beschreibt lediglich die möglichen Folgen und stellt die Frage, ob der Ausbruch aus dem alten Leben in letzter Konsequenz erstrebenswert ist."*

„Bedeutet das denn, dass man seinen Zielen und Träumen nicht folgen sollte, nur um sein altes bescheidenes Leben zu behalten? Dahinter steckt ja auch eine Lebenseinstellung. Brauchen wir als Gesellschaft nicht auch den Geist zu mehr Mut und Risiko, mit dem Willen etwas zu verändern?"

„Sicher brauchen wir Veränderung. Aber nicht zu jedem Preis. Es geht darum, Mehrwerte zu schaffen, die der Gesellschaft in Gänze dienen und nicht dem Ego des Einzelnen Genüge tun. Ich persönlich halte es mit Martin Luther King, der gesagt hat: ‚Jeder Mensch muss entscheiden, ob er sich im Licht des schöpferischen Altruismus oder in der Dunkelheit des zerstörerischen Egoismus bewegen will.‘"

Buck war zufrieden und manövrierte sich mit Geschick durch den weiteren Verlauf des Interviews. Tücks ausgelegte Fallstricke hatte er erfolgreich umschifft, als sich das Gespräch auf die Zielgerade zubewegte.

„Herr Beck, verraten Sie unseren Hörern doch noch zum Abschluss, was ist die Quintessenz Ihres Buches und warum lohnt es sich, den „Bestseller" zu lesen?"

„Kurz gesagt. Egal, was die äußeren Umstände sagen, entscheidend ist, bei sich selbst zu bleiben und mit einer gewissen Demut durch den Alltag zu gehen. Jeder, der dieses Buch liest, darf sich die Frage stellen, ob es sich lohnt, sein bodenständiges Leben für ein bisschen mehr Ruhm, Ehre und materiellen Reichtum aufzugeben."

Tücks blickte auf die Amiri-Sneaker, die ihm Buck im Zuge zunehmender Entspannung unter dem Schreibtisch entgegengestreckte. Mit unterschwelligem Grinsen stellte der Redaktionsleiter die erwartete Abschlussfrage:
„Herr Beck, was sind Ihre nächsten Projekte? Sind noch weitere Romane geplant?"

„Ich habe noch keine Pläne. Es kann sein, dass der „Bestseller" mein einziger Roman bleiben wird."

„Das wäre für Ihre Leser und Fans keine gute Nachricht, aber für die, die Sie noch nicht kennen umso mehr ein Ansporn, sich dieses hervorragende Buch zu Gemüte zu führen. Herr Beck, ich bedanke mich sehr für dieses Gespräch.

Buck war übermäßig erleichtert. Er hatte den Stresstest nach eigenem Bekunden mit Bravour bestanden. Dennoch spürte er die feuchten Flecken unter den Achselhöhlen. Er war sich sicher, dass bei der Ausstrahlung des Interviews am Donnerstag der kommenden Woche keinerlei Verdachtsmomente aufkommen würden. Er hatte entgegen seines Naturells schnell gesprochen und mit Ausnahme weniger Momente die Tonlage dauerhaft hochgehalten. Durch die Radioausstrahlung würden sich weitere Tonverzerrungen ergeben, die ihn unverdächtig machen sollten.

Nach einem kleinen, abschließenden Small-Talk verabschiedete er sich von Tücks und betrat mit beschwingtem Schritt die Einkaufspassage. Er war nun frei. Die letzte Verpflichtung abgearbeitet. Frei für sein altes Leben. Noch heute Abend würde er die ersten Bewerbungen auf den Weg bringen und morgen noch mal das Gespräch mit Torben suchen. Wer weiß, ob dort in Anbetracht des chronischen Lehrermangels nicht doch noch etwas zu machen war.

Er stand vor dem Schuhladen und blickte hinein. Das Geschäft hatte geschlossen. Dort, wo vor wenigen Stunden noch Loreenas Lockenmähne umherwehte, suggerierten nackte Schaufensterpuppen ein kaltes Ambiente vermeintlicher Haute Couture. Buck sah an sich herunter. Die Amiris waren bequem, sehr bequem. Dennoch fühlte er sich verkleidet, seines Ichs als bodenständiger Mensch und Literat beraubt. Zudem hatte er keine Idee, wie er Annalena die ungewöhnliche Errungenschaft auf plausible Art und Weise erklären sollte. Neben ihm stand der Müllbehälter. Unter einer Tüte Packpapier lugten seine alten Skechers hervor. Er zog sie heraus und legte sie zu seinen Füßen. Buck öffnete die Schnürsenkel seiner Amiris als Fesseln des Materialismus, zog sie aus und stellte sie neben sich. Er schlüpfte zurück in sein altes Schuhleben, das sich vergleichsweise schlaff, ausgetreten, aber irgendwie vertraut anfühlte.

„Haben Sie einen Euro für mich?" Der bärtige, ältere Herr mit dem lappigen Lodenmantel fragte freundlich und mit minderer Erwartung.

„Nicht passend, leider nicht", war Bucks reflexartige Antwort. Er hatte es sich zum Prinzip gemacht, bedürftigen Obdachlosen niemals Geld zu geben, sondern stattdessen beim nächstliegenden Bäcker oder Metzger etwas Essbares zu kaufen.

„Ich wünsche Ihnen einen wunderbaren Tag", entgegnete der Herr freundlich und griff auf der Suche nach etwas Pfandgut so tief in den Müllbehälter, dass sein zotteliger Bart darin verschwand. Mit zwei Plastikflaschen in der Hand schlurfte der alte Mann in gebückter Haltung weiter. Buck blickte auf dessen Füße. Aus löchrigen Schuhen ragten drei Zehen hervor, von denen einer die graue Wollsocke durchstoßen hatte. Die Schuhgröße war ungefähr die seine.

„Warten Sie kurz. Ich habe etwas für Sie." Buck ging mit festem Schritt auf den alten Mann zu, der ihn und das nagelneue paar Schuhe irritiert anblickte. „Die könnten Ihnen passen. Wenn der Herbst kommt, brauchen Sie gutes Schuhwerk."

Der alte Berber lächelte in einer Mischung aus Dankbarkeit und Verwunderung. „Werter Herr, ich habe kein Geld für Schuhe. Ich kann Ihnen dafür nichts geben."

„Ich schenke Sie Ihnen. Die sind sehr bequem und werden Ihnen gefallen."

Sekundenlang herrschte Stille. Bevor der alte Mann seine Fassung zurückfand, legte Buck die Hand aufmunternd auf dessen Schulter, wünschte ihm einen guten Abend und bewegte sich mit beschwingtem Gefühl in Richtung Straße. Er hatte sich lange nicht mehr so leicht und unbeschwert gefühlt.

Bastian hatte die folgenden Tage damit verbracht, verschiedene Bildungsträger mit seinen Bewerbungsunterlagen zu „beglücken." Am darauffolgenden Montag nach dem Radiointerview hatte er Torben zu einem Kaffee in die Passageneisdiele unmittelbar gegenüber dem Sneakershop eingeladen. Dort erfuhr er, dass seinem Ex-Kommilitonen wegen der Unterstützung von Protestaktionen seiner Ehefrau Trine ein schulisches Disziplinarverfahren drohe und er deshalb aktuell keine Jobempfehlung für ihn aussprechen könne. Betreten rührte der alternative Hobbyimker in seinem Haferkaffee, als eine attraktive Dunkelhaarige auf die beiden Männer zukam.

„Bastiaan, schön Dich zu sehen. Ich hoffe, Du bist mit den Amiris noch zufrieden?"

Buck blickte perplex nach oben und tauchte in Loreenas Katzenaugen ein. „Ähm...jaa, alles gut. Sie passen super."

„Das ist schön. Schau doch noch mal bei uns rein. Wir haben neue Autrys. Die sind todschick und könnten Dir gefallen."

Loreena stand in aufreizender Pose vor den beiden und hielt lasziv den Mund offen.

„Ja. Mache ich auf jeden Fall."

„Super. Ich freu mich auf Dich. Viel Spaß und bis bald", sprach Loreena und bewegte ihren Knackhintern Richtung Schuhladen.

„Wer war das denn?" Aus Torbens Frage sprach gewisse Irritation.

„Ach, eine Bekannte von Lena. Sie arbeitet drüben im Schuhladen. Habe ihr von dort letztens ein paar modische Sneaker mitgebracht. Du weißt ja, Frauen und Schuhe." Während Buck bestrebt war, die Situation zu entschärfen, fiel ihm ein, dass Torbens Ehefrau Trine – egal ob Sommer oder Winter – immer mit den gleichen ausgetretenen Birkenstocks unterwegs war.

„Nein. Weiß ich nicht. Ich weiß nur, dass die großen Beklei-
dungskonzerne keine fairen Löhne zahlen und ihre Färbe-
mittel das Trinkwasser vergiften. Hätte nicht gedacht, dass Du
diese verbrecherischen Machenschaften unterstützt."
Buck kannte diese Diskussionen, in denen Torben seine
radikal-alternativen Positionen mit Vehemenz vortrug und
seinem Gegenüber ein schlechtes Gefühl vermittelte. An jenem Tag war stimmungsmäßig von ihm in Anbetracht der
Disziplinargeschichte ohnehin nicht viel zu erwarten. Nachdem Buck für beide gezahlt hatte und Torben mit seinem
Lastenfahrrad den Heimweg angetreten hatte, schaute er in
den Sneakerladen, in dem Loreena einem jungen Mann eine
Schuhbox anreichte. Sie erblickte ihn und winkte erfreut
herüber. Buck lächelte und winkte zurück. Womöglich würde
er sich in den nächsten Tagen die neuen Autrys einmal anschauen.
Zu Hause angekommen berichtete Bastian beim gemeinsamen Abendessen von dem fruchtlosen Gespräch mit Torben.
Annalena war in ihrer Haltung unmissverständlich. „Typisch
mal wieder. Mit dieser Bienenzählermentalität geht unsere
Wirtschaft den Bach runter. Und wenn sich seine Birkenstock-
Olle auf Fahrbahnen festklebt, müssen wir Steuerzahler noch
dafür aufkommen. Wäre auch ein Wunder, wenn Öko-Torben
uns karrieremäßig weitergebracht hätte."
„Er ist ja nicht verkehrt und tut auch sonst keinem weh. Hat
halt nur diese Weltverbesserermentalität." Bastian zuckte mit
den Achseln.
„Ja, und die falsche Frau. Hättest Du Trine, würdest Du auch
mit Jesuslatschen im Bauwagen sitzen und wärst glücklich."
Annalenas Alltagsironie kam mal wieder unverblümt zum
Vorschein.

Am Donnerstagabend hatte Bastian für seine Familie Pizza
gebacken. Er war ein wenig angespannt. Es war kurz vor 8

und die „Kulturwelle" lief. Jule hatte Annalena darüber informiert, dass der Autor des „Bestsellers", der geheimnisvolle Berthold Beck, heute im Radio zu hören sei. „Bin mal gespannt, wie der so drauf ist. Vielleicht bekomme ich ja doch noch Lust, das Ding zu lesen." „Glaube nicht, dass es so gut ist, wie es momentan gemacht wird. Die Story eines Normalos, der über Nacht zum Star wird, klingt ein wenig nach American Dream…Hören wir einfach mal rein…" Bastian war bemüht, die Erwartungen runterzuspielen, in der Hoffnung, dass sich durch Lenas beiläufiges Hören die Feinheiten ihrer Spracherkennung ein wenig eintrübten.

Kurz nach 20 Uhr startete Thomas Tücks mit seinen einleitenden Worten zu dem besonderen Gast und Autor des Buches, das zurzeit in aller Munde war. Nach Becks Vorstellungsworten hatte Annalena einen ersten Eindruck gewonnen. „Der Typ spricht seltsam. So, als wollte er etwas verbergen."

Bastian war reflexartig versucht, seine Frau von der vordergründigen Phonetik der Stimmfarbe abzulenken.

„Schriftsteller sind manchmal seltsame Zeitgenossen…wie Du weißt…" Sein Augenzwinkern rang Lena ein leichtes Grinsen ab. „…und medial häufig keine guten Botschafter für ihre Produkte. Am besten, hören wir darauf, was er sagt und nicht wie er es sagt."

Bastian war zufrieden mit dem Verlauf des Interviews. Seine Stimme wirkte zwar etwas atemlos und leicht verstellt, dennoch konnte er sich seiner Anonymität mehr oder weniger sicher sein.

„Irgendwie ist der mir unsympathisch." Annalena hatte ein unmissverständliches Urteil gefällt. „Ich finde es anmaßend, so zu tun, als würde er unsere Gedankenwelt kennen und wissen, was Millionen Menschen bewegt. Ihr Schriftsteller seid doch eher Einzelgänger und habt wenig Berührungspunkte mit dem Rest der Gesellschaft."

„Aber wir sind gute Beobachter und haben die Gabe, es auszudrücken." Bastian spürte den unfreiwilligen Drang, für sein „Alter Ego" Partei zu ergreifen.

„Und dieses Moralisieren, dass Wohlstand und gesellschaftlicher Aufstieg Gefahren beinhalten. Das könnte auch von Dir sein." Annalenas kritische Meinung zu Becks „Bestseller" verfestigte sich weiter.

„Am Ende ist es doch immer eine Charakterfrage, wie man mit Veränderungen umgeht." Bastian hielt als sein eigener Anwalt dagegen. „Wir Menschen sind auf Veränderungen oft nicht vorbereitet und haben Probleme, uns auf neue Situationen einzustellen. Wenn Du über Nacht Erfolg hast und dazu noch Geld verdienst, hat dies Einfluss auf Dein Inneres. Es würde mich wundern, wenn dieser Beck mit dem ganzen Geld, das er jetzt verdient, das gleiche Leben führen kann wie vorher."

„Wie viel glaubst Du, wird er mit seinem Buch verdient haben?" Annalenas Frage verriet gewisse Neugier.

„Schwer zu sagen. Aber anhand der Verkaufszahlen könnten es so um die 100.000 schon sein."

„Whaatt? 100.000 Schleifen? Und das in den paar Wochen?" Annalena musterte Bastian eindringlich und zog ihre linke Augenbraue nach oben. „Schade, dass er Beck heißt und nicht Buck. Dann wären wir unserer Terrasse ein großes Stück näher. Apropos, hast Du von Deinem Roman schon etwas gehört?"

Bastian saß nun kerzengerade im Stuhl. Es war das erste Mal seit dem Urlaub, dass sich Annalena nach seinem Roman erkundigte. Ihr Desinteresse an seinen Werken war mehr oder weniger Programm. Sie kannte weder sein Pseudonym, noch den Titel, noch die Story. Nun, in Anbetracht der finanziellen Komponente erwachte ihr Interesse wie aus einem

Dornröschenschlaf.

„Wie üblich. Nix Nennenswertes… Aber stell dir vor, es wäre anders. Was dann?" Bastian versuchte Annalena erneut auf die Probe zu stellen und der Wahrheit den Boden zu bereiten. „Papa, der klingt ein bisschen wie Du!" Unvermittelt stand Jelle im Raum und zeigte auf das Radiogerät, in dem sich das Interview dem Ende zuneigte. „Nur mit hellerer Stimme."

„Jelle, die Schriftsteller klingen alle so bedeutungsschwer. Meinen, sie hätten die Weisheit gepachtet und versuchen andere mit ihrer lullenden Art zum Guten zu bekehren…Ich für meinen Teil glaube nicht, dass ich das Buch noch lesen möchte. Habe das Gefühl, die ganze Leier schon mal gehört zu haben."

Während Annalenas Abneigung vermehrt Raum einnahm, merkte Bastian, dass seine natürliche Stimmfarbe zum Ende des Interviews immer stärker durchkam.

Dennoch war seine Ehefrau weit davon entfernt, ihn mit der Sache in Verbindung zu bringen. „Ob es sich lohnt, sein bodenständiges Leben für ein bisschen mehr Ruhm, Ehre und materiellen Reichtum aufzugeben…Was ein Schwätzer? Würde mich nicht wundern, wenn er in Wahrheit mit Designer-klamotten durch die Gegend läuft, ne dicke Karre fährt und mit seiner Bagage auf Fernreisen geht! Ich zumindest glaube ihm kein Wort. Dass er keinen Roman mehr schreiben will, ist für mich kein Weltuntergang."

Nachdem das Interview zu Ende war, machte Bastian das Radio aus. Neben der Erleichterung, nicht entlarvt worden zu sein, überfiel ihn ein Gefühl der Sorge. Obwohl er Annalenas Voreingenommenheit kannte und einordnen konnte, was wäre, wenn andere Hörer ein ähnliches Meinungsbild hätten? Wenn der „Beck" als unauthentisch oder gar unsympathisch rübergekommen wäre und die Verkaufszahlen plötzlich abbrächen? Nachdem Krix von der Terminreise aus Wien und Zürich zurückgekehrt war, würde er im Verlagsgespräch in der kommenden Woche ein objektives Feedback zu erwarten haben.

Bastian hatte in seinem Leben nur wenige Erfolgserlebnisse vorzuweisen. Abitur, Führerschein, Studium waren jene Reifeprüfungen, die ihm als brotlose Ergebnisse planmäßigen Arbeitens zuteilwurden. Der ungeplante Übernachterfolg des „Bestsellers" war eine andere Kategorie. Auch wenn ihm der Zwiespalt der unbekannten Bekanntheit zu schaffen machte, empfand er es in gewisser Weise als genugtuend, seinen Kontostand explosionsartig wachsen zu sehen. Zu welchem Zweck auch immer. Und wenn er die ganze Obdachlosen-szene seiner Stadt mit Trendsneaker ausstattete. Das Guilty-Pleasure-Gefühl, die verbotene Quelle sprudeln zu sehen, hatte sein Innerstes erreicht.

Liebesgrüße aus Zürich

„Sie waren großartig, Buck." Krix' grobschlächtige Gesichts-züge verrieten Begeisterung. „Das war genau der Auftritt, den wir gebraucht haben. Der geheimnisvolle Autor aus der Mitte des Volkes. Das wird unsere Verkaufszahlen weiter anhei-zen."

„Ich war mir nicht sicher, ob es so gut rüberkommt. Schließlich musste ich meine Stimme verstellen, um nicht doch entlarvt zu werden. Meine Frau hat mitgehört und weiß immer noch von nichts", gab Buck ein wenig schuldbewusst zu.

„Buck, ich werde Sie nie verstehen. Millionen Männer lieben es, ihrer Frau zu imponieren, ihr teure Geschenke zu machen und Sie...?" Krix schüttelte den Kopf, bewegte sich langsa-men Schrittes auf Buck zu, musterte ihn eindringlich und fasste ihn sanft an die Schulter. „...aber, vielleicht verstehe ich von Frauen auch zu wenig?"

Buck ahnte, dass Krix ein gewisses Faible für ihn hatte. Ein Faible, das über die reine Geschäftsbeziehung hinausging. Womöglich hatte der Erfolg des Bestsellers seine Anziehungskraft in dieser, eher unerwünschten Hinsicht nochmals gesteigert.

„Herr Krix, es ist für mich immer noch schwierig, damit umzugehen", gab Buck zu verstehen und wandte sich zur Seite.

„Sie werden es lernen müssen, Buck. Sie sind inmitten einer Maschinerie, die sich nicht aufhalten lässt. Das Radiointerview hat die Prominenz Ihres, was sage ich, unseres Bestsellers in weitere Höhen getrieben. Und das Publikum dürstet nach...mehr..."

„Herr Krix, ich kann nicht ... MEHR." Bucks Stimme nahm einen widerstrebenden Tonfall an. „Besprochen war, dass ich danach aussteige!"

„Aussteigen? Bei voller Fahrt den Hochgeschwindigkeitszug zu verlassen, das wäre Wahnsinn. Buck, wir sind gezwungen weiterzumachen."

„Aber was...?"

„Buck!" Krix' Stimme bekam einen eindringlichen Unterton. „Sie ahnen offensichtlich nicht im Geringsten, welche Dimensionen das angenommen hat." Der Verlagschef fuhr sich mit einem goldbestickten Taschentuch über die transpirierende Stirn und ging zu seinem Schreibtisch. Er holte ein Kästchen aus der obersten Schublade und streckte es dem perplexen Bestsellerautor entgegen.

„Buck...ich war in Wien und in Zürich. Unsere Partner in Österreich und der Schweiz sind verrückt nach Ihrem „Bestseller." Hier... das ist eine kleine Anerkennung von unseren Züricher Kollegen...exklusiv für Sie. Öffnen Sie es!"

Buck sah, wie das Lederetui willenlos in seine Handfläche wanderte und klappte es zögerlich nach oben. Der edle Chronometer hatte ein blaues Ziffernblatt, das von einem goldenen Rahmen eingefasst war. Angesichts des offensichtlich großzügigen Geschenks blickte er Krix verstört mit offenem Mund an.

„Eine Maurice de Mauriac! Classic Moon Solid Gold! Sonderedition! Exklusiv für Sie!" Krix wies mit unmissverständlicher Überzeugung auf die Besonderheit des ungewöhnlichen Geschenkes hin.

Buck hasste edle Armbanduhren. Wie oft hatte er mit Verachtung auf die Fake-Rolex am Handgelenk seines Schwiegervaters blicken müssen! Jule hatte bei ihrem letzten Treffen nicht umhingekonnt, Annalena die goldene Cartier zu zeigen, die Justus ihr zum Hochzeitstag geschenkt hatte. Nun war er, der alternative Bastian Buck, unfreiwillig im Club der Uhrenprofilneurotiker angekommen. Doch diese Uhr war anders. Sie hatte ein elegantes Design, einen zeitlos, unaufdringlichen Chic, ohne die üblichen, ihm verhassten Protzelemente. Buck hatte durchaus Sinn für Ästhetik. Doch sobald es in die materielle Richtung ging, sprang seine innere Moralkeule dazwischen. Mit einem seltsamen Mischgefühl aus Schuld und Erregung blickte er Krix an.

„Auch wenn ich mich geehrt fühle. Ich kann das nicht annehmen."

Krix grinste wohlwollend und seine Augen verengten sich zu Schlitzen. „Sie können, Buck, Sie können... lesen Sie die Widmung!" Buck sah das gefaltete Kärtchen in dem Etui und klappte es auseinander. Er las die mit einem Füllfederhalter kunstvoll geschwungene Handschrift:

Hochgeschätzter Herr Beck,
in Anerkennung Ihrer besonderen Arbeit!

Ihr Pierre M.

„Pierre Muller ist der Leiter des Züricher Kulturkaufhauses Hemmi, einer unserer führenden Partner im Ausland. Er ist großer Fan Ihres Werkes und hat es sehr bedauert, Sie nicht persönlich kennengelernt zu haben." Krix breitete die Arme mit entschuldigender Geste aus. „Deswegen hat er es sich nicht nehmen lassen, dieses großzügige Präsent über mich an Sie zu überreichen."

„Richten Sie Herrn Muller von mir bitte einen großen Dank aus. Ich weiß diese Großzügigkeit sehr zu schätzen."

„Wissen Sie das wirklich, Buck, oder wollen Sie einfach nur nett sein und danach Ihre Ruhe haben?" Krix' wohlwollender Gesichtsausdruck hatte ins Sauertöpfische gewechselt. „Wenn es Ihnen wirklich etwas bedeutet, rufen Sie Herrn Muller an. Seine Nummer finden Sie auf der Rückseite der Karte. Wegen mir auch mit verstellter Stimme, aber Sie sollten sich erkenntlich zeigen."

Buck drehte die Karte um und fand auf der Rückseite ein ihm bekanntes Zitat:

‚Die Zeit verwandelt uns nicht,
sie entfaltet uns nur.'

„Ein schönes Zitat von Max Frisch, einem meiner Lieblingsautoren", erwähnte Buck beiläufig, als er die Telefonnummer am unteren Kartenrand entdeckte.

„Legen Sie die Uhr ruhig an. Nur Mut, Buck, sie wird Ihnen gut stehen und Ihr Gespür für die schönen Dinge des Lebens schärfen", gab Krix mit fürsorglichem Tonfall zu verstehen.

Buck nahm das hochwertige Lederarmband und legte es um sein Handgelenk. Er fühlte die angenehme Kühle des Metalls und genoss die optische Aufwertung an seinem Körper durch das edle, ungewollt errungene Exemplar.

„Auch wenn Sie materiellen Dingen gegenüber verschlossen sind, lieber Buck, diese Uhr soll Sie immer an den großen Erfolg und die mit Ihrem Werk verbundene Anerkennung erinnern." Krix genoss seine kleine Laudatio mit feierlichem

Grinsen.

„Da ist noch etwas, Buck! In 14 Tagen ist die Lit-Messe in unserer Stadt. Ich kann mich dort unmöglich hinsetzen und Ihren Roman mit Ihren Gedanken zum Besten geben. Das ist ein Job für Sie, nur für Sie..."

Buck spürte den alt bekannten Kloß im Hals, der sich bis in die Magengegend hinunterzog. „Herr Krix, ich kann nicht weiter. Schon gar nicht in die Öffentlichkeit, ohne dabei erkannt zu werden."

„Buck, es wäre töricht, das abzulehnen. So ein Messetermin ist wie eine Gelddruckmaschine." Krix führte ihn eilig zur Tür, um kurz vor der Schwelle innezuhalten. „Ach übrigens... Die nächste Überweisung ist schon auf dem Weg. Dieses Mal eine größere Summe. Nur damit Sie vorbereitet sind."

Die andere Seite des Zauns

Mit Krix' beschwörenden Worten im Kopf hastete Buck durch die Passage. Er blickte auf die Armbanduhr, die wie eine Siegesstrophäe an seinem Handgelenk hing. Ihm wurde schummerig in Anbetracht der „größeren Summe", von der Krix gesprochen hatte. Morgen würde sie auf seinem Konto sichtbar sein und seine Lebenswirklichkeit weiter aus der Balance bringen. ,Größere Summe', ,Gelddruckmaschine', ,Messetermin' spukten wie lästige Gespenster in seinem Kopf umher, als er den Geldautomaten ansteuerte.

Immer dann, wenn Buck den Automaten bediente, spürte er eine innere Erregung. Erneut drückte er die bekannte Tasten-kombination und labte sich an dem mechanischen Tackern der Zählmaschine.

Seit dem Tod seines Vaters war Geld im Hause Buck knapp. Von frühester Jugend an war es ein Grundzustand, sich Dinge nicht leisten zu können. Irgendwann hatte er aus der

Not eine Tugend gemacht und Konsumverzicht und antimaterielles Handeln zu seiner Lebensmaxime gemacht. Die Flucht in die Literatur bot ihm den Reichtum an innerer Welt, der seinem äußeren Dasein verschlossen geblieben war. Erfüllt hielt er die zwanzig 50 Euro-Noten in der Hand und genoss das Gefühl des wohltemperierten, eigens für ihn produzierten Notenbündels. Auf Knopfdruck Geld. Ohne Mitwissen anderer. Buck fühlte sich mächtig und frei zugleich. Selbstbewusst und innerlich gestärkt marschierte er auf den Laden mit den trendigen Sneakern zu. Er sah Loreena hinter der Theke und trat hinein. „Hallo Loreena", fuhr es ihm wie selbstverständlich über die Lippen.

„Bastiaaan." Aufgeregt lief ihm die Katzendame mit der Lockenmähne entgegen und kam nur wenige Zentimeter vor ihm zum Stillstand. Er wurde in den Sog ihrer Parfümwolke gezogen und hätte bei einer leichten Bewegung nach vorne einen zufälligen Gesichtskontakt provozieren können. „Ich habe heute noch an Dich gedacht und gehofft, dass Du noch mal vorbeikommst. Die neuen Autrys werden Dir bestimmt gefallen."

„Genau deswegen bin ich hier. Wegen Dir und den Schuhen." Buck erschrak kurz über seine platte Charmeoffensive, merkte aber an Loreenas Lächeln, dass er ins Schwarze getroffen hatte.

„Du hast ja immer noch die alten Treter an", bemerkte sie mit einem Lächeln. „Und Du wirst es nicht glauben. Gestern hat ein alter Mann drüben im Müll gewühlt. Der hatte genau das gleiche Sneaker-Modell an, das Du zuletzt bei uns gekauft hast. Ich hab zu meiner Kollegin gesagt, wenn die Obdachlosen schon mit Amiris rumlaufen, scheint es unserer Stadt nicht so schlecht zu gehen. Verrückt was?"

„Ja verrückt." Buck wirkte kurzzeitig irritiert, wurde aber von Loreenas Aura schnell wieder in positive Empfindungen zurückgeführt. Gekonnt ließ er den Ärmel fallen, so dass seine Armbanduhr blinkend zum Vorschein kam.

Loreenas schmachtender Blick ließ den Wunsch nach mehr erahnen. „Ich...äääh...würde Dir gerne...", die Katzenlady stutzte kurz, „...die neuen Autrys zeigen, ok?"

„Ich folge Deinem Wunsch gerne." Buck stand hinter Loreena, die sich vor das untere Schuhregal bückte und ihm demonstrativ ihr wohlgeformtes Hinterteil entgegenstreckte.

„Steig hinein und fühl Dich wohl", war ihr Kommentar, als sie ihm rücklings die Box mit den Sneakern entgegenstreckte.

„Die Dinger gefallen mir, machen optisch was her und wirken sehr einladend", entgegnete Buck, der seinen Blick von Loreenas Pobacken auf das Sneaker-Paar richtete. „Ich probiere sie an und sage Dir dann Bescheid."

„Prima. Ich bin vorne, aber nicht wegrennen...ich hätte sonst noch was anderes für Dich." Augenzwinkernd drehte sie sich um und bewegte sich in Richtung Kasse.

Die Autrys saßen wie angegossen. Sie hatten ein klassisches Design, weiß, mit der Ferse schwarz abgesetzt. Im Vergleich zu den Amiris etwas dezenter und möglicherweise weniger auffällig. Der Preis von 350 Euro schien ihm angemessen.

„Loreena, Du hast ein gutes Gespür für das, was ich mag. Ich nehme sie."

Lasziv warf sie ihren Kopf in den Nacken. „Ich sehe genau, was Du brauchst ... und was Dir steht."

Zum ersten Mal seit vielen Jahren spürte Buck in Gegenwart einer anderen Frau so etwas wie Herzklopfen und ein unterschwelliges Verlangen. Wie ferngesteuert sprach er: „Du bist sehr hübsch. Hättest Du Lust mit mir einen Kaffee zu trinken?"

Loreena rückte näher an ihn ran, sodass ihr Gespräch im Flüsterton fortgeführt werden konnte. „Es wäre mir ein Vergnügen, mit Dir allein zu sein. Ab 18 Uhr habe ich Feierabend."

Buck schluckte kurz und entgegnete: „Wie wäre es morgen gegen 18:30 Uhr in dem Eiscafé gegenüber?"

„Passt! Ich freue mich." Loreena grinste verführerisch und blickte nach unten auf die neuen Sneaker. „Und was machen wir mit den beiden Schätzchen?"

„Die nehme ich mit und lasse sie direkt an."

„Fein, dann folge mir einfach zur Kasse."

Buck griff in die Innentasche seiner Jacke und ließ die Armbanduhr erneut demonstrativ hervorscheinen. „Gerne wieder in bar. Ich hab's zufällig passend dabei", sprach er mit der Souveränität eines Neukapitalisten und zog sieben 50-Euro-Scheine hervor.

„Bist Du eigentlich sehr bekannt? So als Schriftsteller, meine ich." Loreena wechselte das Thema mit interessiertem Augenaufschlag, während sie die Scheine entgegennahm.

„Das ist nicht so einfach zu beantworten", gab sich Buck geheimnisvoll. „Ich erzähle Dir morgen gerne mehr."

Mit erhebendem Gefühl trat er heraus in die Passage. Mr. Hyde hatte sich mal wieder seiner Person bemächtigt. Er blickte hinab auf die neuen Sneaker, während die Maurice-de-Mauriac-Uhr unter seinem Hemdärmel hervorlugte. Nur wenige Meter hinter ihm befand sich eine attraktive junge Dame, die er allein durch seine materielle Gewandtheit in seinen Bann gezogen hatte. Er war binnen kürzester Zeit vom stillen Alternativen zum extrovertierten Hedonisten mutiert.

‚Geld regiert die Welt'. Er hatte den Spruch immer gehasst und dessen Wahrhaftigkeit in Zweifel gezogen. Die Welt des Geldes war für ihn eine Scheinwelt, mit der Menschen ihre innere Armut überwanden, um das eigene Ego in den Augen anderer aufzuwerten. Luxusgegenstände, ob Autos, Markenkleidung oder Schmuck, waren klassische Statusobjekte, die ihren Wert erst durch die Bewunderung anderer erhielten. Auf einer einsamen Insel würde niemand eine Rolex besitzen wollen oder edle Designerschuhe zweckmäßigen Alltagstretern vorziehen.

Die Welt des Geldes war fein säuberlich abgegrenzt von seiner eigenen. Krix, Roller, Justus, sein Schwiegervater und all die materiell gesteuerten Charaktere, die er im Laufe seines Lebens ertragen musste, standen als Sklaven des Mammons auf der anderen Seite des Zauns. Nun hatte er die Zaunseite gewechselt und spürte die brutale Macht, die von ihm Besitz ergriff und seinen gefestigten Charakter ins Wanken brachte. Es war kein Geheimnis, dass auch Annalena diese Anlagen in sich trug. Nur die mit seinen antimateriellen Charakterzügen einhergehende Erfolglosigkeit hatte den Sprung auf die andere Seite des Zauns zu verhindern gewusst.

Buck sah sich um. Die Passage war menschenleer. Er packte seine alten Sneaker in einen Beutel. Wie würde Annalena reagieren, wenn sie ihn mit den frisch Erworbenen an seinen Füßen sehen würde? Mit einem Blick wäre sie in der Lage, den Wert der Objekte einzuordnen, mit entsprechend lautstarken Konsequenzen. Möglicherweise war er vor ihr zu Hause und fand Gelegenheit, sie zu verstecken? Eine Lösung auf Zeit, bis sie zufällig beim nächsten Aufräumen zu Tage gefördert würden.

Buck war fest entschlossen, Annalena mit der neuen Realität an seinen Füßen zu konfrontieren und die drohenden Tiraden auszuhalten. Was war mit der Uhr? Er konnte sie unmöglich am Handgelenk behalten und so tun, als wäre sie ihm zugeflogen, als Schnäppcheneinkauf widerstandlos an den Arm gesprungen.

Als er die Bahn bestieg, spürte er, dass die Dämonen langsam den Rückzug antraten. Wenn er zu Hause die Schwelle erreichte, würde der brave Dr. Jekyll wieder von ihm Besitz ergriffen haben. Buck öffnete das Lederarmband, packte das Schweizer Präsent zurück in die Box und ließ es in seiner

127

Tasche verschwinden. Sollte er diesen Muller tatsächlich anrufen und ihm seinen Dank aussprechen? Dank wofür? Für die unauflösbare Bredouille, in der er sich nun befand? Womöglich würde ihn Muller in ein Gespräch verwickeln, bei dem alles außer Kontrolle geraten könnte?! Alternativ könnte er einen Dankesbrief schreiben und wäre fein raus. Doch welche Erwartung würde der Brief des mysteriösen Autors in der Literaturszene auslösen? Presseaufmerksamkeit wäre garantiert! Dann doch eher anrufen?

Buck verließ die Straßenbahn und näherte sich der Haustür. Es war 18:30 Uhr. Annalena würde mit hoher Wahrscheinlichkeit schon zu Hause sein.

„Halloooo…", trällerte Bastian mit skeptischer Fröhlichkeit durch den Hausflur. Die sonst übliche Antwort blieb aus. Er trat ins Wohnzimmer und sah Annalena mit abgeschlagener Miene am Esstisch sitzen.

„Na…wo kommst Du denn her?"

„Ich war in der Stadt. Hatte ein Gespräch im Verlag…!"

„Super. Und so für Abendessen fühlt sich der Herr nicht mehr zuständig, was?"

Bastian spürte, dass Annalenas Stimmung dem Gefrierpunkt nahe war und bemühte sich um Entspannung. „Ich dachte, wir bestellen was. Hätte mal wieder Lust auf Pasta oder n schmatzigen Döner? Was meinst Du?"

„Ist mir scheißegal. Ehrlich gesagt." Annalenas Mimik wirkte wie eingefroren. „Ich hatte einen megaätzenden Tag im Büro. Dann komme ich nach Hause und hier sieht es aus, als wäre eine Bombe eingeschlagen. Deinen Sohn durfte ich erst mal mit Fieber ins Bett packen, nachdem er mir zur Begrüßung vor die Füße gekotzt hat."

„Schatz…das ist…"

„Hör auf mit ‚Schatz'. Das ist noch nicht alles. Auf dem AB sind zwei Nachrichten, eine von der Städtischen Gesamtschule, die andere vom Berufskolleg…beides Absagen."

Annalenas Zornesfalte zwischen den Augenbrauen verriet wenig Hoffnung auf Entspannung. „Und dann ist der werte Herr ausgeflogen…ohne zu sagen wohin und warum…Was denkst Du eigentlich, wie lange ich das noch mitmachen soll?" Bastian stand starr im Raum. Noch hatte sie die Autrys an seinen Füßen nicht entdeckt. Der Moment der totalen Eskalation stand nun kurz bevor.

Nach einem kurzen Moment der Stille erhob sich Annalena wie in Zeitlupe, stützte sich auf die Tischplatte und ihr bohrender Blick fiel wie zwei Laserschwerter auf Bastians Füße. „Sag mal, willst Du mich eigentlich komplett verarschen?" „Schatz, ich hatte…" „Jetzt hörst Du mir bitte mal zu!" Bastian wusste, was nun kam. Die verbale Guillotine seiner Ehefrau war geschärft und bereit zur Exekution. Jetzt hieß es, den aufgestauten Schwall ohne Rechtfertigung über sich ergehen zu lassen.

„Ich plackere mich Tag für Tag ab, lass mich von dem arroganten Idioten im Büro vorführen, damit wir hier ein Minimum an Lebensqualität hinbekommen. Und was machst Du, bitte schön??? Was ist Dein Beitrag zu unserem beschissenen, bemitleidenswerten Leben? Du wandelst durch die Stadt ohne Sinn und Verstand und kommst mit flammneuen Autrys um die Ecke!!! Ich hab' es satt, Bastian, hier den Laden am Laufen zu halten, uns eine halbwegs menschenwürdige Existenz aufzubauen, die Du mit Deinem unfähigen Literatenarsch wieder umschmeißt." Annalenas aufgestaute Wutrede hatte sich in zwei schwarzgrauen Kajalbächen entlang ihrer geröteten Wangen entladen.

„Fandest Du nicht auch, dass die Skechers ihre beste Zeit hinter sich hatten? Die hier gefielen mir einfach…und, Schatz, wie oft habe ich mir in den letzten Jahren Schuhe gekauft? Das kannst Du an einer Hand abzählen."

„Halte mich nicht für blöd! Ich weiß, was die Dinger kosten. Du hast auf Marken doch nie was gegeben…Dass gerade Du

Dir als alternativer Lebensverweigerer in unserer jetzigen Situation ungefragt so etwas gönnst, haut dem Fass den Boden weg. 350 Euro, die uns wieder fehlen und in diesem Mietknast verschimmeln lassen." Annalenas Blick wanderte verächtlich durch den Raum und endete stoisch vor ihrem halbleeren Wasserglas.

„Es waren nur 250... Die waren im ‚Sale'", log Bastian um die Situation halbwegs zu entschärfen.

Ohne zu reagieren, fuhr Annalena fort und baute sich vor ihm auf. „Wenn Du irgendwann mal in diesem Leben Dein eigenes Geld verdienst, soll mir das alles egal sein. Aber einfach stiekum unser Haushaltkonto anzuzapfen, ist eine Unverschämtheit sondergleichen."

„Ich habe sie selbst bezahlt."

Annalena stutzte und blickte Bastian mit offenem Mund an.

„Wie... selbst bezahlt?"

„Ja, Du weißt doch, dass ich ein kleines Verlagskonto habe, wo sich hier und da mal etwas ansammelt. Davon hab' ich es genommen."

Annalena trat einen Schritt zurück und übte sich in entsetztem Kopfschütteln. „Sag mal, nimmst Du mich überhaupt noch für voll? Hortest Kohle auf nem eigenem Konto und lässt uns hier von meinem Geld alles andere bestreiten...!"

Bastian hoffte auf den Moment, da Annalenas aggressionsgeschwängerte Wutrede in tränenreiches Selbstmitleid übergehen würde. Doch seine Ehefrau hatte mit dem geheimen Verlagskonto eine neue Zielscheibe gefunden. „Jetzt sag mir nicht, dass da richtig viel drauf ist. Du hast immer gesagt, dass Dein Autorenjob gerade so die Kosten deckt."

„Ja ist auch so." Bastian spürte, wie sich seine Argumentationslinie langsam auflöste. „Von den Einnahmen des „Vielfliegers" war noch ein kleiner Betrag übrig und den hab' ich dann halt genommen."

Josie stand in der Tür und brach in die gespannte Gesprächs-atmosphäre hinein. „Mama, Jelle hat nen heißen Kopf und spricht so wirres Zeug."

„Schatz, geh bitte zurück ins Zimmer und sag ihm ‚Papa kommt gleich'..."

Annalena musterte Bastian mit einer Mischung aus Gering-schätzung und Enttäuschung. „Ich bin übrigens morgen nicht da. Dienstreise nach Berlin. Roller hat drauf bestanden... Wäre übrigens toll, wenn Du dann mal mit einer positiven Nachricht - nem Jobangebot oder so was Ähnlichem - um die Ecke kämst, anstatt hier den Kostgänger zu spielen...Und noch was...", selten hatte Bastian Annalena so entschlossen gesehen, „...wenn ich feststelle, dass Du heimlich Kohle hortest und an unserem Haushalt vorbeischmuggelst, sind wir geschiedene Leute. Merk Dir das."

Annalena stürzte ihr Wasserglas herunter und wandte sich Richtung Flur. „Ich gehe jetzt ins Bett. Morgen früh um 7 kommt mein Taxi Richtung Flughafen...Übermorgen Nach-mittag bin ich zurück..." Im Vorbeigehen blickte sie Bastian mit verächtlichem Lächeln an. „...auf dass Dir die Füße ab-fallen mögen...!"

Undichte Stellen

Am nächsten Morgen war Jelles Fieber runter. Er war noch ein bisschen blass um die Nase, sodass Bastian entschied, ihn nicht zur Schule zu schicken. Annalena war um Punkt 7 ohne ein Wort des Abschieds durch die Tür verschwunden. Bastian hatte der vorige Abend stark zugesetzt. Er kannte seine Frau und ihre Emotionalität. Diese verlief fast immer nach dem gleichen Muster. Irgendein Negativereignis hatte sie getriggert und den ganzen Weltschmerz über ihre persön-liche Situation zu Tage gefördert. Bastian spielte gerne den

Prellbock, an dem sich ihre Wut entladen konnte. Danach trat üblicherweise ein Zustand der Beruhigung ein, der sie meist zu Tränen rührte und in eine Art Mitleidszustand überging. Dies war der Moment, in dem er sie gefahrlos in den Arm nehmen konnte. Es folgte entweder eine Entschuldigung ihrerseits oder eine sachliche Auseinandersetzung mit dem Thema. Der gestrige Ablauf war völlig anders und das bereitete Bastian Sorgen.

Er hatte sich ein Paar Schuhe gekauft, die etwas teurer waren als normal. Das hat am Ende dazu geführt, dass nach Annalenas üblichen Wuttiraden die Deeskalation ausblieb und stattdessen mit Beleidigungen garnierte Drohungen im Raum standen. Spätestens zum Morgen war der Pulverdampf üblicherweise verflogen. Einen grußlosen Abschied hatte es im Hause Buck noch nie gegeben.

Bastian grübelte und versuchte, an den Kern der Sache zu gelangen. Irgendetwas musste sie im Büro fürchterlich zur Weißglut gebracht haben. Ein Fauxpas mit geschäftsschädigenden Auswirkungen? Roller und sein unerträgliches Machtgehabe? Nun war sie mit genau jenem auf Dienstreise und musste dessen Launen und Avancen dort über sich ergehen lassen. Bastian fürchtete, dass sie sich ob des gestrigen Abends dem gelackten Westentaschen-Alain-Delon an den Hals werfen könnte, um die Aura der Minderwertigkeit abzustreifen. Hätte er sie fragen sollen, was im Büro los war? War er da zu unsensibel? Am Ende haben die Schuhe alles versaut. Wäre er mit seinen ausgelatschten Skechers zur Tür reingekommen, dann hätte er sich nur für das unterlassene Abendessen verantworten müssen. Dies wäre mit einem Anruf beim „Pasta-Boy" erledigt gewesen.

Ok. Er war gestern für seine Verhältnisse spät zu Hause, in dem Fall zu spät. Zu spät bedeutet „nach ihr". An manchen Abenden war sie erst nach 19 Uhr zu Hause. Da wäre seine etwas verspätete Ankunft gar nicht aufgefallen. Er hätte in

Windeseile die Wohnung auf Vordermann gebracht, die Spuren von Jelles infektiösem Erbrechen beseitigt, nach einem kurzen Blick in den Kühlschrank die Essensalternativen gecheckt und zu guter Letzt die neuen Autrys in der Tiefe des Schuhschrankes versenkt. Selten kam ihm der Spruch „Wer zu spät kommt, den bestraft das Leben" zutreffender vor. Doch waren es wirklich die Schuhe? Oder war es die autarke, weltliche Kaufentscheidung an sich, mit der er in Annalenas eigentliche Kernkompetenz eingedrungen war. Shoppen war ihr Ding und eine geeignete Ersatzbefriedigung für die Unvollkommenheiten des Alltages. Jetzt hatte er sich etwas gegönnt und ihre Domäne besetzt. War der zugegebenermaßen hohe Preis wirklich das Hauptproblem? Hätten die Sneaker weniger gekostet, wäre der ganze Disput dann glimpflicher abgelaufen? Im tiefsten Innern beglückwünschte er sich zu der weisen Entscheidung, dass er die noch teureren Amiris geistesgegenwärtig dem alten Berber überlassen hatte. Oder war es gar nicht der Preis und Annalena verband mit der Marke irgendwelche ihm unbekannte, negative Assoziationen? Bastian blieb auch an dieser Stelle ratlos.

Eine Sache hatte ihn erschreckt und zugleich verunsichert. Annalenas Kommentare zu seinem Verlagskonto. Sie wusste, dass er dieses Konto hatte. Da er es nie weiter zur Sprache gebracht hatte und seine Verkaufserfolge mäßig blieben, war es für sie ohne Bedeutung. Nun war es durch seinen unbedachten Kauf zum Objekt tiefliegenden Misstrauens geworden. Ihre Drohung war unmissverständlich. Würde sie feststellen, dass er dort „heimlich Kohle hortete" und „am Haushalt vorbeischmuggelte", wären sie „geschiedene Leute". Ihr Tonfall und Gesichtsausdruck gaben wenig Anlass, an dem Vorhaben zu zweifeln. Schon heute könnte sein Kontostand durch die neuen Überweisungen neue astronomische Höhen angenommen haben, die ihn dazu zwingen würden, zur Rettung seiner Ehe weiter dicht zu halten.

Bastian hatte ein ausgeprägtes Gefühl für Fairness und Gerechtigkeit. Je länger er nachdachte und die Fakten von links nach rechts wälzte, kam bei ihm das Bewusstsein hoch, dass Annalena mit ihrem Verhalten übers Ziel hinausgeschossen war. Er hatte sich eigenmächtig Schuhe gekauft und dies ohne die hochheilige Haushaltskasse zu belasten. Einen gravierenden Sündenfall konnte er darin nicht entdecken. Annalenas ungerechtfertigtes Verhalten würde er ohne Konsequenzen nicht einfach so durchgehen lassen dürfen. Ja, er würde Loreena heute Abend wie geplant treffen und die Situation einfach auf sich zukommen lassen. Bastian blickte auf das Uhrenetui auf seinem Schreibtisch. Selbstverständlich würde er heute Abend neben den neuen Sneakern auch die Maurice de Mauriac tragen.

Während er den möglichen Verlauf des Abends in Gedanken durchspielte, klingelte das Telefon. Festnetz. Entweder Werbeanrufe, städtische Versorger oder Bank. Es war die Bank. Lothar Linsen war ihr Bankberater der hiesigen Sparkasse. Ein beflissener Beamtentyp mit pockennarbiger Haut und Igelhaarschnitt, der durch eine schon fast krankhafte Korrektheit auffiel und dem Ehepaar Buck aufgrund der Einkommenssituation jegliche Eigenheimphantasien im Keim erstickt hatte. Ohne hinreichendes Eigenkapital oder ein gesichertes, zweites Einkommen bliebe Annalenas Häuschen mit Terrasse nicht mehr als ein feuchter Traum. Bastian mochte keine Banker. Die Gefahr, über den Tisch gezogen zu werden, schien ihm mit dem Berufszweig unweigerlich verbunden. Linsen war keiner von diesen verkaufswütigen Drückern, eher ein akribischer Geschäftsverhinderer. Dies machte ihn in Bastians Augen grundsätzlich erst mal unverdächtig. Im Regelfall war Annalena in Geldsachen dessen erste Ansprechpartnerin.

„Linsen, Sparkasse, guten Tag Herr Buck, ich hoffe es geht Ihnen gut."

„Ja. Vielen Dank der Nachfrage. Meine Frau ist leider auf Dienstreise. Worum geht es?"

„Ich möchte Sie sprechen, Herr Buck."

Bastian erschrak und geriet ins Stammeln. „Gern...aber...Wie kann ich Ihnen helfen?"

„Wir haben auf Ihrem persönlichen Konto unregelmäßige Geldbewegungen festgestellt. Deswegen möchte ich Sie fragen, ob sich in Ihrem persönlichen Umfeld etwas Gravierendes verändert hat und sie nach wie vor im Besitz Ihrer Bankkarte sind?"

Bastian nestelte in seiner Tasche und legte die Bankkarte vor sich. „Jaa, ist alles in Ordnung. Die Karte liegt vor mir."

„Sie haben umfangreiche Guthabenbuchungen erhalten und in kurzer Zeit zweimal 1.000 Euro abgehoben. Um Missbrauch auszuschließen, frage ich Sie, ob Ihnen das bekannt ist."

Bastian wurde kalt. Bislang waren nur Krix und er Hüter des Geheimnisses spontanen Reichtums. Nun waren sie zu dritt.

„Alles in Ordnung, Herr Linsen, die Abhebungen stammen von mir. Ich habe den Job gewechselt. Das hat alles seine Richtigkeit."

Auf der anderen Seite der Leitung trat kurze Stille ein, bevor der Berater mit einem Räuspern das Gespräch wieder aufnahm. „Herr Buck, verzeihen Sie meine Indiskretion... aber...gibt es schon Pläne Ihrerseits, die Sie mit dem Geld verfolgen?"

Bastian fühlte sich zunehmend unwohler und rang um Konzentration. „Nein. Es gibt noch keine Pläne. Ist ja noch alles sehr frisch."

„Herr Buck, Sie kennen mich. Ich möchte Ihnen nicht in irgendeiner Weise zu nahe treten." Linsen wurde auf unangenehme Weise konkret. „Aber mit Ihrem Guthaben hätten Sie genügend Eigenkapital, um sich Ihren langgehegten Eigenheimwunsch zu erfüllen."

Bastian spürte kleine Schweißperlen auf der Stirn. „Das Geld wird sehr wahrscheinlich noch für andere Zwecke benötigt", log er und zog den Bankberater in sein Vertrauen. „Herr Linsen, ich hätte eine Bitte. Da ich meine Frau gerne überraschen möchte, bitte ich Sie, ihr gegenüber Diskretion hinsichtlich meines Kontostandes zu wahren."

Kurzes Schweigen auf der anderen Seite. „Ja selbstverständlich, Herr Buck."

„Herr Linsen, nochmals vielen Dank für Ihre Nachfrage. Ich wende mich wieder an Sie, sobald klar ist, was wir mit dem Geld anfangen wollen."

„Ja kein Problem, Herr Buck. Ich bin erst mal froh, dass es Ihnen gut geht und Sie offensichtlich einen sehr lukrativen Job gefunden haben... und wie gesagt, Ihr Häuschen ist so gut wie finanziert. Grüße an Ihre Frau und einen schönen Tag noch."

Mit einem tiefen Seufzer der Erleichterung ließ sich Bastian in den Sessel fallen. Gleichzeitig plagten ihn wirre Gedanken und Selbstzweifel. War es nicht hinterhältig von ihm, Annalena von seinem Geheimnis auszuschließen, während die Zahl der Mitwisser zunahm und womöglich noch weiter zunehmen wird? Er dachte an das Ultimatum von gestern Abend und fühlte die Zwickmühle, die sich seiner bemächtigte. Es würde fortwährend seine Aufgabe sein, die undichten Stellen zu lokalisieren und aus Annalenas Dunstkreis fernzuhalten. Krix war kein Problem, da sie ihn abgrundtief hasste und zufällige Kontakte quasi ausgeschlossen waren. Linsen war instruiert und würde ob seines hyperkorrekten Naturells dichthalten. Die einzig undichte Stelle war er selbst. Sein Verhalten, seine Sorglosigkeit, sein bislang unbekannter und offensichtlich unkontrollierter Hang zu materiellem Besitz.

Loreena

Den ganzen Tag über hatte er von Annalena nichts gehört. Ob sie tatsächlich ins Taxi gestiegen und jemals in Berlin angekommen war, entzog sich seiner Kenntnis. Er hatte mit der Städtischen Gesamtschule und dem Berufskolleg ob seiner Bewerbungsabsagen telefoniert. Die Aussagen, dass die Stellen bereits besetzt seien und man sich für einen jüngeren Bewerber entschieden habe, nahm er mit gewissem Gleichmut zur Kenntnis. Ein paar Bewerbungen hatte er noch im Köcher, in der Hoffnung, dass diese ihn aus seiner verzwickten Lage des heimlich erfolgreichen Autors befreien mögen. Sobald er eine Festanstellung in Aussicht hatte, würde er sein Autorengeld spenden und nach Annalenas Gusto als regelmäßiger Einkommensbezieher zur Haushaltsfinanzierung beitragen. Dennoch spürte er einen gewissen Groll gegenüber seiner Ehefrau, als er vor dem Badezimmerspiegel stand und sich für sein 18:30 Uhr-Date zurechtmachte. Bastian hatte schon lange kein Parfum mehr benutzt. Das edle Wässerchen mit dem grünen Flakon, das er von Annalena zu Weihnachten bekommen hatte, stand quasi unbenutzt auf der Ablage. Ein paar Sprüher des feinherben Odeurs sollten seine ohnehin vorhandenen Sympathiewerte im Angesicht seiner Verabredung weiter hervorheben. Er blickte in den Spiegel und stellte fest, dass die Urlaubserholung aus seinen Gesichtszügen gewichen war. Stattdessen Augenringe. Bastian nestelte in der obersten Schublade des Badezimmerschranks und packte sich ein Paar schwarze Hydropads unter die Lider. Kampfbereit wie ein Footballer bewegte er sich ins Wohnzimmer und lief dort seiner Tochter in die Arme. "Was soll das werden, Papa?"
„Ich habe müde Augen und dachte, ich gönn mir mal was. Macht Mama doch auch manchmal", antwortete er augenzwinkernd.

„Habt Ihr Euch gestern gestritten? Ich hab' Mama schreien gehört." Selten zeigte sich Josie ihm gegenüber so offen besorgt.

„Nichts Wildes, Josie. Mama hatte einen harten Tag und ich hatte vergessen, mich ums Abendessen zu kümmern."

„Wenn es nicht so schlimm ist, warum ist sie dann heute einfach weggegangen, ohne Tschö zu sagen?"

„Das solltest Du Mama morgen fragen, wenn sie wieder zurück ist. Wahrscheinlich war sie sehr in Eile und hat es einfach nur vergessen."

Bastian wurde Annalenas Fehlverhalten anhand Josies Reaktion erneut vor Augen geführt. Mit einem Gefühl des Unbehagens ging er zurück ins Bad, entledigte sich der Augenpads und zog sich an für seine anstehende Verabredung. Bastian war eine von Grund auf treue Seele. Obwohl es über die Jahre seiner Ehe die ein oder andere Gelegenheit gegeben hatte, kam ein Seitensprung für ihn nicht in Frage. Für ihn war Annalena die Frau, die er liebte und mit der er sein Leben verbringen wollte. Gelegentliche emotionale Ausbrüche und offen ausgetragene Meinungsverschiedenheiten taten dem als Ausdruck lebendiger Zweisamkeit keinen Abbruch. Doch seit gestern Abend kam bei ihm das Gefühl auf, dass eine empfindliche Grenze überschritten war. Wenn Annalena morgen Abend nach Hause kam, wäre aus seiner Sicht ein Grundsatzgespräch angebracht.

Gegen 17 Uhr verließ Bastian die Wohnung. Gegenüber den Kindern gab er vor, mit seiner Schwester Bianca verabredet zu sein. „Tante Bianca" lebte zurückgezogen außerhalb der Stadt und berührte seine Familienkreise seit dem Ende der familiären Abendessen nur selten. Annalena hatte seine Schwester als „körnerfressende Müslischnitte" ohnehin aus ihrem Universum verbannt. Insofern ein wasserdichtes Alibi.

Er betrat die Einkaufspassage und hatte noch Zeit. Obwohl er Restscheine im Portemonnaie hatte, sah er den Geldautomaten, der ihn magisch anzog. Nein, er würde nichts ziehen, alleine schon um gegenüber seinem Bankberater keine neuen Verdachtsmomente zu wecken. Sehr wahrscheinlich waren die Überweisungen aus Österreich und der Schweiz schon verbucht, die ihn quasi über Nacht als künftigen Eigenheimbesitzer qualifiziert hatten. Buck gab seine Kontodaten ein und blickte gespannt auf das Display. Sein Mund wurde trocken, als er die Zahl erblickte: 256.838 EUR! Eine Viertelmillion binnen nicht einmal 4 Wochen. Durch ein einziges Buch. Er nahm seine Bankkarte, trat einige Schritte zurück und lehnte sich an die Fensterscheibe des naheliegenden Bekleidungsgeschäfts.

Geld war nie die Triebfeder seines Denkens und Handelns gewesen. Nun war es da, im Überfluss, und der Strom ließ sich nicht mehr stoppen. Er wollte nur schreiben, nichts weiter, und nach Möglichkeit in irgendeiner Form davon leben. Buck dachte an all die anderen, die stolz von sich behaupteten, ihr Hobby zum Beruf gemacht zu haben, erfolgreich wurden und im Job eine größere Erfüllung fanden als im Kreise der eigenen Familie. Eine Familie, die nur noch dazu war, den leidenschaftlichen Workaholic zu erden und den leergefahrenen Tank wieder aufzufüllen. Von diesem Abhängigkeitszustand war er von Beginn an - seit der erfolglosen Veröffentlichung seines ersten Romans - um Lichtjahre entfernt. Mit jedem neuen Buch war der Druck gestiegen und die Illusion geschwunden, den erhofften Durchbruch doch noch zu schaffen. Im Laufe der Jahre hatte der nüchterne Realitätssinn die kreative Energie aufgefressen.

Nach Vollendung des „Bestsellers" war es das für ihn. Die glühende Leidenschaft des Autors war erloschen, der Traum vom Leben durch Schreiben ausgeträumt. Seit dem Moment, als er nach dem Urlaub in der Buchhandlung von der Wucht des Erfolges in die Knie gezwungen wurde, hatte sich das ad acta gelegte Autorenleben auf brutale Art und Weise zurückgemeldet. Wie ein gefräßiges Monster war der kommerzielle Erfolg über ihn hergefallen, hatte ihn zum willenlosen Spielball materieller Interessen werden lassen und seinen aufrichtigen, bescheidenen Charakter mit weltlichen Verlockungen korrumpiert.

„Entschuldigen Sie, entweder kommen Sie rein oder Sie gehen weiter." Bucks Akt der Selbstreflektion wurde durch die burschikose Art des Ladenbesitzers jäh unterbrochen. „Hier am Fenster rumlungern is' nich."

Buck schaute auf seine Mauriac. Noch eine Dreiviertelstunde bis zum Date. Er nahm die Aufforderung an und betrat den Laden. Mit dem Wissen, jeden Artikel unabhängig vom Preis erwerben zu können, wuchs sein Machtgefühl, das in einer aufrechten, leicht arroganten Körperhaltung zum Ausdruck kam. Weder die ausgetragene Jeans noch das aus seiner tiefsten Ökophase stammende Polohemd harmonierten mit dem eleganten Chic der Armbanduhr und den trendigen Designersneakern.

Der eben noch rustikal auftretende Ladenbesitzer sprach ihn nun freundlich an: „Womit kann ich Ihnen dienen?"

Bucks Ausstrahlung schien Geld zu verraten. Er zögerte nicht, dies durch sein Auftreten zu untermauern. „Ich suche eine Jeans, etwas Besonderes, das zu meinen Schuhen passt. Welche Designermarken haben Sie vorrätig?" Der Verkäufer drehte sich auf dem Absatz um, tauchte in die Regale ab und präsentierte Buck drei Modelle, von denen er sich für das Hochpreisigste entschied. Angetrieben von der Macht des Mammons legte er nach. „Ich bräuchte noch ein Polohemd, etwas Edles, zeitlos Schickes."

Die zögerliche Freundlichkeit des Verkäufers hatte sich ob der vermeintlichen Potenz seines Kunden in eine gewisse Unterwürfigkeit verwandelt. Buck genoss das Gefühl, den beflissenen Klamottendiener nach seiner Pfeife tanzen zu lassen. Er betrachtete sich im Spiegel mit seinen neuen

Errungenschaften und musste zugeben, dass er sich nicht nur optisch, sondern auch innerlich aufgewertet fühlte.

„Die Kombination steht Ihnen außergewöhnlich gut. Zu ihren Sneakern würden diese Socken gut passen." Der Verkäufer ahnte, dass sein betuchter Kunde noch Reserven hatte und hielt ihm ein besticktes Sockenbündel unter die Nase. „Ja das passt. Nehmen wir mit." Buck blinzelte den Verkäufer gönnerhaft an. „Vielen Dank für Ihre gute Beratung. Ich lasse die Sachen direkt an." Er spürte, wie der Zauber des Geldes den Ladenbesuch zu einem geschmeidigen Vorgang machte. Eben noch als herumlungernder Störenfried beinahe des Platzes verwiesen, stolzierte er nun als Premiumkunde mit drei Nobelartikeln an seinem Körper Richtung Kasse.

„Das macht 495 Euro", sprach der Verkäufer mit zuvorkommender Wertschätzung.

„Mit Karte bitte." Buck legte sein Stück Sparkassenplastik auf die Theke und nahm trotz der stattlichen Summe einen unbewegten Gesichtsausdruck an

„Und beehren Sie uns bald wieder", waren die finalen Worte des Verkäufers, als Buck die Passage ansteuerte. Pfauenhaft bewegte er sich zwischen den Ladenzeilen, während er den Plastikbeutel mit seinen ausrangierten Sachen in der Hand hielt. Er blickte sich um, stellte den Beutel neben den nahegelegenen Müllbehälter und zog weiter.

Die Uhr zeigte 18:20 Uhr. Im Sneaker-Shop war noch Licht und das Verkaufspersonal sichtbar mit Aufräumen beschäftigt. Eine Verkäuferin stand mit einem Bündel Bons in der Hand neben der Kasse. Ein dunkelhaariger, osteuropäisch aussehender Herr mit Lederjacke stand neben ihr, um die Bons in Empfang zu nehmen. Loreena war nicht zu sehen. Das Eiscafé lag schräg gegenüber, 30 Meter Luftlinie. Hatte sie womöglich nach Dienstschluss fluchtartig den Laden verlassen, um ihm nicht über den Weg zu laufen? War ihr die

Sache, das Date mit dem geheimnisvollen Autor, möglicherweise zu heiß geworden?

Buck spürte ein seltsames Gefühl in der Magengegend, als er das Café betrat und an einem der gut sichtbaren, freien Tische Platz nahm.

„Darf ich Ihnen etwas zu trinken bringen?", sprach ihn die Kellnerin an.

„Ich warte noch auf meine Begleitung, vielen Dank." Bucks elitäres Grundgefühl wirkte sich in seinem neuen Designeraufzug auf sein Auftreten aus. Selbstbewusstsein war von Kindesbeinen an nicht seine Kernkompetenz. Mit gewisser Wahrscheinlichkeit hat die jahrelange Mittellosigkeit seine familiär geprägte Bescheidenheit zusätzlich unterfüttert.

18:35 Uhr und Buck wurde nervös. Hatte Loreena einen Rückzieher gemacht? Sie verfügte nicht über seine Kontaktdaten. Womöglich war sie krank oder verhindert und hatte keine Chance, den Termin abzusagen? Der Sneaker-Shop gegenüber war inzwischen dunkel, die Passage hatte sich geleert. Desillusioniert blickte sich Buck um und sah in dem Café außer seiner Person nur zwei weitere Gäste. Sein Blick fiel auf die Tür. Augenblicklich begann sich seine Anspannung zu lösen. Loreena stand wie eine engelsgleiche Gestalt im Eingang und bewegte sich mit perfekt gestylter Mähne in einem verführerischen Cocktailkleid auf ihn zu.

„Bastiaaan, es tut mir so leid, dass ich zu spät bin..." Vertraut fiel sie ihm um den Hals und umhüllte ihn mit einer betörenden Duftwolke. „Ich hatte mir heute frei genommen, wollte extra pünktlich sein. Da ist mir die Bahn vor der Nase weggefahren. 1000-mal sorry dafür."

Buck war beseelt. Noch nie hatte sich jemand bei ihm wegen einer Kleinigkeit so überschwänglich entschuldigt. Dazu sah sie umwerfend aus und lächelte ihn mit vielsagender Miene an.

„Alles gut. Du siehst toll aus. Dein Anblick macht sofort gute

Laune." Buck war zu Unizeiten als Charmeur bekannt. Ein Umstand, den er gezielt mit dem ein oder anderen literarischen Einfall garnieren konnte. Diese Fähigkeit war im Laufe der ehelichen Routine in gewisser Weise Verschütt gegangen. In Anbetracht der attraktiven Begleitung und gestärkt durch sein aufgewertetes Äußeres kam jene Naturbegabung nun wieder an Tageslicht.

Loreena beugte sich vor, sodass ihr Dekolleté vielsagende Einblicke gewährte. „Es ist toll, dass wir uns endlich auch mal privat sehen. Nicht immer nur beim Sneakerkauf. Die Autrys stehen Dir übrigens super. Passen toll zur Jeans."

„Auch wenn wir uns noch nicht wirklich kennen, spüre ich eine gewisse Harmonie zwischen uns", säuselte Buck ihr vertrauensvoll zu. Nachdem Loreenas Katzenaugen freudig zu funkeln begannen, legte er auf seine bekannte Art nach. „Ein Zitat von Mahatma Gandhi sagt: ‚Wenn, was wir denken, was wir sagen und was wir tun, in Harmonie sind, nennt man das Glück.'"

„Das ist ein sehr schöner Spruch. Den möchte ich gerne aufschreiben." Sie nahm eine Serviette, schrieb das Zitat mit geschwungener Handschrift darauf und unterlegte es mit einem Herzen. „Als Schriftsteller kennst Du sicher viele davon oder?"

„Das ein oder andere Zitat schon. Ist tatsächlich eine Art Berufskrankheit", schmunzelte Buck ihr entgegen.

„Erzähl mir mehr über Deinen Beruf. Worüber schreibst Du?"

„Ich schreibe Romane. Eigentlich die typischen Alltagsgeschichten über Menschen, deren Leben aus den Fugen gerät."

„Ah, interessant. Das scheint so ein Hype zu sein. Genau wie dieser „Bestseller", über den im Moment alle sprechen." Schlagartig saß Buck kerzengerade am Tisch, während die Kellnerin die Zweisamkeit unterbrach und die bestellten

Cappuccinos servierte. Eine willkommene Unterbrechung, die ihm Zeit gab, die Contenance wiederzugewinnen. „Ja. Ein interessantes Buch. Hast Du es gelesen?" Buck hatte bei Loreena ein gutes Gefühl und war sich sicher, von ihr einen unvoreingenommenen Eindruck – quasi ein repräsentatives Leserurteil - zu erhalten. „Jaaa. Gestern angefangen und bin auf den letzten Seiten. Habe heute darüber fast die Zeit vergessen..." Buck war bemüht, sich die persönliche Betroffenheit nicht anmerken zu lassen. „Oh, wow. Was ist es, das Dich an dem Buch so fasziniert?" Loreena hielt kurz inne, in dem Bemühen die richtigen Worte zu finden. „Die Geschichte berührt mich sehr, weil sie echt ist. Ich habe mich noch nie mit einer Romanfigur so verbunden gefühlt." Konzentriert nippte sie an ihrer Tasse. „Jeder von uns kann von heute auf morgen in eine Situation geraten, die das Leben brutal verändert. Wir können über Nacht zum Star werden und genauso schnell wieder abstürzen. Dennoch bleiben wir die gleiche Person, müssen aber mit den neuen Umständen irgendwie klarkommen. Das zerreißt uns, in dem Versuch gegenüber unserem Umfeld „normal" zu bleiben. Ehrlich Bastian, das Buch hat mir eines klar gemacht...Ich möchte ein ganz normales Leben führen, mit Ehrlichkeit und echten Gefühlen." Loreena schüttelte energisch den Kopf, „Reich und berühmt, nee danke...nicht zu dem Preis." Buck war paralysiert und fasziniert zugleich. Loreena hatte in wenigen Sätzen sein Leben beschrieben, seine aktuellen Empfindungen auf den Punkt gebracht. Nun wurde ihm klar, dass er den Roman über sich selbst verfasst hat und auf hellseherische Art und Weise seine eigene Zukunft vorweggenommen hat. Was wäre, wenn er ihr die Wahrheit offenbarte? Eine junge, attraktive Frau, die er noch nie zuvor privat getroffen hatte, als Mitwisserin seines Geheimnisses? Er spürte eine eigenartige Verbundenheit, aber konnte er ihr vertrauen? Oder würde sich seine ohnehin schon prekäre Situation durch diese Form des „Secret-Sharing" weiter verkomplizieren?

Loreenas rechte Hand ruhte ausgestreckt auf der Tischplatte. Wie in Trance legte er seine Handfläche auf ihren Handrücken: „Ich kenne das Buch auch sehr gut. Du hast es großartig beschrieben. Ich glaube, der Autor wäre stolz und dankbar zu hören, dass seine Botschaft so ankommt, wie er es im Moment des Schreibens gefühlt hat."

Loreena öffnete den Mund und ließ die Zunge über die Oberlippe wandern. Ihr Katzenblick wirkte hypnotisch auf ihn, während sich ihre Hand in der Seinen warm, zart und feingliedrig anfühlte.

„Wir Autoren verarbeiten persönliche Erfahrungen, von denen wir glauben, dass viele Menschen sie da draußen ähnlich erleben. Mit der Kunst der Worte werden wir sozusagen zu ihrem Sprachrohr."

Sie lächelte ihn tiefgründig an, bat kurz um Verzeihung und bewegte sich in Richtung Toilette. Buck fühlte einen wohligwarmen Schwall in seinem Innern. Just in dem Moment vibrierte sein Smartphone. ‚Nachricht von Lena' erschien im Display. Seitdem er am Nachmittag das Haus verlassen hatte, waren seine Gedanken an Annalena mit dem ganzen Unmut über den Verlauf des letzten Abends ausgeblendet. Nun wurde er schlagartig mit der Alltagsrealität konfrontiert. Er öffnete die Nachricht und las den mit einem Herz-Emoji unterlegten Text:

‚Ich war doof gestern…sorryyy!'

Buck atmete tief und spürte in sich eine Mischung aus Ärger und Erleichterung. Es war häufig Annalenas Art, sich für Dinge zu entschuldigen, die sie im Affekt von sich gab. Dass jenes Schuldbekenntnis mit derartiger Verspätung kam, blieb für ihn unverzeihlich und würde eine ernsthafte Aussprache nach sich ziehen. Buck ließ die Nachricht bewusst unbeantwortet und spürte plötzlich, dass Loreena hinter ihm stand. „Na, ist alles okay bei Dir?" Buck wirkte kurz desorientiert, als sie ihn mit jener Alltagsfrage konfrontierte.

„So lange Du da bist, ist alles gut", antwortete Buck, der sein Smartphone verstohlen zurück in die Tasche steckte. Er vermied es, private Dinge über sich zu erzählen, sondern lenkte die Aufmerksamkeit weiter auf seine Tätigkeit als Romanautor. So stellte er fest, dass Loreena eine gute Zuhörerin war und seine bildhafte Sprache offensichtlich genoss.

Nach einer gewissen Zeit erschien die Kellnerin und wies darauf hin, dass sie kassieren wolle und das Café in Kürze schließen werde. Buck übernahm die Rechnung und ließ demonstrativ einen 10-Euro-Schein als Trinkgeld liegen.

„Loreena, es war mir ein großes Vergnügen. Wir sollten das unbedingt weiter vertiefen. Ich möchte gerne noch mehr über Dich erfahren."

„Ja das sollten wir. Es hat mich auch sehr gefreut, mit einem echten, so charmanten Romanautor den Abend zu verbringen. Wir wissen ja noch gar nichts über einander. Dennoch fühlt es sich an wie etwas Besonderes", stellte Loreena mit laszivem Augenaufschlag fest.

Mit einem wohligen Gefühl der Zuneigung führte er sie Richtung Ausgang. „Ich bringe Dich zur Bahn. Ist ja schon etwas dämmerig."

Vertraut verließen beide die Passage und erreichten die Bahnhaltestelle. Sie war menschenleer. Loreena stellte sich vor ihn und ihr Blick verriet eine Mischung aus Zuneigung und Unsicherheit. Buck rückte näher, nahm ihre Schultern und zog ihr Gesicht sanft zu sich heran. Der Kuss war innig und lang. Er spürte ihren Körper an dem seinen und merkte, dass sich in seinem Innern etwas veränderte.

Mit lautem Klingeln rückte die Straßenbahn heran. „Wann sehen wir uns wieder?" fragte er, während die Bahn hinter ihnen zum Stehen kam. Loreenas Katzenaugen verengten sich und sie wirkte in Anbetracht der Situation etwas durcheinander. „Ähm, ja, ähm... Du hast doch meine Nummer, ruf einfach an. Sonst komm einfach in den Laden." Mit ernstem aber tiefgründigem Blick betrat sie die Bahn, winkte ihm vom Fenster zu und verschwand in der Dunkelheit des fortgeschrittenen Abends.

Mentaler Rückenwind

Beschwingt stieg Bastian am nächsten Morgen aus den Federn. Mit demonstrativ guter Laune machte er die Kinder für die Schule fertig und ließ bei einer Tasse Kaffee den vorigen Abend Revue passieren. Er hatte eine andere Frau geküsst. Das erste Mal während seiner inzwischen 13 Jahre währenden Beziehung. Wie konnte er in eine solche Situation geraten? War er von sich aus zu weit gegangen oder letztlich nur „Opfer" besonderer Umstände? Er hatte sich vehement über Annalena geärgert. Dass sie aus einer Nichtigkeit heraus ihn mit Beleidigungen und Drohungen überzogen und ohne ein weiteres Wort das Haus verlassen hatte. Ihre ureigene Art der Frustbewältigung hatte mal wieder gesiegt und ihn samt Kindern als Statisten einer hochemotionalen Ego-Show zurückgelassen. Dass sie sich rund 24 Stunden später per Textnachricht entschuldigend zurückgemeldet hatte, war für ihn kein Grund, ihr Verhalten zu relativieren. Zumindest könnte ihr geäußertes Gefühl der Reue die fällige Aussprache am heutigen Abend etwas erleichtern.

Bastian spürte ob des gestrigen Treffens ein seltsames Mischgefühl aus Schuld und Euphorie. Hätte die Sache mit Loreena auch dann passieren können, wenn der Abend zuvor harmonisch verlaufen wäre? Hatte er in seiner Neueigenschaft als vermögender Romanautor das Moralverständnis des treuen, bescheidenen Ehemannes und Familienvaters leichtfertig zu den Akten gelegt? Er spürte die Macht des Geldes, die seine immaterielle Asketenseele streichelte und ihm im Umgang mit anderen zu demonstrativem Selbstbewusstsein verhalf. Er hatte beim Schuhkauf eine Verkäuferin aufgerissen und lief Gefahr in eine außereheliche Affäre hineinzuschliddern. Wie weit würde er noch gehen, um sich selbst in seiner angestammten Rolle als Bastian Buck treu bleiben zu können?

Bastian hatte den Abend genossen. Er spürte, dass Loreena für ihn eine gewisse Bedeutung hatte und fühlte sich von ihr auf eine bestimmte Weise angezogen. Er hatte an ihr „genippt", wie an einem guten Glas Wein, ohne die Flasche jedoch komplett zu leeren und mit einem fürchterlichen Kater aufzuwachen. Bastian fühlte sich gut, wusste jedoch beim Blick in seine Kaffeetasse, dass er einen großen, möglicherweise unverzeihlichen Fehler machen würde, sie noch mal zu treffen. Er liebte Annalena trotz aller Missstimmung und würde das gestrige Ereignis als eine der Situation geschuldete, goldene Ausnahme abhaken. Gleichzeitig wusste er, dass die Verlockung des leichten Geldes auf Abruf ihn und seinen Charakter wiederholt auf die Probe stellen könnte.

Gegen Mittag kam die Post. Im Briefkasten lag die Einladung zu einem Vorstellungsgespräch. Er hatte sich als Dozent für Deutsch und Philosophie an einer Privatuniversität beworben und sah anhand der positiven Rückmeldung eine gute Chance, in ein geregeltes Anstellungsverhältnis zu gelangen. Eine Anstellung, die ihm den Druck zu weiteren literarischen Verpflichtungen nehmen würde und gleichzeitig die Option offenließ, das Doppelleben des vermögenden Autors im Hintergrund weiterzuspielen. Berufskolleg, Gesamtschule, Deutsch für Ausländer... das alles klang für Bastian als Exit-

Strategie nie sonderlich verlockend. Privatuni hatte da einen anderen Anstrich und matchte zudem mit seinem in materieller Hinsicht neu erworbenen Anspruchsdenken.

Das Telefonat mit dem Unisekretariat klang vielversprechend, da die Stelle kurzfristig zu besetzen und man daher an einem zeitnahen Gesprächstermin interessiert sei. Bastian schlug den übernächsten Tag vor, da er am Tag zuvor noch einen Verlagstermin bei Krix zu absolvieren hatte. Er fühlte sich gut wie selten und nahm seinen mentalen Rückenwind nun zum Anlass, den Schweizer Kulturhauschef Pierre Muller anzurufen, um sich für das Uhrengeschenk zu bedanken.

Bastian hatte die Visitenkarte aus dem Etui genommen und wählte die Nummer. Eine nette Sekretärinnenstimme schallte ihm mit leichtem schweizerdeutschen Akzent entgegen. Mit dem Selbstbewusstsein eines Erfolgsautors stellte er sich vor. „Beck, einen wunderschönen guten Tag. Ich hätte gerne Herrn Pierre Muller persönlich gesprochen."

„Ooh, Monsieur Muller ist einem Termin. Worum geht es? Kann er sich bei Ihnen melden?"

„Mein Name ist Berthold Beck. Ich bin der Autor des Romans „Der Bestseller". Zurückrufen geht leider nicht. Vielleicht geben Sie ihm eben einen Hinweis, dass ich am Telefon bin."

Bastian baute darauf, dass der Zauber seines Namens Wirkung zeigte und ließ an der Wichtigkeit seines Anrufes keinen Zweifel. Und siehe da, die freundliche Stimme bat ihn kurz zu warten, um den Verlagschef über den besonderen Anruf zu informieren.

Fast sein gesamtes Leben hatte Bastian die Rolle des Bittstellers inne. Er war der, der warten musste, vom guten Willen anderer abhängig war und sich im Laufe der Zeit in eine Form der Passivität hineinbegeben hatte. Er forderte nie, er wurde gefordert. Ob beruflich oder privat, es waren stets die anderen, die den Ton angaben. Im schönen Schein der neuen Bedeutsamkeit genoss er es nun, den Spieß umzudrehen und den Chef des Züricher Kulturhauses Hemmi aus einer für das Unternehmen wichtigen, möglicherweise sogar zukunftsweisenden Sitzung herauszuzitieren. Er wartete und hörte auf der anderen Seite im Hintergrund eine männliche Stimme, die langsam näher rückte.

„Bonjour Monsieur Beck, ich bin erfreut, Sie zu sprechen", begrüßte ihn die andere Seite mit ausgeprägtem Elsässer Dialekt.

„Vielen Dank, Monsieur Muller, ich hoffe, ich störe Sie nicht."

„Non, non, non, es ist mir eine Ehre, einen so großen Autor persönlich zu sprechen."

Bastian hatte Zeit seines Lebens Situationen erleben müssen, in denen Menschen sich über ihn erhoben, auf ihn herabblickten, ihn nicht für voll nahmen. Mullers Lobhudelei wirkte auf ihn derart grotesk, dass er innerlich bereit war, die angestammte Rolle zu verlassen und seinem unterwürfig auftretenden Gesprächspartner mit einem Hauch von Herablässigkeit zu begegnen.

„Ich wollte mich bei Ihnen für die hübsche Armbanduhr bedanken. Herr Krix sagte mir, dass Sie an meinem Roman Gefallen gefunden haben...nun ja, man tut halt, was man kann."

„Gefallen? Ooh, Monsieur Beck, das ist untertrieben. Der Roman ist sensationell und wir würden uns freuen, Sie in der Schweiz begrüßen zu dürfen. Unser Publikum wäre begeistert, Sie persönlich zu erleben."

Bastian war perplex ob der höflichen Ehrerbietung seines Gegenübers. „Das wird schwierig, Monsieur Muller, da ich meine Anonymität wahren möchte und die Öffentlichkeit meide."

„Ich weiß, ich weiß, Monsieur Krix hat mich schon informiert...Monsieur Beck, selbstverständlich respektieren wir Ihren Wunsch, aber...", der Verlagschef hielt kurz inne, „...wir haben da ein besonderes Angebot für Sie, dass wir nur wenigen prominenten Gästen machen. Vielleicht denken Sie darüber nach...?!"

Bastian merkte, wie die Neugier in ihm hochstieg und seine Maxime der Anonymität zu unterwandern begann. „Danke, dass Sie meinen Wunsch respektieren...Aber...Das Angebot, von dem Sie sprachen, was wäre das denn genau?"

Bastian spürte, dass er mit dieser Frage möglicherweise einen Schritt zu weit gegangen war. Sein Gesprächspartner ließ keine Zeit verstreichen, um das heiße Eisen auf der anderen Seite der Leitung zu schmieden.

„Monsieur Beeeeck, Sie würden begeistert sein... Ich lade Sie ein in eine der schönsten Ecken unseres Landes...nach Luzern...Waren Sie schon einmal am Vierwaldstättersee?"

Bastian war noch nie in der Schweiz, abgesehen von einem Tagesausflug in der 10. Klasse zum Rheinfall in Schaffhausen. Er liebte die Berglandschaften, seit er als Kind ein 1000 Teile-Puzzle des Berner Oberlandes über seinem Bett hängen hatte. Dennoch war er bemüht, sich den Trigger nicht anmerken zu lassen.

„Nein. Aber ich kenne die Schweiz und werde sie bei Gelegenheit auch wieder besuchen."

„Sie sollten nicht mehr lange warten, Monsieur Beck...Ich lade Sie ein in eine der besten Adressen, die die Stadt Luzern zu bieten hat. In dem Luxushotel am See findet eine exklusive Lesung mit ausgewählten Autoren unseres Landes statt. Sie wären unser Stargast und ich würde Ihnen die Luxury Suite reservieren. Von dort haben Sie einen atemberaubenden Blick auf den See und die imposante Bergwelt. Nehmen Sie Ihre Frau mit und lassen Sie sich eine Woche lang von uns verwöhnen. Kost und Logis sind selbstverständlich frei. Transfer per Privatjet ist inklusive. 20.000 Schweizer Franken als Gage kommen dazu. Sie müssen nur noch ok sagen, den Rest erledigen wir..."

Bastian stand starr vor seinem Schreibtisch und blickte aus dem Fenster. Er ließ die graue Suppe des verregneten rheinischen Spätsommers auf sich einwirken, als Muller die augenblickliche Stille mit seinem charmanten Elsässer Dialekt wieder auflöste. „...Monsieur Beck. Natürlich wahren wir Diskretion. Keine Presse, keine Fotos. Ein exklusiver Zuhörerkreis von 50 erlauchten Personen, die wir auf Ihr Diskretionsanliegen einschwören. Smartphones und sonstige Aufnahmegeräte sammeln wir am Empfang ein. Auf Ihren Wunsch werden wir den Hotelvisagisten engagieren, der Ihnen eine perfekte Maskerade auf den Leib schneidert, so perfekt, dass Sie sich im Spiegel nicht mal selbst erkennen...Monsieur Beck, es würde uns freuen, Sie zu beehren...“

Bastian spürte wie sich eine unsichtbare Schlinge um seinen Hals gelegt hatte. Aus der ursprünglichen Position der Stärke war er im Handumdrehen in seinen naturgegebenen Zustand der Defensive geraten. Der Verlagschef hatte die Macht übernommen und ihn mit einem unmoralischen Angebot der besonderen Art in die Zwickmühle manövriert. Schweiz, Berge, Luxussuite mit Seeblick, Kost und Logis frei, 20.000 Schweizer Franken, Privattransfer, Anonymität gewahrt..., Bastian lief Gefahr, weich zu werden. Die von Verlagschef Muller diktierten Bedingungen ließen jegliche Art des Widerspruchs unanständig erscheinen. Wie würde ein „Nein, tut mir leid“ auf sein Gegenüber wirken? Andererseits könnte er die Position der Stärke zurückerlangen, indem er nachverhandelte. 40.000 Franken statt 20? Oder würde jene abgehobene Forderung ihn als geldgierige Autorendiva in die Schweizer Presse bringen? Er stellte sich vor, mit Annalena über die Promenade entlang des Vierwaldstättersees zu flanieren, das luxuriöse Hotelfrühstuck zu genießen, vom Balkon ihrer Luxussuite bei einem Glas Champagner auf die im See gespiegelten Lichter der Stadt zu blicken. Dies alles wäre genau

Lenas Kragenweite. Und zudem eine längst überfällige Gelegenheit, ihrer neureichen, besten Freundin Jule das Wasser abzugraben. Was wäre der Preis? Er müsste ihr die ganze Story mit dem „Bestseller" und dem prall gefüllten Verlagskonto von der Pike auf erzählen. Ein klärendes Gespräch stand ja heute Abend ohnehin an. Wie ein Reflex schoss ihm Annalenas Drohung durch den Kopf. Die Geschichte war weit gediehen, sehr wahrscheinlich zu weit, und die volle Wahrheit würde ihre Beziehung womöglich nicht überleben. Abgesehen von der Tatsache, dass Annalena die Rolle als Anhängsel im Schatten eines erfolgreichen Autors kaum akzeptieren würde. Die Kräfteverhältnisse ihrer sturmerprobten Beziehung waren auf Annalenas Stärke und Dominanz ausgerichtet. Eine Umkehrung dessen hätte für ihre Ehe unabsehbare Folgen. Spontan fiel ihm Loreena ein. Ein Wochentrip mit ihr in die Schweiz würde weder Erklärungen erfordern noch Befürchtungen nach sich ziehen. Gleichzeitig erschrak er bei dem Gedanken, da er sich mit keiner anderen Frau außer Lena einen gemeinsamen Urlaub vorstellen konnte.

Bastian unterbrach seine Gedankenwelt, um das Heft des Handelns zurückzuerlangen. „Monsieur Muller, ich weiß Ihre Einladung zu schätzen. Dennoch kennen Sie meine Position. Auch wenn es mich ehrt, ich kann Ihr großzügiges Angebot nicht annehmen."

„Monsieur Beck, ich wollte Sie mit meiner Einladung nicht unter Druck setzen. Es tut mir leid, wenn dieser Eindruck entstanden ist. Ich zahle Ihnen 30.000 Schweizer Franken, wenn Sie kommen und Sie werden für eine Woche der König von Luzern sein. Überlegen Sie es sich in Ruhe und sagen Sie mir bis übermorgen Bescheid…"

Bastian fühlte einen seltsamen Zwiespalt, während die Luzerner Bergwelt wie ein Film vor seinem geistigen Auge ablief.

„Vielen Dank, Monsieur Muller. Ich werde mich bei Ihnen melden, falls ich mich anders entscheide."

„Selbstverständlich, Monsieur Beck, ich würde mich freuen, von Ihnen zu hören." Der Verlagschef blieb zuvorkommend freundlich und empfahl sich mit Blick auf seine Gäste, die im Nebenzimmer auf ihn warteten.

Als Bastian die Küche aufräumte, wirkte das Telefonat bei ihm nach. Das Angebot von Pierre Muller war genauso unglaublich wie unwirklich und hatte sein Innerstes in Aufruhr gebracht. Bastian wusste, dass eine Ablehnung rein rational die für ihn zwar einfachste Lösung wäre, ihm andererseits jedoch emotional schlaflose Nächte bereiten würde. Als Kind gab es keinen Urlaub. Wie oft hatte er auf seinem Spielteppich gesessen und verträumt das legendäre Gipfelmassiv von Jungfrau, Eiger und Mönch über seinem Bett angestarrt. Nun drohte ein Kindheitstraum auf skurrile Art und Weise wahr zu werden.

Er dachte an den Privatjet, der ihn ohne weiteres Zutun von A nach B und zurück bringen würde, an die erlauchten 50 Personen, die seinen Ausführungen zum „Bestseller" mit höchster Aufmerksamkeit folgten und nicht zuletzt an den Hotelvisagisten, der sein ohnehin unbekanntes Gesicht noch unkenntlicher machen würde. Bastian musste sich eingestehen, dass Mullers lückenlos durchgeplantes Angebot für die Bewahrung seiner Anonymität keine wirklichen Risiken beinhaltete. Keine Presse, keine Fotos. Wer würde den Auftritt des berühmten Autors Berthold Beck in der fernen Schweiz mit seiner hiesigen Person in Verbindung bringen? Andererseits spürte er, dass er mit jedem kleinen Zugeständnis tiefer in die Welt der Autorenprominenz hineinrutschte und ihm der Rückweg in das alte, zivile Leben irgendwann verstellt sein würde.

Morgen hatte er sein Gespräch bei Krix. Wie würde der Verlagschef reagieren, wenn er den Schweizer Kollegen seinen inländischen Verpflichtungen gegenüber den Vorzug gäbe? Ihm blieben noch 2 Tage, um seine Entscheidung zu überdenken.

Es klingelte an der Tür. Die Ankunft der Kinder nach Schulende riss ihn aus seiner Phantasiewelt. Nachdem sie gemeinsam zu Mittag gegessen hatten und die Kinder in ihren Zimmern verschwunden waren, setzte sich Bastian an seinen Schreibtisch. Er hatte auf Annalenas kurze Textnachricht bislang nicht reagiert. Er hoffte auf eine sachliche Gesprächsatmosphäre und eine gewisse Einsicht ihrerseits. Dennoch würde er mit Blick auf ihre notorisch kurze Zündschnur mit Anschuldigungen vorsichtig umgehen müssen. Um die Gesprächsbasis für später ein wenig zu entspannen, antwortete er ihr mit folgendem Text:

‚Der Verlauf des Abends und Dein Verschwinden war für uns drei nicht gerade schön. Freue mich, wenn Du nachher nach Hause kommst und wir über alles sprechen können. Pass auf Dich auf, Basti!'

Nachdem er die Nachricht verschickt hatte, tauchten die Bilder des „Schweizer Angebotes" wieder vor seinem geistigen Auge auf. Er begann zu googeln. Luzern, Vierwaldstättersee, Zentralschweizer Voralpen…Bastian spürte, wie er in den Bildern versank und nicht merkte, dass Jelle neben ihm stand.

„Papa, die Berge sind schön. Wird das unser nächster Urlaub?"

„Was? Ach die Bilder…? Nein, ich hatte nur gerade schöne Erinnerungen an früher. Das ist die Schweiz. Als ich so alt war wie Du, hatte ich so ein Bild als Puzzle über meinem Bett."

„Und Ihr seid da nie hingefahren?"

„Nein, leider nicht. Oma hatte kein Geld für solche Urlaube."

„Vielleicht können wir ja mal zusammen hin. Mama würde es dort bestimmt gefallen."

„Ich mag aber lieber Strand." Josie stand hinter ihnen und brachte ihre Meinung unverblümt zum Ausdruck. „Wandern in den Bergen ist außerdem spießig. Nur was für alte Leute." Bastian zögerte kurz. So sehr ihm der Gedanke auch gefiel, mit seinem Sohn die Luzerner Bergwelt zu erkunden, so klar wurde ihm die Absurdität eines solchen Vorhabens. Nachdem sich beide Kinder nach draußen zum Spielen verabschiedet hatten, saß er gedankenverloren an seinem Schreibtisch. Die jüngsten Ereignisse hatten die wohlgeordnete Welt des Heimromanciers durcheinandergewirbelt. Sein plötzlicher Reichtum, die Begehrlichkeiten bezüglich seiner Person, die Aussicht auf eine geregelte Arbeitsstelle, das Telefonat mit Pierre Muller und nicht zuletzt das Date mit Loreena, dies alles schien unvereinbar mit dem Leben, das Bastian Buck bis dato als grundbescheidenen und bodenständigen Menschen ausgezeichnet hatte.

Er dachte an Loreena und das Date von gestern Abend. Ein wenig schlecht fühlte er sich, dass er in Anbetracht des vertrauten Abschiedes an der Bahnhaltestelle bislang nichts von sich hören gelassen hatte. Er holte ihre Visitenkarte hervor und sah die handgeschriebene Mobilfunknummer. Würde sie sich freuen oder in Anbetracht des kurzen Abstandes gar bedrängt fühlen? Die Uhr zeigte kurz nach 5 und sie war mit Sicherheit noch im Laden. Er konnte nicht länger warten, da auf kurz oder lang mit Annalenas Ankunft zu rechnen war. Ungeachtet der Tatsache, dass die Lady mit den Katzenaugen möglicherweise beschäftigt war und keine Gelegenheit haben könnte, mit ihm zu sprechen, wählte er ihre Nummer. Das Freizeichen ertönte. Was würde er ihr sagen? Danke für den netten Abend? Frage nach einem neuen Date? Nach dem fünften Klingeln entschied sich Bastian aufzulegen. Eine Mailbox schien nicht eingerichtet. Vielleicht wäre es unverfänglicher, sie im Laden zu besuchen, als ihr telefonisch nach Feierabend nachzustellen?

In der Zwischenzeit hatte Annalena geschrieben: „*Sitze im Taxi nach Hause. Freue mich auf Euch…*" Die Nachricht war 7 Minuten alt, als er das Türschloss hörte. Viel Zeit war ihm nicht geblieben, um sich auf die anstehende Aussprache vorzubereiten. Bastian entschied sich dafür, Annalena erst mal kommen zu lassen, da sie ganz offensichtlich ein schlechtes Gewissen plagte.

„Hiiiii… ah, bin ich froh wieder hier zu sein", flötete Annalena in offensichtlich besserer Laune in den Raum.

„Nachdem Du gestern nicht schnell genug weg sein konntest, eine erfreuliche Entwicklung." Trotz seiner Deeskalationsstrategie konnte sich Bastian diese Spitze nicht verkneifen.

„Jaa, geb's ja zu. War Bockmist. Sorry!" Schuldbewusst blickte sie Richtung Decke, während sie sich ein Glas Wasser einschenkte.

„Die Kinder waren auch ein wenig irritiert, dass es am Morgen nicht mal zu nem „Tschö" gereicht hat."

„Jaa, tut mir echt leid. Ich werde mit den beiden gleich sprechen und mich entschuldigen…" Annalena setzte sich hin und nippte an ihrem Wasser. „Ich stand megamäßig unter Druck, weil unser Termin existentiell für den Fortbestand der Firma war. Roller hatte mich im Büro rund gemacht, weil er selbst so angespannt war. Das kannst Du nicht verstehen, was in der realen Arbeitswelt manchmal los ist, Bastian. Ich mache Dir da auch keinen Vorwurf…aber… der Termin war ein voller Erfolg." Annalena hob ihr Wasserglas und prostete ihm champagnerlike zu. „Wir haben einen Großauftrag an Land gezogen…und…", mit eingeübtem Augenaufschlag lächelte sie ihn beschwörend an, „…ich kriege eine Gehaltserhöhung…'nen Tausender Brutto mehr pro Monat. Das gibt uns finanziell Luft und bringt uns näher Richtung Eigenheim. Na, was sagst Du?"

Bastian betrachtete Annalena eingehend. Ihr positiver Charme wirkte anziehend und war gewiss in der Lage, auch den ein oder anderen wankelmütigen Geschäftspartner zu überzeugen. Geld war für sie schon immer ein stimmungsförderndes Element und ließ in ihren nun strahlenden Augen den Fauxpas des Vorabends relativ erscheinen.

„Das ist toll. Ich gratuliere Dir…oder soll ich sagen uns…?" Bastian blieb in seiner Begeisterung noch verhalten.

„Sag ruhig ,uns', dann kannst Du Dir gerne auch mal n paar neue Klamotten gönnen, ohne dass ich direkt abgehe wie n Zäpfchen." Annalena schmunzelte ihn in offensichtlich bester Laune an.

„Ja, Deine Reaktion war krass übertrieben. Auch ich brauche hier und da mal was Neues. Speziell dann, wenn ich mal unter Leute gehe. Letztens bei Eurem Büroempfang kam ich mir vor wie so'n armseliger Hiwi."

„Vorschlag, mein Schatz. Ich hab nächsten Dienstag frei. Dann gehen wir zusammen shoppen und kleiden Dich komplett neu ein. Es war tatsächlich blind von mir, Dir die Schuhe madig zu machen…Sag mal, haben die Autrys wirklich nur 250 gekostet? Ist ein Spitzenpreis für dieses Modell."

„Ja, ich hatte sie im Sale gesehen und sie gefielen mir einfach. Die Skechers waren einfach nicht mehr vorzeigbar… Gefallen sie Dir denn?"

„Ja, auf jeden Fall. Hätte Dir so viel Geschmack gar nicht zugetraut." Annalena schenkte ihm ein schelmisches Augenzwinkern. „Wo hast Du sie gekauft?"

„In dem Sneaker-Laden in der City-Passage…"

„Ach, hättest Du mal was gesagt…. Dort arbeitet ne Verkäuferin, Loreena, sie ist die Nichte von Roller, da kriegen wir Prozente…"

Bastian durchzuckte ein innerer Stromstoß. „Echt? So klein ist die Welt…" Ein besserer Satz war ihm auf den Schreck nicht eingefallen. Geistesgegenwärtig war er um Ablenkung bemüht. "In Sachen Sneaker bin ich ja jetzt versorgt. Aber das ein oder andere Outfit könnte nicht schaden. Habe übermorgen übrigens ein Vorstellungsgespräch."

„Eeeecht, das ist ja mega…komm lass uns ne Flasche Grauburgunder aufmachen. Ich finde, das alles müssen wir jetzt auch mal ein wenig feiern. Was ist das für ein Gespräch?"

„An ner Privatuni. Die suchen einen Dozenten für Germanistik und Philosophie in Vollzeit. Genau mein Profil. Wäre toll, wenn es klappt."

„Ja klasse. Ich drück Dir die Daumen." Trotz ihrer positiven Reaktion spürte Bastian bei Annalena ein gewisses Störgefühl. Schule oder Berufskolleg wären ihr wohl lieber gewesen. Da hätte sie den „kleinen Basti" besser unter Kontrolle und könnte sichergehen, dass ihr Job der Entscheidende für den künftigen Lebensunterhalt bliebe. Als Dozent an einer Privatuni könnte er in den Augen anderer an Ansehen gewinnen und bei entsprechend gutem Verdienst eigene Entscheidungen ohne ihre Mitwirkung treffen. Nicht gut für Lenas Kontrollzwang.

„Was verdient man denn da so…im Vergleich zum klassischen Gymnasiallehrer?" Annalenas erwartete Frage kam postwendend.

„Das Einstiegsgehalt ist etwas höher. Da es eine Privatuni ist, gibt es keine tariflichen Beschränkungen. Mal schauen, was ich in dem Gespräch noch so rausschlagen kann." Bastian hoffte, mit der salomonischen Antwort Annalenas gute Laune nicht zu beeinträchtigen.

Ganz offensichtlich war seine Frau in unerschütterlicher Feierstimmung. „Dann lass uns mal auf die gute Zeit anstoßen. Cheers! Ich sehe mich schon mit einem Aperol auf unserer Terrasse sitzen."

Bastian atmete durch. Er spürte förmlich, dass Annalenas Stimmung den neuen finanziellen Perspektiven geschuldet war und vermied es, weitere Störfeuer zu entfachen. Es blieb noch die Sache mit dem Verlagskonto. Sein Ärger über ihre unverhohlene Drohung von wegen „Kohle horten" und „geschiedene Leute" schwelte immer noch in ihm. Insofern war das Konto ein heißes Eisen. Machte er es zum Thema, könnte dies ihr Interesse wecken und sie dazu verleiten, Einsicht nehmen zu wollen. Am liebsten wäre ihm, es geriete einfach in Vergessenheit. Als nutzloser Wurmfortsatz seiner verendenden Autorenkarriere.

Bastian dachte an Luzern. Mit seiner charmanten, attraktiven Frau an der Seite würde er als Stargast der Autorenlesung eine gute Figur abgeben. Doch die Rolle der „Beifahrerin" war Annalena nun mal nicht auf den Leib geschneidert und würde ihr Selbstwertgefühl in den Grundfesten erschüttern. Er verwarf den Gedanken wieder und widmete sich dem Grauburgunder, zu dem er flugs paar Käsehäppchen kredenzt hatte.

Das Gespräch hatte einen angenehmen Level der Entspannung erreicht, als Lena sich plötzlich an die Stirn fasste. „Shit. Fällt mir gerade ein... Paps hat mich gestern angerufen."

„Geht's ihm nicht gut?" Bastian war bemüht, ein wenig Besorgnis in seine Stimme zu legen.

„Doooch. Blendend anscheinend. Er hat Neuigkeiten und möchte sie uns persönlich mitteilen. Wir sind morgen Abend bei Ihnen zum Essen eingeladen."

Bastian kannte Gekkos spezielle Art, das Alltägliche zum Besonderen zu erklären. Ein gewisser Hang zur Theatralik, der in nicht unerheblichem Maße auch auf seine Tochter übergeschwappt war. Trotz der Erwartung, dass sich der Gastgeber wieder auf gönnerhafte Weise inszenieren würde, war Bastian gespannt, welcher besondere Anlass dieser Einladung zugrunde lag. Es drohte ein lauer Spätsommerabend zu werden, der Gekko sicher dazu verleiten würden, die Grillmeister-Schürze überzuwerfen und seine Gäste mit fettigüberwürzten Fleischbergen zu versorgen. Dem würde

Schwiegermutters feiner französischer Shrimp-Cocktail nur geringe Linderung verschaffen.

„Klingt geheimnisvoll. Womit rechnest Du?", gab Bastian interessiert vor.

„Keinen Schimmer. Vielleicht will er uns seine neue Karre präsentieren. Er sprach letztens von nem neuen SUV, der ihm gefallen würde."

Bastian verachtete Gekkos Leidenschaft für Autos. Alle 2 bis 3 Jahre stand ein neues Modell vor der Tür, das bulliger und mächtiger war als der Vorgänger. „Was will Dein Vater mit nem SUV? Sag mir nicht, dass er so nen Panzer unbedingt braucht. Ist doch reines Statusgehabe?"

„Bastian, hör auf, über das Thema Status zu fabulieren. Das ist nun wirklich nicht Deine Kernkompetenz." Annalena griff zur Verteidigung ihres Vaters wie gewohnt in den verbalen Waffenschrank. „Er kann es sich eben leisten, im Gegensatz zu uns."

Reflexartig fiel Bastian sein Verlagskonto ein, auf dem gegenwärtig je nach Ausstattung drei bis vier SUVs schlummerten. Er hatte daran gerochen und festgestellt, welchen Einfluss Geld auf das eigene Verhalten und das innere Wertgefühl nehmen kann. Dennoch war er sich sicher, dass das profilneurotische Zurschaustellen von Statusgütern nicht in seiner DNA verankert war.

„Ich sprech eben kurz mit den Kindern und mach mich dann fertig für die Nacht. War megaanstrengend gestern." Annalena stand auf, küsste Bastian im Vorbeigehen auf die Stirn und zog in Richtung Kinderzimmer. Sein Handy lag vor ihm auf der Tischplatte. Er hatte einen Anruf in Abwesenheit, von einer unterdrückten Nummer. Hatte Loreena versucht, ihn zurückzurufen, aber nicht auf die Mailbox gesprochen? Bastian sah wenig Möglichkeiten, sie am nächsten Tag nach Feierabend anzurufen. Er entschied sich dafür, auf dem Weg zum Verlag im Laden vorbeizuschauen. Rollers Nichte! Bastian spürte, auf welch dünnem Eis er sich bewegte.

„Hab mit Beiden gesprochen. Ist alles wieder in Ordnung." Annalena hatte ihr Negligé angezogen und schob sich die zwei verbliebenen Käsewürfel in den Mund. „Dein Sohn hat gesagt, Du hättest Dir Bilder aus der Schweiz im Internet angeguckt. Hat das n besonderen Grund?"

„Äh, nee." Bastian suchte nach einer plausiblen Erklärung und entschied sich dafür, den Stier bei den Hörnern zu packen. „Du weißt doch, ich hatte früher in meinem Zimmer so n Berglandschaftspuzzle. Außerdem ist nächste Woche in Luzern eine Lesung bekannter Autoren. Da kam bei mir die Erinnerung hoch."

„Wenn's nicht so weit wäre, würde ich sagen, fahr doch hin! Bevor Dich der Ernst des Lebens einholt und Du jeden Tag 9-To-5 arbeiten musst. Gönn Dir doch n paar Tage off." Das war die andere Lena. Offenbar hat ihr die Dienstreise einen derartigen Boost an Selbstbewusstsein verpasst, dass es ihr leicht fiel, ihm ein wenig gönnerhaft eine Auszeit zu versprechen. Mit dem allerdings dezenten Hinweis, dass die lange, kostspielige Anreise dem gut gemeinten Vorhaben entgegensteht.

Dennoch war Bastian bereit, ihre Steilvorlage nicht unbedacht an sich vorbeirauschen zu lassen. „Bin morgen bei Krix zum finalen Verlagsgespräch. Beendigung des Autorenvertrages und so weiter. Kann sein, dass er nach Luzern fährt und mich mitnehmen kann. Wäre zumindest ein nettes Abschiedsgeschenk."

„Als wenn ich Dich mit dem geilen Schmierlappen alleine irgendwo hinfahren lasse. Der vernascht Dich zum Frühstück. So viel zum Thema Abschiedsgeschenk."

Bastian war klar, dass Annalena sämtliche fadenscheinigen Argumente auftischen würde, um das Hirngespinst des Luzern-Besuches nicht real werden zu lassen. Er war verärgert und ließ sich zu einer spontanen Bemerkung hinreißen. „Apropos Vernaschen. Was war denn das Anstrengendere an der Dienstreise? Der Tag oder die Nacht?" „Du hast echt den Schuss nicht gehört. Aber woher auch…?" Annalena blieb zumindest äußerlich ruhig. „Wir haben fast 14 Stunden getagt, bis der Deal unter Dach und Fach war. Und Du unterstellst mir ne Lustreise…?" Annalena blickte ihn sichtlich unbewegt an. „Wenn Du es genau wissen willst… Roller hat sich ne Escortlady aufs Zimmer bestellt und es da ordentlich krachen lassen." Mit verführerischem Grinsen stand sie auf, bewegte sich augenzwinkernd auf Bastian zu und drückte ihm einen feuchten Zungenkuss auf die Lippen. „Den Geräuschen nach zu urteilen, konnte die Dame was. Dadurch hatte ich ausnahmsweise mal frei… mein Schatz."

Schweizer Planungen

Am nächsten Morgen war die Stimmung im Hause Buck weitgehend entspannt. Weder Bastian noch Annalena hatten das Bedürfnis, das kleine, weingeschwängerte Scharmützel des Vorabends weiter aufzurollen. Gegen Mittag machte er sich auf in Richtung Verlag, nicht ohne den kleinen Umweg über die Passage zu nehmen und am Sneakerladen vorbeizuschauen. Loreena war nicht zu sehen. Es war Mittagszeit. Wahrscheinlich machte sie Pause. Buck dachte an die Schweiz. Nachdem Annalena ihm die Tür einen Spalt weit geöffnet hatte, war er mehr denn je gewillt, das Abenteuer Luzern auf irgendeine Art und Weise real werden zu lassen. Vielleicht konnte er tatsächlich eine unverfängliche Mitfahrgelegenheit fingieren und Annalenas Anreisebedenken auf diese Art ausräumen.

Kurz darauf saß er in Krix' Büro, in der Absicht, den Auftritt auf der hiesigen Literaturmesse endgültig abzusagen. Gleichzeitig würde er Farbe bekennen wollen und die generöse Einladung des Schweizer Verlagschefs zum Thema machen. Buck witterte eine ungemütliche Gesprächsatmosphäre. Gut gelaunt betrat Krix den Raum. Anstelle des typischen Sharkskin-Suits empfing ihn der Verlagschef ungewohnt leger mit einer lachsfarbenen Strickjacke. „Na Buck, wie lebt es sich so im schönen Schein des großen Geldes? Ich sehe neue Schuhe, Bingo. Was steht denn so als nächste Anschaffung an? Neues Auto oder ziehen sie die das freistehende Einfamilienhäuschen erst mal vor?"

„Ich habe noch keine großen Pläne."

„Aaach, Buck." Krix fuhr sich mit der schwitzigen Handfläche durch das gegelte Haar. „Das Leben ist ungerecht. In Afrika verhungern Kinder und Sie wissen mit Ihrem Geld nichts anzufangen...Übrigens! Die Story mit der Anonymität war gar nicht so schlecht. Die Verkaufszahlen sind noch mal gestiegen, seitdem bekannt ist, dass Sie die Öffentlichkeit meiden. Das Mysterium Berthold Beck lässt die Kasse klingeln."

Krix stand von seinem Schreibtisch auf und blickte aus dem Fenster. „Ich habe Ihre Teilnahme bei allen Lesungen und Buchvorstellungen inklusive der Lit-Messe abgesagt. Die wichtigen Termine nehme ich selbst wahr. Ist Ihnen doch sicher recht, oder? Wir wollen doch vermeiden, dass Sie mit Ihrer verklemmten, weltfeindlichen Art das Mysterium des Erfolges zerstören."

Da Buck unmissverständlich erfahren hatte, dass seine Präsenz hierzulande nicht weiter gefragt sein würde, ließ er Krix gegenüber die Katze aus dem Sack. „Ich habe mit Monsieur Muller aus der Schweiz gesprochen."

„Und was sagt unser Pierre?"

„Ich habe mich für die Uhr bedankt und..."

„Lassen Sie mich raten. Er hat Sie eingeladen...zu einem erlauchten Literaturzirkel, nicht wahr?"

„Ja, nach Luzern mit Kost und Logis frei. Eine Woche im Hotel am See."

„Der verdammte Hund!" Krix schlug mit der Faust auf die Nussbaumholzplatte, dass die Whiskykaraffe wackelte. „Diese Schweizer wieder. Die wissen genau, wie sie uns packen können. Mit ihrem beschissenen Bergpanorama und dem spießigen Kitsch ihrer Luxusartikel... Herrgott Buck, was hat er Ihnen geboten? 20.000, 25?" Die Gesichtsfarbe des Verlagschefs war von seiner Lachsstrickjacke kaum noch zu unterscheiden.

„30.000, plus Transfer per Privatjet."

Krix blickte augenrollend gen Decke. Er holte tief Luft, blies die Wangen auf und atmete gepresst durch den geschlossenen Mund aus. „Haben Sie zugesagt? Wenn Sie das machen, ist das Mysterium tot. Sobald Ihr Bild in der Schweizer Presse auftaucht, ist der Zauber des Bestsellers verflogen. Dann ist es auch mit Ihrer glorreichen Anonymität vorbei."

„Ich habe die Zusage, dass keine Aufnahmen gemacht werden. Der Zuhörerkreis besteht aus 50 erlauchten Gästen, die auf Verschwiegenheit eingeschworen werden. Ein Visagist steht bereit, um mich bei Bedarf unkenntlich zu machen."

„Der Schweinehund hat an alles gedacht..." Krix ließ sich ermattet in seinen Sessel fallen, nur um im nächsten Moment wie von der Tarantel gestochen aufzuspringen. „Buck... Sie sollten zusagen!" Krix spürte die irritierten Blicke seines Gegenübers ob des plötzlichen Sinneswandels. „Keine Bilder, keine Aufnahmen ist perfekt. Ich kenne Muller. Er wird dafür sorgen, dass da nichts schiefgeht. Wenn die wichtigsten Fragen und Ihre Antworten aus der Lesung als Zeitungsinterview abgedruckt würden, wäre das eine große Sache. Eine Win-Win-Win-Win-Win-Situation..." Krix' Stimme überschlug sich vor Begeisterung. „Pierre und seine Schweizer Kollegen hätten ihr Event, Sie hätten eine tolle Woche in Luzern, das Hotel dürfte sich brüsten, Sie beherbergt zu

165

haben, die Zeitung bekäme eine Spitzenauflage und wir eine Top-Publicity." Der Verlagschef nahm Buck eindringlich ins Visier. „Sagen Sie zu, Buck. Diese Chance ist einmalig. Sobald Sie Muller informiert haben, werde ich sicherstellen, dass vor Ort alles glatt geht. Null Risiko. Vertrauen Sie mir." Buck war irritiert ob der spontanen Euphorie seines Verlagschefs. So sehr er die Absage der hiesigen Literatur-Messe und aller weiteren Veranstaltungen begrüßte, umso mehr missfiel ihm der Druck, den Krix hinsichtlich des Luzern-Besuches nun aufbaute. Obwohl Buck dessen Gegenwart mitunter als unangenehm bis bedrohlich empfand, hatte sich Krix ihm gegenüber in geschäftlicher Hinsicht bislang stets loyal verhalten.

„Das Problem ist, dass ich dort nicht anreisen kann. Schon gar keine ganze Woche...Meine Frau ist nach wie vor nicht eingeweiht." Buck bemühte sich, mit offenen Karten zu spielen.

Krix stellte sich vor ihn und blickte ihn mit einer seltsamen Mischung aus Verständnis und Verachtung an. „Buck, Sie sind ein attraktiver Mann...und neuerdings auch noch erfolgreich. Es gäbe Heerscharen von Frauen, die Ihnen zu Füßen lägen und denen Sie nicht erklären müssten, warum Sie gemeinsam zu einem einwöchigen Kurzurlaub in die Schweizer Bergwelt reisen." Krix streckte den Arm aus und gab ihm einen kumpelhaften Klaps auf die Schulter. „Buck, Sie sind ein eigenständiger Charakter. Lassen Sie sich Ihr persönliches Glück nicht von den Befindlichkeiten Ihrer Frau vermiesen. Und noch etwas..." Krix hielt auf dem Weg zur Tür kurz inne. „Ich gebe übermorgen Abend bei mir zu Hause eine Party, zu der ich regelmäßig neben Freunden und Geschäftspartnern auch Autoren unseres Verlages einlade. Ich erwarte zum Ende unserer Geschäftsbeziehung natürlich auch Ihre

Anwesenheit. Und keine Sorge, Buck,...Berthold Beck hat erwartungsgemäß abgesagt."

Immer wenn Buck die Räumlichkeiten des Verlages verlassen hatte, fühlte er sich schwerer als zuvor. Mit der Bürde der Verpflichtungen eines wider Erwarten erfolgreichen Autors schritt er durch die Passage. Er ging zum Geldautomaten holte sich seine übliche Ration Scheine und setzte diese in dem ihm bekannten Bekleidungsgeschäft in edle Ware um. Zielstrebig und mit leichter Nervosität strebte er Richtung Sneaker-Laden. Er blickte durch das Schaufenster, hinter dem sich die vereinzelte Kundschaft bedienen ließ. Alles sah aus wie immer, mit einer Ausnahme. Loreena war nicht da. Nachdem Buck in der Passage minutenlang ziellos umhergeschweift war, kehrte er zum Schaufenster zurück. Er sah das gleiche Bild. Seine Verkaufsberaterin mit den Katzenaugen fehlte. Ob sie sich wieder einen freien Tag genommen hatte oder möglicherweise krank war? Buck könnte es durch einen einfachen Anruf herausfinden. Es war 16:30 Uhr. Er betrat die Bahn Richtung Heimweg. Um ihn herum eine Menge aufmerksamer Personen, die an privaten Gesprächsfetzen durchaus interessiert schienen. Von der Bahnhaltestelle bis zur Wohnung waren es rund 500 Meter. Buck nutzte den kurzen Fußweg und wählte Loreenas Nummer. Er ließ 7-mal klingeln, bevor er auflegte. Mit einem seltsamen Gefühl im Magen schloss er die Wohnungstür auf, verstaute die neuen Anziehsachen im Kleiderschrank und wartete auf Annalenas Ankunft.

Bastian hasste Einladungen, bei denen profilneurotische Karrieristen ihren Selbstbeweihräucherungen freien Lauf ließen. Die Einladungen bei Annalenas Eltern hatten einiges davon, zumal ihr selbstverliebter Schwiegervater dazu neigte, sein Anwesen wie ein Patriarch als Ergebnis jahrzehntelangen beruflichen Erfolges zu präsentieren. Der Seitenhieb auf Bastians brotlose Autorentätigkeit war darin regelmäßig eingepreist. Dennoch versprach der spontan einberufene Abend eine gewisse Spannung.

„N neues Auto ist es schon mal nicht", bemerkte Annalena beim Blick auf die elterliche Einfahrt, als sie mit ihrer nicht standesgemäßen Familienkutsche vorfuhren.

„Bist Du Dir sicher? Traue Deinem Vater zu, dass er seine flammneue Karre aus der Garage holt und Dir die Schlüssel für ne Spritztour zuschiebt."

„Das wäre cool. Ich hätte definitiv Spaß dran, statt mit unserer Hämorrhoidenschaukel rumzucruisen mal echtes Fahrgefühl zu genießen", gab Annalena mit neckischem Grinsen zu verstehen. Sie erfreute sich nach wie vor guter Laune, eigentlich wie immer, wenn sie das elterliche Anwesen betrat und ihre kindliche Metamorphose einzusetzen begann. Sogar das angespannte Verhältnis zu ihrer Mutter normalisierte sich im Zuge des alten töchterlichen Rollenverständnisses. Die taffe Businessfrau hatte sie auch dieses Mal wieder zu Hause gelassen.

Wenig später saßen sie auf der Sonnenterrasse und Grillmeister Gekko wendete mit genüsslicher Selbstzufriedenheit sein Arrangement aus Krakauern und Lummerkoteletts. Erika kredenzte ihren Krabbencocktail, auf den sich Mutter und Tochter vornehmlich konzentrierten. Bastian verspeiste seine Höflichkeitswurst und nagte an dem fettigen Lummerbraten, den Gekko ihm unaufgefordert mit den Worten „Hier Junge, endlich mal was Handfestes auf'm Teller!" servierte.

Die Gesprächsatmosphäre war vergleichsweise entspannt und Annalena überhäufte ihre Eltern mit maßlos übertriebenen Essenskomplimenten. Bastian bemerkte, dass sein Schwiegervater ruhiger war als sonst, vergleichsweise in sich gekehrt. Gab es doch ein schwerwiegenderes Problem, das die scheinbare Familienidylle zu belasten drohte? Bei einem Glas Rosé ergriff Gekko das Wort, um das zu erwartende Geheimnis zu lüften.

„Meine Lieben, wir hatten ja schon gesagt, dass wir gerne mit Euch über etwas sprechen möchten. Keine Sorge...", Gekko nahm die Serviette und wischte sich die Bratenreste aus den Mundwinkeln, „...wir sind beide gesund." Mit Blick auf seine Frau löste er den Spannungsbogen auf. „Wir werden hier wegziehen... Mama und ich werden eine Wohnung kaufen und unseren Lebensabend woanders verbringen."

Stille. Weder Annalena noch Bastian waren in der Lage, etwas zu entgegnen. Dementsprechend fuhr Gekko fort und blickte dabei seine Tochter vertrauensvoll an: „Lena, ich weiß, wie wohl Du Dich hier immer gefühlt hast. Deswegen möchten wir Euch fragen, ob Ihr es Euch vorstellen könnt, hier einzuziehen. Es wäre für Mama und mich, und hoffentlich auch für Euch, die beste Lösung."

Annalena fand als erstes ihre Sprache wieder. „Das ist ja Wahnsinn. Seid Ihr sicher, dass Ihr das hier aufgeben wollt?"

„Sehr sicher, Kind." Erika machte unmissverständlich klar, dass beide Elternteile offensichtlich an einem Strang zogen. „Wir haben uns das reiflich überlegt. Wir hoffen sehr, dass Ihr das hier übernehmt und wir Dein Elternhaus nicht an Fremde abgeben müssen."

Während Bastian paralysiert in seinem Terrassenstuhl saß, fand Annalena ihre Fassung schnell wieder. „Ehrlich gesagt, habe ich immer davon geträumt. Ich fühle mich hier einfach zu Hause. Nein, falsch. Es ist mein Zuhause. Und wir können uns nichts Schöneres vorstellen, als hier einzuziehen. Wir hätten endlich mehr Platz, eine Terrasse, die Kinder hätten einen Garten... Bastian, wir hatten doch sowieso vor, irgendwann aus der Wohnung rauszuziehen...?"

Bastian verstand den Pluralis Majestatis genau. „Wir" bedeutete „Ich". Der Umzug in Annalenas altes Refugium würde ihr ein Heimspiel verschaffen, in dem ihre dominante Art noch stärker zum Tragen käme. Würde er emotional jemals aus der Rolle des Gastes herausfinden und sich in Gekkos Patriarchensitz zu Hause fühlen können? „Das kommt sehr überraschend für uns. Natürlich freuen wir uns, dass Ihr das Haus in den Händen der Familie halten wollt", war Bastians diplomatische Antwort.

„Kinder, Ihr macht mich stolz und glücklich." Gekko, dem das Wasser sichtbar in die Augen stieg, zeigte sich ungewohnt angefasst. „Ihr müsst das auch noch nicht heute entscheiden. Aber eines sollt Ihr wissen. Finanziell kommen wir Euch auf jeden Fall entgegen. Es wäre doch verrückt, ein Haus fremd bei der Bank zu finanzieren, wenn Ihr es im Rahmen der Familie günstig übernehmen könnt."

Spontan sprang Annalena auf, um ihre Eltern beseelt zu umarmen. Bastian spürte, dass er dem Lauf der Dinge mehr oder minder schicksalhaft ausgesetzt war und fragte nach den Hintergründen. „Wo soll es denn genau hingehen?"

Gekko zog den Mundwinkel nach unten und blickte seine Tochter mit unsicherer Erwartung an. „Wir ziehen in die Schweiz."

„Whaatt? So weit?" Annalenas Euphorie legte eine Atempause ein.

„Wir haben uns dort schon eine Wohnung ausgesucht. Nachdem wir im letzten Herbsturlaub dort waren, haben wir festgestellt, dass uns die Luft guttut und die schöne Landschaft sehr gefällt."

Bastian begann sich langsam wohler zu fühlen. Die Schweiz war weit genug weg, um dem selbstherrlichen Dunstkreis seines Schwiegervaters zu entgehen.

„Die Wohnung ist in der Nähe von Luzern. Wir haben nächste Woche einen Termin vor Ort, um alles klar zu machen. Wir fahren Mittwoch und bleiben bis Sonntag. Habt Ihr nicht Lust mitzukommen?"

Bastian hielt bei den Signalworten „Luzern" und „nächste Woche" den Atem an.

„Shit. Ich kann leider nicht. Muss arbeiten." Annalena stützte frustriert ihre Fäuste unters Kinn, bevor sie Bastian als Ergebnis einer spontanen Eingebung anblickte. „Warum fährst Du nicht mit? Du wolltest doch eh da runter. War da nicht die Lesung, von der Du sprachst?"

12 oder mehr Stunden mit seinen Schwiegereltern alleine in einem PKW zu verbringen, kam für Bastian unter normalen Umständen einer Höchststrafe gleich. Doch die Aussicht auf jenen einzigartigen Trip in die Luzerner Bergwelt führte ihn zu ungeahnter Opferbereitschaft.

„Ja. In der kommenden Woche ist in Luzern tatsächlich eine Literaturveranstaltung, die ich zum Abschluss meiner Autorentätigkeit gerne besuchen würde. Nur die Anreise schreckt mich ab. Wenn Ihr mich mitnehmt, schaue ich mir bei der Gelegenheit natürlich gerne mit Euch die Wohnung an."

Bastian war von sich selbst überrascht ob seines kooperativen Reisevorschlages.

„Ach toll, Junge, das freut uns." Erika schien sich über ein wenig Gesellschaft während der endlosen Reisekilometer zu freuen. „Nicht dass wir in unserer Begeisterung irgendetwas Wichtiges übersehen haben. Drei Augenpaare sehen immer mehr als zwei."

Gekko rollte die Augen ob der Binsenweisheit seiner Ehefrau und schien seinerseits an dem Vorschlag gefallen zu finden. „Also...dann fahren wir zu dritt. Die Schweiz wird Dir bestimmt gefallen...aaaber...wir fahren früh los...halb 7...beste Arbeitnehmerzeit. Ich hoffe, der Herr Autor kommt rechtzeitig aus den Federn."

Annalena gefiel die Idee, dass durch Bastians Anwesenheit die Kaufentscheidung ihrer schnell begeisterungsfähigen Eltern auf sachliche Füße gestellt würde. Zudem nutzte sie die leutselige Atmosphäre, um ihren Ehemann als künftigen Arbeitnehmer in ein positiveres Licht zu rücken. „Apropos Arbeitnehmer...Bastian hat nen Job in Aussicht, cool was?"

„Ach guck...Hab kaum mehr daran geglaubt, dass das mit Dir und dem geregelten Arbeiten noch was wird, aber...Cheers... auf eine goldene Zukunft für uns alle!" Gekko hob das Glas und sah Bastian beschwörend an. „Ich hoffe, der Job ist so gut dotiert, dass Ihr gemeinsam was aus Eurem Leben machen könnt. Wenn Ihr hier mal drin seid, wisst Ihr wovon ich spreche."

Bastian hasste die gönnerhafte Art seines Schwiegervaters und war wenig geneigt, dies durch die Übernahme des Anwesens zu goutieren. Dennoch blieb er mit Blick auf die anstehende Luzern-Reise äußerlich gelassen. „Das entscheidende Gespräch ist morgen. Dozent für Deutsch und Literatur an ner Privatuni..."

„Junge, wir drücken Dir die Daumen." Erikas Stimme schnitt klirrend dazwischen, während Bastian aus den Augenwinkeln sah, wie Annalena Luft holte. „Als Dozent wird er deutlich mehr verdienen als an einer normalen Schule. Papa, ich glaube wir sind auf einem guten Weg."

„Na dann, nochmal Cheers!" Gekko hob erneut das Glas. „Und Junge, trink Dir noch einen, damit Du morgen schön locker bist..."

Auf der Rückfahrt schwiegen beide einige Minuten, bevor Annalena begann, den Verlauf des Abends Revue passieren zu lassen: „Schatz, für mich ginge mit meinem Elternhaus ein Traum in Erfüllung...aber wenn Du Dich damit nicht wohl fühlst, können wir uns auch nach einer anderen Immobilie umsehen..."

Bastian spürte, dass die Eigenheimentscheidung im Innern so gut wie gefallen war und Annalena in Gedanken schon die Möbel in ihrem Elternhaus zurechtschob. Mit ihrer „Wir können uns nichts Schöneres vorstellen"-Äußerung hatte sie die Pflöcke bereits unverrückbar eingeschlagen. Eine Entscheidung gegen das Haus von Gekkos Gnaden zugunsten einer wie auch immer gearteten Fremdimmobilie würde wohl unweigerlich in einem Familienstreit enden. Spontan dachte er an die Viertelmillion auf seinem Verlagskonto, die ihnen in dieser Hinsicht maximale Unabhängigkeit gewähren könnte. „Ich möchte, dass Du glücklich wirst, Schatz", begann Bastian salomonisch. „Aber wir wissen ja noch gar nicht, wie sich Dein Vater das genau vorstellt... so rechtlich und finanziell, meine ich."

„Das lass mal ganz meine Sorge sein. Er wird uns da nicht übervorteilen. Ich werde mit Paps reden, wenn das mit der Schweiz klar ist. Das Ding fällt mir ohnehin irgendwann zu. Als einzige Tochter muss da ich auf niemanden Rücksicht nehmen." Annalena spürte, dass sich Bastians Widerstand mehr oder minder aufgelöst hatte und war bestrebt, seine Gemütslage weiter zu entspannen „... und ich finde es klasse, dass Du das mit der Schweiz machst. Schau Dir die Hütte genau an und schreib mir, was Du denkst, bevor die beiden alles unterschriftsreif machen. Der Grund, so Knall auf Fall den Abflug zu machen, ist mir immer noch nicht wirklich klar. Von der Schweiz war eigentlich nie groß die Rede. Vielleicht ist die gesunde Bergluft wirklich gut für Mamas Migräne, who knows?"

„Sicher hat er nen Golfplatz in der Nähe. Dass er plötzlich das Bergwandern für sich entdeckt hat, kann ich mir nicht vorstellen."

„Jaa, stimmt. Der Golfplatz. Er sagte sowas beim Rausgehen. Ist wohl direkt hinterm Haus... Auf jeden Fall kannst Du Dir da auch ein paar schöne Tage machen. Kann mir vorstellen, dass Papa Dir die Übernachtung bezahlt. Auf jeden Fall können wir Dir schon mal was Günstiges reservieren."

Während Annalena innerlich zufrieden strahlte, spürte Bastian, dass er sich den Luzern-Besuch teuer erkauft hatte. Er musste zwei Mal sechs Stunden mit seinen Schwiegereltern im Auto verbringen, bei der Wohnungsbesichtigung vor Ort Gekkos prahlerische Art ertragen und nach der Rückkehr

würden ihm die Argumente fehlen, den Einzug in das ungeliebte Schwiegeranwesen zu verhindern. Doch allen Wider-
ständen zum Trotz, Bastian wollte nach Luzern. Direkt morgen früh würde er Muller anrufen.

Jobfreuden

Gespannt saß Buck in einem Nebenraum der Privatuniversität und wartete auf das Ergebnis seines Vorstellungs-
gespräches. Die Gesprächsatmosphäre war positiv und er
wusste mit dem inneren Selbstbewusstsein eines erfolgreichen Romanautors zu überzeugen. Das Kollegium hatte sich
zur Beratung zurückgezogen und würde ihm in wenigen
Minuten die Entscheidung bekannt geben. Neben der fachli-
chen Kompetenz verlieh das wertige Markenoutfit aus dem
neuen Fundus seinem äußeren Erscheinungsbild weitere
Pluspunkte. Die Stelle war unbefristet und bot die Perspektive, innerhalb von 2 Jahren zur stellvertretenden Institutsleitung aufzusteigen. Seine über dem Durchschnitt eines Leh-
rersalärs liegenden Gehaltvorstellungen wurden akzeptiert.
Während er wartete, ließ er die Ereignisse des noch jungen
Tages Revue passieren. Er hatte am frühen Morgen Pierre
Muller angerufen und diesem zu dessen Freude die Zusage
für die Lesung mitgeteilt. Dass er keinen Privattransfer in An-
spruch nehme und sein Aufenthalt in Luzern aus Zeitgründen
nur von Mittwoch bis Sonntag möglich sei, wurde mit Blick auf
die Lesung am Freitag der Woche entsprechend vermerkt. Im
Anschluss hatte er Krix Bescheid gegeben, der versprach, an
der Antrittsgage von 30.000 Schweizer Franken noch etwas
zu drehen. Auf dem Weg zum Vorstellungsgespräch war er
seinen üblichen Weg durch die Einkaufspassage gegangen,
vorbei an dem Sneakerladen seines Vertrauens. Loreena war

auch heute nicht zu sehen. Er nahm sich vor, auf dem Rückweg nach ihr zu fragen.

Inmitten seiner Gedankengänge wurde er von einer freundlichen jungen Dame hineingebeten. Vor ihm saß der Vorsitzende der Institutsleitung, ein grauhaariger Mittfünfziger mit Stiernacken, und blickte ihn ein wenig grimmig mit herunterhängenden Mundwinkeln an. Mit einem Mal entspannten sich dessen Gesichtszüge und er eröffnete das Gespräch mit den Worten: „Sehr geehrter Herr Buck, wir haben uns beraten und einstimmig entschieden,... dass wir Ihnen die Stelle gerne anbieten möchten. Wären Sie dazu bereit, bei uns einzusteigen?"

Sein guter Eindruck hatte ihn also nicht getrügt und Buck beschloss, den Augenblick auszukosten. Eine Viertelmillion auf dem Konto, ein festes, gut dotiertes Jobangebot, eine Reise in die Schweizer Bergwelt. Rein objektiv betrachtet hatte er einen Lauf. Auch wenn die Autofahrt mit den Schwiegereltern, die drohende Übernahme von Gekkos Anwesen, die Verlagsparty in Krix' Garten und Loreenas Verschwinden für den ein oder anderen Wermutstropfen sorgten.

Er schloss die Augen für einen Sekundenbruchteil und antwortete dem anwesenden Kollegium. „Ja ich wäre bereit und freue mich auf die Aufgabe, bei Ihnen einzusteigen."

Der Vorsitzende verbreiterte sein Grinsen und sprach mit gewinnendem Blick in die Runde. „Herr Buck, herzlich willkommen bei uns. Wir freuen uns, einen so kompetenten Dozenten in unser Kollegium aufnehmen zu dürfen. Zum übernächsten Ersten geht es los. Den Arbeitsvertrag schicken wir Ihnen per Post zu."

Jene Worte hallten in Bucks Kopf nach, als er den Rückweg durch die Passage antrat. Er war fein mit sich. Nach Luzern würde er dem Autorenleben endgültig adé sagen können und den Weg in das zivile Leben hineinfinden. So wie Millionen andere Angestellte auch. Seine Ehe mit Annalena würde sich entspannen und mit dem Haus könnte er sich sicher arrangieren, wenn Gekko erst mal aus dem Dunstkreis verschwunden war. Nun stand er vor der Fensterscheibe des Sneakerladens. Er war voll. Die Verkäuferinnen waren beflissen dabei, die neusten Modelle an halbwegs interessierte Personen zu vermitteln. Buck überlegte sich einen Vorwand und trat ein. Er sah eine Verkäuferin, mit der Loreena sich zuletzt sichtbar gut verstanden hatte, und sprach sie an: „Ich hätte Interesse an einem neuen Sneaker-Modell. Welche Marken können Sie mir empfehlen?" Die Dame hatte in etwa Loreenas Alter und fiel durch einen harten, slawischen Akzent auf. Sie reichte ihm zwei Paare der Marke Golden Goose, die Buck postwendend anprobierte.

Kurz darauf stand er mit einer Tüte in der Hand an der Kasse und reichte seine Bankkarte zur Bezahlung herüber. Bevor er sich in Richtung Ausgang umdrehte, stellte er die aus seiner Sicht brennende Frage: „Entschuldigen Sie, ich bin hier immer von einer jungen Dame mit dunklen Haaren bedient worden. Loreen oder so ähnlich. Ist sie heute nicht hier?"

Die Verkäuferin stutzte kurz und antwortete mit knappen Worten: „Loreena arbeitet nicht mehr bei uns."

„Aha... hat sie gekündigt? Etwas anderes gefunden?" Buck war überrascht von seiner eigenen, indiskreten Frage.

„Dazu kann ich Ihnen leider nichts sagen." Mit bedeutungsvollem Blick reichte ihm die Verkäuferin die Bankkarte zurück. „Hier bitte! Und...wenn Sie noch einmal eine Beratung wünschen, wenden Sie sich gerne an mich. Ich bin Ivana."

Wenige Minuten später saß Buck gedankenvoll an einem Tisch in dem gegenüberliegenden Eiscafé. Just an dem Tisch, an dem er mit Loreena gesessen hatte. Er war der einzige Gast. Buck begann zu grübeln, welches Ereignis zu Loreenas spontanem Abtauchen geführt haben könnte. An jenem gemeinsamen Abend war er sich keinerlei Anzeichen ihrerseits bewusst. Er nahm sein Smartphone und wählte ihre Nummer. Es ertönte ein Dauerbesetztzeichen und er legte auf. Nachdem er seinen Cappuccino ausgetrunken und bezahlt hatte, wählte er die Nummer erneut. Es blieb das Besetztzeichen.

Auf dem Heimweg hatte sich Bucks anfänglich gute Stimmung eingetrübt. Er war beunruhigt wegen Loreena. Nachdem er die Bahn verlassen hatte, wählte er ihre Nummer erneut, mit dem gleichen Ergebnis. Buck blickte in den grauen Nachmittagshimmel, während dünne Regentropfen seine Stirn benetzten. Langsam stieg in ihm die Befürchtung hoch, dass Loreena seine Nummer blockiert haben könnte und er sie aus freien Stücken nicht mehr wiedersehen würde. Er öffnete die Wohnungstür. Annalena war noch nicht zu Hause. Er hatte ihr geschrieben, dass er die Stelle bekommen hat und von ihr ein „Daumen-Hoch-Smiley" erhalten. Loreena war Rollers Nichte. So verrückt es sich auch anhörte, Annalena war die einzige Möglichkeit, mehr über sie und ihren Verbleib zu erfahren. Er wartete auf den Feierabend. Es gab viel zu besprechen.

Bürogedanken

Nachdenklich saß Annalena in ihrem Büro. Sie hatte an jenem Samstag im Büro noch ein paar „Sonderaufgaben" zu erledigen. Roller war wegen eines Geschäftstermin kurzzeitig außer Haus. Dies gab ihr eine kleine Gelegenheit zum Durchatmen. Nun war es also wahr. Bastian hatte einen Job. Das was sie sich über viele Jahre erträumt hatte – Haus, Kinder, doppeltes Einkommen, die Aussicht auf Wohlstand – dies alles schien binnen weniger Momente Realität zu werden. Annalena trat auf den Bürobalkon, zündete sich eine Zigarette an, sog den Rauch tief ein und blickte über die Dächer der spätsommerlichen Stadttristesse. Sie hatte ein mulmiges Gefühl ob der dauerhaften Abwesenheit ihrer Eltern. Warum musste es direkt die Schweiz sein? Eine schicke Wohnung am Stadtrand mit reichlich Grün drumherum hätte es doch auch getan. Gefühlt war sie bis heute Papas kleine Tochter geblieben. Ein Stück weit fühlte sie sich ob des plötzlichen elterlichen Exodus verlassen, ausgestoßen, abgelehnt. Andererseits blieb ihr das heißgeliebte Elternhaus und damit die guten Erinnerungen an vergangene Tage. Wenn das mit der Schweiz klar ginge, würde sie Nägel mit Köpfen machen, mit ihrem Vater die Bedingungen zu ihren Gunsten aushandeln und den Umzug vorantreiben. Es würde ihr tiefste Genugtuung bereiten, das Kündigungsschreiben für die ungeliebte Mietwohnung aufzusetzen.

Nur war Bastian in Lohn und Brot. Sie würden sich vieles leisten können, was vorher undenkbar war. Eine vorzeigbare Einrichtung, ein richtiger Urlaub, ein neues Auto und stylische Klamotten, ohne darüber nachzudenken, ob es für den Monat noch reicht. Sie dachte an Josie, die sie an einer Privatschule mit individueller Förderung unterbringen könnte. Tief versunken drückte Annalena die Zigarette aus und ging hinein an ihren Schreibtisch. Mit verschränkten Händen unter ihrem Kinn dachte sie an Bastian. Würden sich die Spannungen zwischen ihnen im Zuge der neuen finanziellen Möglichkeiten lösen oder würde dies wiederum neue, andere Probleme heraufbeschwören? Zeit ihrer Beziehung war sie es, die den Ton angab. Sie war es nicht gewohnt, zu ihm aufzuschauen. Die Hackordnung der Businessfrau und des erfolglosen Literaten hatte sich im Hause Buck gewissermaßen eingegroovt. Die Gefahr, dass sich dieses Kräfteverhältnis verschieben könnte und Bastian zur treibenden, wirtschaftlichen Kraft der Familie würde, erfüllte sie mit gewisser Sorge. Privatuni klang ziemlich gediegen. Trotz ihrer Gehaltserhöhung bestünde die

Gefahr, dass Bastians neuer Job so gut dotiert war, dass er sich verselbstständigen und eigene finanzielle Entscheidungen ohne Absprache mit ihr treffen könnte. Der eigenständige Schuhkauf hatte sie bereits an einer empfindlichen Stelle getroffen. Annalena fühlte sich schlecht bei dem Gedanken, dass Bastian ihr als kleiner unbedeutender Literat besser gefiel und sie auf diesem Wege die vollständige Kontrolle über alles behielte. Sie dachte an diesen Beck, den Autor des „Bestsellers", der in aller Munde war. Gestern war sie in der Mittagspause in die gegenüberliegende Buchhandlung eingekehrt und durch den Kauf eines Exemplars in den Club der „Bestseller-Jünger" aufgestiegen. Seitdem schlummerte er in ihrer Handtasche. Welche Ehe würde einen Zustand überleben, in dem der Partner über Nacht erfolgreich und finanziell unabhängig wird? War es dagegen nicht ein gewisser Luxus, einen unerfolgreichen Partner im Hause zu haben, der kaum Ansprüche stellte und ihr die Möglichkeit zur freien Entfaltung ließe? Annalena schüttelte schmunzelnd den Kopf und blickte auf die Uhr. Sie musste noch rund eine halbe Stunde warten, bis Roller von seinem Termin zurückkam. Dann würde er sie noch einmal brauchen und sie konnte Feierabend machen.

Zwischen Hackbraten und Sushi

Wenige Stunden später saßen sie gemeinsam am Esstisch. Bastian hatte einen Paprikahackbraten, Annalenas Lieblingsessen aus Kindertagen, im Ofen, den er nun fein säuberlich sezierte und auf den vier familiären Tellern verteilte. Die Stimmung im Hause Buck wirkte gelöst, vor dem Hintergrund, dass alle dagewesenen irdischen Probleme sich auf wundersame Weise verflüchtigt hatten.

Nachdem die Kinder gesättigt den Raum verlassen hatten, ließ Annalena ihrer Neugier freien Lauf. „Und... was sagt Dein neuer Arbeitgeber?"

Bastian wusste Annalenas allgemein gestellte Frage hinreichend zu deuten. „Die Konditionen stimmen. Sie zahlen gut. 13 Gehälter." Die Geldfrage war das, was Lena vorrangig interessierte. Er spürte an ihrem skeptischen Blick, dass seine künftige Rolle als Hauptverdiener in ihrem Innern noch nicht angekommen war. „Am übernächsten Ersten geht's los. Das Kollegium ist sehr nett. Zwischenmenschlich scheint es gut zu passen. Muss mich halt dran gewöhnen, regelmäßig in Vollzeit außer Haus zu sein. Homeoffice ist erst mal nicht vorgesehen."

„Ach, Schatz, es läuft alles so glatt im Moment. Manchmal denke ich, zu glatt. Ich frage mich, wie wir das alles mit zwei Vollzeitjobs so gewuppt bekommen. Haushalt, Kinder, demnächst Umzug..." Bastian spürte, wie sich unter Annalenas Euphorie leichte Bedenken mischten. „Du warst echt n toller Hausmann. Wird sicher n komisches Gefühl, nach Hause zu kommen und nichts ist gekocht. Du magst mich für verrückt halten, aber einerseits wünschte ich mir, Du würdest wie bisher von zu Hause arbeiten."

‚Stets launenhaft und wankelmütig ist die Frau.' Spontan schoss Bastian jenes Zitat des römischen Dichters Vergil durch den Kopf, das er diplomatischerweise unterdrückte und stattdessen den Gesprächsfaden wie folgt aufnahm.

„Andererseits, mein Schatz, warst Du die treibende Kraft, die mir den festen Job nahegelegt hat. Sollten wir jedoch merken, dass es uns zu viel wird, kann ich vielleicht irgendwann in Teilzeit gehen." Nachdem ein leichtes Lächeln über Annalenas Gesicht gehuscht war, fragte er seinerseits: „Wie war denn Dein Tag? Hat der Schmalzlockendiktator Dich heute mal in Ruhe gelassen?"

„Ach, Bastian, hör auf, Gott und der Welt immer so komische Spitznamen zu geben...Ja, war ok heute. Roller war den Vormittag außer Haus und hat mich dann nach einer kurzen Rücksprache gehen lassen. Im Moment läuft's bei uns mit den Aufträgen. Das lässt sich an seiner Stimmung direkt ablesen."

Für Bastian schien nun ein günstiger Moment gekommen, seiner Frau die unter den Nägeln brennende Frage zu stellen.

„Sag mal, der Laden, wo ich die Sneaker gekauft habe..."

„Ja...?", Annalena wurde schlagartig aufmerksam.

„Du sagtest doch, dass dort Rollers Nichte arbeitet..."

„Loreena, ja warum?"

„Ist das so ne Dunkelhaarige?...Kann sein, dass sie mich letztens bedient hat."

„Ja, lange dunkle Locken. N echter Hingucker...zumindest auf den ersten Blick..."

„Heißt was?"

Ohne weiteren Verdacht zu schöpfen, fuhr Annalena fort.

„Loreena ist nicht nur Rollers Nichte, sondern auch seine Patentochter. Sie hat mal bei uns gejobbt...War am Anfang auch ok...bis sie mit einem unserer Geschäftspartner in die Federn gehüpft ist. Dann hat Roller sie rausgeschmissen."

Bastian zuckte innerlich, war aber bemüht, die Fassung zu behalten „...und hat dann als nächsten Karriereschritt im Schuhladen angeheuert?"

„Ja soweit ich weiß, ist sie eigentlich Kosmetikerin. Aber ein echtes Früchtchen. Schwieriger Background. Ihre Mutter, Rollers Schwester, war angeblich mal Escortdame..."
Bastian lauschte der nüchternen Realität mit offenem Mund, während Annalena fortfuhr. „Zu mir war sie immer nett. Sie gibt uns auf jeden Fall Prozente, wenn wir bei ihr kaufen. Wir wollten doch eh gemeinsam nach neuen Klamotten gucken. Dann gehen wir einfach mal rein und sagen hallo."
Bastian war innerlich konsterniert. Sein flüchtiges Date mit Loreena hatte ein ernüchterndes Ende genommen. War er auf eine Dame reingefallen, die ihre Attraktivität dazu genutzt hat, Männern wahllos den Kopf zu verdrehen? Dazu noch die Verbindung mit Roller und Annalenas Bekanntschaft. Bastian merkte, auf welch schmalem Grat er sich bewegt hatte. Ein gemeinsamer Shopping-Besuch mit Annalena musste um jeden Preis vermieden werden. Um sich des Verdachts der Betroffenheit zu entledigen, wechselte er das Thema.
„Krix hat für morgen Abend übrigens zu einer Verlagsparty eingeladen. Bei sich zu Hause."
„Doch hoffentlich ohne Partner?! Mich kriegst Du zu diesem Lappen nicht in die Hütte."
„Ja. Du darfst Dich entspannen. Es sind nur die Verlagsautoren, Geschäftsfreunde und Literaturinteressierte aus Krix' Umfeld eingeladen. Da es mein letzter Termin bei ihm ist, werde ich wohl noch mal hingehen. Quasi als Abschiedsbesuch aus dem alten Leben."
„Vielleicht ist der ominöse Beck ja auch da. Habe gesehen, dass der zu Eurem Verlag gehört. Wenn Du ihn siehst, ich hätte gerne n Autogramm. Nicht für mich, für Jule, die ist nämlich Fan und malt sich aus, wie der wohl aussehen mag."
Bastian spürte die nächste Schockwelle über sich hineinbrechen. Noch nie hatte Annalena sich für irgendwelche Autoren interessiert, geschweige denn dafür, welchem Verlag jemand angehörte. Der Gedanke, dass ihre prestigegeile

Freundin seinen „Bestseller" in Händen hielt und sich als Autorengroupie gebärdete, erfüllte ihn mit Unbehagen. Jule als Fan, das konnte er nun wirklich nicht auch noch gebrauchen.

„Hier…ich hab's mir heute doch mal mitgebracht." Annalena griff in ihre Tasche und warf ihr Exemplar mit einem Schwung auf die Tischplatte. Da lag es vor ihm…Sein Machwerk. Das Abschiedsgeschenk an sein altes Leben. Das kontofüllende Skript seiner krausen Gedankenwelt. Das Höllentor zu den Verlockungen des Markenkonsums. Und nicht zuletzt die Eintrittskarte in die pittoreske Magie der Schweizer Bergwelt. Bastian blieb bemüht, den Unbeteiligten zu spielen, während Annalena mit unbewusster Konsequenz die Daumenschrauben anzog.

„Ich werd's mir am Wochenende mal vornehmen. Irgendwas muss da ja dran sein…Sag mal…müsstest Du es als Literat nicht eigentlich auch gelesen haben?"

Bastian riss für einen Sekundenbruchteil die Augen auf. Doch anstatt verlegen rumzudrucksen, entschied er sich für die Flucht nach vorn. „Du wirst lachen. Ich hab' es gelesen."

„Du hast…es…gelesen?" Annalena blickte ihn entrückt an. „Wann das denn? Letztens bei dem Radiointerview sagtest Du doch noch, Du würdest es gar nicht kennen."

Bastian spürte, dass seine Strategie der Vorwärtsverteidigung gescheitert war und er sich grundlos in Erklärungsnot gebracht hatte. „Jaa, was heißt gelesen. Durch das Interview hatte ich einen ersten Eindruck und hab es mir dann gekauft. Hab ein bisschen drin geschmökert, so in der Bahn zwischendurch."

„Na, Hauptsache wir haben jetzt zwei von den Dingern zu Hause rumliegen." Annalena hob beide Hände und blickte andächtig Richtung Decke. „Und was sagt der Herr Literat dazu? Hat es Dich auch gecatcht?

Bastian dachte an das gekaufte Exemplar auf seinem Schreibtisch, das er bei Bedarf als Beweisstück vorzeigen konnte. Er hatte wenig Interesse daran, dass Annalena sich mit „seinem Buch" näher beschäftigte. Falls es ihr gefiel, bestand die Gefahr, dass sie weitere Nachforschungen anstellte und ihm auf die Schliche kam. Falls sie Kritik äußerte, würde dies an seiner verbliebenen Autorenehre spürbare Kratzer hinterlassen. Also bemühte sich Bastian um eine distanzierte, möglichst neutrale Darstellung.

„Ich halte es für ein ordentliches Buch. Es ist gut lesbar geschrieben und trifft damit den Geschmack der breiten Masse. Wer dem Reichtum und den damit einhergehenden Verlockungen kritisch gegenübersteht, wird sich eher angesprochen fühlen als diejenigen, die Wohlstand mit Glück gleichsetzen."

„Du meinst, ich sollte es besser nicht lesen", entgegnete Lena mit leicht aufgebrachtem Unterton.

„Das hast Du gesagt. Aber vielleicht bringt es Dich zum Nachdenken."

„Boah, Bastian. Du tust so, als wär ich so ne Luxustante, der Reichtum alles bedeutet. Ich möchte aus meinem ...'tschuldigung...unserem Leben etwas machen. Ich möchte vorankommen, ja. Ich möchte schön wohnen, auch ja. Dass unsere Kinder im Garten toben können und nicht Angst haben müssen, auf dem Weg zum Spielplatz auf ner Schnellstraße überfahren zu werden. Vielleicht möchte ich irgendwann auch mal ein Auto fahren, bei dem ich keine Angst haben muss, dass es mir unterm Hintern wegrostet. Du nennst es Wohlstand, ich nenn es Lebensqualität. Und wenn ich schöne Klamotten trage, dann tue ich es für mich und nicht um meinen Status in den Augen anderer darzustellen. Ich bin nicht der Typ Jule, der es geil findet, an der Seite eines reichen Typen die Luxusnummer zu fahren. Ich bin klar, in dem was ich möchte und sehe keinen Grund mich da zu hinterfragen."

Bastian spürte, dass er Annalena an der gewünschten Stelle erwischt hatte und legte nach. „Solange man nach dem Wohlstand strebt, den man nicht hat, wähnt man sich im Recht. Doch hat man mal am Reichtum genippt, fallen alle guten Prinzipien und die Verlockungen ergreifen Besitz von Dir. George Bernhard Shaw hat mal gesagt ‚Geld ist nichts. Aber viel Geld ist etwas anderes.' Beck will mit dem Buch zum Ausdruck bringen, dass es gesünder ist, gar nicht erst nach materiellen Zielen zu streben, um zu vermeiden, dass deren Erfüllung Dich, Deinen Charakter und Dein Umfeld zugrunde richtet."

„Shaw, war das dieser durchgeknallte Ire, mit „Pygmalion", und so weiter?"

„Ja. Ein großartiger Satiriker mit einer ausgeprägten Altersweisheit. Er war fast 60, als er den „Pygmalion" schrieb. Hatte eine besondere Gabe, den Menschen den Spiegel vorzuhalten."

„Zumindest hast Du mir jetzt mal keinen Appetit gemacht, das Ding hier zu lesen. Wundert mich nur, dass gerade Jule so darauf abfährt."

„Vielleicht entdeckt sie ja gerade neue Seiten an sich und beginnt ihre Lebensführung zu hinterfragen."

„Ich werde morgen Abend berichten. Bin mit ihr in der Stadt zum Sushi-Essen verabredet. Aber…", Annalena legte den Kopf in den Nacken und fixierte Bastian mit auf ihn gerichtetem Zeigefinger, „…ich stehe zu meinem Weg und meinen Zielen. Und dies lass ich mir weder von Shaw, noch von Dir, noch von irgendjemand anderem ausreden."

Partygespräche

Am folgenden Abend saß Buck in der Straßenbahn und blickte herab auf sein neuestes Sneakermodell. Er war zuvor in der Passage eingekehrt und hatte sich zu seiner Markenjeans noch ein passendes Jackett gekauft. Leger sollte es aussehen, in jedem Fall gartenpartytauglich, aber keinesfalls „overdressed". In dem Sneakerladen arbeitete eine neue Verkäuferin. Für ihn die letzte Bestätigung, dass er Loreena dort nicht mehr antreffen würde. Der Gedanke, was ihr plötzliches Verschwinden zu bedeuten hatte, ließ ihn auch auf dem Weg zu Krix' Party nicht los.

Er wollte nicht lange bleiben, fühlte sich jedoch verpflichtet, seinem Verlagschef und Gastgeber die letzte Aufwartung zu machen. Gespannt war er auf das Anwesen und die Autorengäste, von denen er nur wenige kennen würde. Von der Bahnhaltestelle am Stadtrand machte er sich zu Fuß auf den Weg durch die Siedlung, deren Anwesen mit jeder Schrittfolge mondäner wurden. Am Ende der Straße in einem Wendehammer gelegen stand die Villa von Kilian Krix. Buck beschritt den hollywoodliken Eingangsbereich, der von römischen Marmorsäulen eingerahmt war. Über der Pforte spannte eine geflügelte Eros-Skulptur seinen Bogen in Richtung Besucher. Er hörte Stimmen, im Hintergrund lief leise Musik. Da er bewusst ein wenig später eingetroffen war, um nicht in unangenehme Zwiegespräche verwickelt zu werden, war die Party bereits in vollem Gange.

Nach der süßlichen Klingelmelodie öffnete ein braungebrannter Herr mit getönter Sonnenbrille und lilafarbenem Rüschenhemd die Tür. „Herzlich willkommen auf unserer Verlagsparty", schallte es ihm in sanftem Ton entgegen.

Adrian Angel zählte zu den bekannten Größen des städtischen Nachtlebens und betrieb neben einem Sauna-Club zwei der angesagtesten Promi-Diskotheken. Buck kannte das markante Gesicht mit dem gezackten Mongolenbärtchen aus dem Lokalteil seiner Tageszeitung. Krix sprach nur selten über seinen Lebenspartner, den er mit dessen Vornamen als „Adriaan" mit französischem Idiom titulierte.

Mit der Einstiegsphrase „Buck. Einen schönen guten Abend. Ich bedanke mich für die Einladung", lächelte der „Bestseller-Autor" seinem Gastgeber entgegen. Angel machte einen wissenden Gesichtsausdruck und lächelte erfreut zurück, sodass der funkelnde Rubin auf dem linken oberen Schneidezahn zum Vorschein kam. Es wäre ein glattes Wunder, wenn Krix seinen Lebenspartner bezüglich des Beck'schen Geheimnisses nicht eingeweiht hätte.

„Aaah, Herr Buck, ich freue mich sehr. Treten Sie ein. Ein Crémant zur Begrüßung?"

Angels Mimik schien sich der Besonderheit des Gastes bewusst. Dennoch hoffte Buck, während er das von einem indischer Diener gereichte Crémant-Glas entgegennahm, auf Diskretion.

Die Krix'sche Villa bot an monumentalem Chic und Glanz so ziemlich alles, was sich Buck in seinen kühnsten Träumen in Sachen Pomp so vorstellen konnte. Er dachte an Annalena und ihre Auffassung von „Schöner Wohnen". Hätte sie sich nicht mit ihrem inneren Gefühl so übertrieben negativ auf Krix eingeschossen, wäre es für sie heute eine gute Gelegenheit gewesen, der profilneurotischen Jule einen einzuschenken.

Buck genoss die noble Umgebung, etwas, das ihm vor Wochen noch seelischen Ausschlag zugefügt hätte. Das Wohnzimmer hatte den Stil eines Empfangssaals und beherbergte eine Anzahl von geschätzten 100 Personen, die sich sichtbar angeregt unterhielten. Die Tür zur Terrasse war offen. Auf der terracottafarbenen Fläche tummelten sich kleinere Menschentrauben, die von livrierten Servierkräften mit Getränken und Canapés bedient wurden. Im Hintergrund erstreckte sich eine beleuchtete Poollandschaft, die von bequemen Designersitzmöbeln eingerahmt war. Buck erspähte Krix in einer kleineren Ansammlung von Personen und ging langsamen Schrittes auf ihn zu. Als Krix ihn erblickte, tupfte er sich mit der Serviette den Mundwinkel, warf seinen Gesprächspartnern eine kurze Bemerkung zu und steuerte Buck entgegen.

„Lieber Herr Buck..." Krix schien guter Stimmung und fasste sein Gegenüber an den Unterarm, um ihn in einem kleinen Zwiegespräch abseits der großen Runde ins Vertrauen zu ziehen. „Schweiz ist übrigens klar. Hab bei Muller noch mal für jeden von uns etwas Extrakohle rausgeschlagen..."

Der Verlagschef setzte sein Siegerlächeln auf und zeigte in die Runde. „Wir haben weitere Anfragen aus dem Ausland. Ihr „Bestseller" soll in drei weitere Sprachen übersetzt werden. Dort drüben stehen Verlagskollegen aus Belgien, den Niederlanden und Großbritannien. Die sind heiß wie Frittenfett. Das spült noch mal ordentlich Geld in die Kassen. Wenn Sie nicht ganz bescheuert sind, Buck, machen Sie sich schon mal Gedanken über die Fortsetzung. Glauben Sie mir, es gibt für Sie keinen leichteren Weg, für immer ausgesorgt zu haben."

Krix schnappte sich ein Cocktailglas und blickte Buck mit wissender Miene an. „Jetzt gibt's die offizielle Begrüßung. Seien Sie gespannt!" Der Verlagschef drehte sich auf dem Absatz um, steuerte auf ein Podest zu, vor dem ein pinkfarbener Mikrofonständer stand. Adrian Angel tauchte aus der Menschentraube hervor und schritt wie ein Feudalherr in Richtung Podest, wo er neben Krix zum Stehen kam.

Der Verlagschef wirkte in seinem dunkelblauen Nadelstreifen mit dem hellroten Einstecktuch wie ein Zirkusdirektor, der seinen Stardompteur in die Manege zu begleiten gedachte. Mit feierlicher Mimik begann er seine Ansprache.

„Liebe Autoren des Jostein-Verlages, liebe Literaturfreunde, liebe Gäste, es ist mir eine Ehre, Sie zu unserer diesjährigen Verlagsparty begrüßen zu dürfen. Wie Sie vielleicht festgestellt haben, fällt die Feier in diesem Jahr etwas größer aus als in den Jahren zuvor. Dies, meine Damen, meine Herren, hat einen besonderen Grund..." Krix hielt kurz inne, fixierte Buck mit einem knappen, stechenden Blick, bevor er fortfuhr. „...Der Jostein-Verlag darf sich glücklich schätzen, einen Autor in seinen Reihen zu haben, der uns einen großartigen Erfolg beschert hat..." Buck zog den Kopf zwischen die Schultern, in der Hoffnung, in der Masse der Zuhörer unsichtbar zu werden. „...einen Erfolg, der auch bald international von sich reden machen wird. Wir sprechen von...unserem „Bestseller" ...einem Buch von außergewöhnlicher Brillanz und Intensität..." Krix stockte kurz, während der neben ihm stehende Angel zu applaudieren begann und damit eine Lawine kollektiven Zuspruchs unter den Gästen auslöste.

Buck wurde es zunehmend flau in der Magengegend. Ob es nur an Krix' salbungsvoller Laudatio lag oder auch an der Tatsache, dass er seit seiner Ankunft noch nichts Festes zu sich genommen hatte, entzog sich seiner Kenntnis. Mit einem zarten Schweißfilm auf der Stirn fürchtete er den brutalen Moment, an dem sein Gastgeber ihn vor versammelter Mannschaft outete und damit das gut gehütete Geheimnis ins Rampenlicht rückte. Bis dato hatte sich Krix ihm gegenüber immer fair verhalten und seine Anonymität respektiert. Doch Krix war ein gnadenloser Geschäftsmann, der genau wusste, wann der Zeitpunkt gekommen war, sein bestes Pferd im Stall dem Schlachter vorzuführen.

Buck überlegte, ob er sich klammheimlich aus dem Pulk gen Ausgang verflüchtigen sollte, um dann im Stile eines Leichtathleten den Weg Richtung Straßenbahnhaltestelle zu sprinten und dort schweißnass aber glücklich im sicheren Hafen des Bahnwagons den Weg nach Hause anzutreten. Doch andererseits hatte sich laut Krix seine notgedrungene Anonymität zu einem Geschäftsmodell entwickelt, dessen Preisgabe verkaufsschädigende Wirkung haben könnte. Als „Banksy der Literatur" trug er ein Mysterium in sich, das auch die geplante Vermarktung im Ausland entscheidend begünstigen könnte. Buck entschied sich, zu bleiben und den Gang der Dinge fatalistisch auf sich zukommen zu lassen.

„…von unserem großartigen Autor…Berthold Beck…Wie Sie alle wissen, legt Herr Beck großen Wert auf seine Anonymität und kann aus diesen Gründen heute nicht bei uns sein. Er lässt allerdings…", Krix blickte suchend in die Menge, während Buck noch tiefer in der Menschentraube abtauchte, „…die besten Grüße ausrichten…"

Mit einem tiefen, inneren Seufzer folgte Buck dem weiteren Verlauf der Rede, deren Worte ohne Sinn an ihm vorbeischwebten. Es schien nun beschlossene Sache, dass er auch heute im Schutze der Anonymität sein verqueres Doppelleben aufrechterhalten konnte.

Nach Beendigung der Rede, die mit einem donnernden Applaus der Gäste bedacht wurde, bewegte sich Buck Richtung Buffet. Er hatte bereits zwei bis drei Autoren gesehen, die er vom Verlag kannte und die als vermeintliche Leidensgenossen auf den großen Durchbruch warteten.

Aus den Lautsprechern ertönte wieder Musik, als Buck frontal auf einen Herrn zuging, dessen Gesicht ihm bekannt vorkam. Der grauhaarige, gütig aussehende Endsechziger hatte einen jungen Mann an seiner Seite, der durch einen bronzefarbenen Teint und seine zu einem Pferdeschwanz zurückgebundenen Haare auffiel.

„Guten Abend, Herr Buck, sehr schön Sie hier zu sehen."

Buck brauchte einige Sekundenbruchteile, um das ihm flüchtig bekannte Gesicht einzuordnen. Es war Wolfram Wickel, der Geschäftspartner Rollers und Leiter der INSANIO-Privatklinik.

„Ein schönen guten Abend, Herr Wickel. Ich erinnere mich gerne an unser anregendes Gespräch von vor ein paar Wochen." Buck mochte den freundlich auftretenden Herrn, dessen Literaturinteresse keineswegs gestellt wirkte.

„Jerome", sprach er seinen jugendlichen Begleiter an, „bist Du so nett und holst Herrn Buck und mir ein Gläschen Champagner?" Während der Begleiter mit überspielter Widerwilligkeit losschob, nahm Wickel sein Gegenüber zur Seite.

„Ich freue mich sehr, Herr Buck, dass wir uns noch mal begegnen, und übrigens...herzlichen Glückwunsch!" Wickel lächelte seinen offensichtlich irritierten Gesprächspartner an.

„Glückwunsch? Ich verstehe nicht ganz?"

„Na...dass Sie meinen Rat befolgt und die Heldengeschichte umgedreht haben. Die Story vom Nobody zum Star ist in der Tat brillant und wie immer meisterhaft erzählt."

Buck fühlte einen Eisblock in seinem Inneren und rang nach Worten, um das Gesprächsthema in andere Bahnen zu lenken. „Ich weiß nicht genau, was Sie mir damit sagen möchten, aber die Party..."

„Herr Buuuck, ich bitte Sie. Auch wenn der Rest der Welt im Dunkeln tappen mag, wir beide müssen uns doch gegenseitig nichts vormachen. SIE...SIE...sind Berthold Beck...und der „Bestseller" ist IHR Werk...und ein in der Tat Außergewöhnliches."

Nun waren sie also zu dritt. Die Mitwissergemeinschaft zwischen ihm und Krix hatte ein weiteres Mitglied hinzugewonnen. Buck merkte, dass jegliches Verneinen zwecklos war und setzte sich ermattet auf eines der gemütlichen Poolsofas, während Wickel neben ihm Platz nahm.

„Meine Schwester Luise hat Ihren Schreibstil sofort erkannt. Nachdem sie den „Bestseller" gelesen hatte, war ihr klar, das ist Burkhard Block, der Autor des „Vielfliegers". Kein anderer schreibt so dezidiert und entwaffnend nah an der Realität. Und ich bitte Sie! ... Bastian Buck, Burkhard Block, Berthold Beck...", Wickel wiegte den Kopf hin und her, „...wenn Ihnen Ihre Anonymität so wichtig gewesen wäre, wie es jetzt den

Anschein hat, hätten Sie mit Ihrem Pseudonym nicht eine solche Fährte auslegen dürfen, mein geschätzter Freund." Just in dem Moment erschien Wickels Begleitung mit einem Silbertablett und zwei Champagnergläsern. „Cheers, mein lieber Herr Buck, auf Sie und diesen großartigen Erfolg, den ich Ihnen übrigens von Herzen gönne. Und…seien Sie unbesorgt, ich habe nicht vor, mit meinem Wissen umgehend hausieren zu gehen…freue mich aber sehr, Sie in Kürze bei mir zu einer privaten Lesung begrüßen zu dürfen…" Er kniff Buck neckisch in den Unterarm und bewegte sich mit seiner erbost dreinblickenden Begleitung zu einer der umliegenden Menschentrauben.

Buck fühlte gar nichts. Für ihn war der Abend gelaufen. Wie ferngesteuert bewegte er sich Richtung Haustür, rang vor dem Hauseingang nach Luft und marschierte mit kurzen, gleichmäßigen Trommelschritten der rettenden Straßenbahn entgegen.

Bekenntnisse unter Partnern

Am nächsten Morgen griff Bastian zum Telefon. Er wählte die bekannte Nummer und ließ sich in das Chefbüro durchstellen.

„Krix", schallte es ihm entgegen.

„Hallo, Herr Krix, hier ist Buck. Ich wollte…"

„Buck, um Himmels Willen…ist bei Ihnen alles gut?", Krix erhob seine Stimme und wob einen besorgten Unterton hinein. „Sie waren so plötzlich weg. Hat es Ihnen nicht gefallen oder gab es ein Problem?"

„Nein. Ihre Party war fantastisch. Ich konnte nicht lange bleiben. War was Persönliches. Aber…erlauben Sie mir eine Frage. Wie gut kennen Sie Herrn Wickel?"

Auf der anderen Seite der Leitung trat plötzlich Stille ein.

„Sie meinen Wolfram? Ich verstehe nicht, was soll diese private Frage, Buck?"

„Er weiß Bescheid."

„Waass? Wovon?"

„Ich hatte Herrn Wickel vor einigen Wochen auf einer Firmenfeier im Büro meiner Frau kennengelernt. Wir sprachen angeregt über Literatur und den „Vielflieger", den seine Schwester mit Begeisterung gelesen hatte. Er hat mich in dem „Bestseller" wiedererkannt und mir gestern unter die Nase gerieben, dass er wüsste, dass ich Berthold Beck bin."

„Oh, heiliger Müllsack." Krix wirkte unaufgesetzt konsterniert.

„Kommen Sie in mein Büro. Am besten sofort. Wir brauchen einen Plan."

Eine gute halbe Stunde später saß Buck vor dem ominösen Nussbaumschreibtisch. Krix wirkte abgeschlagen und blickte Buck aus tiefen Augenringen an.

„Buck, damit wir Klarheit haben, ich habe damit nichts zu tun. Wir brauchen Ihre Anonymität weiter, um den „Bestseller" im Ausland vermarkten zu können. Wolfram Wickel ist eine Hyäne, die sich vom Aas anderer Leute ernährt. Sobald er eine geschäftliche Chance sieht, wird er sie skrupellos ausnutzen. Was hat er Ihnen geboten, damit er dichthält?"

„Eigentlich nichts. Er sagte, dass er nicht gedenke, damit hausieren zu gehen."

„Pah, das wäre das erste Mal, dass Wolfram eine Chance unentgeltlich verstreichen lässt...Und glauben Sie mir, ich weiß, wovon ich rede."

Buck versuchte sich weiter an den Wortlaut des Gespräches zu erinnern. „Er hat mich nur gebeten, mal zu einer privaten Lesung zu ihm zu kommen."

„Ha...da haben wir's doch! Der alte Schmecklecker..." Krix Äußerung spiegelte eine seltsame Mischung aus Triumph und Entrüstung wider. „Aus der Nummer, Buck, kommen wir nicht mehr ungeschoren raus."

193

Mit einer schwerfälligen Bewegung ließ sich der Verlagschef in seinen Sessel fallen. „Ich erzähle Ihnen jetzt etwas und würde begrüßen, wenn Sie es für sich behielten." Krix öffnete die edle Glaskaraffe mit dem silbernen Verschluss auf seinem Schreibtisch, goss sich ein halbes Glas Scotch ein und nahm einen tiefen Schluck.

„Als ich vor etwas mehr als 20 Jahren in die Stadt kam, kannte ich niemanden. Ich hatte Kunst und Literatur studiert, wollte Theater spielen und suchte ein Engagement. Am Rande einer Aufführung lernte ich Wolfram Wickel kennen. Wolfram war ein begabter Theaterregisseur aus gutem Hause. Sein Vater war Arzt und hatte eine Privatklinik, die der Filius irgendwann übernehmen sollte. Doch Wolfram war mit Leib und Seele Theatermann, ohne jegliche Ambitionen, die medizinische Richtung einzuschlagen. Als sein Vater starb, übernahm er nach außen zwar die Geschäftsleitung der Klinik, blieb jedoch in seinem Innern dem Theater treu. Sein Literaturverständnis ist außergewöhnlich und er ist in der Lage, anhand weniger Zeilen einen Autor zu identifizieren. Mit ihm über Bücher zu diskutieren, kann ein Vergnügen, aber gleichzeitig auch eine ernüchternde Grenzerfahrung sein…"

Buck saß da und sah zu, wie sich der Verlagschef einen weiteren Schluck genehmigte. „Woher ich das alles weiß, wollen Sie jetzt sicher wissen?! Also…als ich Wolfram das erste Mal traf, suchte er Darsteller für sein aktuelles Stück. Er war ein attraktiver Kerl…damals…und er lud mich zu einem Casting bei sich zu Hause ein…und…wenig überraschend, bekam ich die Rolle… und darüber hinaus auch noch die tragende Rolle in seinem Leben…8 Jahre lang haben wir zusammengelebt und gearbeitet. Durch ihn bekam ich meine Theaterrollen und, da ich die Welt der Bücher noch etwas mehr liebte als die Bühne, auch die Kontakte zum Jostein-Verlag. Er ist letztlich einer der Gründe, weshalb ich heute hier sitze…"

„Offensichtlich haben Sie ihm eine Menge zu verdanken", entgegnete Buck ob der neuen unverhofften Informationen.

„Ja das mag von außen so wirken und in Wolframs spezieller Wahrnehmung auch so sein…Lange Rede, kurzer Sinn…Ich kam eines Abends nach Hause und hörte in unserem Wohnzimmer Geräusche. Er hatte jene „Casting-Gespräche" mit jungen Männern auch während unserer Beziehung weitergeführt… Als ich daraufhin meine Sachen packte, flehte er mich auf Knien an, ich müsse ihm ewig dankbar sein und ich könne ihn so nicht verlassen…Was ich nicht wusste war, dass ihn einer der Darsteller angezeigt hatte und er sich des Verdachts des Menschenhandels vor Gericht verantworten musste. Er wurde zwar freigesprochen, aber sein Ruf in der Theaterbranche war ruiniert und er verlor seine Anstellung als Regisseur. Seitdem musste er mit anschauen, wie sich sein Zögling und Ex-Partner zum Verlagschef emporarbeitete, während er alles verloren hatte und Theater nur noch als Undercover-Hobby betreiben konnte. Die Klinik mit der Kinderstation ist nun seine Ersatzbefriedigung."

„Ersatzbefriedigung? Ist er etwa pädophil?", fragte Buck entsetzt.

„Nein, nein." Krix schüttelte vehement den Kopf. „Er mag die Kinder tatsächlich…auf eine gesunde Art. Aber sein überwiegend männliches Pflegepersonal rekrutiert er ähnlich wie seinerzeit am Theater. Was glauben Sie, wo sein Jerome tagsüber arbeitet?"

Buck blieb fasziniert am Ball und schob die nächste Frage hinterher. „Und welche Rolle spielt seine Schwester?"

„Schreckschraube Luise? Sie macht die Buchführung in der Klinik und gibt dem Ganzen als Co-Geschäftsführerin nach außen einen seriösen Anstrich. Dass beide – unverheiratet wie sie nun mal sind – den gleichen Nachnamen tragen, hilft in der Außendarstellung."

Mit einem Satz sprang Krix auf und machte einen großen Schritt auf Buck zu.

„Buck, warum erzähle ich Ihnen das alles...? In Wolfram Wickels Augen stehe ich lebenslang in seiner Schuld. Unbezahlte Rechnungen des Lebens, die ich seiner Auffassung nach zu begleichen habe. Ich sagte bereits, er ist eine Hyäne. Wenn er Aas riecht, folgt er der Spur meilenweit. Und sein Aas ist Ihr „Bestseller", unser „Bestseller". Er wird nicht ruhen, bis er seinen fairen Anteil bekommen hat."

„Und was bedeutet das jetzt für Sie, für uns?"

„Wickel ist gut vernetzt und auf Rache aus. Er wird einen Weg finden, die Story an die Öffentlichkeit zu bringen. Dann ist unser Vorhaben der internationalen Vermarktung vorbei, erledigt."

„Man kann doch vielleicht mit ihm reden. Immerhin haben Sie ihn zu Ihrer Party eingeladen?"

„Wolfram lädt sich regelmäßig selbst ein...nur um mir zu zeigen, dass ich ihn niemals loswerde. Ohne die ganze Vorgeschichte täte er mir sogar leid. Herauskompromittieren kann ich ihn nicht. Es ist einfach zu viel passiert."

Krix drehte sich zum Fenster und blickte bedeutungsschwer in den wolkenverhangenen Himmel. „Ja ich kann mit ihm reden. Das funktioniert auch bis zu einem gewissen Punkt ...Buck, Sie sollten der Bitte folgen und diese Lesung in seiner Klinik wahrnehmen. Das nimmt schon mal etwas Druck aus dem Kessel. Verzichten Sie jedoch darauf, mit ihm irgendetwas allein zu unternehmen. Sofern Sie keine gusseiserne Unterhose tragen..."

Mit diabolischem Grinsen drehte sich der Verlagschef zu ihm um. „Parallel dazu werde ich auf ihn zugehen. Wir werden ihm etwas bezahlen müssen, damit er die Klappe hält...Mit einer Einmalzahlung lässt er sich, wie ich ihn kenne, nicht abspeisen. Ich werde es dennoch versuchen...ansonsten würde ich ihm eine Umsatzbeteiligung auf die kommenden internationalen Verkäufe anbieten. Dies würde unsere beiden Anteile entsprechend schmälern. Ich hoffe, Sie sind damit einverstanden, im Sinne Ihrer Anonymität."

Buck spürte einen leichten Druck in der Brust mit dem sicheren Gefühl, dass seine Anonymität ganz offensichtlich ihren Preis hat. „Ja, Sie kennen ihn besser. Offensichtlich haben wir keine andere Wahl."

Noch auf dem Heimweg hatte sich eine gewisse Schwere auf Bucks Gemüt gelegt. Er war durch die Passage gegangen und hatte den Drang verspürt, sich ob der Ereignisse der vergangenen Stunden etwas Gutes zu tun. Er hatte Geld gezogen und sich in dem Bekleidungsgeschäft ein neues Outfit gegönnt, das auch für bessere Anlässe – nicht zuletzt seinen anstehenden Luzern-Besuch - geeignet war. Mit bester Mr. Hyde-Arroganz hatte er den Verkäufer wie einen bezahlten Stripper umherspringen lassen und mit einem satten Trinkgeld für den nächsten Kauf gefügig gemacht.

Anschließend ließ er sich im Shop nebenan durch Ivana ein neues, angesagtes Paar Markensneaker andrehen. Die Stimmung unter den Verkäuferinnen im Schuhladen war seltsam gedrückt. Rückfragen nach Loreena vermied er.

Was wäre, wenn er sich nun doch dafür entschied, die Bombe platzen zu lassen und als der große Berthold Beck in die Öffentlichkeit zu treten? Wolfram Wickels private Erkenntnis zum Allgemeingut zu machen, um der heuchlerischen Gier des Klinikchefs den Boden zu entziehen? Jegliches Versteckspiel hätte ein Ende. Keine weiteren Ausreden, Verheimlichungen, Rollenspiele zur Wahrung seines anständigen, biederen Charakters. Er würde seinen neu erworbenen Reichtum hemmungslos genießen können und all den Materialisten in seinem Umfeld die jahrelangen Erniedrigungen mit gleicher Münze zurückzahlen.

Berthold Beck zu sein, bedeutete, ein Star zu sein, der als Diener der Öffentlichkeit herumgereicht wird und Bastian Bucks anerzogene innere Bescheidenheit in den Würgegriff nimmt. Die Konsequenz wäre Einsamkeit. Annalena würde ihn wegen seines doppelmoralischen Verhaltens an den Pranger stellen und ohne mit der Wimper zu zucken verlassen. Die gemeinsamen Bekannten würden sich von ihm ob seines offensichtlichen Falschspiels abwenden, ein Umstand, der sich noch am ehesten verschmerzen ließe. Von seinen persönlichen Freunden aus „alten Tagen" hätte er als „Neukapitalist" nur Verachtung zu erwarten und der Rest der Familie, namentlich Mutter und Schwester, würden sich als geborenes Proletariat entfremdet fühlen. Möglicherweise blieb ihm ein Besuchsrecht für seine Kinder, von denen eines bereits heute auf seine Anwesenheit keinen gesteigerten Wert legt.

Als er vor der Haustür stand und den Schlüssel im Schloss umdrehte, war ihm klar, dass die Situation außer Kontrolle geraten war und der schwierigste Teil seiner Mission noch bevorstand.

Frauengeschichten

Bastian hatte das Essen fertig, als Annalena zur Tür hereinkam. Obwohl er am Vorabend überstürzt von der Krix' Party aufgebrochen war, hatte er Lena nach ihrem Date mit Jule bereits schlafend angetroffen. Mit Sicherheit gab es Gesprächsstoff, der ausgetauscht werden wollte. Die Wohnung war aufgeräumt, die neuen Klamotten hatte er in seinem Kleiderschrank verstaut. Von seiner Seite aus war alles angerichtet für einen harmonischen Abend.

Kurz darauf stand seine Ehefrau mit dem Mantel in der Hand und kopfschüttelnd im Flur. „Booah, es gibt so Tage, da jagt eine Horrorgeschichte die nächste." Annalena neigte mitunter dazu, relative Banalitäten als Katastrophen aufzubauschen. In Anbetracht seiner eigenen misslichen Lage hob Bastian geringschätzend die Augenbrauen. Doch dieses Mal hatte seine Frau Nachrichten im Gepäck, die auch ihn in Aufregung versetzen sollten.

„Sitzt Du gut?", warf sie ihm zu, während der Kochtopf in der Küche blubberte.

„Na sag schon. Was war los im Büro? Hatte Roller wieder seine 5 Minuten?"

„Nein. Ganz was anderes. Wie Du weißt, war ich gestern mit Jule Sushi essen."

„Nun ja. Klingt nicht nach ner sensationellen Nachricht."

„Jule und Justus trennen sich."

„Was?" Bastian schien innerlich wie äußerlich überrumpelt.

„Er hat ne andere. Irgend so n Mäuschen aus der Firma. 24. Werksstudentin. Jule hat seine Chats gelesen. Keine Dementis. Er hat alles zugegeben."

Nicht häufig kam in Bastian das Gefühl der Schadenfreude hoch. Er wusste, wie es ist, belächelt zu werden. Die Lästereien der Mitschüler ob seiner unmodernen Klamotten. Die gerissene Hose beim Überklettern des Schulzaunes in der 7. Klasse vor versammelter Mannschaft. Und nicht zuletzt die abwertenden Bemerkungen sogenannter Freunde und Bekannter, die er später als Ehemann über sich ergehen lassen musste. Justus war die Speerspitze jener Geringschätzung mit Jule als schweigend-lächelndem Anhängsel. Nun war die Bombe geplatzt und hatte das neureiche Schmierentheater in seine Einzelteile zerlegt.

„Nun ja. Offensichtlich hat ihr materialistisches Gehabe nur nach außen funktioniert. Als Fassade der Abgrenzung. Gegen innere Armut hilft weder Geld noch Status." Bastian ließ seiner Ablehnung freien Lauf, dachte dabei jedoch mit Unbehagen an den eigenen Protzkauf, der nur wenige Stunden zurücklag. Letzteren verdrängte er schnell, um mit einem passenden Zitat die Situation zu erfassen. „Luxus ist künstliche Armut, Genügsamkeit ist natürlicher Reichtum."

„Ah, war ja klar, dass Dir dazu wieder n Sinnspruch einfällt... Lass mich raten...Klingt nach fernöstlichem Askesequatsch ...Gandhi, Buddha, Konfuzius...irgendwas aus der Ecke."

„Es ist leider Sokrates. Als der Philosoph unter den Philosophen über jeden Zweifel erhaben."

„Die alten Griechen waren mir schon immer suspekt. Haben nie gearbeitet, dazu hatten sie ja die Frauen. Ziemlicher Chauvikram, den ganzen Tag n Faulen zu machen und übers Leben nachzudenken."

„Nach Ludwig Wittgenstein ist Philosophie eine Tätigkeit und hat daher immer praktische Relevanz. Ohne die Denkleistungen der großen Philosophen hätte es keinen gesellschaftlichen Fortschritt gegeben. Wenn Du mich fragst, haben wir heute zu wenig Denker und zu viele Lenker, denen äußeres Auftreten wichtiger ist als innere Substanz. Ob in Politik, Wirtschaft oder im täglichen Leben...Apropos, ist Justus schon ausgezogen?"

„Er wohnt quasi schon bei der Neuen. Seine Sachen hat er noch zu Hause. Den Kindern haben sie es noch nicht verklickert."

„Zumindest hat sie ne Terrasse mit nem schönen Wintergarten, in dem sie jetzt alleine sitzen kann..."

„Nun ja, lieber sitze ich alleine in meinem Haus mit Wintergarten und blase dort Trübsal als in ner dunklen Vierzimmerwohnung. Da ist die Depression ja schon vorprogrammiert."

Bastian spürte, dass Annalena die Situation naheging und war dabei, das Thema zu wechseln, als sie plötzlich hinzufügte: „Interessant ist, dass Jule durch den „Bestseller" gemerkt hat, dass ihr Leben zum Großteil auf Fake aufgebaut war und sie Justus gar nicht wirklich geliebt hat. Das Buch hat ihr die Augen geöffnet. Sie wird drüber hinwegkommen."

Da war er. Der leise innere Triumph. Wenn der „Bestseller"
für sein Privatleben irgendetwas Wertvolles hinterlassen hatte, dann dass dieses Audi-TT-fahrende Ekelpaket aus seinem
Dunstkreis verschwunden war.
„Du sprachst vorhin von Roller...es gibt noch was Neues!"
Annalena wechselte ihrerseits das Thema. Binnen Sekundenbruchteilen verwandelte sich Bastians inneres Triumphgefühl
in einen Schockzustand. Der Name Roller blieb für ihn ein
rotes Tuch. Immer wenn Annalena seinen Namen erwähnte,
stieg in ihm der Argwohn. Hatte sie mit Jules Trennungs-
geschichte nur vorgebaut, um ihr eigenes Fremdverhältnis ins
Gespräch zu bringen? Würde es gar nicht der Enthüllung des
„Bestsellers" bedürfen, um seine Ehe vor vollendete Tat-
sachen zu stellen? Bastian stand auf, ging in die Küche, um
den Topf vom Herd zu nehmen. Er brauchte dieses kleine
Break, um der heranrückenden hässlichen Wahrheit stand-
haft begegnen zu können.
„Du erinnerst Dich doch an Loreena, die Kleine aus dem
Schuhladen."
„Rollers Patentochter?!" In einer Mischung aus Erleichterung
und neuer Schockwelle versuchte Bastian seine erschütterte
Contenance zu wahren.
„Genau. Sie ist verschollen. Seit 4 Tagen kein Lebenszei-
chen."
„Wie? Weiß man Genaueres?"
„Nein. Die Polizei war heute bei uns und hat Roller interviewt.
Sie hatte am Tag vor ihrem Verschwinden mit ihm gespro-
chen und ihn um Unterstützung gebeten. An jenem Abend
war sie angeblich mit nem Typen verabredet und wirkte wohl
ziemlich nervös."
Bastian fühlte nichts außer Leere und fragte wie ferngesteuert. „Weiß man denn, mit wem sie sich getroffen hat und wie
der Abend verlaufen ist?"

„Schwierig. Die Kolleginnen aus dem Laden wissen wohl nichts, da sie sich an dem Tag freigenommen hatte. Sie ist abends auf dem Weg von der Eisdiele zur Bahnhaltestelle in Begleitung eines Typen noch mal gesehen worden. Aber man weiß nichts Genaues..." Annalena stockte kurz, bemerkte Bastians Apathie, fuhr aber unvermindert fort „...Roller ist ziemlich niedergeschlagen. Sie hatte von Kindesbeinen an eine enge Beziehung zu ihm. Er mochte sie, konnte aber ihre flatterhafte Art nicht ausstehen...auf jeden Fall ist ihre Wohnung leer und niemand weiß, wo sie sich aufhält. Muss ja auch nichts Schlimmes sein, heutzutage bei den jungen Leuten."

„Weiß man denn, ob sie an dem Abend in der Wohnung angekommen ist?"

„Ja. Das ist sie wohl, da sie Roller von dort über ihr Festnetz angerufen hat. Die Spuren deuten darauf hin, dass sie dort auch die Nacht verbracht hat. Gibt auch keine Hinweise auf eine andere Person. Nur am nächsten Morgen ist sie nicht zur Arbeit erschienen und seitdem...niente!"

Als Bastian kurz darauf im Badezimmer stand und in den Spiegel blickte, bemerkte er, dass sämtliche Farbe aus seinem Gesicht gewichen war. Blass, müde und abgekämpft blickte ihn sein Konterfei an. Er fühlte sich mannigfaltig überfordert, ob der misslichen Lage, die er mit der wenig hoffnungsvollen Abgabe seines letzten Buches losgetreten hatte. Die Situation mit Wickel und der drohenden Enthüllung, Loreenas Verschwinden und seine mögliche Beteiligung, die anstehende Fahrt nach Luzern in Gegenwart seiner Schwiegereltern...und nicht zuletzt der für den nächsten Tag geplante Einkaufsbummel mit Annalena, der ihn auch in die Räumlichkeiten des Bekleidungsgeschäftes neben dem Sneaker-Laden führen sollte. Während die Zahnbürste in seinem Mund steckte und der weiße Schaum die Mundwinkel herunterrann, stellte er sich die Frage, ob er jemals einen Weg finden würde, lebend aus dieser Situation herauszukommen.

Alternative Shopping

Bastian war nach einer unruhigen Nacht spürbar unentspannt. Annalena hatte sich ob des drohenden Einkaufsbummels freigenommen. Als sie morgens am Küchentisch saßen, klingelte ihr Telefon. Es war Jule. Das Gespräch schien einen gewissen problematischen Tiefgang zu beinhalten und Annalena wechselte ihre Position vom Küchenstuhl in Richtung Wohnzimmersofa. Das Gespräch dauerte rund eine halbe Stunde. Anhand der Wortfetzen, die an Bastians Ohr drangen, schien es sich um Probleme mit Justus zu handeln.

Als Annalena zurück in die Küche kam, schäumte sie vor Wut. „So ein A...loch. Der macht ihr die Hölle heiß. Möchte die sofortige Scheidung und dass sie aus dem gemeinsamen Haus auszieht...Schatz, sie ist total fertig. Ich muss zu ihr..." Bastian gab sich ob des inneren Vorbeimarsches größte Mühe, eine Miene des Bedauerns aufzusetzen, während Annalena ihren Film weiter abspulte. „Pass auf! In der Passage neben dem Sneaker-Shop ist n Klamottenladen. Die Verkäufer dort sind fit und können Dich gut beraten. Geh einfach hin und schau, was Du brauchst. Ein, zwei schicke Hemden, ne neue Jeans, n Pullover für die kühleren Tage. Wir gehen dann noch mal, wenn ihr aus der Schweiz zurück seid. Ist ja noch bisschen, bis Dein Job losgeht..."

Wenige Augenblicke später verließ Annalena mit wehenden Haaren die Wohnung. Zumindest hatte sich die Bredouille mit dem Einkaufsbummel erledigt und Bastian lief nicht Gefahr, in ihrer Gegenwart als der großkotzige Markenklamottenkäufer wiedererkannt zu werden.

Als er kurz darauf durch die Passage schlenderte, fühlte er sich auf seltsame Weise unwohl. Hastig schlich er an der Eisdiele vorbei. Was wäre, wenn man ihn als den Mann identifizierte, der Loreena am Tag vor ihrem Verschwinden zur Bahnhaltestelle begleitete? Oder in dem Sneaker-Laden als den Kunden, der am Tag nach Loreenas Verschwinden nach ihr gefragt hatte?

Buck betrat das Bekleidungsgeschäft, in dem ihn der servile Verkäufer mit den von Annalena in Auftrag gegeben Anziehsachen beglückte. Eine halbe Stunde später ging er mit zwei neuen Hemden, einer Jeans und einem Pullover Richtung Ausgang. Der Umstand, dass der Zahlbetrag mit Blick auf das gemeinsame Haushaltskonto etwas geringer ausgefallen war als zuletzt und er kein saftiges Trinkgeld hinterließ, schien den Verkäufer durchaus zu irritieren.

Schnellen Schrittes ging er mit seiner erbeuteten Kleidung durch die Passage in Richtung Ausgang. Er sah den Geldautomaten. Ein letzter Blick auf den Kontostand, bevor ihn das biedere Leben des Dr. Jekyll wieder vereinnahmte. 335.491 EUR! Mit diabolischem Grinsen nahm Buck seine Bankkarte entgegen. Ein Grinsen, das sich auf der Bahnfahrt nach Hause in ein skeptisches Schmunzeln zurückentwickeln sollte.

Luzern

Am Morgen darauf saß Bastian auf gepackten Koffern. Punkt halb 7 sollte der schwiegerelterliche Abholdienst auf der Matte stehen und ihn in die Magie der Schweizer Bergwelt entführen. Von Pierre Muller hatte er per E-Mail die Buchungsunterlagen für sein Welcome-Paket im Hotel am See erhalten. Der Concierge würde ihn dort ab Mittwochnachmittag mit Freude erwarten. Seine Schwiegereltern hatten sich ein Zimmer etwas Außerhalb in der Nähe ihrer künftigen Wohnung gebucht. Zu seinem Glück gab es für ihn dort keine Vakanzen. Er wollte sich selbst etwas suchen, idealerweise in der Nähe seines Lesungsortes. Gekko würde ihm großzügigerweise die Hälfte der Übernachtungskosten spendieren. Dementsprechend hatte Annalena ihm ein kleines Apartment in der Nähe des Hotels am See gebucht.

Trotz der leidigen Autofahrt konnte er es kaum erwarten, dem realen Leben zu entfliehen und im Schutze des Schweizer Refugiums ein Stück weit zu sich selbst zu finden. Seit knapp einer Woche war Loreena nun verschollen. Es gab neue Hinweise, die dazu führten, dass der mysteriöse letzte Begleiter vom Vorabend des Verschwindens nicht mehr im Fokus der Ermittlungen stand. Nachbarn hatten gesehen, wie Loreena am nächsten Morgen vor ihrer Haustür in ein fremdes Auto mit bulgarischem Kennzeichen gestiegen war. Seitdem fehlte von ihr jede Spur. Nach jenem Auto und den Insassen wurde gefahndet. Bastian ging in sich, ob seine kurze Bekanntschaft mit Loreena der Polizei irgendwelche Rückschlüsse hätte liefern können. Er wusste nichts über sie, außer der Tatsache, dass sie den „Bestseller" offensichtlich gerne gelesen hatte, wie Tausende andere auch. Um die Situation zu Hause nicht weiter zu verkomplizieren, entschied er sich dafür, die Füße still zu halten.

Um Punkt 6:20 Uhr stand Gekko vor der Haustür und klingelte Sturm. Bastian griff seinen Koffer und hetzte mit der Jacke über dem Arm die Eingangstreppe hinunter. Geldbörse und Smartphone hatte er eingesteckt. Die wertvolle Maurice de Mauriac, Mullers Anerkennungsgeschenk, hatte er in der Präsentbox samt Widmung auf dem Schreibtisch liegen gelassen.

„Na Junge, Morgenstund hat Gold im Mund. Gewöhn Dich schon mal daran, wie es ist, früh morgens das Haus zu verlassen." Mit verächtlichem Lächeln stand Gekko vor der offenen Fahrertür seines SUV. Trotz seines zu dieser frühen Stunde zerknitterten Gesichtes war er bemüht, das Gefühl von Frische und unternehmerischer Tatkraft zu vermitteln. Bastian war kein gewalttätiger Mensch. Das letzte Mal hatte er sich in der 7. Klasse auf dem Schulhof mit einem Mitschüler aus der Parallelklasse geprügelt. Demzufolge kamen Gewaltphantasien bei ihm nur sehr selten vor. Zu diesen zählte unter anderem das Gedankenexperiment, seinem Schwiegervater nach derartigen Sprüchen mit der flachen Hand mal richtig „eins überzubraten". Am Ende war es die Welt der Worte, mit der Bastian sich in kritischen Lebenssituationen auf subtile Art zur Wehr setzte.

„Erstaunlich, Jürgen, dass Du als Pensionär morgens noch so gut rauskommst. Wird sicher ne anstrengende Fahrt. Ich löse Dich gerne später ab, wenn Du müde wirst." Bastian war klar, dass er Gekko mit diesem Spruch an der Ehre gepackt hatte und dieser aller Müdigkeit zum Trotz das Steuer nicht aus der Hand geben würde.

Die Fahrt verlief ohne größere Zwischenfälle. Buck saß auf dem Rücksitz, während seine Schwiegereltern sich vorne wie ein aufgetufftes Fürstenpärchen produzierten. Erika war eine schreckliche Beifahrerin. Jeder Ampelumschaltmoment, jedes noch so weit entfernte Fahrzeug verdiente ihren Kommentar. Gekko, der sich für einen außergewöhnlich guten

Autofahrer hielt, hatte es sich über die Jahrzehnte abge-
wöhnt, auf die spontanen „Brems!" und „Pass auf!"-Komman-
dos seiner Ehefrau in irgendeiner Form zu reagieren.

Nach etwas mehr als 4 Stunden Fahrt erreichten sie die
Schweizer Grenze und Buck wurde ein wenig nervös. Er
bildete sich ein, die Alpenluft bereits zu riechen, als Gekko die
Gedankenidylle mit seiner dominanten Stimmfarbe durch-
schnitt. „Sag mal, Bastian, was ist das eigentlich für eine
Leseveranstaltung? Bist Du jeden Tag dort? Ich frage nur we-
gen unseres Maklertermins. Der wurde nämlich verschoben.
Von Donnerstag auf Freitag!"

Mit einem Mal war die imaginäre Bergidylle aus Bucks Gedankenwelt verschwunden. Der Donnerstag war als Besich-
tigungstag perfekt. Er hätte ausgiebig Zeit gehabt, sich mit
den Belangen der Wohnung zu beschäftigen, bevor er am
Freitag in die mondäne Welt des Hotels am See eingetaucht
wäre. Doch Buck war so kurz vor seinem Ziel fest entschlossen, sich die Freunde der Lesereise durch nichts und niemanden nehmen zu lassen.

„Es geht am Donnerstag los für 3 Tage. Freitag wäre der wichtigste Tag. Dann würde ich den Samstag noch gerne mitnehmen, bevor wir am Sonntag zusammen zurückfahren."

Gekkos Antwort folgte auf den Fuß. „Der Maklertermin ist
morgens um 10. Ich hoffe das passt?"

Buck atmete durch. Da die Lesung um 16 Uhr beginnen sollte,
schien die Terminkollision abgewendet. „Das ist perfekt. Bis
Mittag hätte ich auf jeden Fall Zeit. Wir können dann den
Samstag gerne zusammen etwas machen, wenn es in Eure
Planung passt."

„Was ist denn am Freitag so wichtig?" Gekko blieb mit seiner
Interessensbekundung hartnäckig.

Buck überlegte kurz und entschied sich auch dieses Mal dafür, so nah wie möglich an der Wahrheit zu bleiben. „Berthold
Beck wird dort zu einer Lesung erwartet. Der Autor des

„Bestsellers", über den im Moment alle sprechen. Es wäre eine Riesenehre für mich, dabei sein zu können."

„Ja. Kein Problem Junge, kriegen wir hin. Wir setzen Dich Freitagmittag in der Stadt ab. Am Samstag machen Erika und ich eine Bergtour auf den Pilatus. Berge interessieren Dich ja eh nicht so sehr wie Bücher, stimmts?"

Natürlich hatte Buck darauf spekuliert, einen Tag, idealerweise den Samstag, auf einem der nahegelegenen Bergwanderwege zu verbringen. Nun kam es für ihn darauf an, den Pilatus als Wahrzeichen Luzerns zu meiden, um einem ungeplanten Zusammenstoß mit seinen Schwiegereltern zu entgehen.

„Ja. Macht ein paar schöne Fotos. Ist bestimmt sehenswert." Buck gab sich alle Mühe, sein ausgeprägtes Interesse an der Berglandschaft zu kaschieren.

„Es ist schon eine kleine Schande, Junge. Da hast Du eine Landschaft wie gemalt vor Dir und Du verkrümelst Dich mit ein paar Bücherwürmern in einem muffigen Lesesaal. Nun ja, sei es drum." Mit Gekkos finalen Worten war das Thema einstweilen beendet und die Fahrt in Richtung Luzern ging auf ihre letzte Etappe.

Mit jedem weiteren Kilometer rückte die pittoreske Landschaft der Zentralschweiz ein Stück näher und nahm Buck auf seinem einsamen Rücksitz nach und nach emotional gefangen. Hinter der Ortschaft Emmen führte die Autobahn in einer langgezogenen Kurve Richtung Vierwaldstättersee. Buck stockte der Atem. Das Licht, die Berge, der See, das heranrückende Stadtpanorama, selten hatte er etwas Schöneres gesehen.

„Wir überqueren jetzt die Reuss. Vorne links ist der Männliturm, eines der Wahrzeichen." Gekko gefiel sich in der Rolle des weltmännischen Reiseführers und steuerte direkt in Richtung Luzerner Altstadt, wo er den Wagen nahe des Schwanenplatzes abstellte.

„So Junge, wir gehen jetzt Richtung See. Dann wirst Du verstehen, warum es uns hier in die Gegend verschlagen hat."

Kurz darauf stand Buck mit halboffenem Mund an der Seepromenade, bevor ihn Erika aus seinen Tagträumen riss. „Vorne hinter der Kapellbrücke ist ein nettes Restaurant. Jürgen, lass uns hingehen und schauen, ob dort noch ein Tisch frei ist."

Gesagt, getan. Buck spürte, dass seine Schwiegereltern deutlich entspannter waren als in heimischen Gefilden. Auch Gekkos profilneurotische Ader schien sich im Spiegelpanorama des Vierwaldstättersees zu verflüchtigen. Sie aßen Rösti mit Lachs und gönnten sich eine Flasche eines lokalen Weißweins. Großzügig bezahlte Gekko die Rechnung, bevor sie über einen kleinen Umweg durch die Altstadt zurück zum Auto flanierten.

„So mein Junge. Wir fahren nun zu unserer Pension. Ruf mich an, wenn irgendwas ist. Wir holen Dich Freitag um halb 10 hier an Ort und Stelle ab. Ok? Mach Dir eine schöne Zeit und schau, dass Du morgen ein bisschen an die Luft kommst. Den ganzen Tag nur Bücher in dieser tollen Umgebung geht ja auch nicht."

Hotel am See

Bis zum Hotel am See waren es nur wenige Schritte. Buck hatte in seiner nahegelegenen Pension pro Forma eingecheckt und war zur Überraschung der Rezeptionsdame samt Koffer direkt weitergezogen. Nun stand er vor dem erhabenen Gebäude, dessen prunkvolle Fassade vom Sonnenlicht perfekt in Szene gesetzt wurde. Er spürte einen ehrfürchtigen Schauer in dem Wissen, dass einige seiner berühmten Kollegen vergangener Jahrzehnte der Stadt Luzern, der Perle am

Vierwaldstättersee, ihre Aufwartung gemacht hatten. Keine Geringeren als Leo Tolstoi, Mark Twain und Hans-Christian Andersen hatten sich von der besonderen Atmosphäre vor Ort inspirieren lassen. Von den gekrönten Häuptern wie Kaiser Wilhelm II., Napoleon III. und Königin Elisabeth II. ganz zu schweigen. Buck kannte Luxushotels nur aus den Medien. Seine Welt waren die Familienapartments. Ein in seinen Augen nicht unerheblicher Aufstieg, nachdem er als Single lange Zeit mit Zelt und Schlafsack unterwegs war. Mit Herzklopfen näherte er sich dem palmengesäumten Eingangsportal. Er war – dank Mullers diskreter Vorbereitung - unter dem Namen Ulrich Ude eingebucht. Man würde ihn bevorzugt empfangen und ihm die Luxussuite zuweisen. So hoffte er. Was wäre, wenn sein Name beim Check-In niemandem bekannt wäre? Wenn sich der Concierge bei der Frage nach der Luxus-Suite vor Lachen auf die Schenkel klopfen würde? Buck atmete tief ein und war versucht, sich Mut zu machen. Schlimmstenfalls würde er in seiner Pension übernachten und erst am Freitag zur Lesung wieder im Hotel erscheinen. Buck fühlte sich klein und un-scheinbar. Er brauchte jetzt das Mr. Hyde-Gefühl aus der hei-mischen Passage, das sich hier angesichts der einschüch-ternden Prunkkulisse nicht so recht einstellen wollte.

Mit festem Schritt näherte er sich der feudalen Rezeption. „Ulrich Ude, ich habe die Luxus-Suite gebucht." Kurze Stille. Der indischstämmige Angestellte hinter der Theke wirkte et-was irritiert, bat ihn freundlich, zu warten und verschwand hinter einem grauen Samtvorhang. Wenige Sekunden später wurde er von einem strahlenden, graumelierten Herrn mittle-ren Alters begrüßt, dessen französisch klingender Vorname ihm in der Hitze der Aufregung augenblicklich wieder entfiel. „Monsieur Ude, es ist uns eine Ehre, Sie hier begrüßen zu dürfen. Hatten Sie eine gute Anreise?"

‚Nein. Ich hatte unterwegs einen Platten und bin von 5 Wege-lagerern ausgeraubt worden', schoss ihm als krauser Gedan-kencocktail durch den Kopf. Buck wunderte sich immer wie-der, warum man bei Empfängen betont heuchlerisch nach seiner Anreise gefragt wird, obwohl der Empfänger null-kommanull Einfluss darauf nehmen konnte. Wie viel von der zur Schau gestellten Freundlichkeit des Concierge würde wohl übrig bleiben, wenn Buck seinen spontanen Katastro-phengedanken tatsächlich äußerte? Selbstverständlich blieb er angesichts des wohlwollenden Empfangs höflich bei der Wahrheit. „Ja. Die Anreise war großartig. Es ist schön, bei Ihnen zu sein."
Der Concierge begleitete ihn zur Suite und bot ihm statt Abendessen im Hotelrestaurant den Roomservice an, den er mit Vorliebe annahm. Buck öffnete die Tür und eine Welt des Pomps offenbarte sich ihm. Wenige Wochen zuvor hätte es ihn Überwindung gekostet, eine derartige Räumlichkeit zu betreten, geschweige denn zu beziehen. Nun fühlte es sich für ihn nicht mehr falsch an. Er hatte es sich verdient und genügend persönliche Opfer erbracht, um sich ohne schlech-tes Gewissen ein paar nette Tage zu machen. Er dachte an Annalena, der er verbotener Weise jenen exklusiven Erlebnis-aufenthalt vorenthalten hatte und wünschte sich, dies alles mit ihr teilen zu können. Ein Stück weit Wiedergutmachung für all die Entbehrungen, die sie über die Jahre an der Seite eines alternativen Wohlstandsverweigerers erdulden musste. Andächtig beschritt Buck die Suite und schloss die Tür hinter sich. Es war kein übertriebener Prunk, der sich ihm bot. Es war stilvolle Eleganz, die auch sein empfindsames Autoren-herz berührte. Der separate Wohn- und Arbeitsraum hatte etwas Inspirierendes, Kreativitätsförderndes. Nicht umsonst hatte Tolstoi in jener besonderen Umgebung seine gesell-schaftskritische Kurzgeschichte „Luzern" zu Papier gebracht.

211

Beim Betreten des Balkons fühlte auch Buck ein inneres Bedürfnis, seinem Schreibergen in gewisser Weise nachzugeben. Zumindest in Form von Tagebuchnotizen wollte er seinen Luzern-Aufenthalt festhalten.

Er blickte auf den See, der sich vor ihm wie eine beschauliche hellblaue Glasplatte ausbreitete. In dem Moment brummte sein Smartphone. Nachricht von Lena! *„Alles gut bei Euch? Meld Dich mal, sobald Du kannst. Es gibt Neuigkeiten.“*

Buck schloss die Balkontür und ging zurück ins Zimmer. Er wollte Annalena unter keinen Umständen aus der Suite anrufen, um nicht Gefahr zu laufen, auf ihre Nachfrage ein Zimmerfoto schicken zu müssen. Er antwortete knapp und bewegte sich Richtung Zimmertür. *„Hier ist alles gut. Melde mich in 5 Minuten.“*

Er hastete schnellen Schrittes durch die Hotelhalle Richtung Ausgang. „Neuigkeiten" war ein Wort, das für ihn seit kurzem negative Assoziationen auslöste, immer mit dem Hintergedanken, dass etwas Enthüllendes ans Tageslicht gekommen sein könnte. Er setzte sich auf eine Bank am Seeufer und wählte Lenas Nummer:

„Hallo Schatz, alles gut zu Hause? Wir sind gut angekommen."

„Ja. So weit, so gut. Den Kindern geht's gut. Mir geht's gut... aber im Büro... Roller ist zu Hause... kann nicht arbeiten."

„Was ist passiert?"

„Sie ist tot..."

„Was? Wer?"

„Loreena."

Bastian wurde innerlich kalt. Er hatte auch während der Reise immer wieder an Loreena gedacht und sich Sorgen über ihren Verbleib gemacht. Wenngleich ihr offensichtlich unsteter Lebensstil bei ihm zu einer gewissen gefühlsmäßigen Abkühlung geführt hatte, spürte er in seinem Inneren immer noch eine Restemotion.

„Furchtbar. Was ist passiert?"

„Sie haben ihre Leiche in einem Gebüsch rund einen Kilometer von ihrer Wohnung gefunden. Sie wurde ermordet."

„Mein Gott. Warum? Wer tut so was?"

„Sie hatte wohl Kontakte zur bulgarischen Escortmafia. Ein Doppelleben, von dem wir alle nichts wussten. Tagsüber Schuhladen, abends Hotelfreier. Die Polizei vermutet, dass sie aussteigen wollte, weil sie privat Jemanden kennengelernt hatte. Sie trug eine mysteriöse Liebesbotschaft mit sich. Eine Serviette, die sie interessanterweise als Lesezeichen in einem Exemplar des „Bestsellers" in ihrer Handtasche trug. Das war wohl ihr Todesurteil... Gibt heute einen großen Artikel im „Stadt Journal". Kannst Du Dir online ja mal anschauen..."

„Bulgarenmafia? Grausam. Und so etwas in unserer Stadt?"

„Ich bin übrigens im Homeoffice. Roller ist gestern Abend aufgrund der Nachricht zusammengebrochen, musste ins Krankenhaus. Ist jetzt wieder zu Hause, aber nicht ansprechbar. Hat alle Termine abgesagt."

„Heftig. Und Loreenas Mutter? Seine Schwester?"

„Die macht ihm natürlich die Hölle heiß. Es gab Megavorwürfe wie ,Er hätte sie damals nicht rausschmeißen dürfen.' ,Sie wäre durch ihn auf die schiefe Bahn gekommen.' ,Immer wenn sie ihn um etwas Geld gebeten hatte, habe er sie nach Hause geschickt.' So in dem Ton. Ich habe Roller noch nie so fertig gesehen. Das erste Mal, dass er mir sogar ein bisschen Leid tut..."

Der Rest des Gespräches verlief angesichts der Schocknachricht eher mechanisch. Bastian erzählte nüchtern über Luzern, den See und dass sie unbedingt mal gemeinsam hierhin fahren sollten. Doch zu sehr hatte ihn die Nachricht getroffen, geschockt, in Aufruhr versetzt. Escortmafia, Ausstieg, Bestseller, Liebesbotschaft... Auf dem Weg zu seiner Suite plagten ihn Schuldgefühle. War er Mitwisser, vielleicht sogar Mittäter, da seine flüchtige Bekanntschaft zu Loreena den todbringenden Ausstieg provoziert haben könnte? Würde die polizeiliche Suche nach dem ominösen letzten Begleiter vor ihrem Tod noch mal aufgerollt werden? In der Suite angekommen, rief Buck umgehend die Internetseite des „Stadt Journals" auf. Auf der Titelseite schlug ihm das Foto der getöteten Loreena entgegen, unterlegt mit der Schlagzeile: „SIE SUCHTE LIEBE UND FAND DEN TOD!". In akribischem Schockzustand las er den Artikel weiter, immer in der Sorge, neue Verdachtsmomente, die auf seine Person hindeuteten, zu entdecken. Ganz unten sah er das Foto mit dem Lesezeichen, der ominösen Grußbotschaft. Es war jene Serviette aus dem Eiscafé mit dem Gandhi-Zitat und dem Herz. Darunter fanden sich die offensichtlich mit Lippenstift nachträglich verfassten ominösen vier Buchstaben: „L O V E".

Er merkte, wie ihm schwindelig wurde und sackte rücklings auf dem Bett zusammen.

Bucks kurzzeitige Ohnmacht war in einen Schlaf übergegangen, aus dem er langsam erwachte. Es klopfte an der Zimmertür. „Roomservice, Herr Ude!", schallte es dumpf zu ihm herüber. Schlaftrunken torkelte er Richtung Tür. Der Zimmerkellner lächelte freundlich und schob den mit Leckereien bestückten Servierwagen an ihm vorbei. „Haben Sie einen guten Appetit und genießen Sie den Abend bei uns."

Buck brauchte frische Luft und betrat den Balkon. Die Dämmerung hatte eingesetzt und die Lichter der Stadt funkelten wie Glasperlen auf der Oberfläche des Vierwaldstättersees. Er verspürte Hunger. Auf dem Servierwagen befand sich eine Vielzahl an Köstlichkeiten mit einer Flasche Dom Perignon on top. Buck schob den Servierwagen auf den Balkon, öffnete etwas unbeholfen die Champagnerflasche und ließ sich auf einem der beiden bequemen Loungesessel nieder. Er genoss die Leckereien und erweckte rein äußerlich den Eindruck, ein glücklicher Mensch zu sein. Doch die Gedankenwelt holte ihn schnell wieder ein. Er knabberte an den Seeforellenhäppchen, nahm dazu einen großen Schluck Dom Perignon, als ihm Loreenas letzte Botschaft wieder einfiel. Buck verschluckte sich auf brutale Weise, geriet in einen heftigen Hustenanfall, der ihn aus dem Loungesessel emporhob. Wie ein Geschoss flog der Seeforellenhappen über die geschwungene Balkonreling und landete neben dem Hoteleingang auf dem Pflaster des Bürgersteigs. Es dauerte einige Sekunden bis er mit tränengeröteten Augen wieder Luft bekam und die vom Husten trocken gewordene Kehle mit einem Schluck Champagner befeuchten konnte.

Buck spürte, dass er mit jedem weiteren Schluck des edlen Tropfens ein bisschen mehr Distanz zu den realen Dingen des Lebens bekam und genoss in entspannter Pose den Rest des Abends von seinem spätsommerlichen Panorama-Spot. Trotz leichter Gleichgewichtsprobleme gelang es ihm noch, den Servierwagen auf den Hotelflur zu schieben und den Zimmerservice zwecks Abholung zu informieren. Nach einer kleinen Katzenwäsche tauchte er in das kuschelig bequeme Kissenfeld seines Bettes ab und schlief zügig ein.

Der Berg ruft

Am nächsten Morgen erwachte Buck mit leichten Kopfschmerzen. Er stand auf, bestellte sich das Frühstück aufs Zimmer und sog auf seinem Balkon die morgendlich frische Seeluft ein. Ein sonniger Tag deutete sich an. Sein Ziel war der Pilatus, jenes sagenumwobene Bergmassiv vor den Toren Luzerns, das per Zahnradbahn zu erreichen war. Von dort aus würde er versuchen, den Gipfel des 2.130 m hohen Tomlishorns zu erklettern. Doch vor der Kür des Tages galt es, die Pflicht zu erfüllen. Ein Telefonat mit Pierre Muller stand an. Buck hatte gerade seine Kaviarcanapés verspeist, als sein Smartphone klingelte. „Monsieur Beck, guten Morgen. Ich hoffe, Sie fühlen sich wohl in Luzern." Muller begrüßte ihn mit entwaffnender Freundlichkeit. Es sollte um die Details der bevorstehenden Lesung gehen. Der Beginn war für den kommenden Nachmittag um 16 Uhr angesetzt. Eine Stunde lang sollte er die Gelegenheit bekommen, Passagen aus seinem „Bestseller" vorzulesen. Danach gab es eine moderierte Diskussionsrunde, zu der die anwesenden Gäste Fragen stellen konnten. Pierre Muller höchstpersönlich würde die Moderation übernehmen. Zuvor würde er ab 14 Uhr beim Hotelvisagisten in die Maske gehen. Buck hatte sich dafür entschieden, eine Perücke und einen angeklebten Oberlippenbart anlegen zu lassen. Das erschien ihm ausreichend, da er sich sicher war, dass ihn niemand von den anwesenden Gästen wohl jemals im Alltag zu Gesicht bekommen würde.

Während sich das Hotel langsam mit illustren Gästen zu füllen begann, machte er sich gen Mittag guten Mutes auf seine Erlebnistour. Auf Mullers Geheiß hatte ihn der Hotelchauffeur als besonderen Service des Hauses nach Alpnachstad an den Fuß der Zahnradbahnstation gebracht. Die Pracht der Schweizer Bergwelt hatte Buck in eine Art Paralleluniversum fernab seiner Lebensrealität getragen. Dennoch lasteten Loreenas Tod und die unabsehbaren Folgen schwer in seinem Inneren und flackerten als Erlebnistrübung immer wieder auf. Nachdem er die Zahnradbahn verlassen hatte, marschierte er rund 30 Minuten bis er den Gipfel des Tomlishorns erreicht hatte. Das Wetter war wie gemalt und die Aussicht über die Zentralschweizer Bergwelt niederschmetternd schön.

Buck setzte sich auf einen Felsen und blickte in die Ferne. Er spürte, wie sich seine Gedankenwelt neu zu sortieren begann und die Ereignisse der letzten Wochen wie an einer Perlenkette an ihm vorbeiliefen. Er erinnerte sich gut an den Moment, als er den „Bestseller" an den Verlag schickte. Ein kleiner Mausklick, der einen Orkan ausgelöst hatte und über sein beschauliches Leben hinweggefegt war. Er dachte an die

Südsee und das Missgeschick mit dem Smartphone. Wäre das nicht passiert, hätte er die Erfolgsmeldung bereits im Urlaub erhalten und unmöglich vor Annalena geheim halten können. Auch zu Hause gab es in den Tagen danach genügend Gelegenheiten, um mit der Wahrheit rauszurücken. Schließlich hatte er nichts Verbotenes getan, außer einen Roman zu schreiben, den ihm niemand zugetraut hatte. Er spürte, wie ihm das wochenlange Versteckspiel nach und nach die Kehle zuschnürte. Das Geld, der plötzliche Reichtum hatten langsam begonnen, seinen bodenständigen, biederen Charakter zu zersetzen und ihn in jenem unsäglichen Rollenspiel aus dem Gleichgewicht zu bringen. Ohne seinen „Bestseller" hätte er niemals jenen Sneakerladen betreten, wäre niemals Loreena begegnet und damit stiller Teilhaber eines schicksalhaften Mordfalles geworden. Er hätte die Bekanntschaft Wolfram Wickels entspannt zur Kenntnis nehmen können, anstatt sich nun einer latenten Erpressung gegenüberzusehen.

Er war mit sich allein. Einsam, abgeschottet, isoliert. Niemand wusste etwas, außer Krix, Wickel und sein Bankberater, der ob der anschwellenden Kontostände offenkundig irritiert sein musste. Er konnte nicht mehr. Er vermisste seine Familie, seine Kinder. Seine Lebensanker, die ihm in der tosenden See des Lebens Stabilität und Orientierung gaben. Die Wahrheit musste aus ihm raus. Wie eine schlecht verdaute Mahlzeit würde er sich ihr entledigen, um das Völlegefühl des schlechten Gewissens ein für alle Mal loszuwerden. Noch drei Tage, dann würde er mit allem aufräumen und Annalena mit der Beichte des Übernachterfolges konfrontieren.

Buck erwachte aus seinem Tagtraum, genoss ein letztes Mal die Aussicht und begab sich mit den neuen, guten Vorsätzen im Gepäck Richtung Abstieg. Am Fuß der Zahnradbahn nahm er sich ein Taxi und blickte seelisch aufgeräumt auf die herannahende Fläche des Sees, der in den vorgerückten Stunden der Abenddämmerung eine leicht mystische Atmosphäre abgab. Der nächste Familienurlaub würde ihn hierhin führen. So viel war klar. Annalena würde es lieben, die Seepromenade entlang zu flanieren, in den mondänen Shops zu stöbern und vom Balkon aus bei einem Glas Aperol das Panorama in sich aufzunehmen. Mit Jelle würde er kleine Bergtouren unternehmen und Josie käme sicher auch noch auf den Geschmack, dass ein Bergurlaub nicht zwangsläufig spießig sein muss. Motiviert und voller Zuversicht entstieg er dem Taxi, hinterließ ein großzügiges Trinkgeld und bewegte sich vorbei an einem Pulk wichtiger Gestalten von der Hotellobby zu seiner Suite. Als Buck die Suite betrat, erblickte er eine Präsentbox auf seinem Bett. Auf der beiliegenden Karte stand mit geschwungener Handschrift:

Lieber Herr Beck,
als Wertschätzung ein kleines Präsent für Ihre bessere Hälfte.
Ihr Kulturhaus Hemmi

Offensichtlich hatte Pierre Muller gut zugehört und bedacht, dass es eine Frau im Leben des Berthold Beck gibt. Andererseits war es womöglich Krix zu verdanken, der Muller gesteckt haben könnte, dass die widerstrebende Ehefrau des Starautors durch ein Präsent „auf Linie" gebracht werden könnte. Buck öffnete das Etui. Zum Vorschein kam ein goldenes Collier mit einem edel geschwungenen Origami-Herz. Es würde Annalena gefallen, dessen war er sich sicher. Damit hätte er auch etwas Vorzeigbares in der Hand, mit dem er möglichen Verstimmungen ob der verspäteten Beichte nach seiner Rückkehr begegnen konnte.

Zufrieden setzte er sich an den edlen Wohnzimmerschreibtisch, um die Inhalte der Lesung für den kommenden Tag vorzubereiten. Zwischendurch tauschte er mit Annalena kurze Textnachrichten aus. Es gab zu Hause nichts Neues, außer dass Jelle (mal wieder) eine Eins in Deutsch hatte und Josie sich deswegen schlecht fühlte. Roller war zurück im Büro und versuchte sich mit Arbeit von dem Verlust seiner Nichte abzulenken.

Als der Roomservice klopfte, unterbrach Buck seine Vorbereitungen, um das Abendessen einzunehmen. Er hatte sich prächtig eingelebt, blühte regelrecht auf und hielt die anfänglich zweifelhafte Idee, nach Luzern zu reisen, für einen Glücksgriff. Er entschied sich, die Flasche Champagner nur zur Hälfte zu leeren. Am nächsten Morgen um 9:30 Uhr würde Gekko ihn am verabredeten Ort abholen. Der kommende Tag sollte ihm volle Konzentration abverlangen.

Gute Aussichten

Buck hatte hervorragend geschlafen und stand 20 Minuten vor der Zeit am vereinbarten Treffpunkt. Er kannte Gekko gut genug. Die Situation, dass sein Schwiegervater früher da war und ihn fröhlich aus dem Hotel am See herausspazieren sah, wollte er um jeden Preis vermeiden. Er setzte sich auf eine Bank an der Seepromenade und beobachtete die herannahenden Autos. Die künftige Wohnung seiner Schwiegereltern hatte ihn als Mittel zum Zweck seiner Lesereise bis dato nicht wirklich interessiert. Nun dachte er angesichts der wunderbaren Landschaft anders darüber. Gekko und Erika waren in den 60ern und bei noch guter Gesundheit. Er würde, sofern es aus seiner Sicht nichts zu beanstanden gäbe, ihnen auf jeden Fall zuraten. Die Aussicht, mit Annalena zusammen einen Altersruhesitz am Vierwaldstättersee zu erben, kam ihm mehr als verlockend vor.
Buck schaute auf die Uhr. Die verabredete Zeit war um 5 Minuten überschritten. Auch auf seinem Smartphone hatte er zwecks möglicher Verspätung keine Nachricht erhalten. Wäh-

rend er sich Gedanken über Gekkos ungewöhnliches Fernbleiben machte, kam auf rasante Weise ein Fahrzeug neben ihm zum Stehen und eine bekannte Stimme schmetterte ihm in vertrautem Ton zu.

„Na Junge. Alles fit? Habe mir extra etwas mehr Zeit gelassen. Ich weiß ja, wie gerne Du ausschläfst." Nachdem Buck wortlos eingestiegen war, dozierte Gekko über den anstehenden Besichtigungstermin. „Wir fahren jetzt nach Meggen. Unsere Wohnung hat einen wunderbaren Balkon mit Seeblick. Kümmere Dich nicht um Preis und dergleichen. Das haben wir alles durchkalkuliert. Erika und ich sind jedes Mal begeistert, wenn wir dort sind. Das könnte unsere Sinne etwas getrübt haben. Du mit Deiner nüchternen Art siehst vielleicht noch andere Dinge, die uns in unserer Euphorie schon nicht mehr auffallen."

„Ja genau", stimmte Erika ein, „denn sechs Augen sehen mehr als vier."

Buck ließ Gekkos Spitze nicht auf sich sitzen und antwortete postwendend. „Euphorie ist schön. Aber wie Du richtig gesagt hast, Du brauchst Jemanden, der mit klarem Verstand an die Sache rangeht. Dafür habt Ihr mich ja mitgenommen."

Da Gekko stets mit der Macht der eigenen Worte beschäftigt war und anderen im Regelfall nur oberflächlich zuhörte, blieb ihm auch diese Verbalspitze offensichtlich verborgen. Bestens gelaunt steuerte er in Richtung seines neuen Refugiums, das sich auf einer Landzunge in exponierter Lage mit Blick auf das Meggenhorn, ein prachtvolles Chalais aus dem 19. Jahrhundert, befand. Als sie ausstiegen, hatte Buck augenblicklich das Gefühl, an einem der wunderbarsten Flecken der Erde angekommen zu sein. Das Apartment wirkte von außen solide, großzügig, aber nicht übertrieben mondän. Die Nachbarschaft war beschaulich und der Balkon nach Süden hin zum See ausgerichtet. Auf dem Weg waren ihm einige fußläufig erreichbare Geschäfte aufgefallen. Die vor dem Anwesen parkenden Autos, unter anderem ein giftgrüner Lamborghini Countach, ließen erste Rückschlüsse auf die Eigentümerverhältnisse zu. Buck machte einige Fotos von der Umgebung, die er Annalena augenblicklich per Smartphone nach Hause schickte.

Vor der Wohnung, die sich im obersten Stockwerk eines Vierparteienhauses befand, stand bereits der Wohnungsmakler, ein breitschultriger Italiener mit zurückgegelten Locken, der von Gekko in strahlender Manier per Handschlag begrüßt wurde. Der Makler erinnerte Buck ein wenig an den Skiläufer Alberto Tomba und stellte sich ihm mit dem Namen Mauro Mazzola vor. Mazzola begrüßte die Anwesenden in einem gut verständlichen, leicht italienisch eingefärbten, schweizerdeutschen Dialekt. Der Makler ging voraus und führte durch die Räumlichkeiten, nicht ohne die Vorzüge des jeweiligen Raumes mit reichhaltiger Gestik darzustellen. Das Apartment bestand aus 3 Zimmern, einer offenen Wohnküche mit Essbereich und einem geräumigen Badezimmer mit Wanne und Waschmaschinenanschluss. Filetstück der Immobilie war das Wohnzimmer mit Panoramafenster, von dem aus man durch eine kleine Baumschneise den See erblicken konnte. Seitlich des Wohnzimmers führte eine Terrassentür auf den Balkon, der mit einer Markise überdacht war und für bis zu 10 Personen bequem Platz bot. Ein offener Kamin verlieh dem Wohnzimmer eine zusätzlich heimelige Atmosphäre. Buck mochte das Objekt auf Anhieb und würde den Teufel tun, Gekko gegenüber irgendetwas Kritisches anzumerken. Dennoch hatte er sich ein paar Fragen überlegt, um seine Mitreise gegenüber den Schwiegereltern ein Stück weit zu rechtfertigen. Seine Fragen nach Baujahr, Modernisierungsstand, Nebenkosten und sonstigen Hausbewohnern konnte Mazzola zu allgemeiner Zufriedenheit beantworten. Ein Pferdefuß trat dabei nicht zutage.

Zum Ende holte Gekko noch mal im Stile eines künftigen Eigentümers zum Rundumschlag aus. „Mein lieber Mazzola, nochmals vielen Dank für die Besichtigung und Ihre Zeit. Geben Sie mir und meiner Familie noch eben die Gelegenheit, alles zu besprechen. Morgen früh reden wir dann über das Vertragliche." Der Makler empfahl sich, stieg in seinen giftgrünen Lamborghini und fuhr von dannen.

Wenige Minuten später saß Buck mit seinen Schwiegereltern im Auto. Entgegen seiner Gewohnheit nahm Gekko ihn mit ernsthaftem Blick ins Visier, so als würde ihm seine Meinung etwas bedeuten.

„Bastian, denk bitte nicht, dass ich oberflächlich oder gar blöd bin. Ich kriege Deine Spitzen genau mit. Von wegen klarer Verstand und so weiter. Und wenn ich Dir gegenüber manchmal etwas arrogant auftrete, dann deswegen, weil Du immer wieder versuchst, Dich mit Deiner Autorenbildung als überlegen darzustellen. Dem Makler auswendig gelernte, schlaue Standardfragen zu stellen, gehört ebenfalls dazu." Gekko wandte den Blick kurz ab und fasste Buck mit festem Griff an die Schulter. „Ich mag Dich, Junge. Du bist der Mann meiner Tochter, der Vater meiner Enkelkinder. Für Euch als Familie würden wir alles tun. Aber lass es uns endlich mal mit gegenseitigem Respekt versuchen. Nimm bitte zur Kenntnis, dass wir uns durch harte Arbeit etwas geschaffen haben, ohne dabei jedes Mal die Nase zu rümpfen. Genauso nehme ich zur Kenntnis, dass Du n ehrlicher Typ bist, keinem etwas vormachst und materielle Dinge Dir nichts bedeuten. Von daher freue ich mich, wenn wir hier und heute vor dem großartigen Panorama Luzerns einen Neuanfang machen. Erika und ich, wir beide freuen uns, dass Ihr unser Haus übernehmt. Das bedeutet uns sehr viel. Ebenso freut es mich, dass Du mitgekommen bist, um unser neues Refugium anzuschauen. Da ich denke, dass es auch Deinen Segen bekommen dürfte, reiche ich Dir die Hand, Junge, und wünsche mir, dass wir uns künftig in allen wichtigen Dingen des Lebens auf Augenhöhe begegnen." Gekko streckte ihm die Hand entgegen und fixierte ihn mit entschlossener Miene.

Buck war perplex. Er kannte Gekko seit einer gefühlten Ewigkeit. Seit er von Annalena kurz nach dem Kennenlernen auf eine der elterlichen Grillpartys mitgeschleppt wurde und er sich an einem fettigen Halskotelett den Magen verdorben hatte. Von Beginn an, seitdem er von Annalena als kommender Schriftsteller vorgestellt wurde, hatte er bei seinem Schwiegervater einen schweren Stand. Gefühlt prallten zwei Welten aufeinander, die keine Verbindung zu einander fanden. Er, der idealistische Schöngeist, fand bei dem materiell eingestellten Selfmademan wenig Anklang. Er musste zugeben, dass er dessen zur Schau getragenen Lebensstil von Grund auf ablehnte und sich im Laufe der Zeit immer weniger Mühe gab, dies zu verbergen. Auf Gekkos platte Sprüche folgten häufig feine Spitzen seinerseits. Mit den Jahren wurde es quasi zur Gewohnheit, sich nicht zu verstehen und das Verhalten des anderen entsprechend zu quittieren. Nun wie aus heiterem Himmel plötzlich dieses Friedensangebot.

Buck musste zugeben, dass hinter Gekkos schroffer, egozentrischer Fassade ein korrekter Kerl schlummerte, der stets sein Wort gehalten und ihnen niemals in irgendeiner Form Unrecht getan hatte. Er war hilfsbereit und hatte - sofern man ihn fragte - für praktische Dinge immer ein offenes Ohr. Für seine Familie würde er in der Tat alles tun. Für seine einzige, heißgeliebte Tochter sogar sein Leben hergeben. Bei der Sache mit dem Haus würde er sie, so viel schien gewiss, nicht übervorteilen.

All diese Gedanken schossen in Sekundenbruchteilen durch Bucks Kopf und führten ihn zu folgender Reaktion: „Jürgen, ich danke Dir, dass Du das so offen ansprichst. Es stimmt, dass wir in den letzten Jahren oft aneinander vorbeigeredet haben. Und das war zum Teil sicher auch meine Schuld. Ich habe immer das Gefühl gehabt, dass Du mich und das was ich tue nicht wirklich ernst nimmst. Ich weiß, dass das Schreiben eine brotlose Kunst sein kann und in meinem Fall auch nicht zum Erfolg geführt hat…"

Buck stockte kurz bei dem Gedanken an den „Bestseller" und fuhr augenblicklich fort. „…aber muss ich mich deswegen in Deiner Gegenwart schlecht fühlen? Ist es nicht wichtiger, dass man aufrichtig ist, seine Familie liebt und alles für sie tut …so wie Du es auch immer getan hast? Ich finde es toll, dass Du mir die Hand reichst und wir von jetzt an die Chance haben, uns gegenseitig mit Respekt und Verständnis zu begegnen. Und erlaube mir die kleine Bemerkung, ab nächstem Monat geht es auch noch los mit dem Geldverdienen. Dann habe ich alle Zutaten für einen perfekten Schwiegersohn beisammen." Bucks süffisante Bemerkung entlockte seinem Schwiegervater ein wohlwollendes Schmunzeln. „Und…ganz ehrlich, ich freue mich, dass Ihr hier eine so schöne Wohnung gefunden habt, an einem Flecken, wo Ihr Euch wohlfühlt. Und natürlich werden wir Euer Haus mit Freude und Stolz beziehen."

Beim letzten Satz merkte er selbst, dass er zu dick aufgetragen hatte und war bemüht, dies durch ein passendes Zitat zu entschärfen. „Hugo von Hoffmannsthal hat mal gesagt ‚Das ganze Leben besteht aus einem ständigen Neubeginn'. Warum soll für uns an dieser Stelle, in dieser großartigen Umgebung nicht etwas Neues entstehen. Also, Hand drauf."

„Bastian, das hast Du toll gesagt." Erika hatte sich während der des Zwiegesprächs zurückgehalten. Dennoch merkte man auch ihr eine gewisse Anspannung an. Aus Gekkos wohlwollendem Blick durfte man schließen, dass die Fronten nach Jahren der Missverständnisse einstweilen geklärt waren.

Dennoch blieb während der Rückfahrt ein nachdenklicher Rest Skepsis in Bucks Gedankenwelt in Anbetracht der wun-

dersamen Wendung haften. „Wir werden uns heute ein wenig in Luzern rumtreiben. Da schauen wir auch mal am Hotel am See vorbei..." Gekkos beiläufige Aussage holte Buck wieder in die graue Realität zurück. „Heute ist der Haupttag. Die Lesung mit Berthold Beck, dem Autor des „Bestsellers". Da wird mit Sicherheit Einiges los sein. Mit entsprechenden Sicherheitsvorkehrungen." Buck war bemüht vorzubauen, um eine unerwünschte Stippvisite seiner Schwiegereltern zu unterbinden. „Ja, was für ein Aufriss! So nen Schreiberling wie nen Staatsgast zu hofieren." Als Buck dachte, der alte Gekko wäre wieder zum Vorschein gekommen, kam postwendend der beschwichtigende Satz. „...aber wenn ihn so viele Menschen gut finden, hat er einen solchen Empfang sicher auch irgendwo verdient. Als Literaturbanause sollte ich da vielleicht doch etwas toleranter sein." Gekko hielt am vereinbarten Punkt an, lächelte und sprach: „Na dann wünsche ich Dir viel Vergnügen. Vielleicht können wir uns morgen Abend zum Essen treffen, so als krönenden Abschluss..."
Buck nickte zufrieden, während er ausstieg und nahm über den bewährten Umweg seiner Fake-Unterkunft Kurs auf das Hotel am See.

225

Maskenball

Punkt 14 Uhr saß Buck in der Maske. Der Hotelvisagist trug den Namen Remo Reuteler und war sich seiner besonderen Aufgabe der Umgestaltung des gehobenen Gastes bewusst. Mit seinem Zwirbelbärtchen und der blondierten Föhnwelle erfüllte der Visagist mit gestenreichen Bewegungen das ein oder andere geläufige Branchenklischee. Durch gute Kontakte zum Luzerner Theater konnte er als Maskenbildner auch auf die ein oder andere Requisite zurückgreifen. Buck war gewillt, auf Verkleidung zu verzichten. Nicht umsonst hatte er eine seiner neu erworbenen Monturen aus dem heimischen Bekleidungsladen angelegt. Er wollte es bei einer dezenten Perücke und einem angeklebten Oberlippenbart belassen, nur für den unwahrscheinlichen Fall, dass doch irgendein Foto von ihm in Umlauf geriet.

„Lieber glatt oder leicht onduliert, der Herr?" Reuteler stellte den linken Arm in die Hüfte und blinzelte seinen Gast freundlich an.

Buck und Styling, das waren zwei getrennte Räume ohne Verbindungstür. Glücklicherweise suggerierte der Italienischunterricht in der Oberstufe dem sprachgewandten Germanisten, dass es sich um einen Fachbegriff für die Wellenform der Haare handeln könnte. Trotz seiner Restunsicherheit war er um eine souveräne Antwort bemüht.

„Gerne glatt. Vielleicht können Sie mir ein paar Musterexemplare zeigen?"

„Sehr gern, der Herr." Reuteler drehte sich auf dem Absatz um und kehrte kurz darauf mit eine kleinen Perückensammlung zurück.

„Diese würde ich Ihnen empfehlen. Entspricht Ihrem Naturhaar und der Farbe Ihrer Augenbrauen."

Wenige Augenblicke später schlug Buck das gescheitelte Antlitz seiner selbst aus dem Spiegel entgegen. Er war entsetzt und fühlte sich entstellt. Perücken brachte er ausschließlich mit Karneval in Verbindung. Ansonsten war ihm jegliche künstliche Typveränderung zuwider. Nicht zufällig hatte er seine dunklen Locken über die Jahrzehnte in Länge und Form unverändert gelassen. Jenes Spiegelwesen mit dem scharf gezogenen Scheitel erinnerte ihn an Dr. Kurt Konrad, seinen gestrengen Physiklehrer aus der Mittelstufe. So sollte sich sein Berthold Beck dem erlauchten Zuhörerkreis nicht präsentieren. Es bestand Handlungsbedarf.

Mit der dritten Perücke, die ihm einen pfiffigen Fransenpony verpasste, fühlte sich Buck nicht mehr unnatürlich verkleidet. Ein angeklebter Oberlippenbart und eine Hornbrille sollten als weitere Accessoires seinem Alter Ego das finale Literatengesicht verleihen. Buck war zufrieden, zumal ihn sein frisch erschaffener Berthold Beck ein wenig an den jungen Günter Grass erinnerte. Auch Reuteler, der zum Abschluss noch ein wenig Makeup auftrug, schien mit dem Werk zufrieden und geleitete seine literarische Kunstfigur nach draußen.

Es blieb noch eine halbe Stunde. Zeit, um kurz Luft zu schnappen. Nun war er Berthold Beck. Durch die äußere Verwandlung war der Prozess der inneren Metamorphose zur Vollendung gebracht worden. Er hatte sich vorgenommen, bei der Lesung perfekt rüberzukommen, würde wieder etwas schneller sprechen und die Stimme anheben, ganz so wie es im Radiointerview geklungen hat. Buck trat vor das Hotelportal in das gleißende Sonnenlicht, das sich im Glas seiner Theaterbrille brach. Er fühlte sich gut, erhaben, hofiert.

Plötzlich entdeckte er im Strom der Passanten „sie beide". Gute 10 Schritte entfernt. Nah genug dran, um das Unheil zu erkennen, nicht weit genug weg, um dem Fluchtreflex nachzugeben. Hinter einer protzigen, goldumrandeten Ray-Ban-Sonnenbrille scharwenzelte sein neuer Best-Buddy-Schwiegervater auf ihn zu, während die Stirnwarze seines weiblichen Anhängsels in der Luzerner Nachmittagssonne

glänzte. Nun galt es, die Nerven zu bewahren und den über-
tünchten Buck mit der Kraft der Maskerade unter Verschluss
zu halten. Er machte sich unsichtbar unter der Käseglocke
seiner neuen Identität und blickte demonstrativ auf die glitzernde Seenplatte hinaus. Nur wenige Sekunden musste er
ausharren, bis das Unheil an ihm vorbeigezogen war. Doch
Gekko war ein schlechter Mitspieler. Fünf Schritte vor der
vermeintlichen Konfrontation blieb er stehen, drehte sich
unvermittelt um und zeigte auf das Gebäude des Hotels am
See.

„Das hier ist der Palast, wo dieser mysteriöse Schreiberling
seine Hirngespinste preisgibt – und Dein Schwiegersohn
mittendrin." Die Entfernung war kurz genug, um die abfälligen
Wortfetzen zu registrieren, die unter der Kunsthaarperücke an
Bucks Ohrmuschel drangen.

„Er ist auch Dein Schwiegersohn und wird ja bald ehrlicher
Arbeit nachgehen.", gab Elvira betont leise von sich.

„Hoffen wir mal das Beste." Gekko drehte sich um, blickte für
einen kurzen Sekundenbruchteil in Bucks Richtung, um dann
den Weg mit murmelnden Worten fortzusetzen. „Würde mich
nicht wundern, wenn das der Vogel gewesen ist. Wirkte auf
mich wie so n Grass für Arme."

Jene abwertenden Worte erreichten Buck auf ernüchternde
Weise, bevor Bild und Ton seiner Schwiegereltern im Gewirr
der promenierenden Leiber wieder verschwanden.

Er war erleichtert und entsetzt zugleich. Das Wichtigste war
für ihn, unentdeckt zu bleiben. Doch jene missgünstige Über-
heblichkeit seines Schwiegervaters hatte den positiven Wert
der morgendlichen Konversation auf ein Minimum absinken
lassen. Er hatte sich ursprünglich vorgenommen, Annalena
von der positiven Aussprache zu berichten. Dieser Gedanke
schien ihm bei seinem Gang Richtung Hotelzimmer nun
überholt.

Er textete Annalena kurz an. Sie antwortete ihm, dass es Neuigkeiten gäbe und sie gegen Abend ausführlicher sprechen könnten. Buck warf einen letzten Blick in den Spiegel, stellte fest, dass die Maskerade gehalten hatte und machte sich auf den Weg nach unten. Es wurde Zeit. Pierre Muller würde hinter der Bühne des Plenums zum Vorgespräch auf ihn warten.

Mit weit ausgestreckten Armen wurde Buck von dem Züricher Kulturhauschef empfangen. Pierre Muller war ein klein gewachsener Herr mittleren Alters mit einer sympathischen Ausstrahlung. Zu seiner Halbglatze und den nach oben gedrehten Augenbrauen gesellte sich ein grau melierter Kinnbart. Sein wacher, gewitzter Blick schuf augenblicklich Vertrauen. Muller trug eine purpurrote Fliege, die perfekt zu dem Einstecktuch in der Brusttasche seines Nadelstreifensakkos passte. Buck verstand nicht viel von Mode, aber dieser Mann hatte ganz offensichtlich Stil.

„Monsieur Beeeeck, quel plaisir, ich freue mich, Sie endlich persönlich kennenzulernen." Mullers Elsässer Dialekt wirkte vertraut und verstärkte die wohlig-angenehme Atmosphäre. „Machen wir die Formalitäten sofort, Monsieur Beck. Hier ist der Scheck über 40.000 Franken."

Buck war perplex, geehrt und gerührt zugleich über so viel positive Zuwendung. „Vielen Dank, ich habe eine wunderbare Zeit hier in Luzern. Es ist alles hervorragend organisiert, es fehlt mir an nichts." Er war bemüht, ein wenig Freundlichkeit zurückzugeben, während er den Scheck in der Innentasche seiner Jacke verschwinden ließ.

Muller blickte ihn mit bewundernder Anerkennung an und begann ohne lange Vorrede mit den Regieanweisungen. „Es werden rund 50 Personen anwesend sein. Alles handverlesene Freunde der Literatur und des Theaters. Alle wurden gebeten, ihre Kameras abzugeben und keine Mitschnitte zu machen. Ein Bekannter von mir, ein Journalist mit Namen Jürg Jäggi, wird einen Artikel über die Lesung für die Luzerner Lokalzeitung verfassen. Er wird ausschließlich auf die Inhalte und nicht auf Äußerlichkeiten eingehen. Dies ist so mit ihm abgesprochen."

Buck war angetan von der Professionalität, mit der ihm die Veranstaltung nahegebracht wurde. Die Vereinbarung lautete, dass er nach einer kurzen Vorstellung durch Muller rund 60 Minuten Zeit hatte, Passagen aus dem „Bestseller" vorzulesen. Zwischendurch war eine kurze Pause vorgesehen. Anschließend würden Fragen aus dem Plenum zugelassen. Zum Ende war noch ein wenig Zeit für Buchsignierungen eingeplant. Buck war noch nie von irgendjemandem um ein Autogramm gebeten worden. Er selbst hatte als junger Erwachsener seine Autogrammkarten von Filmstars wie Götz George oder Armin Müller-Stahl wie einen Augapfel gehütet. Nun stand er auf der anderen Seite und schuf durch seine eigene Signatur neue ideelle Werte.

Der Vortragsraum befand sich im Wintergarten des Hotels. Wenige Augenblicke noch und er würde an der Seite von Pierre Muller durch den roten Samtvorhang auf die Bühne treten. Durch den Vorhangspalt konnte er erkennen, dass die 5 mal 10 Stuhlreihen restlos besetzt waren. Welche Personen aus jenem erlauchten Kreis würden ihm wohl gegenübersitzen? Waren es echte Literaturfans oder nur jene Prestigegäste, die sich im Kreise ihrer betuchten Bekannten damit brüsteten, den wahrhaftigen Berthold Beck live gesehen zu haben? Er verachtete die sogenannten Ahnungslosen, die ohne innere Sachkompetenz mit stoischer Arroganz regelmäßig die Logenplätze okkupierten. In Reihe 2 links außen saß ein Herr mit Weste, der einen Schreibblock auf dem Schoß hielt und mit seinem Nachbarn mit bedeutungsschwangerer Mimik diskutierte. Buck wusste aus Erfahrung, dass ihm auch heute wie in fast jeder Vortragsrunde der „Typ Klugscheißer" nicht erspart bleiben würde.

In der letzten Reihe fiel ihm ein älterer Herr mit dunkler Brille auf, der ihn an eine möglicherweise bekannte Person erinnerte, ohne sie jedoch ad hoc zuordnen zu können. Just in dem Moment gab Muller das Startsignal, zeigte in Richtung Vorhang, der sich umgehend öffnete, und beide betraten mit gemessenen Schritten die Bühne.

Es gab Applaus. Vornehm, mit respektvoller Ehrerbietung, wie es sich für einen solchen Kreis gehörte. Buck fühlte einen wohlig-warmen Schauer über seinen Rücken laufen. Er war gut vorbereitet, hatte sich die relevanten Passagen seines Buches zurechtgelegt und war für eventuelle Rückfragen gewappnet. Er mochte es, vorzulesen, zumal seine sonore Stimmfarbe etwas Konzentrationsstiftendes in sich trug.

Muller begann mit seiner Vorrede, begrüßte die Teilnehmer mit dem sichtbaren Stolz, dass es gelungen war, einen solchen Hochkaräter an Land gezogen zu haben. Vorgestellt wurde auch der angesprochene Journalist der Luzerner Tageszeitung. Jürg Jäggi war ein bebrillter Strebertyp mit strähnigem Mittelscheitel, der in der Mitte der ersten Reihe Platz genommen hatte. Feierlich drehte sich Muller zur Bühnenmitte und übergab das Wort an den Hauptredner des Abends. Es war warm unter den Bühnenscheinwerfern und Buck spürte, wie sich ein leichter Feuchtigkeitsfilm auf seiner Stirn bildete.

Mit planmäßig verstellter Stimme legte er los und begann, die erste Buchpassage zu rezitieren. Das Publikum verharrte in andächtiger Stille und ließ den Autor respektvoll bis zum Ende fortführen. Nun ergriff Muller das Wort, indem er Bucks Rezitation lobte und um Fragen aus dem Plenum bat. Wenig überraschend meldete sich der Herr aus der zweiten Reihe links außen zu Wort.

Dieser stand auf und zog seine Weste gerade, während er mit dem Schreibblock in der rechten Hand wedelte. „Werter Herr Beck, ich denke die ganze Zeit darüber nach, wie man als Autor so etwas fühlen kann, ohne selbst davon betroffen zu sein. Daher meine Frage, wie viel von der Figur steckt in Ihnen, also im Autor selbst?"

Buck dachte an das Radiointerview, in dem ihm eine ähnliche Frage zu seiner Person gestellt wurde. Er spürte, wie ihm die ersten Rinnsale den Nacken hinunterrannen. Unter seiner Perücke hatte sich eine Art Feuchtbiotop gebildet, das einen entsetzlichen Juckreiz hinterließ. Dennoch war er um eine konzentrierte und zufriedenstellende Antwort bemüht. „Jeder Autor arbeitet zu einem gewissen Grad autobiographisch. Dies fördert die Authentizität und ist eine wichtige Vorbedingung, um eine größere Anzahl an Lesern zu erreichen. Unsere Hauptfigur ist ein Normalo. So wie ich auch. Wie jeder von uns. Wir alle sind von Natur aus Menschen ohne besondere Eigenschaften, sozusagen unscheinbare Teile einer anonymen Masse. Doch jeder von uns hat eine bestimmte Gabe, in einer besonderen Situation, an einem besonderen Ort, zu einem besonderen Zeitpunkt aus dieser Masse hervorzustechen, durch ein sogenanntes Erweckungserlebnis zum Alltagshelden zu werden. Genau dies ist unserem Buchhelden widerfahren. Doch auch Sie ...", Buck fixierte den Herrn mit dem Block, „...tragen einen dieser Alltagshelden in sich. Wir alle, die wir hier sind, haben diese Erweckung, dieses Herausbrechen aus der grauen Masse, bereits hinter uns. Denn sonst wären wir nicht Teil dieses illustren Kreises. Anderen Menschen steht ein solches Erlebnis noch bevor, einige hingegen, und das sind die meisten, werden es aufgrund mangelnder Umstände nie erleben. Sie, ich, wir alle hier im Raum mögen uns in bestimmten Momenten besonders fühlen, dennoch entsprechen wir zu 99% dem, was auch unsere Hauptfigur ausmacht. Ein Normalo, der sich in den profanen Dingen des Alltags von anderen Personen durch nichts unterscheidet. Dem das Butterbrot mit der falschen Seite auf den Boden fällt, der sich über Motten im Kleiderschrank ärgert, der sein Smartphone verlegt oder vergisst aufzuladen, der sich im Stadtverkehr über zu kleine Parklücken aufregt und so weiter. Insofern…um Ihre Frage konkret zu beantworten…ist unsere Hauptfigur zu 99% ‚Ich‘.“

Augenblicklich trat Stille ein. Buck spürte, dass sein Sermon nicht ohne Wirkung geblieben war und erntete vereinzeltes Kopfnicken. Doch sein „Lieblingsfreund“ mit dem Schreibblock wollte sich noch nicht geschlagen geben. „Bedeutet dies, dass ihrem Buch zufolge jeder, unabhängig von seinem Talent, die Chance hat, unter gewissen Umständen ein Star zu werden?“

Buck liefen die Schweißperlen die Wangen hinunter und spürte wie sich der Kleber seines Oberlippenbartes langsam auflöste. Er sehnte die vereinbarte Pause herbei und war bemüht um eine abschließende, präzise Antwort.

„Ich würde sogar so weit gehen und sagen, dass jeder Mensch ein bestimmtes Talent besitzt. Bei einigen ist das Talent offenkundig, da es im Fokus der Öffentlichkeit steht oder von allgemeinem Interesse ist. Jeder Mensch, der ein bestimmtes Talent besitzt, ist in anderen Dingen schlecht, quasi untalentiert. Roger Federer mag der beste Tennisspieler der Welt sein, in der Quantenphysik ist sein Talent bisher nicht zum Vorschein gekommen. Das Physikgenie Albert Einstein hat die Relativitätstheorie entwickelt, sein Rückhandreturn dürfte vergleichsweise armselig gewesen sein… Nun frage ich Sie, wer entscheidet am Ende, ob ein Talent öffentlichkeitswirksam wird?“ Buck spürte, dass er den Zuhörerkreis in seinen Bann gezogen hatte und fuhr nach einer kurzen Atempause fort. „Wir alle sind die Entscheider…, indem wir Dingen eine Bedeutung geben. Wenn sich kein Mensch für Tennis interessieren würde, könnte Roger Federer heute unbehelligt durch die Baseler Innenstadt gehen und würde seinen Lebensunterhalt durch sogenannte ehrliche Arbeit verdienen. Manchmal sind es nicht einmal die klassischen Talente, die Menschen zu öffentlichen Personen, zu sogenannten Stars, machen. Denken Sie an das Reality-Fernsehen und die Personen, die dort auftreten. Die meisten können weder besonders gut singen, tanzen, schreiben, schauspielern oder dergleichen. Ihr Talent ist in dem Moment das Normalsein. Nur weil es diese Formate gibt und die Gesellschaft sie fordert, werden aus der Normalität Stars kreiert. Denken wir an die neuen Medien und das Influencertum. Fragen Sie Ihre Kinder! Dort treten tagtäglich neue Talente hervor, von denen noch gestern niemand wusste, dass sie überhaupt ein Talent besitzen. Wir selbst führen Regie und geben Menschen eine Plattform, weil wir sie und ihr Talent für bedeutsam halten. Gegenbeispiel! Der Pole Krystian Zimermann gilt als das weltweit größte Talent unter den Pianisten. Keiner beherrscht das Klavier besser als er. Doch kaum einer kennt ihn. Warum? Weil kaum jemand versteht, was er tut. Weil seine Genialität für die meisten von uns nicht begreifbar ist. Darüber hinaus gilt er noch als unbequem und gesellschaftskritisch und kann von seinen wenigen Konzerten, die er im Jahr gibt, mehr schlecht als recht leben. Er ist quasi ein Anti-Star…trotz seines überragenden Talentes. Es folgt dem alten Schopenhauer-Zitat ‚Talent ist der Schütze, dessen Ziel die übrigen nicht erreichen können. Das Genie hingegen trifft Ziele, die andere nicht mal zu erkennen vermögen.‘ Deswegen möchte ich Ihre Frage zu 100% bejahen."

Applaus brandete auf. Muller betrat die Bühne und führte das Auditorium mit überschwänglichen Worten in die Pause. Er wandte sich Buck zu, der unter seinem Kunsthaaraufsatz förmlich dahinschwamm.

„Monsieur Buck, Sie waren formidabel…Aber Sie brauchen ein wenig… wie soll ich sagen… Auffrischung. Ich werde dem Visagisten sagen, er möge eben hinter die Bühne kommen." Buck nickte zustimmend und entschuldigte sich kurz auf seinem Weg in Richtung Toilette. Dort angekommen blickte er in den Spiegel. Der Oberlippenbart hing am seidenen Faden diagonal in Richtung Mundwinkel. Sein Gesicht hatte durch den Hitzestau einen speckigen Roséton angenommen. Er blickte in das schweißnasse Gesicht eines schlecht trainierten Marathonläufers, der bei Kilometer 25 um seine Aufgabe ringt.

Mit einem Stapel Papiertaschentücher verschaffte er sich tupfender Weise Linderung und ging nach stehender Verrichtung seiner Notdurft zurück hinter die Bühne. Dort wartete Remo Reuteler bereits auf ihn. „Herr Beck, Sie schauen etwas derangiert aus. Ich bringe das sofort in Ordnung und Sie werden dann wieder in neuem Glanz erstrahlen." Der Visagist legte ohne Zeit zu verlieren Hand an, entfernte Bucks triefende Perücke, die er einer kurzen Nass- und Trockenbehandlung unterzog. In Windeseile wurde seine Maske wiederhergestellt, sodass der Vortrag ohne sichtbare Spuren fortgesetzt werden konnte.

Muller begrüßte die Teilnehmer zum zweiten Teil und übergab Buck erneut das Wort. Er wirkte nun doppelt entspannt. Zum einen, weil er sich unter der nun abgedimmten Bühnenlampe weniger erhitzt fühlte und zum anderen, weil er die Rolle des Berthold Beck nach eigenem Empfinden bislang souverän ausgefüllt hatte.

Nachdem er den nächsten Leseabschnitt beendet hatte, gab es erneut Raum für Fragen. Der Herr mit dem Block blieb dieses Mal stumm. Dafür meldete sich der Kollege von der Luzerner Tageszeitung mit einer unangenehm hohen Fistelstimme zu Wort: „Herr Beck, unsere Leser wird sicher interessieren, ob die negativen Folgen des plötzlichen Starrummels ein Grund sind, sich aus der Öffentlichkeit zurückzuziehen. Vielleicht können Sie als jemand, der die Öffentlichkeit meidet, aus erster Hand etwas dazu sagen?"

Buck spürte, dass der Journalist mit seiner gewieften Frage anstelle der Romanfigur seine Person als Autor in den Mittelpunkt zu stellen gedachte und ihn damit zu einer persönlichen Aussage verleiten wollte. Wie so häufig, wenn er sich auf dem falschen Fuß erwischt fühlte, fiel ihm ein rettendes Zitat ein. „Der schwedische Filmregisseur Ingmar Bergmann hat mal gesagt ‚Popularität ist eine Strafe, die wie eine Belohnung aussieht'. Während Millionen von Menschen davon träumen, berühmt zu sein, gehen andere, die es erreicht haben, daran zugrunde. Die Schattenseiten der Popularität werden erst dann offenkundig, wenn sie eingetreten ist. Tatsache ist, dass sich das Leben desjenigen inklusive seines Umfeldes von Grund auf verändert. Doch ist Ruhm die Triebfeder, um etwas besonders gut zu machen? Es gibt Menschen, und da verrate ich Ihnen sicher nichts Neues, die lieben ihre Arbeit und versuchen ohne Hintergedanken immer das Beste zu geben. Ruhm ist nicht planbar und nicht mehr als eine zufällige Begleiterscheinung, ein veredeltes Abfallprodukt erfolgreicher Arbeit in einer bestimmten Situation. Wer mit seinem Leben zufrieden ist und keine Änderung seiner Lebensumstände möchte, muss sich sowohl vor der Sonnenseite als auch den Schattenseiten des Ruhms schützen. Ich möchte mich an dieser Stelle nicht in den Mittelpunkt rücken und bitte Sie um Verständnis, dass ich mich dafür entschieden habe, meine Person vor den Begleitumständen der Öffentlichkeit zu bewahren. Aber glauben Sie mir, ich liebe die Literatur mindestens so sehr wie diejenigen Kollegen, die sich den Wirkungen des Starrummels preisgeben. Jede öffentliche Person ist gleichzeitig auch Privatperson und hat das Recht, diese Eigenschaften voneinander zu trennen. Unser Romanheld steht vor der anspruchsvollen Aufgabe, beides unter einen

Hut zu bekommen. Seine introvertierte Persönlichkeit mit den Begleiterscheinungen des extrovertierten Stardaseins. Die tröstliche Botschaft des Buches ist an all diejenigen gerichtet, die mit aller Macht vergeblich versuchen, durch ihr Talent berühmt zu werden. Sie behalten das Privileg, ihr altes Leben weiterzuführen, keine fremden Rollen zu spielen und sich selbst treu zu bleiben."

An dieser Stelle brandete erneut Applaus auf. Buck blickte nach links. Der kritische Herr mit dem Schreibblock gehörte zu den Eifrigsten unter den Claqueuren. Als dieser aufstand, war das allgemeine Signal für stehende Ovationen gegeben. Buck spürte das tiefe Gefühl der Genugtuung, vor einer erlauchten Runde seine in Buchform komprimierte Gedankenwelt nach außen zu tragen. Von Musikern und Schauspielern war es bekannt, dass die Bühne, der Zuschauerzuspruch, als Triebfeder des Schaffens magische Wirkung entfalten konnte. Buck sonnte sich in jenem Applaus, jedoch nicht ohne den Gedanken, dass damit weitere Verpflichtungen verbunden sein könnten. Dem galt es, noch hier an Ort und Stelle einen Riegel vorzuschieben. Fragen nach weiteren Auftritten oder Romanfortsetzungen würde er negativ bekunden. Dieses Ereignis war und blieb für ihn einzigartig.

Als Muller mit seinen abschließenden Worten die Signierrunde einleitete, blieben alle Zuhörer anwesend. Nur der ältere Herr mit der dunklen Brille aus der letzten Reihe verließ den Saal. Buck blickte ihm rätselnd hinterher, als die erste Zuhörerin, eine dickliche Dame in einem etwas unvorteilhaften, quergestreiften Overall auf ihn zukam. „Sie waren hinreißend, Herr Beck. Ich bin Direktorin des größten Schülerinternates in der Schweiz. Meine Schüler lieben Ihren „Bestseller" und er ist als Prüfungsstoff bestens geeignet. Waren Sie schon mal am Genfer See? Sollten Sie einmal in die Nähe von Montreux kommen, würde ich mich sehr über Ihren Besuch freuen. Hier meine Karte."

Buck bedankte sich artig, während er das mitgebrachte Buchexemplar signierte. Als Letzter in der Runde stand der Herr mit dem Schreibblock vor ihm und lächelte ihn freundlich an. „Mario Meggen, mein Name, ich bin Theaterintendant aus St. Gallen." Der anfänglich etwas profilneurotisch wirkende Westenträger entpuppte sich aus der Nähe als freundlich lächelnder Zeitgenosse. „Verzeihen Sie mir meinen vorlauten, etwas kritischen Unterton zu Beginn. Aber ich setze mich mit dem Thema sehr stark auseinander und wollte wissen, wie viel kritische Substanz in Ihrem Buch steckt. Und ich muss sagen, Herr Beck, Kompliment, Sie waren sehr überzeugend."

Buck war von Meggens jovialer Art sichtlich angetan und bedankte sich in gewohnter Höflichkeit, bevor der Intendant fortfuhr. „Wir planen die Uraufführung Ihres Stücks an unserem Theater und hoffen, dass es auch Ihren Segen findet. Gerne sende ich Ihnen vorab unser Skript zu, immer in der Hoffnung, dass wir den richtigen Ton treffen. Ich würde mich unglaublich freuen, wenn Sie im Frühjahr zu unserer Premiere kämen."

Buck drohte bei so viel Eichenlaub langsam schwach zu werden. Sein Buch als Theaterstück war für ihn ein fast gottgleicher Gedanke. Die Vorstellung, dass Schauspieler seinem Werk auf den Bühnen der Welt dauerhaftes Leben einhauchten, während das Buch nach und nach aus den Bestsellerlisten verschwindet, wäre für ihn die großartigste Hinterlassenschaft seiner Autorenkarriere. Seit seiner Schulzeit hatte Buck ein Faible für Theaterinszenierungen und ließ sich spontan zu einer unüberlegten Äußerung hinreißen.

„Ich fühle mich geehrt und freue mich über Ihre Einladung. Wenn Sie zu dem Skript noch etwas Feedback brauchen, sprechen Sie mich gerne an."

Muller stand daneben und lächelte beiden erfreut zu. „Das klingt nach einer großen Sache. ,Der Bestseller' auf der Bühne. Wenn das Skript, lieber Herr Beck, Ihre Absolution erhielte, wäre das für das Stück sicher eine tolle Publicity."

Buck fühlte im Innern, dass er mit seiner Bekundung ein Stück zu weit gegangen war und bemühte sich um Relativierung. „Geben Sie mir gerne Ihre Karte. Ich werde sehen, was ich für Sie tun kann." Meggen lächelte zufrieden, reichte seine Karte und bewegte sich Richtung Ausgang.

Muller nahm seinen Starautor mit sichtlicher Zufriedenheit ins Visier. „Es war ein grandioser Nachmittag. Sie haben heute bewiesen, dass Ihr Buch in der Tat außergewöhnlich ist. Ich habe gerade kurz mit Jürg Jäggi gesprochen. Der Artikel wird am Montag erscheinen... Sagen Sie, würden Sie meine Einladung annehmen und mit mir gemeinsam zu Abend essen? Es wäre mir eine große Ehre."

Buck spürte trotz Mullers ehrlich zugetaner Art die Gefahr, in weitere Verpflichtungen verwickelt zu werden. Da das „Nein-sagen" zu seinen großen Schwächen gehörte, baute er entsprechend vor. „Das ist sehr nett von Ihnen. Aber ich habe auf meinem Zimmer noch zu tun. Ich bedanke mich für alles und werde die Zeit in Luzern in toller Erinnerung behalten."

Muller, der spürte, dass Buck die private Konversation umgehen wollte, lächelte und schüttelte seinem Stargast die Hand. „Ich würde mich sehr freuen, wenn wir in Sachen Literatur noch mal etwas zusammen machen könnten. Melden Sie sich einfach. Sie haben meine Nummer."

Verwicklungen

Buck blickte Muller hinterher und fühlte sich fast etwas unwohl, den freundlichen, ihm so gewogenen Herrn von dannen
ziehen zu lassen. Er ging hinter die Bühne, ließ sich von dem
exklusiv für ihn abgestellten Remo Reuteler die Maskerade
entfernen und marschierte gut gelaunt in Richtung Hotelhalle.
Das Wetter war immer noch schön und er entschied sich, die
sinkende Sonne auf einer Bank am Seeufer noch ein wenig
zu genießen. Er atmete tief ein und ließ das Vergangene in
seinem inneren Film zufrieden Revue passieren. Kurz darauf
setzte sich eine Person neben ihn.
„Gratuliere, Herr Buck, Ihre Lesung war ein voller Erfolg."
Buck kam die Stimme bekannt vor. Er drehte sich um, sah wie
der Herr seine dunkle Brille abnahm und blickte in ein ebenso
bekanntes Gesicht. Der Schreck traf ihn wie ein Blitz. Es war
Wolfram Wickel. Damit war das Geheimnis des älteren Herrn
aus der letzten Reihe gelüftet. Die Erinnerung an Krix' Garten-
party und die versteckte Erpressung waren augenblicklich
präsent. Buck bemühte sich um Höflichkeit in der Hoffnung,
dass Wickels intrigantes Ansinnen vielleicht doch einer Fehl-
einschätzung seinerseits unterlag.
„Herr Wickel, ein überraschender Besuch. Ich wusste nicht,
dass Ihr Interesse an dem „Bestseller" Sie bis nach Luzern
führt."
„Werter Herr Buck, für gute Literatur und authentische Autoren ist mir kein Weg zu weit… Und mit Verlaub, in Natura gefallen Sie mir wesentlich besser als mit dieser lächerlichen
Maskerade." Der unerwartete Besucher lächelte ihn an und
streckte die Hand aus, die auf Bucks Schulter zur Ruhe kam.
Er spürte einen inneren Kälteschauer und den bohrenden
Blick einer Person, die nur wenige Schritte entfernt am Ufer-
geländer stand. „Achten Sie nicht auf Jerome. Er wird uns
heute Abend nicht stören. Kommen Sie ab 21 Uhr in meine

Suite. Eine private Vorführung Ihres „Bestsellers" wäre ganz in meinem Sinne. Ich vermute auch in Ihrem, sofern Sie Ihre wahre Identität am Montag nicht in der Luzerner Tageszeitung lesen möchten. Mein Freund Jürg Jäggi fände diese Geschichte sicher sehr interessant…Ach übrigens, Suite Nr. 211, das erspart Ihnen den Weg zur Rezeption. Ich weiß ja, wie wichtig Ihnen Diskretion ist."

Wickel stand mit einem herausfordernden Lächeln auf und wendete sich ab in Richtung Hotel. Sein Begleiter Jerome folgte ihm mit bebender Unterlippe, nicht ohne Buck im Vorbeigehen einen tötenden Blick zuzuwerfen. Damit hatte sich innerhalb von Sekunden die erfreuliche Stimmungslage ins Gegenteil verkehrt. Aus Bucks euphorischer Genugtuung war verzweifelte Beklemmung geworden. Paralysiert blickte er auf den See, der in unschuldiger Stille vor ihm lag. Gab es eine Alternative zu Wickels unmoralischem Angebot? Er spürte einen schmerzhaften Druck bei dem Gedanken, dass Annalena und der Rest der Welt die Wahrheit über die Identität des großen Berthold Beck aus den Medien erfuhren. Dem vorbeugend wäre er gezwungen, noch am Sonntagabend zu Hause sein Lügengebäude zu offenbaren, nur um den Pressemitteilungen wenige Stunden zuvorzukommen.

Buck schloss die Augen und ging in sich. Nach einigen Sekunden hatte er eine Entscheidung getroffen. Die Stadt, der See, die Lesung, alle positiv-malerischen Gedanken der letzten Tage waren schlagartig einer nüchternen Realität gewichen. Wie ferngesteuert führten ihn seine Schritte an die Hotelrezeption, wo ihn eine der zuvorkommenden Damen empfing. Seine Bitte trug den leisen Unterton eines Befehls.

„Ich hätte gerne das Abendessen aufs Zimmer…und dazu eine Schlaftablette…wasserlöslich."

Gegen 19 Uhr kam der Zimmerservice. Neben dem Abendessen fand sich in einem kleinen silbernen Döschen die gewünschte Beigabe. Buck setzte sich an den Schreibtisch und wählte Annalenas Nummer. „Hi Schatz, alles gut zu Hause?" Mit noch leicht aufgewühlter Stimme versuchte er ein wenig Normalität vorzuspiegeln.

„Ja. Abgesehen von dem üblichen Wahnsinn im Büro ist alles ok. Liebe Grüße von den Kindern. Sie vermissen Dich. Jelle hat gefragt, ob Du ihm am Sonntagabend noch etwas vorlesen kannst. Ich habe ihm schon gesagt, dass das mit Eurer Rückfahrt eventuell knapp werden könnte."

Augenblicklich spürte Bastian ein wohliges Gefühl der Zugehörigkeit. Familie war für ihn Nähe, Sicherheit, der Heimathafen, ein Wert, den es unter allen Umständen zu schützen und zu verteidigen galt. Umso wichtiger waren die nächsten Stunden und Tage, in der die unkontrollierte Mitteilung der unbequemen Wahrheit zur Disposition stand. Der spontane Gedanke, über die Entfernung von 600 Kilometern aus einem Luzerner Hotelzimmer endlich reinen Tisch zu machen, schoss ihm durch den Kopf.

„Ich vermisse Euch auch. Ich möchte…"

„Nun, sag doch schon. Ich sitze hier auf heißen Kohlen. Wie hat's Dir gefallen?"

Bastian spürte Annalenas Ungeduld und brach sein Vorhaben, die Wahrheit vorzubereiten, einstweilen ab. „Nun ja, es war ziemlich interessant. Die Lesung, das Hotel, der Autor, waren sehr inspirierend. Sie…"

„Bastiaaaan, ich meine die Wohnung und nicht Dein Lesekränzchen!" Annalenas Abneigung gegen Literatur hatte nach wie vor etwas Pathologisches und kam in dieser kurzen Gesprächsphase unverblümt zum Vorschein. Würde er von ihr irgendeine Art von Verständnis für das Verschweigen seines literarischen Erfolges erwarten können?

„Die Wohnung ist klasse und hat aus meiner Sicht keine Nachteile. Dein Vater wollte morgen mit dem Makler die Sache zur Unterschrift bringen. Es gibt sogar ein kleines Gästezimmer. Wäre auch für uns mal eine Reise wert. Luzern ist echt ein nettes Fleckchen Erde."

„Ja, Papa hat mir das auch schon geschrieben. Und dass Ihr Euch endlich mal ausgesprochen habt. Wenn wir das Haus übernehmen, sollte auch in der Hinsicht nun alles geklärt sein... Ach übrigens...sie haben sie gefasst!"

„Gefasst? Wer? Wen?"

„Die Polizei. Loreenas Mörder."

„Ach..." Bastian musste schlucken. In Anbetracht der Ereignisse der letzten Stunden war Loreenas Tod und seine möglicherweise indirekte Beteiligung als Zielscheibe der Fahndung in den Hintergrund gerückt.

„Zwei Bulgaren Anfang 30. Sie hatten den Auftrag, sie zu eliminieren. Loreena wollte aussteigen aus der Escortszene und ein bürgerliches Leben führen. Die Suche nach den Hintermännern läuft noch. Es gibt wohl einen Schleuserring, der Escortdamen von Osteuropa illegal nach Deutschland bringt. Über ihren Ex-Partner ist sie da irgendwie reingeraten."

„Unglaublich. Und das alles vor unserer Haustür." Bastian war geschockt und im gleichen Atemzug erleichtert, dass sich das Interesse an Loreenas ominöser letzter Begleitung damit ganz offensichtlich erledigt hatte.

„Roller ist nach wie vor völlig fertig. Nur noch ein Schatten seiner selbst. Er sitzt hier im Büro und bricht spontan in Tränen aus. Du würdest ihn, den harten Hund, nicht mehr wiedererkennen."

Bastian blickte auf die Uhr. Es waren noch rund eineinhalb Stunden, bis er Wickel in dessen Suite besuchen würde. Ihm schien dieser Besuch anhand des Gesprächsverlaufes mit Annalena alternativloser denn je.

„Schatz, ich freue mich total auf Euch am Sonntag. Gib den Kindern einen Schmatzer. Ich werde mich morgen Abend mit Deinen Eltern in der Stadt zum Abendessen treffen. Ich hoffe, dass dann alles unter Dach und Fach ist und wir ab Sonntag alle einen Grund zum Feiern haben."

„Ja. Das hoffe ich auch. Morgen bin ich ziemlich busy. Muss mich auch noch um unseren neuen Pflegefall Jule kümmern. Die ist ziemlich down. Justus' Neue ist übrigens schwanger, im fünften Monat. Da stehen nun alle Zeichen auf Scheidung. Schreib am besten kurz, wenn Ihr am Sonntagmorgen losfahrt. Hab Dich lieb und genieß die Zeit noch."

„Mach ich. Lieb Dich auch." Mit einer seltsamen Gefühlsmischung aus Nähe und Distanz legte er sein Smartphone beiseite. Loreenas Tod, Rollers Zusammenbruch, Jule und Justus' schmutzige Trennung, all diese Horrornachrichten, von denen jede für sich genommen ein menschliches Schicksal beinhaltete, wurden in Anbetracht der vor ihm liegenden Aufgabe zu Nebenkriegsschauplätzen.

Buck war auf einer Mission, die es zu erfüllen galt. Er nahm das Essen zu sich und spielte die möglichen Optionen des vor ihm liegenden Abends in Gedanken durch. Was würde Wickel letztlich von ihm wollen? Er war bereit, ihm Geld zu bieten und würde sicherlich mit Krix wie vorbesprochen eine zufriedenstellende Summe organisieren können. Oder hatte der zwielichtige Klinikleiter tatsächliches Interesse an einer „privaten Vorlesung"? Vielleicht war es möglich, es für den Abend bei einem Fachgespräch zu seinem „Bestseller" zu belassen, ohne weitergehende Dienste anbieten zu müssen? Buck wollte Zeit gewinnen und die Regelung der Sache auf die kommende Woche verschieben mit dem alleinigen Ziel, die Enthüllung in der Luzerner Tageszeitung zu vermeiden. Buck zog sich um, packte sein bestelltes Beruhigungs-Accessoire in die Jackentasche und verließ um 5 Minuten vor 9 mit seinem „Bestseller" in der Hand die Suite. Er war zum Schutz seiner Privatsphäre zum Äußersten bereit.

Mit weichen Knien schritt der „Bestseller"-Autor über den tiefen Flor des Hotelteppichs, bis er vor der Zimmertür Nr. 211

zum Stehen kam. Buck dachte an das Gespräch mit Krix und die delikate Vorgeschichte des theaterbesessenen Klinikleiters. Konnte er, der bodenständig-bescheidene Literat, dem berechnenden Geschäftsmann auf der anderen Seite der Tür überhaupt das Wasser reichen? Doch ehe er die Frage weiter vertiefen konnte, hatten seine Handknöchel wie von einer fremden Macht gesteuert bereits Kontakt mit der schweren Hotelzimmertür aufgenommen. Er hörte Schritte. Sekunden später öffnete sich die Tür und Jerome stand mit missmutigem Blick vor ihm.

Buck schätzte den gutaussehenden Mann auf Ende 20. Seine glutdunklen Augen, der bronzefarbene Teint und das pechschwarze, zum Zopf zurückgebundene Haar deuteten auf einen maghrebinischen Ursprung hin. Es war nicht unüblich, dass Wirtschaftsflüchtlinge aus Nordafrika in dem offenen inländischen Markt für Pflegefachkräfte eine Anstellung suchten und fanden. Jerome hatte einen schlanken Körper und bewegte sich mit geschmeidigen Bewegungen. Seine Antipathie Buck gegenüber war unübersehbar. Dennoch geleitete er ihn mit den Worten „Herr Wickel erwartet Sie!" in den hinteren Bereich der Suite. Dort bot sich ein Anblick, der Bucks Wahrnehmung an seine Grenzen bringen sollte.

Das pompöse Doppelbett war mit einer schneeweißen, fellähnlichen Tagesdecke ausgeschlagen. Darauf posierte der Klinikchef in einem pinkfarbenen Bademantel. Das ergraute Brusthaar quoll unter dem Plüschkragen hervor. Der unten geöffnete Mantel legte einen Leopardentanga frei. Wickel war geschminkt, trug dezentes Rouge und einen magentafarbenen Lippenstift. Auf seinem Nachttisch stand ein Kübel, aus dem eine Magnum-Champagnerflasche herausragte. Buck blieb in Angesicht der grotesken Szenerie irritiert im Raum stehen.

„Mein werter Buck, ich heiße Sie willkommen. Es ist mir eine Freude, dass Sie meiner Einladung gefolgt sind. Es soll Ihnen an nichts fehlen." Wie ein orientalischer Pascha deutete Wickel mit einer geschwungenen Handbewegung auf den gegenüberstehenden Sessel. „Nehmen Sie doch Platz! Jerome wird Ihnen ein Glas Champagner kredenzen."

Die Stimmungslage des jungen Mannes ließ sich an dessen verbitterten Gesichtszügen ablesen, die Buck ein wenig an die medial bekannten Konterfeis der Attentäter von 9/11 erinnerten. Missmutig grabschte Jerome die Champagnerflasche aus dem Kübel und schenkte Buck das Glas bis zum Rand ein. Die bohrende Eifersucht war Wickels Lebensgefährten greifbar anzumerken, während Buck sich peinlich berührt mit einem „Vielen Dank Jerome" deeskalierend erkenntlich zeigte.

„Jerome, Du hast Dich verdammt noch mal zu benehmen!" Wickel erhob sich aus seiner halb liegenden Pose und herrschte seinen Partner in einem erniedrigenden Unterton an. „Herr Buck ist heute mein besonderer Gast und Du störst unsere Zweisamkeit. Mach Dich davon, und geh nach nebenan." Buck spürte wie sich Jeromes Miene weiter verfinsterte und seine Augen bedrohlich aus den Höhlen hervortraten. Der junge Mann baute sich vor Wickels Bett auf, ließ seiner Empörung mit ein paar arabischen Ausdrücken freien Lauf und verließ mit stampfenden Schritten die Suite. Nachdem die Tür ins Schloss gefallen war, drang ein wolfsähnliches Geheul vom Hotelflur zu ihnen hinein.

„So sind sie. Die jungen Araber. Temperamentvoll, leidenschaftlich und krankhaft eifersüchtig. Sie können nicht teilen, beanspruchen alles für sich…und morgen, lieber Buck, wenn sich die Emotion gelegt hat, frisst er mir wieder aus der Hand." Wickel war aufgestanden und hatte seinen Bademantel geschlossen. „Nun, lieber Buck, sind wir unter uns. Die Party kann beginnen."

Buck trat einen Schritt zurück, um außer Reichweite zu gelangen. Die Szenerie wirkte in Gänze abstoßend. Wickel trug ein süßliches Parfum, das sich mit dessen Körperausdünstungen zu einer ekelerregenden Odeurwolke vermischt hatte.

„Herr Wickel, wir brauchen keine Party. Sagen Sie mir einfach, wie viel Sie wollen. Krix und ich werden Ihnen ein gutes Angebot machen."

Wickel hielt kurz inne und ein heiteres Lachen platzte aus ihm heraus. „Herr Buuuuck, Sie enttäuschen mich... Wer redet denn hier über Geld? Das soll heute an diesem besonderen Abend nun wirklich nicht unser Thema sein." Der halbnackte Klinikchef kam lächelnd auf ihn zu. Buck erstarrte und registrierte, wie jenes Lächeln seines Gegenübers augenblicklich gefror. „Und lassen Sie Krix aus dem Spiel. Mit diesem Speichellecker habe ich eine eigene Rechnung offen. Die begleiche ich separat." Wickel knuffte Bucks linke Wange, prostete ihm beschwingt zu und leerte das Champagnerglas auf Ex.

Buck versuchte sich angesichts der skurrilen Szenerie zu sammeln und seine Gedankenwelt in Reihe zu bringen. Geld war es also nicht. Wickel wollte ganz offensichtlich IHN, seine persönliche Gegenwart. In der Hoffnung, dass sich das Interesse auf seine Eigenschaft als Autor beschränkte, hob Buck das mitgebrachte „Bestseller"-Exemplar nach oben. „Wollen wir darüber sprechen? Als Literaturkenner haben Sie bestimmt Fragen?"

Wickel setzte sich mit halboffenem Mantel auf die Bettkante und füllte sein Champagnerglas nach. „Ihre Lesung war hochinteressant und hat viel über Ihre eigene Persönlichkeit verraten. Cheers!"

Buck vertrug Alkohol in größeren Mengen nicht besonders gut. Es war illusorisch zu glauben, dass er gegenüber Wickel durch regelmäßiges Nachschenken beider Gläser die Oberhand behalten würde. Demnach besann er sich auf seine Kernkompetenz und war bemüht, den Gesprächsfaden in Richtung seines Buches zu lenken.

„Ich bin gespannt auf Ihre Erkenntnisse. Offensichtlich blicken Sie tiefer als viele meiner Leser, die das Buch eher auf sich selbst anstatt auf mich als Autor projizieren."

„Wer das Buch aufmerksam liest, weiß, wer Sie sind, wie Sie ticken, welche Sorgen und Ängste sich in Ihnen widerspiegeln. Ich weiß, dass Sie ein verklemmter, junger Mann sind, voller Selbstzweifel über das, was Sie sind und was Sie können. Von Kindesbeinen an klein gehalten und ohne Selbstbewusstsein aufgewachsen, konnte Ihre Persönlichkeit mit Ihren geistigen Fähigkeiten nicht mitwachsen. Ihre im Studium zur Blüte gekommene literarische Begabung hat in Ihrer Ehe, in Ihrem Umfeld, null Wertschätzung erfahren. Solange Sie keinen Erfolg hatten, alles gut, klare Verhältnisse. Und jetzt haben wir den Salat! Sie sind erfolgreich und keiner darf es wissen. Wie ein kleiner Ganove huschen Sie durch Ihr Doppelleben, setzen sich Perücken auf, kleben sich Bärte an, um die Illusion des Erfolges vor der banalen Realität zu verbergen."

Wickel stand auf und näherte sich Buck mit verschlagenem Blick. „Aber es ist keine Illusion. Ihr Erfolg ist real, mit den Händen zu greifen. Oder glauben Sie, dass Ihre Luxussuite Teil eines feuchten, nie wahr werdenden Autorentraumes ist."

Wickel kam näher, so nah, dass der champagnergeschwängerte Atem auf abstoßende Weise spürbar wurde. „Ihr altes Leben, Buck, das ist die Illusion! Es existiert nicht mehr. Und genau davor haben Sie Angst, weil Sie wissen, Ihre Frau, Ihre Kinder, Ihre Freunde, werden zurückbleiben und Ihr neues Leben zu Ihren Spielregeln nicht mitspielen. Warum? Nicht weil sie etwas gegen Erfolg und Wohlstand hätten... Der Grund ist, dass Ihr Erfolg mit Ihrer eingeübten Rolle des Versagers nicht zusammenpasst... Hier, mein lieber Buck, hier und heute findet Ihr reales Leben statt, mit Jemandem, der Sie versteht, der Ihr Talent zu schätzen weiß, der literarisch wie emotional auf Ihrer Welle schwimmt..."

Buck überkam eine Mischung aus Abneigung und Faszination. Der Anblick des halbnackten, älteren Herrn mit dem travestiehaften Make-Up löste in ihm eine innere Aversion aus. Die gleiche Person war es jedoch, die über eine tiefgehende Interpretationsgabe verfügte und über das Medium des „Bestsellers" in die Untiefen seiner Seele hinabgestiegen war. Noch war ihm nicht klar, welchen Plan Wickel wirklich mit ihm verfolgte. Als der Klinikchef Bucks Wange streichelte, versuchte er mit einer Provokation den Spieß umzudrehen. „Sie haben Einiges über mich rausgefunden. Offensichtlich hat der „Bestseller" auch Ihre Seele berührt. Ist es möglich, dass Sie, werter Herr Wickel, als gebrochene Persönlichkeit für die Inhalte des „Bestsellers" besonders empfänglich sind."

Wickel wich einen Schritt zurück, setzte sich auf die Bettkante und antwortete mit diabolischem Grinsen. „Sie hatten Schopenhauer zitiert. ‚Das Genie trifft Ziele, die andere nicht mal zu erkennen vermögen.' Mir wurde schon in frühester Jugend Genialität unterstellt. Auf den Theaterbühnen meiner Schule, als Jungschauspieler und später als Intendant. Ich wollte Theaterwissenschaften studieren, doch mein Vater, ein Autokrat vor dem Herrn, zwang mich zu einem Medizinstudium. Er wollte, dass seine Privatklinik in gute Hände gerät..."

Wickel stand auf, ging Richtung Fenster und blickte Buck aus leeren Augen an. „Also studierte ich Medizin, tagsüber, während ich abends heimlich Theater spielte. Können Sie sich vorstellen, lieber Buck, was es bedeutet, jahrelang gegen seine Natur angehen zu müssen? Jeden Tag aufs Neue, jemanden zu spielen, der man nicht ist. Auf illegalem Wege eine Theatertruppe aufzubauen, nur um seinen Leidenschaften zu folgen? Zeit meines Lebens war ich ein Suchender, nach Anerkennung, nach Befriedigung, nach Menschen, die bereit und in der Lage waren, meine Genialität zu erkennen, zu akzeptieren und zu fördern. Seit Jahrzehnten leide ich darunter. Mit Ihnen, lieber Buck, habe ich etwas Wesentliches gemeinsam. Wir sind beide Opfer falscher Erwartungen unseres unbarmherzigen Umfeldes. Wir leiden unter unserer Genialität. Wir beide, Sie und ich, könnten sie ausleben, dürfen es aber nicht. Zwei Meister der Heimlichkeiten gefangen in einem Dickicht äußerer Umstände."

Wickel machte einen Schritt auf Buck zu, küsste ihn auf die Wange und hinterließ einen magentafarbenen Abdruck. Buck sprang entsetzt zurück.

„Fangen Sie nicht an, unsere beiden Leben zu vergleichen und mir Ratschläge zu geben. Sie hatten nie den Erfolg, den Sie wollten. Ich wollte nie diesen Erfolg, den ich habe und muss jetzt damit leben. Und ich werde einen Weg finden, mein Leben weiterzuführen. Warum wollen Sie es zerstören? Warum sind Sie daran interessiert, dass meine Familie aus der Presse erfährt, wer ich bin?"

Wickel schenkte sich ein neues Glas Champagner ein und antwortete triumphierend: „Weil ich Sie, lieber Buck, nicht teilen kann. Ich möchte Sie, Ihr Genie, für mich allein. Zumindest für heute Abend...Entschuldigen Sie mich einen Moment." Wickel drehte sich um, ging in Richtung Badezimmer und schloss hinter sich die Tür.

Buck spürte, dass die Situation zunehmend eskalierte. Er war dem älteren Herrn, der einen halben Kopf kleiner war, rein körperlich überlegen. Doch eine gewalttätige Auseinandersetzung war mitnichten der Weg, das Gemüt des gescheiterten Genies zu besänftigen. Ebenso wenig machte es Sinn, durch die unabgeschlossene Zimmertür einfach von dannen zu ziehen. Er musste es durchstehen und auf eine Schwäche seines Gegenübers hoffen, sie notfalls selbst herbeiführen. Hastig griff er in seine Jackentasche, nahm die Brausetablette aus dem silbernen Döschen, um sie in dem Champagnerglas seines Gastgebers zu versenken und ihr auf hypnotische Weise beim Auflösen zuzuschauen. Mit jeder Perle die nach oben stieg, löste sich auch die Beklemmung in seinem Innern ein Stück weit auf.

Die Toilettentür blieb eine Weile zu. Als sie sich öffnete, war die Tablette in Wickels Glas unsichtbar geworden. Der Anblick des Klinikchefs schockierte Buck aufs Neue. Um dessen Hals hing eine Lederkette mit einem Karabinerhaken. Den Leopardentanga, der bis eben noch unter dem Bademantel zum Vorschein kam, hielt er in der linken Hand. Mit der Rechten präsentierte er mit kreisenden Bewegungen eine Lederpeitsche.

„Mein lieber Buck, ich würde sagen, die Show kann beginnen." Wickel kam näher und steuerte auf das präparierte Champagnerglas zu.

Er legte den Slip und die Peitsche auf die Bettdecke, während Buck sein Glas in die Hand nahm und mit aufgesetztem Lächeln anhob. „Na dann, Cheers, auf die gemeinsame Nacht der Genies!" Buck war von sich selbst überrascht, wie leicht ihm diese Worte über die Lippen kamen.

Wickel drehte sich zu ihm, griff ebenfalls zum Glas und leerte es mit einem Zug. „Wir werden eins sein, mein lieber Buck, eins mit unserem Schicksal der verbotenen Genialität." Lachend ließ sich der Klinikchef auf das Bett fallen. Buck wusste, dass die Wirkung der Tablette erst mit einiger Verzögerung eintrat. Er war sich jedoch unschlüssig, welche Beschleunigungswirkung von dem Champagner ausgehen würde.

Wickel blickte ihn mit unvermindert wachem Blick an. „Na was ist, mein lieber Buck? Ich will mehr sehen. Legen Sie ab!" Langsam zog Buck seine Jacke aus. Er wusste, dass er das Spiel noch eine Weile mitspielen musste, bis der erlösende Schlaf ihn von den Machenschaften seines Kontrahenten befreite. „Ich liebe es, bestraft zu werden, mein lieber Buck, denn ich habe es verdient. Man lebt nur einmal. Sie und ich, wir haben unsere Natur unterdrückt und das Leben gelebt, das andere von uns verlangten. Heute ist Zeit für die große Abrechnung." Wickel griff neben sich und nahm die Peitsche in die Hand. „Na legen Sie ab, Herr Zuchtmeister, ich liebe es, mehr von Ihnen zu sehen und zu spüren!" Wickel stand mit pathetischer Geste auf, während sein Blick sich zunehmend trübte. „Buck, legen Sie sich zu mir! Erfüllen Sie mir den Wunsch…Genie zu Genie…" Der Klinikchef sackte mit schläfriger Stimme auf die Bettkante, ließ sich rücklings auf die Matratze fallen, worauf sich sein metallisch gepierctes Gemächt frei legte. Mit einem Kichern rollte er sich auf die Seite und schlief augenblicklich mit der Peitsche in der Hand in tiefen Zügen ein.

Buck war paralysiert und gleichzeitig bemüht, klare Gedanken zu fassen. Er hatte sein Zwischenziel erreicht. Wickel war eingeschlafen und würde so schnell nicht mehr aufwachen. Für ihn genügend Zeit, den Ort des Geschehens unbeschadet und ohne größere Spuren zu verlassen.

Buck beobachtete den schlaffen, halbnackten Körper, der mit seiner eigentümlichen Maskerade ein jämmerliches Bild abgab. Er zog den tief atmenden Klinikchef hoch an das Kopfende des Bettes, deckte ihn zu, während die Lederpeitsche mit einem polternden Geräusch zu Boden fiel. Am nächsten Morgen würde Wickel, nachdem er erwacht war, sich mit hoher Wahrscheinlichkeit an nichts Genaues mehr erinnern können. Möglicherweise würde der künstlich herbeigeführte Schlaf durch den Alkohol etwas verlängert werden. Jerome könnte ihn am nächsten Morgen vorfinden, wohl wissend, dass er, Bastian Buck alias Berthold Beck, am Tiefschlaf seines Partners nicht unbeteiligt war.

Buck verdrängte alle weiteren Gedanken, zog seine Jacke an und verließ die Suite, nicht ohne einen letzten Blick auf den Körper des friedlich schlafenden älteren Herrn zu werfen. Auf dem Rückweg zu seiner Suite traf er auf den Zimmerservice, der ihm aus sicherer Entfernung einen interessierten Blick hinterherwarf.

Tapetenwechsel

In der Suite angekommen, fühlte Buck tiefe Müdigkeit und schlief ob der turbulenten Ereignisse schnell ein. Nach rund einer Stunde saß er kerzengerade und schweißgebadet in seinem Bett. Was hatte er getan? Er hatte mit dem Chef einer Privatklinik 600 km von seiner Heimatstadt entfernt in einem Luzerner Hotelzimmer einen Abend verbracht, dessen halbnackte Annäherungsversuche billigend in Kauf genommen und ihn mit einem Schlaftabletten-Champagner-Cocktail außer Gefecht gesetzt. Neben Wickels „Toyboy" Jerome gab es mit dem Zimmerkellner einen weiteren potenziellen Zeugen seines geheimnisvollen Besuchs. Die Schlagzeile „Starautor verbrachte Nacht mit Literaturfan in Schweizer Luxushotel" würde seiner eigenen Hinrichtung gleichkommen. Neben Wickels Erpressungsgelüsten war das eifersüchtige, aggressionsgeladene Auftreten Jeromes für Buck ein unkalkulierbarer Risikofaktor.

Er stand auf, tigerte rastlos durch die Suite, genehmigte sich ein Glas seines warmgewordenen Restchampagners und legte sich schließlich mit dem inständigen inneren Wunsch wieder hin, Wolfram Wickel würde am nächsten Morgen ohne negative Begleiterscheinung aufwachen und den Umständen des Abends keine tiefere Bedeutung beimessen.

Nach einer unruhigen Nacht stand Buck am Morgen zeitig auf und packte eilig seine Sachen zusammen. Der Plan war klar. Er wollte raus aus dem Hotel. Nur raus, weit genug weg von den Ereignissen der letzten Nacht. An der Rezeption gab er vor, aufgrund eines dringenden Termines früher abreisen zu müssen. Das zuvorkommende Angebot eines privaten Shuttle-Services lehnte er ab. Mit starrem Tunnelblick hetzte er aus der Hotelhalle, bog vor dem Seeufer rechts ab und nahm Kurs auf seine Fake-Unterkunft, jenes naheliegende Apartmenthaus, das Annalena für ihn gebucht hatte.

Als er die Tür seines 15 qm kleinen Alibi-Refugiums hinter sich geschlossen hatte, spürte er, wie sich der Panzer des Verfolgungswahns langsam von seinen Schultern löste. Die Entspannung kehrte zurück und er begann, sich nach und nach sicherer zu fühlen.

Nachdem er sich ein wenig gesammelt und die krausen Gedanken der Nacht beiseitegeschoben hatte, zog es ihn in die Berge. Ein Tapetenwechsel war das, was er brauchte. Er wollte wandern, um in der Freiheit der Wolkennähe einen Teil des irdischen Ballasts abwerfen zu können. Kurz bevor er startete, summte sein Smartphone. Gekko hatte eine Textnachricht mit der Uhrzeit und Lokalität des Abendessens geschickt, die er mit einem „Daumen-Hoch"-Emoji beantwortete. Buck vermied es, das Hotel zu passieren und lenkte seine Schritte Richtung Innenstadt, wo er ein Taxi bestieg, das ihn in die nahegelegene Ortschaft Kaltbad brachte. Von dort aus sollte seine Wanderung entlang eines bekannten Panoramaweges starten.

Buck ging schnell und ließ die Aussicht wie in einem Zeitraffer an sich vorbeilaufen. Er war allein auf der Route, dennoch blieb das Gefühl, von einer imaginären Person verfolgt zu werden. Auf einer kleinen Anhöhe machte er Rast und blickte hinunter ins Tal. Die Worte Wolfram Wickels schwirrten wie ein lästiger Schwarm Mücken in seinem Kopf herum. Der Spiegel, den der verruchte Klinikleiter ihm vorgehalten hatte, machte deutlich, auf welch desaströsem Abweg er sich mit der Veröffentlichung seines „Bestsellers" begeben hatte. Selbst wenn Wickel den Champagnercocktail ohne weitere Verdachtsmomente hinter sich gebracht hatte, der Weg zurück in sein angestammtes Privatleben erschien ihm komplizierter denn je. Er sehnte sich nach der Normalität seiner Erfolglosigkeit, der Wärme seiner Mietwohnung, dem Querulantentum seiner Tochter, den bohrenden Wissensfragen seines Sohnes und nicht zuletzt Annalenas symptomatischer Unzufriedenheit. Er konnte nicht länger den Helden spielen und sein altes Privatleben als Paralleluniversum führen. Er musste zurück in die alte Welt und dieses Vorhaben, Wickels Prophezeiung zum Trotz, gegen alle Widerstände durchsetzen.

Auf dem Rückweg hatte das imposante Bergpanorama Bucks Gedankenwirrwarr wieder freigeräumt und ihm ein gewisses Gefühl der Leichtigkeit zurückvermittelt. Es war früher Abend, als er in der Luzerner Innenstadt einlief und Kurs auf sein Apartmenthaus nahm. Ein kurzer Blick auf das Hotel am See vermittelte eine gewisse Betriebsamkeit. Er duschte kurz, zog sich um und bewegte sich in die Luzerner Altstadt, wo er an der verabredeten Lokalität 5 Minuten vor der Zeit wartete. Seine Schwiegereltern waren noch nicht da. Unter normalen Umständen hätte er alle denkbaren Anstrengungen unternommen, um einem gemeinsamen Abendessen mit Gekko und Erika aus dem Weg zu gehen. Doch in diesem Moment spürte er eine innere Vorfreude auf das Aufeinandertreffen, das ihm ein sehnsuchtsvolles Gefühl des vertrauten, alten Lebens vermitteln würde. Er würde Gekkos verächtliche Aussagen über sein uneinträgliches Literatendasein mit Gelassenheit ertragen und mit ihm über die Umstände des bevorstehenden Wohnungswechsels diskutieren.

Er war durch mit Luzern. Die wunderschöne Stadt hatte ihm die Augen geöffnet, ihn an den Rand seiner Möglichkeiten gebracht und aufgezeigt, dass er sein neues Leben mit allen positiven und negativen Begleiterscheinungen so nicht würde fortsetzen können. Buck war sich im Klaren, er wollte nur noch zurück und fühlte dies auch noch, als er seinen Schwiegervater mit gewohnt breitbeinigem Gang um die Ecke biegen sah.

„Wir haben unterschrieben", war Gekkos Eingangsstatement, als sie in der rustikalen Ratsstube Platz nahmen. „Jetzt können wir, sobald wir zu Hause sind, über die Einzelheiten des Umzuges sprechen. Wir können nur einen Teil der Möbel mitnehmen. Den Rest überlassen wir Euch. Macht damit, was Ihr wollt."

„Es wäre nur schön, wenn Ihr ein Zimmer so einrichten würdet, dass wir dort wohnen könnten, wenn wir Euch mal besuchen." Erikas spontaner Einwurf hatte den Charakter einer Anordnung, den Buck entspannt weglächelte.

„Wie war denn Deine Lesung?", fragte Gekko unvorbereitet aus der Hüfte heraus und erwischte Buck brutal auf dem falschen Fuß.

„War gelungen. Ich denke, ich habe es gut rübergebracht." Im Moment des unbedachten Aussprechens tat sich in seinem Inneren ein abgrundtiefes Loch auf.

Gekkos Stirnrunzeln kam nicht von ungefähr. „Ähm...ich meine diesen Beck. Den tollen Autor."

„Jaaa, sorry, sollte n Witz sein." Geistesgegenwärtig lenkte Buck die Antwort in die ironische Richtung. „Es war interessant, aber für mich nicht mehr wirklich relevant. Schließlich ist es mit dem Schreiben ja nun vorbei." Er hob das Glas und streckte es seinen Schwiegereltern feierlich entgegen.

„Wie war er denn so als Typ? Ist der wirklich so was Besonderes? Wir haben auf einer Bank vor dem Hotel jemanden sitzen gesehen. Sah aus wie so n Schriftstellertyp. Wirkte etwas gekünstelt. Kann mir vorstellen, dass der das war." Gekkos Interesse überraschte Buck und zwang ihn zu einer kreativen Antwort.

„Ja, möglicherweise hast Du ihn gesehen. Wirkt ein wenig wie Günter Grass in jung. Hatte keine natürliche Ausstrahlung. Seine Lesung war inhaltlich sehr gut. Allerdings hat er den

Eindruck vermittelt, dass er sich selbst in der plötzlichen Starrolle nicht zu 100% wohl fühlt." Buck blieb bei seiner Linie, bei kleinen Notlügen zumindest eine Teilwahrheit aufrechtzuerhalten.

„Ja, wenn die Leute es mal mit ehrlicher Arbeit versuchen würden. Dann müsste sich auch niemand verstellen. Und dann als Kunstfigur das Geld anderer einzuheimsen." Gekko war immer dann besonders in Kampflaune, wenn ihn der Hungerast in Erwartung des herannahenden Essens packte. Als er kurz darauf den überbackenen Röstiteller vor sich sah, milderte sich sein Befinden und der Abend fand einen durchaus angenehmen Ausklang.

„Junge, morgen früh ist Abfahrt. Ich hole Dich um 10 an der verabredeten Stelle ab." Mit jenen finalen Worten verabschiedete sich Gekko und zog gemeinsam mit Erika in Richtung Innenstadtparkhaus von dannen.

Buck blickte auf den See. Ein letztes Mal, bevor es am nächsten Morgen zurück in die alte Realität gehen würde. Der See hatte sich verändert. Die glitzernde Magie des Gewässers war durch die Schwere der Ereignisse, die Bucks Seelenleben in Beschlag genommen hatte, verflogen. Nun war es nur noch eine wabernde Menge Wasser, die sich belanglos vor ihm ausbreitete. Es war genug für ihn, genug zu erkennen, wo er hingehörte. Nach einem letzten Blick in Richtung des Hotels, das unschuldig und majestätisch zugleich am Ufer thronte, ging er nachdenklich zu seinem Apartment.

Die Entdeckung

Annalena hatte ausgeschlafen. Der letzte Abend war nervenaufreibend. Jule hatte eine Packung Taschentücher verbraucht, um die flüssigen Reste ihrer gescheiterten Beziehung zu absorbieren. Es ging um Geld, Wohnung, Gütertrennung, Umgangsrecht und all die hässlichen Begleiterscheinungen, die den Begriff der schmutzigen Wäsche verdienten. Justus hatte binnen weniger Tage Tabula Rasa gemacht und im Galopp die Pferde gewechselt. Nun wohnte er mit einer gewissen Tabea unter einem Dach und wollte in der Erwartung eines neuen Familienlebens die alten Zöpfe der verflossenen Ehe abschneiden.

Sie hatten Wein getrunken und Annalena war, nachdem sie ihrer Rolle als gute Freundin und Zuhörerin verlässlich nachgekommen war, am frühen Morgen gegen halb 2 mit dem Taxi nach Hause gefahren. Nun saß sie vor einer dampfenden Tasse Kaffee und blickte in Verarbeitung der Ereignisse der vergangenen Woche gedankenverloren in den Raum. Sie hatte ihren Satinbademantel über das Negligé geworfen, zündete sich eine Zigarette an und begann zu reflektieren. Es gab Stress im Büro. Loreenas Tod und die damit verbundenen Ermittlungen hatten aus Ronald Roller, ihrem als hartem Hund berüchtigten Chef, ein seelisches Wrack gemacht. Nachdem die Polizei ihn zu möglichen Tathintergründen in die Mangel genommen hatte, war er leichenblass aus dem Büro herausgetreten und mit den kryptischen Worten „Das ist unser Untergang!" auf dem Flur zusammengebrochen. So gut sie konnte, war es ihr gelungen, den Bürobetrieb aufrechtzuerhalten und die Kommunikation mit den Geschäftspartnern übergangsweise zu übernehmen.

Am Tag darauf hatte Roller sich wieder etwas gefangen und erste Termine wahrgenommen, bevor er am frühen Nachmittag von einem Weinkrampf geschüttelt nach Hause gefahren war. Zuvor hatte sie ein abgetrenntes Gummiohr in der Hauspost vorgefunden, den sie als Dumme-Jungen-Streich abgetan, Roller jedoch mit Blick auf seinen Zustand vorenthalten hatte. Die weiche Seite des knallharten Firmenboss wirkte auf Annalena immer noch irritierend.

In Anbetracht der Ereignisse hatten ihr die Tage ohne Bastian gutgetan. Nun, da der Mord aufgeklärt war, konnte sie diese Baustelle mehr oder minder als erledigt abhaken. Vor ihr lag der „Bestseller", den sie in Bastians Abwesenheit zu lesen begonnen hatte. Die Tatsache, dass Loreena den Roman zum Zeitpunkt ihres Todes bei sich trug, gab ihr ein seltsames Gefühl. Gab es zwischen dem Inhalt des „Bestsellers" und jener Servietten-Botschaft möglichweise eine Verbindung?

Ihre Gedankengänge wurden unterbrochen als Josie mit fragendem Blick vor ihr stand. „Mama, können wir heute etwas unternehmen? Die ganze Woche haben wir nichts zusammen gemacht." Josie hatte recht. Im Schatten der Ereignisse waren ihre Kinder quasi nebenhergelaufen und meldeten nun zu Recht ihre Ansprüche an. Nach dem anstehenden Wohnungsputz, musste sie noch mal für rund 2 Stunden ins Büro. Roller hatte geschrieben, dass die Polizei da wäre und es gäbe wohl noch „Gesprächsbedarf".

„Mama, wir könnten mal wieder ins Museum gehen", stimmte Jelle in die Runde ein. „Ihr Lieben, wir überlegen später, was wir machen. Aber versprochen, heute Nachmittag denken wir uns etwas Schönes aus."

Annalena sah die Wohnung und bemerkte, dass sie ihrer Rolle und Aufgabe als Teilzeithausfrau nur unzureichend nachgekommen war. Sie hasste Hausarbeit und merkte bereits beim Reinigen der Küche, dass sie nicht mit der gleichen Akribie an die Sache heranging, die Bastian üblicherweise an den Tag legte. Langsam arbeitete sie sich innerlich fluchend Richtung Wohnzimmer vor, wo die Glasränder vom letzten

Wochenende als kreisrunde Stempel die Platte des Esstisches zierten.

Sie brauchte eine Pause und ließ sich in den Wohnzimmersessel fallen. Ihr Blick fiel auf Bastians Schreibtisch. Sein Refugium als Quell gescheiterter Kreativität hatte sie über die Jahre konsequent mit Desinteresse belegt. Jener Schreibtisch war von ihr als unantastbare Insel inmitten des Lebensstroms der Wohnzimmerstube konsequent umschifft worden. Dennoch war dem ungeübten Blick einer widerwillig Aufräumenden die Staubschicht auf dem sekretärartigen Mobiliar nicht entgangen.

Annalena stand auf und ging mit langsamen Schritten auf den Schreibtisch zu, während sie darüber nachdachte, dass Bastians flexibles Autorenleben eine gewisse Ruhe und Ordnung in ihren Tagesablauf gebracht hatte. Nun da sie vor ihrem Ziel stand und ein Haus mit Terrasse quasi auf dem Silbertablett präsentiert bekommen würde, schienen die künftigen Belastungen eines Doppelverdienerhaushaltes nicht mehr wirklich erstrebenswert. Vor dem Hintergrund, dass Bastians neuer Job unnötige familiäre Verwerfungen mit sich bringen könnte, setzten sich bei ihr nach dem Motto „alles möge beim Alten bleiben" nostalgische Gedankengänge fest. Nun stand sie vor dem Schreibtisch und sah das würfelartige Lederetui, das in ihrer Interessenwelt ein bislang unbeachtetes Dasein gefristet hatte. Annalena besaß in schrillem Widerspruch zu Bastians Grundhaltung ein Gespür für Style und edles Design. Getrieben von leiser Neugier nahm sie das Etui, dessen präziser Verschluss sich leicht öffnen ließ. Sie blickte hinein.

Es gab diese Momente, in denen langgehegte Weltbilder zusammenbrachen und sich als Trümmer einer für wahr gehaltenen Lebensillusion auf dem Boden der Tatsachen auftürmten. Der ambitionierten Chefsekretärin schoss das Blut in den Schädel und hinterließ einen schockartigen Ausdruck innerer Aufwühlung, Irritation und mentaler Überforderung. Sie sah diese Uhr. Jenes edle Exemplar, das weder in ihrer noch der realen Welt ihres statusverachtenden Ehemannes jemals eine Rolle hätten spielen können. Annalena kannte sich gut genug aus, um zu wissen, welcher Wert mit dem vor ihr liegenden Chronometer in Verbindung stand. Von einer dauerhaften Hitzewallung erleuchtet sank sie langsam in den Wohnzimmersessel zurück. Bastian, so viel war klar, hatte sie hintergangen. Hatte er eine außereheliche Affäre zu einer betuchten Gespielin, die ihm kostspielige Geschenke machte? Oder hatte er über all die Jahre seine Statusverachtung nur vorgespielt und im Hintergrund ihr nicht bekannte Gelder angehäuft?

Sie entdeckte die Karte im Deckel des Etuis. Die Adresse eines Schweizer Kulturhauses auf der Rückseite verstärkte ihr Stirnrunzeln noch weiter. Annalena klappte die Karte auf und die Buchstaben sprangen ihr wie Dolche entgegen:

Hochgeschätzter Herr Beck,
in Anerkennung Ihrer besonderen Arbeit!

Ihr Pierre M.

Nun saß sie da und fühlte augenblicklich gar nichts mehr. Das plötzlich entstandene Vakuum in ihrem Innern begann sich langsam wie eine Badewanne mit einem Gefühl ausströmender Wut zu füllen. Sie betrachtete die Uhr und hielt die ominöse Karte teilnahmslos in ihrer Hand. Bastian, ihr Ehemann, war Berthold Beck, der erfolgreiche Autor des „Bestsellers"! Wie ferngesteuert ging sie vom inneren Zorn angetrieben in ihr Schlafzimmer. Mechanisch blieb sie vor seinem Kleiderschrank stehen, der bescheiden und äußerlich unschuldig in der Ecke hinter der Tür stand. Obgleich sie ihn so gut wie nie öffnete, hatte sie einen Überblick über Bastians bescheidene

Garderobe. Annalena dachte an die Autry-Sneaker und hegte einen furchtbaren Verdacht. Sie öffnete die Schranktür und stieß augenblicklich einen spitzen Schrei aus. Wie eine Fata Morgana offenbarte sich vor ihr fein säuberlich aufgereiht die Designergarderobe ihres Ehemannes. Oberhemden auf Bügeln mit feingestickten Initialen, als Rechtecke gefaltete Polohemden, an denen die Preisschilder wie blanker Hohn herunterhingen und nicht zuletzt die hochwertigen Beinkleider namhafter Modeschöpfer. Jene Ansammlung verheimlichter Haute-Couture raubte ihr jegliche Illusion einer ehrlichen, auf Vertrauen aufbauenden Beziehung. Sie richtete den Blick nach unten, wo sie neben den bereits bekannten Autry-Sneakern Exemplare der Marken Golden Goose, Hogan und Kenzo vorfand.

Annalenas angestaute Wut paarte sich mit fassungsloser Verachtung. Sie fühlte sich betrogen, verraten, erniedrigt und mental vergewaltigt. Oft hatte sie in diesen Tagen über Jules Situation nachgedacht. Wie es denn wäre, wenn Bastian eine außereheliche Affäre hätte und sie davon erführe? Dies hier war eine ganz andere Kategorie, die an Hochverrat grenzte und kein Moment des Verzeihens zuließ. Stumm schloss sie die Schranktür und ging zurück ins Wohnzimmer. Es war höchste Zeit für die nächste Zigarette, um Gedanken und Gefühlschaos in irgendeiner Form zu bändigen. Vor ihren Augen auf dem Esstisch lag der „Bestseller", den sie mit einer frisbeeartigen Wurftechnik in Richtung Wohnzimmer feuerte und Bastians Schreibtischlampe nur um Haaresbreite verfehlte.

Tief zog sie den Rauch ein und dachte nach. Seit dem Urlaub war Bastian auffällig oft im Verlag. Sie dachte an das Radiointerview, das ihr auf seltsame Art und Weise bekannt vorgekommen war. Während alle Welt über den „Bestseller" sprach, trug er bewusstes Desinteresse zur Schau. Wie viel Geld würde er im Verlauf der letzten Wochen wohl beiseitegeschafft haben? An ihr vorbei, der Person, deren Arbeitskraft den Laden am Laufen gehalten hatte. Sie kannte seinen Mailaccount. Zugriff auf sein Verlagskonto hatte sie mangels Interesses nie eingefordert. Sollte er mauern, würde sie über ihren Bankberater die ganze Wahrheit erfahren.

Bastian hatte den großen Coup gelandet und sie aus seinem neuen Leben ausgeschlossen, wie ein lästiges Geschwür rausgeschnitten. Nun war er in der Schweiz und besuchte auf Kosten ihrer Eltern seine eigene Lesung. Es gab nichts, was sie ihm jemals würde verzeihen können. Morgen Nachmittag, wenn er nach der Lustreise mit seinem schleimigen „Ich hab Dich vermisst, Schatz" durch die Wohnungstür trat, würde es keinerlei Aufschub geben, ihn mit der hässlichen Wahrheit zu konfrontieren. Ihr blieben rund 24 Stunden Zeit, die Waffen zu schmieden und mit tödlicher Präzision ins Ziel zu befördern.

Die Abreise

Auf dem Weg zu seinem Apartment war Buck in einen nahegelegenen Feinkostladen eingekehrt. Er kaufte eine Handvoll Austern, ein paar Garnelen und eine Flasche eines hochpreisigen Champagners. Er hatte sich an die edle Variante der „Puffbrause" gewöhnt und kredenzte das gediegene Buffet auf dem zerkratzten Holztisch seines spartanischen Apartments. Er dachte an den Vorabend und hatte die leise Hoffnung, dass er mit Wickel und dessen unmoralischem Auftreten nun nichts mehr zu tun haben würde.

Nachdem er die Häppchen verspeist hatte, brachte er in großen Schlucken die halbverdauten Meeresfrüchte in seinem Innern zum Schwimmen und fiel sichtlich angetrunken auf der durchgelegenen Matratze seines 80cm-Holzbettes in unruhigen Schlaf. Gegen Morgen wachte er mit einem heftigen Brummschädel auf. Er hatte chaotisch geträumt, im Schlaf Blaulichter gesehen und Martinshörner gehört. Nach dem Aufstehen nahm er einen leicht verdorbenen Fischgeruch wahr. Eine Garnele musste vom Tisch gefallen sein und klebte als orangener Stempel unter der Sohle seines Badeschlappens. Schwankend bewegte er sich unter die Dusche, um der inneren Verklebtheit durch äußerliche Frische zu begegnen. Angesichts des Rinnsals der verkalkten Brause sehnte er sich die prasselnde Regendusche des Hotels am See herbei.

Buck zog sich an, checkte aus und kaufte sich ein Brötchen mit einer Flasche Mineralwasser, die er auf ex leerte, bevor er sich mit immer noch wackligen Beinen zum vereinbarten Treffpunkt begab. Über dem Vierwaldstättersee hingen tiefe, graue Wolken. Eine Szenerie, die ihm den Abschied nicht sonderlich erschwerte. Vor dem Hotel erblickte er von weitem eine Menschenansammlung. Der Zugang war abgesperrt. Möglicherweise Dreharbeiten, die an diesem erlesenen Spot nicht selten vorkamen.

Er war 10 Minuten vor der Zeit da. Zeit, die er nutzte, um Annalena die versprochene Textnachricht zu schicken, bevor er Gekko mit zackigem Schwung vorfahren sah. Buck packte sein Gepäck in den Kofferraum und nahm auf dem Rücksitz des SUV seines Schwiegervaters Platz.

„Na Junge, hier ist ja was los! Ich hoffe, Du warst von dem Vorfall nicht betroffen. Kam gerade in den Nachrichten."

Obgleich Bucks Schädel weiterhin pochte, wurde er hellhörig.

„Aha. Worum geht's denn?"

„In Deinem Tagungshotel wurde ein Gast umgebracht. Ein Deutscher, einer der Tagungsgäste."

Bucks Atem setzte aus. Vor seinem inneren Auge sah er den halbnackten Wickel leblos auf dem Bett liegen. Spontane Hitzewallungen und Kälteschauer durchzuckten zeitgleich seinen Körper und führten ihm auf brutale Weise die Realität der vorletzten Nacht vor Augen. Nun saß er als potenziell Verdächtiger im Fluchtfahrzeug seiner Schwiegereltern, die als ahnungslose Begleiter unweigerlich zu Mitverdächtigen wurden. Wie lange würde es dauern, bis seine Person als Schlaftablettenmörder in den Medien erschien? Wickels Begleiter Jerome würde dafür sorgen, dass der große Berthold Beck überführt und ein Literaturskandal erster Güte vom Zaun gebrochen wurde. Doch vielleicht war es gar nicht Wickel, sondern einer der wenigen anderen handverlesenen deutschen Tagungsgäste?! Bucks Antwort erfolgte wie in Trance. „Nein. Ich hab' nichts mitbekommen. Kennt man den Namen der Person und weiß man, wie es passiert ist?"

„So genau hab' ich nicht drauf geachtet. An den Namen des Toten kann ich mich nicht erinnern. Der Autor selbst war es wohl nicht, hahaha." Gekkos höhnisches Gelächter spiegelte dessen Empathielosigkeit in gewohnter Manier wider. „Letzte Nacht war wohl ordentlich Blaulichteinsatz. Hättest Du eigentlich hören müssen. In einer halben Stunde kommen Nachrichten im Radio. Dann hören wir noch mal rein."

„Ne, alles gut. Das werden wir früher oder später auch so aus den Medien erfahren." Buck wollte unter allen Umständen vermeiden, dass seine Identität den Schwiegereltern im Rahmen der Nachrichten auf dem Silbertablett präsentiert wird. Wie auf Kommando vibrierte sein Smartphone.

Textnachricht von ‚Krix'! *„Sind wir den alten Sack endlich los. Und den hohlen Toyboy direkt mit. Erwarte Ihren Bericht aus erster Hand. Wertschätzende Grüße Krix!"*

Was hatte das zu bedeuten? Offenbar war die Nachricht wie ein Lauffeuer um die Welt gegangen und hatte den Tatort am Vierwaldstättersee längst verlassen. Also hatte es Wickel getroffen. Doch was war mit Jerome? Buck konnte sich auf Krix' kryptische Nachricht keinen Reim machen und ging mit zittrigen Händen auf Internetrecherche. Er googelte auf seinem Smartphone mit den Stichworten „Mord", „Luzern",

„Hotel" und wurde auf die Webseite der lokalen Luzerner Tageszeitung geleitet. „MORDDRAMA IN LUZERNER LUXUSHOTEL" schoss ihm als Schlagzeile entgegen. Im geschützten Raum der Fahrzeugrückbank las er mit hitzigem Atem den Artikel, während Gekko sich über die lahmarschige Fahrweise der Schweizer Verkehrsteilnehmer aufregte. Buck sog die Zeilen ein. In seinem Inneren machten sich Fassungslosigkeit und Erleichterung gleichermaßen breit. Danach war ein deutscher Privatklinikbesitzer mit aufgeschnittener Kehle in seinem Hotelbett gefunden worden. Neben ihm lag ein Fleischermesser, mit dem offensichtlich die Tat begangen wurde. Eine Blutspur führte ins Badezimmer, wo der offensichtliche Täter und Freund des Opfers, ein junger Algerier, sich am Heizungsrohr unterhalb der Decke erhangen hatte. Das Motiv schien unklar. Nach ersten Ermittlungen am Tatort vermutete man Mord aus Eifersucht.

Somit schien sich Bucks Befürchtung bezüglich Jeromes Verhalten bestätigt zu haben. Offensichtlich hatte er Wickel am Morgen danach die Kehle durchgeschnitten, weil dieser sich mit dem berühmten Schriftsteller eingelassen hatte. Die Selbstjustiz des verzweifelten Mörders setzte dem furchtbaren Verbrechen die Krone auf. Andererseits konnte Buck durchatmen, da er durch die Ermordung und Selbstjustiz seiner „Gastgeber" aus der Schusslinie geraten war.

Buck erschauderte vor sich selbst. Jahrzehntelang war er weder mit dem Gesetz in Konflikt noch in irgendeiner Form öffentlich auffällig geworden. Außer einigen Parktickets hatte er sich nie etwas zu Schulden kommen lassen. Nun hatten innerhalb weniger Tage drei Menschen in Zusammenhang mit seinem Erfolg als Schriftsteller ihr Leben verloren. Er hasste Berthold Beck und wünschte sich in diesem Moment der Einkehr nichts sehnlicher als sein altes Leben zurück. Er konnte es nicht erwarten, zu Hause endlich Tabula Rasa zu machen, Annalena reumütig die Wahrheit zu erzählen und seine erworbene Fake-Markengarderobe samt der geschenkten Luxusuhr aus den heimischen Gefilden zu verbannen. Er würde Krix und dem Jostein Verlag alle Rechte überschreiben, das erworbene Geld spenden und in wenigen Wochen seinen ordentlichen, ehrlichen Job antreten. Die Fahrt konnte ihm nicht schnell genug gehen.

Die Abrechnung

Gekko war seinem Schwiegersohn seit Beginn der Beziehung mit Annalena als „Bleifuß-Daddy" bekannt. Diese ansonsten eher nervige Eigenschaft kam Bastian in dieser Ausnahmesituation deutlich zu pass. Sie machten nur eine kurze Rast und kamen am frühen Abend zeitig zu Hause an.
„So, Junge. Zwischen uns ist ja alles klar. Kannst Lena schon mal sagen, dass unser Haus quasi Euch gehört. Die Einzelheiten dazu besprechen wir dieser Tage." Mit einem freundschaftlichen Klaps verabschiedete sich Gekko, während Erika ihm einen feuchten Wangenkuss verabreichte. Zufrieden stand Buck mit seinem Gepäck vor der Haustür und suchte seinen Schlüssel. Annalena hatte auf die morgendliche Textnachricht nicht geantwortet. Sicherlich war sie busy und würde nun gespannt auf ihn warten.

Annalena hatte gemütlich in dem Wohnzimmersessel Platz genommen. Der morgendlichen Nachricht folgend musste Bastians Rückkehr unmittelbar bevorstehen. Sie hatte die Staunachrichten verfolgt, um die Ankunftszeit einigermaßen abschätzen zu können. Die Kinder hatte sie in ihre Zimmer verbannt und ihnen für den Abend endloses Computerspielen verordnet. Nichts und niemand sollte ihre ultimative Abrechnung gefährden. Sie hatte in Bastians E-Mail-Account geschnüffelt und die letzten Beweise für ihre Vermutung gefunden. Ihre Wut vom Vortag hatte sich gelegt und war in eine bittere, berechnende Kühle übergegangen. Als sie das Türschloss hörte, amtete sie noch einmal tief durch, um sich für das bevorstehende Aufeinandertreffen zu sammeln. „Hallo Schaatz. Hab Dich vermisst. Bin froh, wieder hier zu sein." Bastian stand im Flur und stellte den Koffer ab, während er Annalena im Wohnzimmersessel sitzen sah. Der Sessel war nie ihr Platz. Sie war der Couchtyp, eine Gewohnheit, die es an diesem besonderen Abend offenbar wert war, gebrochen zu werden. Bastians Lächeln gefror mit Betreten des Wohnzimmers, dessen gefühlte Raumtemperatur eine eisige Kälte ausstrahlte. Er hatte Annalena schon oft sauer, enttäuscht, wütend und entsetzt gesehen. Doch dieser Blick war neu. Starr wie eine Totenmaske sah sie ihn an und schleuderte ihm mit verächtlicher Regungslosigkeit ihre Begrüßungsworte entgegen.

„Was bist Du nur für ein erbärmliches Schwein?"

Bastian erstarrte innerlich und spürte, dass seine Ehefrau während der Abwesenheit eine offensichtlich kompromittierende Erfahrung gemacht haben musste. In dem Bewusstsein, dass seine Strategie reinen Tisch zu machen, zu scheitern drohte, schlüpfte er in die Rolle des unschuldig Fragenden.

„Schatz, was ist los? Ist etwas passiert?"

Langsam erhob sich Annalena aus dem Sessel und ging zwei Schritte auf ihn zu. Zwischen ihnen stand der Wohnzimmertisch als natürliche Barriere.

„Erstens, hör ab sofort mit dieser Schatzscheiße auf…und zweitens, verrate mir bitte, seit wann Du auf Schweizer Luxusuhren stehst!?"

Bastian durchzuckte ein Stromstoß. Annalena hatte die Uhr entdeckt, die er nachlässigerweise auf dem Schreibtisch liegen gelassen hatte. Was vermutete sie? War es alleine die

Uhr oder wusste sie mehr? Perplex schaltete er, anstatt in die Offensive zu gehen, unbewusst in den Verteidigungsmodus. „Ach, die Uhr... ein Werbegeschenk vom Verlag. Krix hatte sie mir überreicht. Bestimmt nicht günstig. Hätte ich sie ablehnen sollen?" Bastian merkte wie Annalenas Stirnader anschwoll. „Du bist der infamste Lügner, der mir jemals begegnet ist... Herr BECK...In Anerkennung Ihrer besonderen Arbeit!" Mit mimikloser Miene zückte sie die Visitenkarte mit Pierre Mullers persönlicher Widmung und schnippte sie ihm entgegen. „Scha... ich kann Dir alles erklären."

„Ich will keine Erklärungen mehr, nicht von Dir!", schrie sie ihm in schrillem Ton entgegen. „Du glaubst doch wohl nicht im Ernst, dass ich Jemandem, der mich auf so unverschämte Art und Weise hintergangen hat, noch irgendetwas glaube." Mit bebender Unterlippe nahm sie ihn ins Visier. „Wie habe ich mich bloß in Dir getäuscht? Spielst mir hier seit Jahren den intellektuellen Asketen vor und nutzt die erstbeste Gelegenheit, um hier im Stillen Dein materielles Ding durchzuziehen. Das alles während ich mich kaputtplackere, um dieses beschissene Leben hier halbwegs am Laufen zu halten."

Bastian spürte, dass seine Verteidigungslinie in sich zusammengefallen war und bemühte sich um Schadensbegrenzung. „Du hast ja recht. Ich hätte es Dir viel früher sagen müssen. Aber irgendwie kam eins zum anderen. Ich..."

„Spar Dir die Spucke. Es geht hier nicht nur um Deinen in Dir schlummernden, materiellen Fetisch... Herr Beck...!" Annalena pustete verächtlich eine Stirnlocke aus ihrem Gesicht. „Wie konntest Du es wagen, hinter meinem Rücken ein Doppelleben zu führen, mir und dem Rest der Familie diese falsche Normalität vorzuspielen?"

Bastian stand mit dem Rücken zur Wand. Annalena kannte die Wahrheit. Vor dem Hintergrund dieser neuen Realität setzte er zu einem letzten Befreiungsschlag an.

„Lena, ich weiß, dass ich Dich enttäuscht habe, aber gib mir bitte diese eine Gelegenheit, Dir die Sache zu erklären."
Annalena drehte ihm wortlos den Rücken zu und zündete sich eine Zigarette an.
„Ich habe mir dieses Leben als erfolgreicher Schriftsteller nicht ausgesucht. Es kam einfach auf mich zu. Es hat mich mit Haut und Haaren gepackt und ich hatte keinen Plan, damit umzugehen…"
„Ach, jetzt kommt die Mitleidsnummer! Schämst Du Dich denn nicht wirklich, mir hier die Opferrolle vorzugaukeln und dann auch noch Verständnis für Dein Fehlverhalten zu erwarten? Bastian, Du bist einfach nur erbärmlich!"
„Lena, ich wollte das alles nicht. Ich kam aus dem Urlaub, sah meinen Namen auf Platz 1 der Bestsellerliste und von da an war ich nicht mehr Herr der Lage. Krix, der Verlag, die Öffentlichkeit, alle wollten plötzlich etwas von mir, und das, nachdem ich jahrelang für meine Arbeit ignoriert worden bin. Und ja…Du magst es nicht glauben. Ich hatte Angst, Angst um uns. Angst, Dir zu sagen, dass ich über Nacht erfolgreich geworden bin, wohl wissend, dass Du mein Autorenleben noch nie gemocht hast und diese neue Rolle niemals akzeptieren würdest. Ich wollte in Deinen Augen der Alte bleiben, der, den Du kennengelernt hast und mit dessen Erfolglosigkeit Du jahrelang Seite an Seite gelebt hast. Am Ende habe ich es nur getan, um uns zu schützen…"
„Hör auf mit diesem Müllgelaber!" Annalena erhob die Stimme und herrschte ihn mit weit aufgerissenen Augen an. „Das ist so typisch. Am Ende gibst Du wieder mir und allen anderen die Schuld, dass Du in einen Egotrip verfallen bist und nicht anders konntest. Bastian, Du hast noch nie den Arsch in der Hose gehabt, zu irgendetwas zu stehen und dafür die Verantwortung zu übernehmen. Immer waren es die anderen, die Dummen, die Verständnislosen, die Ungebildeten, die Dein Talent verkannt haben…Ja, schau mich jetzt nicht so blöd an!

270

Auch mich hast Du nie für voll genommen, weil ich Deiner schöngeistigen, brotlosen Nummer nicht gefolgt bin. Aber als Arbeitsgaul und Goldesel, nenn es wie Du willst, war ich Dir immer gut genug. So gut, dass Du die Rolle des erfolglosen armen Schluckers bis zum Ende durchspielen konntest und im Hintergrund die Kohle eingesackt hast. Bastian, Du glaubst gar nicht wie sehr ich Dich verachte."

Bastian kannte die üblichen Dispute mit seiner Ehefrau zu gut, um zu wissen, dass nach einer Phase heftigster Vorwürfe irgendwann der Moment eintrat, in dem sich die Spannung löste und einer selbstbedauernden Traurigkeit Platz machte. Doch dieser Disput hatte eine andere „Qualität". Annalenas Vorwürfe wogen schwer und hatten längst den Charakter persönlicher Beleidigungen angenommen. Ihre lautstarken Anschuldigungen waren von einer ernüchterten Kühle begleitet, die keinerlei emotionales Einlenken erwarten ließ. Nichtsdestotrotz musste er zugeben, dass sie in der Sache recht hatte. Zwangsläufig sah er keine andere Chance, als ihr beizupflichten und die Rolle des reumütigen Sünders einzunehmen.

„Lena, ich hab' Mist gebaut und es tut mir total leid, dass ich nicht offen zu Dir war. In der Schweiz ist mir endgültig klar geworden, wie falsch ich mich in den letzten Wochen verhalten habe. Ich hab' einfach den Moment verpasst, es Dir zu sagen und mit jedem Tag länger, hab ich mich weiter von der Wahrheit entfernt. Ich wollte Dir heute alles erklären, weil ich es einfach nicht mehr ausgehalten habe."

„So ein elender Dummschwätzer bist Du." Annalena drehte sich um und sah ihn mit kalten Augen an. „Du hattest so viele Gelegenheiten, ehrlich zu mir zu sein und hast sie alle verwirkt. Ich sehe uns noch vor dem Radio sitzen, wie Du anscheinend desinteressiert Deiner eigenen verstellten Stimme zugehört hast. Das ist alles so bitter. Am Ende, gib's doch zu, bin ich gar nicht der Grund, weshalb Du mit der Wahrheit raus wolltest. Du hast einfach gemerkt, dass die Welt der Erfolgreichen mit all den Begleiterscheinungen nicht zu Deinem biederen Charakter passt. Die Uhr, Dein Kleiderschrank, der Luxusurlaub in der Schweiz, das alles hast Du doch gerne mitgenommen, um Dein Fehlverhalten zu kompensieren."

Als Annalena ihn mit kalten, emotionslosen Augen ansah, war er bereit, den ultimativen Joker zu ziehen. Bastian griff in die Innentasche seiner Jacke und hielt die Kette mit dem goldenen Origami-Herz zwischen den Fingern. Das edel designte Schmuckstück funkelte geheimnisvoll im trüben Licht der Wohnzimmerdeckenlampe. „Auch wenn mein Besuch in der Schweiz einiges zerstört hat... ich glaube, dass Dir diese Kette großartig stehen würde."

Bastian bemerkte, dass Annalena kurzzeitig getriggert war. Noch nie hatte er ihr Schmuck geschenkt, obgleich er um ihre Empfänglichkeit für Glitzer und Glamour wusste. „Für den großen Mist, den ich gebaut habe, hoffe ich, dass Du diese Kette annimmst und mir zumindest ein bisschen verzeihen kannst."

Annalena hatte unterdessen den Trigger überwunden und riss entrückt die Augen auf. „Sag mal, wie abgrundtief willst Du eigentlich noch sinken? Hast Du jegliches Gefühl von Anstand verloren, mich auf solch billige Art und Weise zu kaufen? Glaubst Du etwa, dass Deine neureiche Romankohle alles heilt, alles, was Du in den letzten Wochen wissentlich zerstört hast? Ich geb Dir einen großen Tipp..." Annalena setzte ein gewinnendes Lächeln auf. „Steck Dir Deine Origamikette in den Allerwertesten... oder spül sie im Klo runter... mach irgendetwas damit, aber wage es nicht noch einmal, sie mir als Wiedergutmachungspräsent unterzujubeln."

Bastian blickte auf die halboffene Tür zur Gästetoilette. Er hatte seinen Joker auf dilettantische Weise verzockt und fühlte im Innern eine ausweglose Leere.

„Ok. Wie Du meinst!"

Mit wenigen, kurzen Schritten hatte er die Gästetoilette erreicht und stand vor der ominösen Schüssel. Wie in Trance hob er den Deckel, ließ das goldene Schmuckstück hineinploppen, um es mit einem beherzten Flush den Windungen der städtischen Kanalisation zuzuführen. Sekunden später war er zurück im Wohnzimmer und blickte Annalena in einer Mischung aus Scham und Genugtuung an.

„Auftrag ausgeführt!"

„Du hast es wirklich…", Annalena stand ihm ungläubig mit offenem Mund gegenüber. „…getan???" Ihr erstaunter Blick ging in einen höhnischen Lachflash über, der in verständnislosem Kopfschütteln endete. „Bastian, ich erkenne Dich nicht mehr wieder. In allem was Du tust und sagst, bist Du mir so was von fremd…seit Du diesen „Bestseller" vom Stapel gelassen hast! Verrate mir bitte nur eines, wie viel Kohle hast Du mit diesem beschissenen Buch verdient, wie viel hast Du an mir, an unserem Haushalt vorbeigeschleust?"

„Spielt das denn jetzt noch eine Rolle? Egal welche Zahl ich Dir jetzt nenne, ändert das irgendetwas an der Situation, an dem Verhältnis zwischen uns?"

„Bastian, ich habe das verdammte Recht es zu erfahren. Während ich für uns gearbeitet habe, in dem festen Glauben, irgendwann mal in ein schickes Häuschen zu ziehen, hast Du draußen mit den Einnahmen rumgesaut, den Designerfreak in Dir entdeckt, und gleichzeitig zu Hause von meiner Kohle gelebt. Dann fährst Du in die Schweiz, hängst Dich an meine Eltern, lässt Dich dort aushalten, besuchst Deine eigene Lesung und bescheißt Gott und die Welt über Deine wahre Identität. Ich möchte die Zahl hören, Bastian. Wie vieeel?"

„So um die 350.000. Das war der Stand von vor einer Woche…"

„Das ist nicht wahr!?" Annalena fiel zurück in den Sessel, aus dem sie vor wenigen Minuten aufgestanden war. „Das ist nicht waaaaaahr!" Mit einem langgezogenen Schrei wiederholte sie den Satz. „Du weißt noch nicht mal, wie viel es genau ist???"

„Lena, es interessiert mich nicht, ob es 3, mittlerweile 4 oder 500.000 sind. Ja, damit Du es genau weißt, der „Bestseller", mein „Bestseller", ist ein internationaler Erfolg. Nicht nur bei uns, auch in Österreich, in der Schweiz, und demnächst wird er auch noch in anderen Sprachen erscheinen. Der Roman ist ein gefräßiges Monster, das sich nicht aufhalten lässt. Ich habe doch versucht, durch Verheimlichung meiner Identität das Ganze wieder einzufangen. Aber nichts hat es gebracht, im Gegenteil, er wurde dadurch noch interessanter, noch erfolgreicher und hat jeden Tag ein Stück mehr von mir verlangt und mich an die Grenzen meiner Fähigkeiten gebracht. Lena, ich war verzweifelt und…Du hast recht, diese ganzen Käufe waren nur eine Kompensation für die Überforderung, die sich in meinem Inneren breit gemacht hat."

Annalena musterte ihn abfällig und verengte ihre Augen zu Schlitzen. „Du widerst mich an. Spielst nach vorne den Erfolglosen, häufst hintenrum Kohle an und erwartest dann noch Mitgefühl. Bastian, es ist aus. Du hast mein Vertrauen unwiederbringlich missbraucht. Und nicht, dass Du denkst, Du könntest mir etwas von einem kleinen, zugigen Apartment erzählen. Ich weiß, dass Du im Hotel am See in einer Nobelsuite übernachtet hast und man Dir dort, während hier die Welt zusammengebrochen ist, den Hintern gepudert hat."

Bastian blickte starr zu Boden und rang nach Worten, während Annalena unvermindert fortfuhr.

„Woher ich das weiß, he? Ich hab in Deinen E-Mails gelesen, dass Du nach Luzern eingeladen wurdest. Ein gewisser Pierre Muller hat sich um alles gekümmert. Da das zufällig dem Namen auf dieser Visitenkarte entsprach, hab ich ihn gestern angerufen. Ich glaube, er war sehr erfreut, mit Annalena Beck, der Frau des berühmten Autors, zu sprechen. Er hatte übrigens fest damit gerechnet, mich an Deiner Seite in Luzern begrüßen zu dürfen. Doch leider konnte ich aus beruflichen Gründen ja nicht mitreisen." Annalena setzte einen ironisch bedauernden Gesichtsausdruck auf.

„Du hast mit Muller telefoniert?"

„Nein…ich hab ihm jedes Mal n Fax geschickt, Du hirnloser Ignorant." Annalenas sarkastischer Einwurf gab nur kurz die Hoffnung auf Deeskalation." Ich weiß, dass Du Dir da unten ne Maskerade zugelegt hast, um die erlauchten Gäste zu verarschen. Zufällig weiß ich auch, dass unser Geschäftspartner Wolfram Wickel dort unten war, sich DEINE Lesung angehört und dies mit dem Leben bezahlt hat. Reicht ja nicht, dass Du nur mich hier hinters Licht geführt hast. …Bastian, Du bist die falscheste Person, der ich jemals begegnet bin und ich verfluche den unglückseligen Moment, an dem ich Dir und Deiner geschwülstigen Poesie damals nach unserem ersten Unidate auf den Leim gegangen bin."

Bastian sah seine Argumentationsfestung in Trümmern liegen und wagte den letzten, verzweifelten Schritt nach vorn.

„So. Und jetzt? Was soll ich Deiner Meinung nach tun? Soll ich morgen vor die Presse treten und allen sagen, wer ich wirklich bin? Macht es das besser, wenn alles Private ab morgen öffentlich ist? Ich weiß, dass ich ein beschissener Angsthase war und aus der Sorge heraus, Du könntest mit meinem Autorenerfolg nicht umgehen, die Klappe gehalten habe. Lena, ich war in Deinen Augen immer der Underdog, der Loser, der Hausmann, der verhinderte Lehrer, der es mehr schlecht als recht hinbekommen hat, die eigene Tochter auf die Schule vorzubereiten. Glaubst Du, dass Du als Anhängsel an der Seite eines über Nacht erfolgreichen, gutverdienenden Autors ein Leben hättest führen können? Dieses verdammte Buch hätte unser ganzes Familienleben auf links gedreht, unsere eingeübten Rollenbilder zerstört. Lena, ich wollte Dich nicht verlieren… Es gibt das schöne Zitat ‚Wer die Wahrheit hören will, den sollte man vorher fragen, ob er sie ertragen kann'. Glaubst Du nicht auch, dass diese Wahrheit zwischen uns alles kaputt gemacht hätte?" Annalena zündete sich eine neue Zigarette an und blies den Rauch in Richtung Decke. „Das kann ich Dir nicht sagen… Aber Du hattest die verdammte Pflicht, es mit der Wahrheit zumindest zu versuchen… Und da Du ja offensichtlich nur in Zitaten denken kannst, habe ich auch eins für Dich. Dein sehr geschätzter Thomas Mann hat mal gesagt: ‚Eine schmerzliche Wahrheit ist immer besser als eine Lüge'. Und was soll ich sagen…er hatte recht. Nun siehst Du, wozu es geführt hat."

Bastian spürte eine tiefe Ausweglosigkeit und starrte teilnahmslos auf die Tischplatte. „Und jetzt, da es passiert ist, wie geht es Deiner Meinung nach weiter? Meine ganze Garderobe in den Müll werfen, die Uhr direkt mit, die Kohle spenden und alle weiteren Rechte dem Verlag überlassen? Reicht Dir das oder soll ich mir direkt die Kugel geben?"

Annalena schmunzelte verächtlich. „Du hast mich nicht wirklich verstanden. Mir ist es von jetzt an EGAL, was Du tust. Es ist zu spät, Bastian. Und apropos Kugel…mit Todesfällen scherzt man nicht. Ich weiß übrigens, dass Du mit Loreena ein Verhältnis hattest."

„Was?"

„Dementieren ist zwecklos. Du bist am Vorabend ihres Verschwindens mit ihr gesehen worden. Abends an der Bahnhaltestelle. Eine Bekannte hat mich heute angerufen. Sie saß zufällig am Fenster. In der Bahn, in die sie eingestiegen sind. Damit weiß ich, dass Du der ominöse letzte Begleiter von ihr warst, derjenige weshalb sie aussteigen wollte und damit auch der Grund, weshalb sie heute nicht mehr unter uns ist."

„Nein. Du missverstehst da was. Ich…"

„Ich…hätte Dich am liebsten den Bullen ausgeliefert. Aber Dein Glück war, dass die Täter mittlerweile gefasst sind. Ich war so blöd. Dein Interesse an ihr war ja mehr als auffällig.

Und die Anzahl Deiner neuen Sneaker ebenso. Dann das Herz auf ihrem Lesezeichen in Deinem „Bestseller". Noch Fragen, Herr Gigolo?"

„Lena, da war nichts. Gut, ich war mit ihr tatsächlich n Kaffee trinken. Wir sind in dem Shop halt ins Gespräch gekommen. Danach hab ich sie, weil es dunkel war, noch zur Haltestelle gebracht. Sonst war da nichts."

„Ist knutschen also nichts? Wie gesagt, erzähl mir keinen Scheiß. Du bist gesehen worden. Punkt."

Bastian war Nichtraucher. Seine letzte Kippe, ein Joint, den er mit Torben zusammen auf einer Unifete geraucht hatte, lag etwa 15 Jahre zurück. Nun war eine Situation eingetreten, in der ihm angesichts seiner auseinanderbrechenden Beziehung der Griff nach der Zigarette wie der rettende letzte Strohhalm erschien.

„Lena, auch wenn Du mir nicht glaubst. Ich habe Loreena nur an diesem einen Abend getroffen. Weiter war da nichts. Und die Sache mit Luzern. Herrgott, dieser Muller war total nett und hat mir immer wieder gesagt, wie großartig es wäre, wenn ich mein tolles Buch einem erlauchten Kreis präsentieren würde. Ich wollte ja erst gar nicht…und wäre nicht die Sache mit der Wohnung Deiner Eltern dazu gekommen, dann…"

„Bastian, es reicht!" Annalena erhob Stimme in schrillem Ton. „Lass meine Eltern verdammt noch mal raus. Dein Herumwinden, die Suche nach billigen Entschuldigungen, es macht mich krank. Es gibt nur einen Menschen, der die Verantwortung für das alles trägt, und das bist Du alleine."

„Und jetzt? Was gedenkst Du zu tun?"

„Ich ziehe aus. Noch heute Abend."

„Ja…und…wie lange, wohin?"

„Das hat Dich nicht zu interessieren. Ich kann mit Dir nicht mehr unter einem Dach leben."

Bastian spürte den Druck in der Magengegend. Er hatte Annalena in all den Jahren noch nie so entschlossen erlebt und wagte einen finalen Rettungsversuch. „Apropos Dach. Die Wohnung in der Schweiz ist sehr schön. Deine Eltern wollten diese Woche mit uns über den Umzug reden. Du weißt, dass ich immer ein wenig skeptisch war. Aber vielleicht gibt uns der Einzug in Dein Elternhaus die Chance auf einen Neuanfang. Ich würde mich freuen, wenn wir alles wieder auf null stellen und nach vorne blicken könnten. Lena, ich liebe Dich und möchte Dich nicht verlieren." Annalena ging langsam auf ihn zu und blieb eine halbe Armlänge vor ihm stehen. „Lass das „wir" mal schön weg. Ich werde mit Paps sprechen und alleine mit den Kindern dort einziehen. Für Dich ist da kein Platz. Neuanfang ist übrigens ein gutes Stichwort. Nachdem was passiert ist, kann ich mir einen Neuanfang mit Dir gerade mal nicht vorstellen. Bleib mal schön hier in Deinen dunklen vier Wänden. Ohne jemanden an Deiner Seite, der Dir den spießigen Mief einer balkonlosen Mietwohnung madig macht. Und…falls Du mich suchst, ich ziehe vorübergehend zu Jule. Die Kinder nehme ich einstweilen mit. Ich hab ihnen schon gesagt, dass Du ein bisschen Abstand und Ruhe brauchst. Unsere Sachen sind bereits gepackt. Du hast 10 Minuten Zeit, Dich von beiden zu verabschieden. Danach sind wir durch die Tür."
Wie in Trance stand Bastian im Raum, während Annalena mit einer Kopfbewegung auf die Tür zu den Kinderzimmern deutete. Schweren Schrittes ging er durch die Zimmertür und blickte in zwei traurige Augenpaare. Als Josie ihn umarmte, spürte er eine feuchte Spur in seinem Nacken. Mit geröteten Augen kam Jelle auf ihn zu. „Papa, wenn es Dir wieder besser geht, lesen wir uns im Bett dann wieder Geschichten vor?"
„Versprochen, mein Schatz. Ich liebe Euch und verspreche, dass wir uns bald wiedersehen."

Die nächsten Minuten verliefen mechanisch. Annalena rief Jule an, dass sie nun auf dem Weg wären. Sie warf ihre Jacke über und ging mit einem knappen „Wir hören voneinander" Richtung Wohnungstür. Jelles trauriges Winken blieb der letzte Eindruck eines in Auflösung begriffenen Familienlebens, bevor die Tür ins Schloss fiel.

Kurz darauf saß Bastian im Wohnzimmersessel und starrte an die Decke. Er hatte sich von dem Schweizer Kirschwasser einen doppelten Schluck genehmigt, in dem Versuch Gedanken und Gefühle in Reihe zu bekommen. Annalena hatte unmissverständlich Ernst gemacht und ihm buchstäblich den Boden unter den Füßen entzogen. Nun war er alleine, mit sich und den Trümmern seiner doppelten Existenz. Reumütig hatte er an seinen Gefühlen zu ihr keinen Zweifel gelassen. Dennoch hatte sie ihr Vorhaben, ihn und die Wohnung zu verlassen mit aller Konsequenz durchgezogen.

Üblicherweise konnte Bastian damit rechnen, dass Annalena mit ein bisschen Abstand wieder auf ihn zukommen würde. Nun wohnte sie bei Jule, einer ebenfalls innerlich erschütterten Leidensgenossin. Jule und er konnten noch nie miteinander. Die Wahrscheinlichkeit, dass deren Einfluss eine mögliche Versöhnung befördern würde, musste er als gering einschätzen. Fest stand, Annalena war zutiefst verletzt über seinen Egotrip, den der „Bestseller" ihm beschert hatte. Ohne die Sache mit Loreena wäre es womöglich bei einer heftigen Aussprache geblieben. Damit wäre ihm die nervenaufreibende Abschiedsszene mit dem schmerzhaften Entzug der Kinder wohl erspart geblieben.

Wenngleich Annalenas Verhalten eine gewisse Brutalität beinhaltete, empfand er ihre Strafaktion als gerechtfertigt. Immer vor dem Hintergrund, dass diese nur von vorübergehender Dauer war. Die abendliche Ruhe in der Wohnung irritierte ihn. Er vermisste seine Kinder, deren bloße Anwesenheit ihm ein gewisses Maß an Trost gespendet hätte. Am nächsten Morgen würde er Krix im Büro aufsuchen und über die Ereignisse in Luzern berichten. Schließlich war es dessen Ex-Partner, der aus mysteriösen Umständen ums Leben gekommen war. Gleichzeitig, so sein Plan, würde er alle künftigen Rechte zur Vermarktung des „Bestsellers" endgültig und unwiderruflich an den Verlag abtreten. Bezüglich der Einnahmen hatte er sich schon Gedanken über gemeinnützige Spendeninitiativen gemacht. Er wollte nur noch Abstand und nichts von dem schmutzigen Geld behalten, das ihn als Mensch aus der Bahn geworfen und sein Familienleben zerstört hat.

Es war schon spät und er blickte auf sein Smartphone. Die erhoffte Nachricht von Lena blieb aus. Er überlegte, ob er einen Gute-Nacht-Gruß an die Kinder versenden sollte, entschied sich jedoch dafür, die verfahrene Situation nicht mit noch mehr Emotionalität zu belasten. Bastian stand auf und bewegte sich langsam Richtung Badezimmer. Im Flur stand wie ein höhnisches Mahnmal der unausgepackte Koffer aus Luzern. In der Innentasche seiner Jacke fand er den Scheck mit den 40.000 Schweizer Franken. Mit dem Mischgefühl äußeren Reichtums und innerer Armut bewegte er sich Richtung Bett. In der leisen Hoffnung, dass die Nacht den Ereignissen des Tages die nötige sachliche Distanz verabreichen würde, fiel er in einen festen Schlaf.

Am nächsten Morgen wachte er spät auf. Der Schlummertrunk des Schweizer Kirschwassers hatte Bastian eine angenehme Bettschwere verabreicht. Reflexartig galt sein erster Griff dem Smartphone. ‚Nachricht von Lena' schlug ihm wie ein frohlockender Donnerhall entgegen. *‚Wundere Dich nicht, wenn ich heute Abend kurz vorbeikomme. Ich brauche noch ein paar Sachen aus meinem Schrank.'* war der lapidare Inhalt. Immerhin hatte sie geschrieben. Auch wenn es ein nüchterner Anlass zu sein schien, vielleicht war es doch ein Vorwand, ihn zu treffen und sich bei der Gelegenheit noch mal auszusprechen. Hunger auf Frühstück hatte er keinen. Er beeilte sich im Bad, informierte Krix über seinen anstehenden Besuch und begab sich in Richtung Verlag.

„Es tut mir leid, was passiert ist. Schließlich haben Sie mit Wolfram Wickel eine gemeinsame Geschichte." Buck blickte Krix mitfühlend an und war bemüht, das Gebot der Höflichkeit zu wahren.

„Ja der alte Sack hat es nun hinter sich." Krix antwortete in einer seltsamen Mischung aus Spott und Verachtung. „Seitdem ich mich von ihm abgewendet hatte, hat er ständig versucht, in meinem Leben rumzupfuschen und mich auf perfide Art und Weise unter Druck zu setzen. Wolfram war eine ekelhafte Zecke. Ich weine ihm keine Träne hinterher."

„Wussten Sie, dass er in Luzern bei der Lesung dabei sein würde?"

Krix rutschte unruhig auf dem Sessel herum. „Muller hatte mir die Gästeliste geschickt. Darauf stand sein Name. Mir war klar, dass er mit dem Ziel, uns zu erpressen alles daransetzen würde, dorthin zu kommen. Dummerweise ist er mit Muller persönlich bekannt, über einen gemeinsamen Theaterfreund…"

„Ist der Name des Theaterfreundes zufällig Mario Meggen?"
Buck fiel spontan der Herr mit der Weste, der Theaterintendant aus St.Gallen, ein.

„Ja. Meggen ist ein Studienfreund von Muller und hat Wickel mal als Theaterregisseur engagiert. Ich habe Muller gebeten, dass er Sie vor den Gästen insbesondere vor Wickel so gut wie möglich abschirmt. Ich fürchte, das ist nicht ganz gelungen."

„Leider nein. Wickel hat mir abseits des Hotels aufgelauert und mich mit Nachdruck auf sein Zimmer eingeladen."
Krix' Miene verwandelte sich in ein hämisches Grinsen.

„Tigertanga oder Leopard?"

„Leopard. Zum Glück hatte ich einen Weg gefunden, das Spielchen nicht weiter mitzumachen."

„Bitte keine Details, Buck. Den Ekel weiterer Beschreibungen sollten wir uns ersparen. Dass der gute Jerome ihm dieses Ende bereitet hat und daraufhin selbst aus dem Leben geschieden ist, spiegelt die ganze Tragik im Leben des Wolfram Wickel wider."

„Ich hatte ihm zuvor eine Schlaftablette verpasst, um aus der Situation rauszukommen."

Krix zuckte kurz zusammen. „Das könnte seinen Schlaf etwas verlängert haben. Höchstwahrscheinlich hat Jerome ihn schlafend vorgefunden. Dadurch wurde die Umsetzung seiner Mordabsicht sicher etwas erleichtert." Der Verlagschef machte eine wegwerfende Handbewegung. „Muss eine blutige Angelegenheit gewesen sein…Aber, mein lieber Buck, das soll unsere Sorge nun wirklich nicht mehr sein."

Krix stand auf und blickte aus dem Fenster. „Dieses eine Problem sind wir nun los. Dafür habe ich nun seine fette Schwester am Hacken, die mir vorwirft, ich hätte Jerome aus Rache dazu angestiftet."

„Was haben Sie mit Jerome zu tun?"

„Gar nichts...Fast gar nichts, außer der Tatsache, dass er mich wohl mochte und mir regelmäßig Briefe geschrieben hat."

„Briefe? Kannten Sie Jerome näher?"

Krix setzte sich an seinen Schreibtisch und goss sich aus der Glaskaraffe einen großen Schluck Scotch ein. „Einen Abend haben wir uns getroffen. Abseits der Stadt in einem Hotel. Eine einmalige Sache. Für mich zumindest."

„Für ihn offensichtlich mehr?"

„Anscheinend. Es war zumindest eine kleine Genugtuung, Wickel auf diese Art und Weise für die ganzen Jahre etwas zurückzuzahlen...Aber da Sie nun fast alles über mich wissen, lieber Buck, was ist mit Ihnen? Habe gehört, Ihre Lesung war ein voller Erfolg."

„Ja. Möglicherweise war es das. Aber Erfolg ist immer relativ. Ich höre ab sofort mit allem auf, bevor dieser verdammte „Bestseller" mich und mein Privatleben noch komplett auffrisst."

„Aber Buck. Wo ist das Problem? Wickel ist tot und Ihre Identität geschützt. Im Übrigen sollte Ihnen Ihr Kontostand mit den neuesten Zahlungen aus unseren südlichen Nachbarländern ein wenig Zuversicht bereiten. Auch die Vorbestellungen aus Belgien und den Niederlanden lassen Großes erahnen. Übermorgen fliege ich nach London zur Bucheinführung auf dem britischen Markt. Buck, ich kann nur sagen, es läuft."

„Leider läuft es bei mir nicht. Meine Frau hat mich verlassen, ...weil sie die Wahrheit herausgefunden hat."

Krix stieß einen höhnischen Lacher aus. „Hätten Sie mal sofort reinen Tisch gemacht! Wir wissen doch beide, dass Ihre Frau wohlstandsempfänglich ist. Mit Speck fängt man Mäuse, Buck. Dumm ist nur, den Speck zurückzuhalten und in einem nicht sicheren Versteck aufzubewahren...Was denken Sie, wird Ihre Frau „singen?"

„Keine Ahnung. Seit gestern Abend ist sie weg. Ist noch alles sehr frisch. Kann sein, dass sie sich beruhigt und wieder zurückkommt."

Krix stand auf und kam mit ernsthaft-entschlossener Miene auf Buck zu. „Buck, es ist Ihre verdammte Pflicht, dafür zu sorgen, DASS sie zurückkommt... Und wenn sie es nicht tut, dass sie unter allen Umständen die Klappe hält... Buck, die Auslandskampagne ist in vollem Gange. Wenn da etwas dazwischenkommt, kostet es uns ein Vermögen... Also, gehen Sie nach Hause und retten Sie, verdammt noch mal, Ihre Ehe..."

Das Kind im Brunnen

Buck fühlte eine grenzenlose Leere, als er durch die Einkaufspassage schritt. Krix' mit Nachdruck formulierte Forderung machte ihm zu schaffen. Dabei bestand zwischen ihnen kein Interessenkonflikt. Beide wollten, dass er seine Ehe rettet, wenngleich aus völlig unterschiedlichen Motiven.
Die Passage wirkte leblos. Auch der einstige Sneakerladen seines Vertrauens litt unter Kundenmangel. Die einzig sichtbare Verkäuferin feilte hinter dem Tresen gelangweilt ihre Nägel. Ihm war klar, dass er die Gelegenheit nutzen musste, um Annalena heute Abend in der Wohnung zu begegnen. Ja, er war bereit, um seine Ehe zu kämpfen, notfalls bis zum letzten Tropfen.

Bastian hatte über eine Stunde in der Wohnung gesessen und nippte an der dritten Tasse Kaffee, als er das Türschloss hörte. Annalena stand wortlos im Flur.
„Hi, schön Dich zu sehen...", eröffnete er mit aufgesetzt freundlicher Miene.

„Mag sein. Ich brauche noch ein paar Teile aus'm Kleiderschrank und bin gleich wieder weg…Ach übrigens, schöne Grüße von den Kindern. Ihnen geht's top. Verstehen sich super mit den beiden von Jule."

„Drück sie mal feste von mir. Kannst Dir sicher vorstellen, dass ich sie vermisse…"

Bastian spürte, dass sich Annalenas Stimmungslage gegenüber dem Vortag nicht grundlegend verändert hatte. Mit demonstrativer Kühle schritt sie an ihm vorbei, um aus ihrem Kleiderschrank ein paar Oberteile zusammen zu suchen. Ihre überbordende Emotionalität, mit der sie einen Raum in Flammen setzen konnte, war seit gestern in eine nüchterne Kälte übergegangen. Bedauern und Selbstmitleid als Folgeerscheinungen blieben auch einen Tag später Fehlanzeige.

„Ja. Ich werd's ihnen sagen. Ich halte es übrigens aktuell für keine gute Idee, wenn Du sie siehst. Die neue Umgebung tut ihnen gut. Demnächst können wir schauen, ob Du sie für ein paar Stunden zu Dir holst."

„Lena, ich möchte mit Dir sprechen. Bitte, es ist wichtig…!"

„Aus meiner Sicht ist alles gesagt…aber bitte…fass Dich kurz…ich habe nicht viel Zeit." Annalena antwortete, ohne ihn anzusehen und stellte ihre gepackte Tasche auf der Sessellehne ab. Mit angenervtem Gesichtsausdruck schob sie den Esstischstuhl beiseite und nahm ihm gegenüber Platz.

„Also…schieß los!"

Bastian, der selten unter Wortfindungsstörungen litt, war auf der Suche nach dem optimalen Einstieg in eine möglicherweise lebensweisende Argumentation.

„Lena, mir geht's beschissen…! Ich weiß, dass ich es verbockt und Dich dabei zutiefst verletzt habe. Ich kann nicht erwarten, sondern nur hoffen, dass Du meine Entschuldigung irgendwann akzeptieren kannst. Ich habe mir nach der Rückkehr aus Luzern nichts sehnlicher gewünscht, als mit Dir und den Kindern wieder ein normales Leben zu führen. Ich wollte mit allem aufräumen, was in den letzten Wochen passiert ist, nur um Euch nahe zu sein, um die Person zu werden, die ich einmal war…"

„Ich…ich…ich. Merkst Du eigentlich, um wen es hier wieder nur geht? Bastian, das ist Zeitverschwendung. Ich bin weg." Annalena stand auf und griff zu ihrer Reisetasche. Bastian spürte, dass er den Einstieg versaut hatte und wagte einen letzten verzweifelten Versuch. „Lena, Du bist eine tolle Frau, die es nicht verdient hat, so behandelt zu werden. Dafür schäme ich mich zutiefst. Du hattest es von Beginn an verdient, von mir die Wahrheit zu erfahren, unabhängig davon wie es ausgeht. Dieser beschissene „Bestseller" hat mich manipuliert, so dermaßen, dass ich mich selbst nicht wiedererkannt habe. Das Geld, der Status, die Anerkennung hat mich zu einem Wohlstandszombie gemacht. Es war nie so, dass ich Dir etwas vorenthalten wollte. Ich hätte mir nichts Schöneres vorstellen können, als mit Dir gemeinsam durch die Luzerner Altstadt zu flanieren, auf dem Balkon Prosecco zu trinken und das Seepanorama zu genießen. Nun fragst Du zurecht, was hat mich gehindert?... Ich werd's Dir sagen. Es war nichts als die verdammte Angst, Dich zu verlieren. Festzustellen, dass Du mich in meiner neuen Rolle nicht akzeptierst. Also habe ich die alte Rolle weitergespielt, während die Neue mich immer stärker bis zur Selbstaufgabe vereinnahmt hat. Was hättest Du getan, wenn ich Dir plötzlich gesagt hätte ‚Schatz, ich bin jetzt erfolgreicher Autor, wir sind reich? Ich hab ne Nobelsuite gebucht. Lass uns in die Schweiz fahren.' Ich, Dein notorisch erfolgloser Bastian. Hättest Du diesen neuen Bastian, den Erfolgreichen, den Bewunderten als Teil Deiner Lebens- und Zukunftsplanung überhaupt zulassen können? Ich, so viel steht fest, kann, darf und möchte diese neue Rolle nicht mehr spielen. Ich habe damit abgeschlossen." Bastian hielt kurz inne, beugte sich über den Tisch und streckte ihr seine Arme entgegen. „Hier bin ich, nur ich, und bringe Dir den alten Bastian zurück."

Annalena wirkte ob der Worte angefasst und setzte sich zurück an den Esstisch. Bastian wähnte einen feuchten Schimmer in ihren Augen.

„Bastian, ich danke Dir für Deine Worte und nehme Dir auch ab, dass Du sie ehrlich meinst. Aber…so einfach ist das nicht." Sie griff erneut nach der Zigarettenschachtel, zündete den letzten darin verbliebenen Glimmstängel an, machte einen tiefen Zug und bliess den Rauch in Richtung Tischplatte. „Die letzten zwei Tage waren knüppelhart für mich, härter als Du es Dir jemals vorstellen kannst. Da ist in mir eine Menge kaputt gegangen. Ich kann Dir nicht sagen, ob ich das neue, erfolgreiche Leben an Deiner Seite hätte leben können. Tatsache ist, ich hatte nicht mal die Chance, es zu versuchen. Du hast mich wie eine Figur in Deinem Doppelspiel des Lebens hin und her geschoben, zur Statistin gemacht und die Wahrheit für Dich behalten. Dein Bekenntnis, Deine Entschuldigung in Ehren. Aber… die Wahrheit duldet keinen Aufschub. Sie lässt sich nicht irgendwann, wenn es gerade passt, per Knopfdruck abrufen. Sie muss raus, auch wenn es wehtut. Während Du sie in Deinem Egotrip unter Verschluss gehalten hast, ist das Kind in den Brunnen gefallen…"

Bastian spürte den Schmerz ihrer Worte und verharrte in desillusioniertem Schweigen.

„Und nun möchtest Du eine zweite Chance, versprichst mir hoch und heilig wieder der Alte zu sein?" Annalena richtete ihren Blick gen Decke und schüttelte den Kopf. „Du wirst die alte Rolle nicht mehr einnehmen können. Der Schatten Deiner Fakeexistenz wird immer über uns schweben und sich von Zeit zu Zeit wie ein heftiges Gewitter entladen. Es gibt kein freiwilliges Zurück." Sie machte einen letzten tiefen Zug, bevor sie die Zigarette ausdrückte. „Ich werde morgen einen Scheidungsanwalt kontaktieren und mich unverbindlich beraten lassen. Mach Dir keine Sorgen, von meiner Seite aus wird es keine schmutzige Wäsche geben. Mit den Kindern werden wir eine faire Regelung finden. Ich werde zu ihrem Wohl das Sorgerecht beantragen. Schließlich bist Du ja demnächst voll berufstätig und wirst weniger Zeit für sie haben."

Bastian saß paralysiert auf seinem Stuhl und registrierte teilnahmslos wie seine Ehefrau ihre Tasche nahm, den Mantel überwarf und die Wohnungstür hinter sich zuzog.

Ein argwöhnischer Termin

Den Abend und die folgende Nacht verbrachte Bastian in vollständiger Leere. Sein durch die Erfolge des „Bestsellers" aufgepumptes Selbstwertgefühl war förmlich implodiert. Nun saß er missmutig an seinem Schreibtisch. 496.252! Er hatte seinen Kontostand abgerufen, in der Absicht, den dort ständig anwachsenden Betrag abzuschöpfen und auf eine Reihe wohltätiger Organisationen zu verteilen. Mit Verachtung blickte er auf die Summe, die sich unkontrolliert wie ein grassierender Wildwuchs seines Lebens bemächtigt hatte. Er hasste jeden einzelnen Euro des vergifteten Geldes und verspürte das Verlangen, das Guthaben mit ein paar Überweisungsklicks zu pulverisieren.

Annalenas letzte Worte hatten sein hoffnungsvoll errichtetes Argumentationsgebäude wie ein Kartenhaus zusammenfallen lassen. Allein der Begriff Scheidungsanwalt, mit der Aussicht auf bevorstehende Sorgerechts- und Unterhaltsstreitigkeiten, war eine Vokabel, die jegliche Versöhnungshoffnung auf null reduzierte. Annalena wirkte in ihrer Aussage felsenfest und unverrückbar. Auch wenn sie das Thema „schmutzige Wäsche" für sich ausschloss, wusste er, dass diese Worte im Falle eines Falles Schall und Rauch sein würden.

Möglicherweise wäre er unterhaltspflichtig. Sein künftiges Einkommen als Dozent in Verbindung mit den Bucheinnahmen würden da wohl wenig Zweifel aufkommen lassen. Obwohl Bastian ein von Grund auf sensibles Gemüt hatte, packte ihn angesichts der neuen Situation der harte Realitätssinn. Auch er würde seine Waffen schärfen müssen. Was hätte er zu verlieren, wenn er seinen Job gar nicht erst anträte und sich mit Haut und Haaren dem hässlichen aber finanziell einträglichen Autorenleben verschrieb? Als freiberuflicher, zeitlich flexibler, von Zuhause arbeitender Autor würde sich die Sorgerechtsfrage angesichts einer voll berufstätigen Ehefrau ganz anders darstellen. Gerade der Gedanke an seine Kinder trieb ihm wiederholt die Tränen in die Augen.

Erneut betrachtete er seinen Kontostand. Sollte er mit den großzügigen Spenden nicht eher noch warten, bis sich die familiäre Lage geklärt hatte? Ein finanzielles Polster für alle Eventualitäten erschien ihm nicht unangebracht. Nichtsdestotrotz war er noch nicht bereit, den leisen Hoffnungsschimmer, dass Annalena auf kurz oder lang zurückkehrt und das Familienleben einen neuen Anfang nehmen kann, vollständig aufzugeben.

Während diese widerstrebenden Gedanken in seinem Kopf herumspukten, klingelte das Telefon. ‚Büro Lena‘ erschien auf dem Display seines Smartphones. Bastian stutzte und durfte davon ausgehen, dass dies kein Moment der privaten Aussprache werden würde. Vielmehr fürchtete er, dass es sich nach Rücksprache mit Annalenas Anwalt um die Modalitäten einer anstehenden Scheidung handeln könnte.

„Hi, hast Du kurz nen Moment Zeit?" Annalena klang gehetzt, aber um Freundlichkeit bemüht.

„Ja klar, hab' ich."

„Gut, dann verbinde ich Dich weiter. Roller möchte Dich sprechen."

Bastian hatte mit Ronald Roller abgesehen von dem kurzen

Treffen bei der letzten Bürofeier faktisch keine Berührungspunkte. Der Name war für ihn ein rotes Tuch. Rollers überhebliches Auftreten und sein mitunter dubioses Verhalten Annalena gegenüber waren Grund genug, eine gewisse Distanz zu wahren. Während Bastian versuchte, sich einen Reim auf den Gesprächsanlass zu machen, schallte ihm eine Stimme am anderen Ende der Leitung entgegen.

„Ronald Roller am Apparat. Hallo Herr Buck, schön, dass Sie einen Moment Zeit haben."

„Guten Tag Herr Roller, was kann denn ich für Sie tun?" Bastian fühlte sich ein Stück weit überrumpelt, versuchte jedoch die übliche Höflichkeitsform zu wahren.

„Herr Buck, Entschuldigung, dass ich Sie jetzt so überfalle. Aber ich möchte mich mit Ihnen gerne persönlich unterhalten. Es ist dringend. Es wäre schön, wenn Sie heute Abend Zeit hätten."

Bastian war perplex und durcheinander zugleich. Roland Roller, der Chef eines der größten Medizingeräteausstatter in der Region und gleichzeitig Vorgesetzter seiner Ehefrau, bat ihn um ein Gespräch. Und das unter vier Augen. Reflexartig fiel Bastians Antwort aus.

„Darf ich Sie denn fragen, worum es geht?"

„Herr Buck, es ist etwas Vertrauliches. Dies möchte ich ungerne am Telefon besprechen. Ich hätte heute Abend gegen 20 Uhr Zeit. Wir brauchen maximal 1 Stunde. Würde das bei Ihnen passen?"

Bastian war irritiert, verunsichert und neugierig zugleich. Klar, hatte er Zeit. Einen Grund, den Termin zu verschieben, sah er nicht. „Ja. Das würde passen. Soll ich zu Ihnen ins Büro kommen?"

„Nein, nein." Roller wiegelte energisch ab. „Lassen Sie uns auswärts treffen. In der Citypassage gibt es ein Eiscafé. Kommen Sie einfach um 20 Uhr dorthin. Ich werde auf Sie warten."

„Gut. Ich werde da sein. Auf Wiederhören."

Bastian legte auf und fühlte eine Mischung aus Anspannung und Unbehagen. Roller gehörte zu dem Typus Mensch, der ihm ein Gefühl der Verunsicherung und Minderwertigkeit vermittelte. Er erinnerte ihn vom Auftreten her ein wenig an seinen Lateinlehrer Kurt Knochenhauer, der Bastian gerne mit dem Namen „Bückling" an die Tafel zu holen pflegte, um ihn dort vor der gesamten Klasse mit Deklinationsformen fertig zu machen. Spontan fiel ihm nichts ein, was ein Ronald Roller so dringend mit ihm zu besprechen hätte. Er entschied sich dafür, Annalena eine kurze Textnachricht zu schicken, um mögliche Hintergründe zu erfahren.

„Denk mal scharf nach. Dazu sollte Dir eigentlich was einfallen…" erschien postwendend als „vielsagende" Antwort auf seinem Display. Mit einem Mal durchzuckte ihn ein Gedankenblitz. Bastian war sich nie sicher, ob zwischen Annalena und Roller nicht doch etwas lief. Seine Annäherungen hatte sie nach eigener Aussage stets erfolgreich abgeblockt. War der Roman und die unterlassene Beichte gar nicht der wahre Trennungsgrund, sondern nur eine willkommene Gelegenheit, den lang geplanten Auszug zu alimentieren? Womöglich hatten Roller und sie seine Abwesenheit genutzt, um die Sache dingfest zu machen.

Dass ein anderer Mann als Trennungsgrund in Frage käme, erschien ihm bis dato abwegig. War es tatsächlich Rollers Absicht, ihm die Beziehung und den Wunsch nach einer gemeinsamen Zukunft mit seiner Lena zu gestehen? Bastian grübelte. So entschlossen wie Annalena am Tag zuvor aufgetreten war, hätte sie es ihm auch direkt sagen können. Um den heißen Brei herumreden, war grundsätzlich nicht ihr Ding. Sie hatte von ihm mit Vehemenz die Wahrheit eingefordert. Dass sie es ihrerseits damit nicht so genau nehmen würde, hielt er für unwahrscheinlich.

Bastian grübelte weiter. Annalena hatte ihm über Rollers nervliche Ausfälle im Zusammenhang mit Loreenas Tod berichtet. Loreena! Bastian erschrak innerlich. Was wäre, wenn Annalena ihrem Chef und Vertrauten von seiner vermeintlichen Beziehung mit Loreena erzählt hatte und dass er der letzte Begleiter vor ihrem Tod gewesen sein mag. Mit einem Mal überschlug sich sein Gedankengebäude. Wolfram Wickel fiel ihm ein. Die Nachricht von dessen Ermordung war zu Annalena bereits durchgedrungen und sollte auch Roller als wichtigen Geschäftspartner erreicht haben. Dass Wickels medienträchtiges Ende als Gast einer Lesung in einem Luzerner Nobelhotel mit seinem Besuch in enger Verbindung stand, war ein weiterer möglicher Anlass für den so dringend geäußerten Gesprächsbedarf. Hatte Roller irgendeine Kenntnis darüber, dass er, der No-Name-Ehemann seiner Assistentin, der neue Shooting-Star unter den Romanautoren mit Namen Berthold Beck war? Je länger er nachdachte, desto vielfältiger erschienen ihm die möglichen Hintergründe für ein klärendes Gespräch unter Männern, je nachdem, wie nahe Annalena ihrem Chef und möglicherweise Partner mittlerweile stand. Bastian blieb keine andere Wahl, als abzuwarten und sich auf alle Eventualitäten vorzubereiten.

Ein vergiftetes Angebot

Es war 19:55 Uhr, als Buck die Passage betrat. Auf dem kurzen Weg von der Straßenbahn war er von einem Regenschauer überrascht worden, der aus liladunklen Wolken wie ein erbitterter Vorbote auf ihn herniedergegangen war. Die Passage lag menschenleer vor ihm und er steuerte auf das ihm gut bekannte Eiscafé zu. Während er die letzten Regentropfen von seiner Lederjacke schüttelte, dachte er an Loreena. Konnte es Zufall sein, dass Roller ausgerechnet diese nüchterne, wenig präsentable Lokalität als Treffpunkt ausgewählt hatte? Buck hatte sich vorgenommen, Roller gegenüber

292

so offen wie möglich zu sein, um die Gesamtsituation nicht noch weiter zu verkomplizieren.

Buck betrat das Café. Er erblickte den Tisch, an dem er mit Loreena gesessen hatte. Dort saß der einzige Gast, ein dunkelhaariger Herr mittleren Alters, der im schummrigen Licht aus der Distanz nicht klar zu erkennen war. Buck ging vorsichtigen Schrittes auf den Tisch zu. Der Gast erblickte ihn, erhob sich und reichte ihm die Hand.

„Guten Abend Herr Buck, ich freue mich, dass Sie Zeit haben."

Buck erkannte sein Gegenüber und erschrak. Vor ihm stand ein gebrochener Mann. Aus glanzlosen, tiefumrandeten Augen blickte Ronald Roller zu ihm herüber. Der einst so stattliche, athletisch auftretende Egoshooter kauerte in gebückter Körperhaltung vor ihm. Das Charisma des jungen Alain Delon, das zur Schau getragene Selbstbewusstsein eines strahlenden, mit allen Wassern gewaschenen Geschäftsmannes war binnen weniger Tage in sich zusammengefallen. Der Vorgesetzte seiner Noch-Ehefrau wirkte wie ein geprügelter Hund, der nächtelang nicht geschlafen hat und dessen ungeordnete Gemütslage in seinem verknitterten Anzug zum Ausdruck kam. Buck war angefasst und antwortete mit gewisser Demut.

„Guten Abend Herr Roller, ich hoffe es geht Ihnen gut und bin gespannt, ob und wie ich Ihnen helfen kann."

„Ich gehe davon aus, dass Sie können", kam als ernüchternde Antwort. „Kaffee?"

Buck nickte, während Roller die Bedienung mit einer jovialen Handbewegung herbeiwinkte. Roller bestellte einen normalen Kaffee und für sich einen doppelten Irish Coffee, bevor er Buck eindringlich ansah.

„Herr Buck, Sie werden mich wahrscheinlich anders in Erinnerung haben. Aber…die letzten Tage und Nächte seit dem Verschwinden meiner Nichte waren die Hölle…!"

Buck blieb stumm und regungslos sitzen, in der Hoffnung auf diese Weise keine unnötigen Verdachtsmomente preiszugeben. Roller trank den Irish Coffee mit einem Zug bis zur Hälfte und fuhr mit leicht brüchiger Stimme fort. „Ich stecke in großen Schwierigkeiten. Der Tod meiner Nichte und einer meiner besten Großkunden hat mich und mein Unternehmen in Schieflage gebracht. Dank Lena weiß ich, dass Sie daran nicht ganz unbeteiligt sind."

Buck fühlte schlagartig, dass ihn der Super-GAU an Negativerwartungen getroffen hatte. Offensichtlich gab es ein Vertrauensverhältnis zwischen Annalena und ihm, das über das rein Dienstliche hinaus ging. Woher konnte Roller wissen, dass er zum Zeitpunkt von Wickels Tod in Luzern war und „zufällig" im gleichen Hotel wohnte? Und nicht zuletzt, dass er der letzte bekannte Begleiter seiner Nichte gewesen ist? Stur beharrte Buck in der Rolle des naiv Fragenden. „Ich verstehe nicht, was ich damit zu tun habe und wie ich Ihnen helfen soll?"

Roller griff in seine Innentasche und holte einen Presseartikel hervor. Die Schlagzeile ‚Neue Details im Luzerner Mordfall' ließ Buck den Atem anhalten.

„Lieber Herr Buck, ich hatte mit Wolfram Wickel einen Millionendeal eingefädelt. Dieser ist nun hinfällig, da seine grässliche Schwester die Geschäfte führt und die Vereinbarung gekippt hat. Sein Tod hat alles kaputt gemacht."

Buck entschloss sich, sein Schweigen zu brechen und seinerseits in die Offensive zu gehen. „Es stimmt wohl, dass ich mit Herrn Wickel, ohne es zu ahnen, in Luzern im gleichen Hotel gewohnt habe. Aber was soll ich mit dem Morddrama, bei dem Wickel von seinem eigenen Partner erstochen worden ist, Ihrer Meinung nach zu tun haben?"

Roller zog die Augenbrauen nach oben und deutete auf den Presseartikel. „Die Luzerner Ermittler haben Zweifel, dass sein Freund Jerome tatsächlich der Mörder war. Man geht davon aus, dass noch mindestens eine weitere Person im Raum gewesen ist. Die Spuren deuten darauf hin, dass dieser Jerome sich nicht selbst aus freien Stücken erhangen hat."

Buck versuchte ob der neuen kompromittierenden Informationen nach außen Haltung zu bewahren. „Ich habe damit nichts zu tun. Zum Zeitpunkt von Wickels Tod hatte ich das Hotel bereits verlassen."

„Es gibt Anzeichen für ein Eifersuchtsdrama zwischen Wickel, Jerome und jener dritten Person. Leider weiß ich aus meinem letzten Treffen mit Wickel, dass er an Ihrer Person größeres Interesse hatte."

„Was meinen Sie mit größerem Interesse?"

„Nun ja, ich dachte zunächst eigentlich eher an ein rein sexuelles Interesse. Aber da Sie sich durch Ihre eigene Unvorsichtigkeit als der große „Bestseller"-Autor geoutet haben, war das Interesse womöglich auch literarischer Natur."

Buck beobachtete Roller genau. Er spürte, dass das Alpha-Tier in ihm zwar waidwund geschossen war, aber dennoch immer wieder Züge der alten Stärke aufflackerten.

„Der Tod von Wickel ist tragisch. Aber fangen Sie jetzt nicht an, den Ermittler zu spielen und mir irgendwelche Verantwortung zuzuschieben. Ich habe damit nichts zu tun."

„3 Millionen Euro. Das ist die Summe, die mir durch die Lappen gegangen ist, weil Sie mit ihm rumgekungelt haben, weil er von Ihrem Roman so angefixt war, dass er sich auf eine Todesreise nach Luzern begeben hat... Buck, letztlich ist es mir egal, woran und wie er gestorben ist. Tatsache ist, Wickel lebt nicht mehr. Damit schulden Sie mir etwas. Es wäre ein Leichtes für mich, den Luzerner Ermittlern einen Hinweis zu geben, dass Sie als der mögliche dritte Mann im Spiel gewesen sind."

„Soso, Sie wollen mich also erpressen. Nachdem Sie meine Frau über Jahre manipuliert haben, wollen Sie nun mir ans

Leder. Ich empfehle Ihnen sehr, sich aus unserem Leben rauszuhalten."

„Ha!" Roller machte eine wegwerfende Handbewegung. „Glauben Sie mir, ihr Leben hat mich nicht die Bohne interessiert...Zumindest solange nicht, wie Sie diesen verdammten Roman, diesen „Berthold Bestseller", oder wie er auch immer heißt, geschrieben haben, der unser aller Leben auf links gedreht hat."

Buck spürte, dass Roller mit dem aufkeimenden Zorn einen Teil seiner alten Dominanz zurückgewonnen hatte und war bemüht, standhaft zu bleiben. „Roller, werden Sie konkret. Sagen Sie mir verdammt noch mal, was Sie von mir wollen!"

„Und dann...haben Sie auch noch meine Nichte auf dem Gewissen, Sie biederer Schleimer. Und kommen Sie mir nicht mit der tragischen Story des verlassenen Ehemannes. Sie haben nicht nur Wickels, sondern auch Loreenas Tod zu verantworten. Dass sich Lena das Spielchen nicht länger anschauen mochte, ist ja wohl klar."

Buck hatte wenige Momente in seinem Leben, in denen er die Kontrolle über sich verlor. Als Roller den Namen seiner Ehefrau fallen ließ, kam alles Aufgestaute der letzten Wochen in ihm hoch. Wie von Geisterhand geführt, schwang seine rechte Hand nach vorne und landete mit einer schallenden Ohrfeige auf Rollers linker Wange. Rollers Gesicht schlug zur Seite und der notdürftig frisierte Haarschopf vollzog eine wippende Bewegung.

Mit hämischem Grinsen fasste sich Roller an die Wange und rückte seine Frisur zurecht. „Wow. Buck! Hätten Sie in Ihrer Beziehung so viel Temperament an den Tag gelegt, wäre ihre Frau vielleicht noch bei Ihnen...?"

Buck, einmal in Fahrt gekommen, war drauf und dran seinem Gegenüber nun auch verbal entgegenzutreten, als dieser mit Entschlossenheit nachlegte. „Wie fühlt man sich eigentlich, hier zu sitzen, an dem gleichen Tisch, dem Tisch, von dem aus Sie meine Nichte flachgelegt haben…und gleichzeitig zu Hause den naiven Ehemann gespielt haben?"

„Roller, verdammt noch mal, ich hatte nichts mit ihr."

„Hören Sie mir zu, Buck. Loreena war wie eine Tochter für mich. Sie war kompliziert und leider auf die schiefe Bahn geraten…aber sie hatte sich mir anvertraut, dass sie jemanden kennengelernt hat, aussteigen will und Schutz braucht…"

„Schutz vor wem? Wovon reden Sie?"

Roller hielt kurz inne und antwortete zögerlich. „Vor den Bulgaren. Dem Panov-Clan."

„Ich verstehe gar nichts."

Roller senkte die Stimme in einen Flüsterton und nahm einen jovialen Gesichtsausdruck an, ganz so, als ob er seinen Gesprächspartner ins Vertrauen zu ziehen gedachte.

„Loreena war mit Christo Panov zusammen, einem meiner Geschäftspartner. Seinem Vater, Gennadi Panov, gehört in Sofia ein Wirtschaftsimperium. Unter anderem Bauteile für medizinische Geräte, die er in alle Welt günstig exportiert. Wir hatten eine lukrative Geschäftsbeziehung. Nach dem Motto: Eine Hand wäscht die andere."

Bucks Naivität in geschäftlichen Dingen ließ ihn weiter irritiert zurück. „Lukrativ? Was soll das heißen?"

„Christo Panov wollte in Deutschland einen Escortservice aufbauen…mit osteuropäischen Damen. Dafür brauchte er eine legale Geschäftsbeziehung. Als Gegenleistung hat er mir seine Produkte zu Top-Konditionen geliefert. Dummerweise hat er Loreena in die Escortnummer mit reingezogen."

„Das heißt, Sie haben zugelassen, dass sie für ihn als Prostituierte arbeitet?"

„Panov hatte mir weisgemacht, dass er Loreena liebt und heiraten möchte. In Wahrheit hat er sie benutzt, als Gesellschaftsdame für seine Edelkunden angeboten und finanziell ausgebeutet. Das habe ich leider zu spät erkannt."

„Ich weiß, dass sie zuerst bei Ihnen gearbeitet hat und von Ihnen rausgekickt wurde. Geben Sie zu, Sie haben denen Loreena zum Fraß vorgeworfen, nur um einen guten Deal zu machen. Und jetzt mimen Sie den trauernden, fürsorglichen Patenonkel. Roller, Sie sind schäbig!"

„Buck, so einfach ist das nicht. Als Loreena sich mit Panov eingelassen hatte, musste ich sie entlassen, um geschäftliche und private Verwicklungen zu vermeiden. Es war vereinbart, dass sie den Sneaker-Laden managt. Leider ist es nicht dabei geblieben. Dieser bulgarische Betrüger hat mich hinters Licht geführt."

„Ich dachte, es ging denen um Escort? Wozu dann Sneaker?" Roller fuhr sich nervös durchs Haar. „Zur Tarnung. Der Laden gehörte Panov. Ich hatte ihm die Räumlichkeiten vermittelt, weil ich glaubte, er würde es als legales Business betreiben. Doch die angeblich teuren Markensneaker waren allesamt Fake. Während vorne im Showroom die Imitate verkauft wurden, wurde im Hinterzimmer die Escortagentur betrieben. Die weiblichen Verkäuferinnen hatten alle noch einen lukrativen Nebenjob. Die ein oder andere hat sogar betuchten Sneaker-Kunden ihre Dienste angeboten."

„Und Loreena, welche Rolle spielte sie?"

„Sie hat den Laden wie vereinbart geführt. Sie war eine Top-Verkäuferin, wie Sie sicher wissen. Die Beste von allen... Doch offensichtlich war sie auch im Escortbereich herausragend. Da sind wohl die Gene ihrer Mutter durchgeschlagen. Für Panov war es ein lukratives Geschäftsmodell...Bis sie diesen seltsamen Literaten traf und aussteigen wollte. Hier in diesem Café, an genau diesem Ort", Roller zeigte mit dem Finger nach unten, "hier, mein lieber Buck, liegt der Anfang vom Ende ihres jungen Lebens."

„Woher wussten Sie, dass sie aussteigen wollte? Einen Tag nachdem sie hier war, war sie tot. Sie können sie gar nicht getroffen haben. Angeblich war ich ihr letzter Kontakt."

„Sie hatte mich angerufen. Von ihrer Wohnung aus, noch an dem Abend, an dem sie mit Ihnen verabredet war."

„Was hat sie Ihnen gesagt?"

„Sie hatte mir unter Tränen gestanden, welches doppelte Spiel Panov mit ihr spielt, dass sie es nicht mehr aushalten würde und aussteigen will. Sie habe jemanden getroffen, es wäre noch sehr frisch, aber sie spüre eine tiefe Verbindung zu ihm und wollte zurück in ein bürgerliches Leben."

„Und dann ist sie zu Panov gefahren, um die Sache zu beenden?"

„Das war ein Fehler. Ich habe ihr gesagt, dass ich auf Dienstreise bin und ihr aktuell keinen Schutz bieten kann und sie es unter allen Umständen vermeiden soll. Aber sie war nicht davon abzubringen. Ich versuchte, sie zur Vernunft zu bringen und bat sie, noch ein paar Tage zu warten. Mir war klar, dass die Bulgaren Loreena nicht ohne Weiteres gehen lassen würden. Ich habe alles versucht und Panov noch in der Nacht angerufen. Er sagte mir, das Risiko sei zu groß und er könne dem nicht zustimmen."

„Welches Risiko?"

„Dass Loreena zur Polizei geht und den Laden hochgehen lässt." Buck blickte durch das Fenster in die Passage. Der Sneaker-Laden war dunkel und die Tür mit Klebeband versiegelt. „Sie können sich gerne überzeugen, Buck. Es gab heute Morgen eine Razzia. Seitdem ist der Laden dicht."

„Und jetzt geben Sie mir die Schuld? Für Loreenas Tod und Ihre geplatzten Geschäfte? Roller das ist alles lächerlich."

„Buck, Sie sind verantwortlich. Begreifen Sie das." Der eben noch schwach und gebrochen wirkende Geschäftsführer baute sich auf seinem Sitz auf und ließ seine alte Dominanz aufblitzen. „Ich habe der Polizei den Tipp mit den Panovs gegeben und meine Schuld beglichen. Nun sitzen die Mörder in Haft und der Escort-Ring ist aufgeflogen. Seitdem habe ich keine ruhige Minute mehr. Ich, meine Angestellten, die ganze

Firma ist in Todesangst. Christo Panov erpresst uns und hat Rache geschworen, tödliche Rache."

Buck versuchte die Schilderungen in Reihe zu bekommen und hinter die Gedanken seines Gegenüber zu gelangen. „Sie sprachen von Ihrer Firma und Ihren Angestellten. Ist meine Frau auch bedroht?"

„Die Bulgaren wissen, wer Lena ist. Unser gesamtes Büro und sie insbesondere steht seit gestern Morgen unter Polizeischutz. Lena ahnt allerdings nicht, dass sie als Frau des berühmten Autors besonders gefährdet ist. Die Panovs werden nicht lockerlassen, bis..."

„Bis...?"

„...wir ihre Bedingungen erfüllen."

Buck dachte an Annalena und seine Kinder. Er forderte von Roller nun Klartext. „Verdammt noch mal, Roller. Sagen Sie mir nun endlich, was Sie wirklich wollen. Sie und Ihre schmutzige Geschäftemacherei interessieren mich einen feuchten Dreck. Aber für meine Familie werde ich alles tun. Sagen Sie, was sind die Bedingungen der Panovs?"

„Der Alte aus Sofia hat sich eingeschaltet. Die beiden Inhaftierten sind nahestehende Verwandte, ein Cousin und Neffe von Gennadi Panov. Sie wollen die beiden freipressen. Dafür brauchen sie eine Geisel als Faustpfand."

„Dann sollen die sich eine suchen, verdammt."

„Sie wollen eine ganz Bestimmte...Christo Panov fühlt sich in seiner Ehre verletzt, weil er Loreena nicht halten konnte. Die wollen die Person, den geheimnisvollen Schriftsteller, der Loreena zum Ausstieg bewogen hat. Die...Buck...wollen Sie."

Es gab immer wieder Situationen im Leben, in denen Bastian Buck eine gewisse Ausweglosigkeit verspürt hatte. Als 12-jähriger nach dem Tod des Vaters angesichts seiner verzweifelt weinenden Mutter. Ebenso während der demütigenden Latein-Vorführungen von Herrn Knochenhauer, nach dem

Verlust seines Smartphones in der Xantener Südsee und zuletzt bei der grotesken SM-Inszenierung von Wolfram Wickel. Doch bei all jenen Ereignissen öffnete sich irgendwann eine Tür und der Schrecken des Augenblicks ging vorüber. Angesichts dieser neuen Situation schien jene Tür des rettenden Auswegs außer Sicht.

„Das heißt, ich soll zu den Bulgaren in Geiselhaft, damit Ihre Firma weiterarbeiten und schmutzige Geschäfte machen kann."

„Buck, ich habe nicht nur meine Nichte, ich habe zu allem Überfluss wichtige Geschäftspartner verloren und meine Firma steht vor dem Ruin. Meine Mitarbeiter und ihre Familien, müssen um ihr Leben fürchten. Ich werde nachts bedroht, schlafe höchstens eine Stunde, weil ich bei jedem Geräusch wach werde. Wir alle sind Opfer dieser Umstände." Roller hielt kurz inne und rührte mit starrem Blick in seiner Tasse. „Der Einzige, der seine Rechnung noch nicht bezahlt hat, sind Sie. Der Verursacher, die Wurzel des Übels... Wäre es nicht einfach nur ungerecht, wenn der Autor des „Bestsellers" als Verursacher der ganzen Misere ungeschoren davonkäme, während andere in die Pleite gehen und in Todesangst leben? Buck, es wird Zeit, dass Sie im Interesse aller, nicht zuletzt auch Ihrer Familie, Ihren Beitrag leisten."

„Selbst wenn ich es täte, wer gibt mir die Garantie, dass ich danach frei komme? Dass sich die Polizei auf den Kuhhandel mit dem Gefangenenaustausch einlässt?"

„Buck, schief gehen kann immer etwas. Denken Sie positiv. Dass es klappen könnte."

„Vielleicht bluffen Sie ja nur und meine Familie ist gar nicht bedroht... Und wenn ich nichts tue, um Ihren korrupten Laden zu retten?"

„Nun ja, die Luzerner Polizei ist sicher neugierig, wer diese dritte Person in Wickels Zimmer gewesen sein könnte. Ein DNA-Abgleich mit der Ihrigen wäre gewiss nicht uninteressant. Buck, entweder wir machen diesen Deal oder Sie werden als perverser Schriftsteller geoutet und wandern als Mordbeteiligter in den Knast."

Buck lehnte sich desillusioniert zurück. „Ich werde darüber nachdenken... Sagen Sie mir bitte noch eins. Sind Sie und Lena ein Paar?"

„Lieber Buck. Lena ist meine Vertraute und das seit vielen Jahren. Wir haben eine ganz spezielle Verbindung. Ich finde Ihre Frau enorm anziehend, aber...eine private Beziehung wird es zwischen uns nicht geben. Zumindest solange nicht, wie die Firma existiert. Wie sie wissen, private und berufliche Verpflichtungen pflege ich zu trennen..."

Roller leerte den kalt gewordenen Irish Coffee, führte die Serviette zum Mund und stand mit einer zackigen Bewegung auf.

„Ich freue mich, von Ihnen zu hören und hoffe, dass Sie so vernünftig sind, Ihren Beitrag zu leisten. Ich empfehle mich!"

Buck blickte Roller hinterher, der das Café schnellen Schrittes mit einem Anflug seines alten Selbstbewusstseins verließ und im gedämpften Abendlicht der City-Passage verschwand.

Finale Aussprache

Am nächsten Tag blieb Bastian bis zum späten Vormittag im Bett. Zu sehr hatten ihn die Ereignisse des zurückliegenden Abends gelähmt, sein Aktivitätslevel auf null heruntergefahren. Er wusste, dass Annalena um 12 Uhr Mittagspause hatte und diese im Regelfall außerhalb des Büros verbrachte. Er wollte die Gelegenheit nutzen, um ihre Version von Rollers Ausführungen zu erfahren. Waren sie und die Kinder wirklich bedroht oder war das alles nur ein Vorwand, den Roller nutzte, um seine Firma aus den Klauen jener Bulgarenmafia zu befreien? Er vermisste seine Familie und wünschte sie bei sich. An einem sicheren Ort, zu Hause, in seiner Nähe.

Rollers bizarrer Auftritt wirkte ungeheuerlich und unwirklich zugleich. Sich der Bulgarenmafia auszuliefern, um zugunsten von Rollers Firma als Verhandlungsmasse in einen Gefangenenaustausch einzusteigen, erschien ihm mehr als abwegig. Die Drohung einer möglichen Verhaftung durch die Luzerner Polizei war aus Bastians Sicht ein stumpfes Schwert, da er mit dem Mord an sich nichts zu tun hatte. Eine enthüllende Presseschlagzeile über den perversen Starautor würde er in Anbetracht der ohnehin belasteten Umstände zur Not über sich ergehen lassen. Alles besser als der Willkür rachsüchtiger Mafiosi ausgeliefert zu sein. Solange seine Familie nicht nachweislich in Gefahr war, würde er sich von Rollers Forderung unbeeindruckt zeigen.

Er schrieb Annalena mit einer kurzen Textnachricht an: *„Hi, ich hoffe es geht Euch gut. Das Treffen mit Roller war sehr irritierend. Ich würde Dich heute Mittag gerne kurz sprechen. Vermisse Euch, Bastian."*

Fast postwendend kam ihre Antwort: *„Hi, uns geht's den Umständen entsprechend. Habe ab 12:15 Uhr Zeit. Ruf einfach an..."*

Nachdem Bastian ein trockenes Brötchen zu seiner Tasse Kaffee verdrückt hatte, wählte er ihre Nummer.

„Hi, schön Dich zu hören...!

„Und...was kann ich für Dich tun?" Bastian merkte an ihrer nüchternen Art der Gesprächsführung, dass sein Anruf ihr eher lästig als angenehm erschien.

„Roller hat mir gestern Abend offenbart, dass Eure Firma erpresst wird und mir nahegelegt, dass ich mich dem Panov-Clan ausliefern soll. Sag mir bitte ehrlich, ob Ihr in Gefahr seid und was Du - schließlich sind wir noch verheiratet – über die Sache denkst?"

Am anderen Ende trat zunächst kurze Stille ein, bevor Annalena antwortete. „Bastian, das ist alles kein Kinderspiel hier. Seit die kleine Schlampe mit Dir angebandelt hat und so blöd

303

war, aus ihrem Escortpuff auszusteigen, sind wir hier in der Schusslinie. Seit gestern arbeiten wir unter Polizeischutz. Roller und der Rest der Geschäftsleitung erhalten Morddrohungen. Einzelne Kollegen übernachten sogar im Büro, da sie sich Zuhause nicht sicher fühlen. Es ist eine Frage der Zeit, wann die herausgefunden haben, wo wir aktuell wohnen."

„Was sagt denn die Polizei zu dem Kuhhandel? Dass ich mich ausliefern lassen soll? Das Ganze ist doch mehr als skurril."

„Die wissen davon nichts. Panovs Grundbedingung war, keine Polizei! Er hat Roller angerufen und ihm gesagt, wenn er diesen verdammten Schriftsteller nicht kriegt, fließt Blut."

„Lena, es macht mich verrückt, zu wissen, dass Ihr in Gefahr seid und ich nicht in Eurer Nähe bin. Wäre es nicht einfacher und auch sicherer für uns alle, wenn Ihr zurückkommt."

„Sag mal, begreifst Du noch was? Bastian, die wollen Dich haben und benutzen uns – mich, Roller und den Rest der Firma – um an Dich ranzukommen. Es ist schon lange nicht mehr Deine Privatsache. Und wenn wir irgendwo nicht sicher sind, dann ist es in Deinen vier Wänden."

„Das heißt, Du befürwortest auch, dass ich mich den Panovs ausliefere?"

„Bastian, es klingt verrückt, aber wenn Du nicht freiwillig gehst, passiert hier ein Unglück."

Über Tage hatte Buck versucht, die Wogen zu glätten, Verständnis zu zeigen und Reue ob seines Fehlverhaltens zu offenbaren. Mit einem Mal platzte es aus ihm heraus.

„Sag mal, bin ich für Dich eigentlich nur noch Verhandlungsmasse? Ich bin der Vater Deiner Kinder, den Du einer unberechenbaren Horde von kriminellen Bulgaren ans Messer liefern willst. Lena, wo ist Dein Verantwortungsgefühl uns Gegenüber. Warum behandelst Du mich wie lästigen Abschaum? Ich habe nicht mehr getan, als einen Roman zu schreiben, der leider erfolgreich wurde. Sorry dafür! Leider war ich zu schissig, es Dir zu sagen. Was kann ich dafür, dass andere

Personen plötzlich mehr in mir gesehen und Begehrlichkeiten entwickelt haben? Dass alles mit der Folge, dass meine Frau sich von mir abwendet und mir die Kinder entzieht. Ich habe weder Wolfram Wickel erstochen, noch seinen Loverboy aufgehangen, noch bin ich mit Loreena in der Kiste gewesen. Alles was ich wollte ist, uns zu schützen und nach bestem Wissen und Gewissen normal zu bleiben. Das was gerade passiert, hat mit Normalität leider nichts mehr zu tun. Roller ist ein korruptes Ekelpaket, dem es nur ums Geschäft geht. Von wegen, er trauert um Loreena. Dass ich nicht lache. Er hat sie doch diesem Panov ausgeliefert, weil er den großen Deal gerochen hat. Jetzt läuft der Deal mal in die andere Richtung und er macht sich zurecht in die Hose, dafür, dass er sich mit diesen Typen eingelassen und sein eigenes Fleisch und Blut geopfert hat..."

Bastian war nun in voller Fahrt und an einem Punkt angelangt, wo Bedauern und Verständnis in Zorn und Bitterkeit umschlugen. „Und jetzt hörst Du mir bitte noch mal zu, Prinzessin! Ich habe mich mit Loreena ein Mal getroffen. Wir haben uns nett unterhalten, auch übrigens über Literatur. Ja richtig, ich habe sie im Dunkeln zur Bahn gebracht. Ich habe sie geküsst, auch richtig... That's it! Alles Weitere entspringt Deiner Phantasie. Du hast nicht das Recht, sie als Schlampe zu bezeichnen, nur weil sie einen Traum hatte, von einem normalen, einem besseren Leben. So wie Du auch mit Deiner dämlichen Terrasse, einer Statuskarre vor der Garage und einem Köter, der in den Gartenteich kackt. Du drehst alles immer nach Deinem Gusto und passt die Realität Deiner Gedankenwelt an. Alles was Du machst und tust, dient nur Deinem eigenen Vorteil und Deiner zum Himmel schreienden Selbstzufriedenheit."

Bastian machte eine kurze Pause, spürte eine angespannte Ruhe auf der anderen Seite der Leitung und fuhr unvermindert fort. „Ich werde nichts unternehmen, um Euren korrupten

Geschäften Vorschub zu leisten…Und denk mal nicht, Du kannst mir die Kinder noch länger vorenthalten. Morgen ist Mittwoch. Um Punkt 12 möchte ich sie bei mir auf der Matte stehen sehen. Dann kannst Du Dich mit Deinem Rollerchen und Eurer seltsamen Verbindung ungehemmt austoben. Er hat mir gestern klar zu verstehen gegeben, dass er Dich geil findet und ihr eine spezielle Verbindung unterhaltet. Dass gerade Du Dich moralisch über mich erhebst, ist ein Witz. Bestell Deinem Mentor mal n schönen Gruß. Mit diesem Wicht mach ich keine Deals. Forget it!"

Mit einem kurzen Klack auf der anderen Seite der Leitung war das Gespräch beendet. Bastian fühlte sich auf seltsame Weise erleichtert und hoffte, durch den für ihn ungewohnten Ausbruch in die festgefahrene Situation ein wenig Bewegung gebracht zu haben. Er erwartete seine Kinder am nächsten Mittag. Würde Annalena sie nicht wie gewünscht abliefern, wäre der Gang zum Jugendamt für ihn zwangsläufig. Er würde sich von Roller niemals in den schmutzigen Deal reinziehen lassen, auch auf die Gefahr hin, dass die Luzerner Ermittler bei ihm antanzten und ihn ins Verhör nahmen. Wohl wissend, dass er den blutigen Messermord weder selbst begangen noch fingiert hatte.

Bastian verbrachte den Rest des Tages in seiner Wohnung. Er las ein wenig, schmiedete Pläne für den anstehenden Besuch der Kinder und ging mit dem Gefühl, dass sich alles schon irgendwie richten werde, früh ins Bett.

Das blutige Ultimatum

Nach einer unruhigen Nacht wachte Bastian zeitig auf. Er machte Frühstück, gönnte sich die erste Tasse Kaffee und checkte die Nachrichten auf seinem Smartphone. Annalena hatte geschrieben. *„Mit Deiner aggressiven Art machst Du alles nur noch schlimmer. Ich habe Roller gesagt, dass Du nicht bereit bist zu kooperieren. Er ist ziemlich wild geworden. Überleg es Dir bitte noch mal, bevor die Panovs Ernst machen. Die Kinder kann ich Dir aktuell nicht bringen, nicht in dieser angespannten Lage. Sei Dir sicher, wenn sich alles beruhigt hat, wirst Du Dein normales Umgangsrecht bekommen. Gruß L.."* Umgangsrecht? Bastian schäumte innerlich. Das Jugendamt würde ihm schon zu seinem Recht verhelfen. Zwischenzeitlich hatte Torben ihn angeschrieben. Ob man sich mal wieder auf einen Kaffee treffen könne, es gäbe Neues zu berichten. Bastian hielt das für eine willkommene Abwechslung. Auch wenn von Torben wenig Empathie für seinen Autorenerfolg und die mondänen Reiseerlebnisse in der Schweiz zu erwarten war, brauchte er jemanden zum Reden und sagte zu.

Bastian ging runter zum Briefkasten. Die tägliche Post war um diese Zeit schon da. Ein einzelner Umschlag ragte aus dem Einwurfschlitz heraus. Es roch nach Blut. Seit seinem Schülerpraktikum auf der Inneren Station eines Krankenhauses besaß er eine natürliche Sensibilität für frisches Blut, Menschenblut.

Zitternd nahm er den Umschlag in die Hand. Es fehlten Absender und Adresse. Durch den Umschlag schimmerte rote Schrift. Hastig ging er in seine Wohnung und setzte sich an den Esstisch. Der Blutgeruch wurde stärker, je näher er mit seiner Nase an das Kuvert herankam. Die längst vergangenen Bilder von frischen OP-Narben, abgerissenen Transfusionskathetern und tröpfelnden Blutkonserven tauchten vor seinem geistigen Auge wieder auf. Er öffnete das Kuvert. Die Schrift war angetrocknet und leicht verschmiert. Eine Nachricht für ihn, mit Blut verfasst.

DONNERSTAG 11 UHR STADTPARK
ALTE LINDE
SONST KOMMEN WIR

C P

Nun hatte er es rot auf weiß. Er, Bastian Buck, war Teil eines kriminellen Ränkespiels geworden und stand als Zielscheibe auf der Liste einer Mafiaorganisation. Dank der Ausführungen Rollers konnte er sich auf die ominösen Zeilen einen Reim machen. Die Initialen CP wiesen auf Christo Panov, den Kopf der Mafiaorganisation und Ex-Freund von Loreena, hin. Der Stadtpark lag in Sichtweite von Rollers Büro. Er hatte gerade mal 24 Stunden Zeit, um dort an dem gut sichtbaren, knorrigen, alten Lindenbaum zu erscheinen.

Es hatte den Anschein, als ob Roller und Panov eine Interessengemeinschaft waren und er das willenlose Opfer jener durchtriebenen Machenschaften geworden ist. Was war Annalenas Rolle? War sie ihrem Vorgesetzten mittlerweile derart hörig und damit emotional in der Lage, ihren Ehemann zur Deckung geschäftlicher Interessen ans Messer zu liefern? Bastian hatte nur den einen logischen Gedanken. Er musste die Polizei einschalten. Unmöglich konnte er Rollers kriminelle Machenschaften, die obendrein die Zerstörung seiner Ehe befördert hatten, durch seine Mitwirkung alimentieren. Sein persönliches Schicksal in die Hände korrupter Geschäftspartner zu legen und der blutigen Aufforderung zur eigenen Geiselnahme zu folgen, erschien ihm mehr als grotesk. Jener Blutbrief, der wie ein Mahnmal auf der Tischplatte vor ihm lag, schrie förmlich danach, auf der nächsten Polizeidienststelle in die helfenden Hände der Ordnungshüter übergeben zu werden.

Trotz dieser Logik quälte ihn ein seltsames Bauchgefühl, eine innere Stimme, die ihm sagte, mit einem Gang zur Polizei würde er das Leben seiner Familie und möglicherweise auch sein eigenes aufs Spiel setzen. Die Drohung der Panovs garniert mit Rollers Forderungen war unmissverständlich. Was wäre, wenn er die blutige Aufforderung einfach verstreichen ließe, ohne das Risiko eines Polizeibesuches einzugehen? Bastian spürte den schrecklich langen Schatten seiner Begehrlichkeit als erfolgreicher Schriftsteller, der selbst vor einer Horde krimineller Bulgaren keinen Halt machte. Er brauchte Bedenkzeit. Er hatte Angst. Um seine Kinder, um sich. In jenem Moment spürte er, dass er Lena wohl für immer verloren hatte.

Zwischen Kripo und Mafia

Nach einer weiteren unruhigen Nacht durchschritt Bastian wie ein Tiger im Käfig seine Wohnung. Er fühlte die Zwickmühle. Allein und einsam in dem schicksalhaften Gefängnis seines Stardaseins. Es war kurz nach 11. Das Ultimatum der Panovs war seit wenigen Minuten abgelaufen. Wie lange würde es wohl dauern, bis die Luzerner Ermittler ihn als den mysteriösen dritten Mann aus Wickels Hotelzimmer ins Visier nähmen? Gegebenenfalls würden die Panovs ihm zu Hause einen Besuch abstatten und damit den Schweizer Ermittlern zuvorkommen? Oder würden sie sich an seiner Familie vergreifen, um den begehrten Schriftsteller gefügig zu machen? Im Chaos jener Gemengelage schien aus Bastians Sicht jede Konstellation aussichtslos.

Er hatte das Bedürfnis, den Verlag zu kontaktieren. Kilian Krix war um diese Zeit üblicherweise in seinem Büro zu erreichen. Auf eine seltsame Art hatte Bastian zu dem egozentrischen Verlagsleiter ein unfreiwilliges Vertrauensverhältnis aufgebaut. Sie wussten beide Bescheid und hatten dadurch eine schon fast zwanghafte Mitwisserschaft. Bastian war Krix' bestes Pferd im Stall. Genau diese Eigenschaft machte die beiden so streng unterschiedlichen Männer zu Schicksalsgenossen.

Der Verlagschef musste darüber in Kenntnis gesetzt werden, dass Annalena (und damit auch Roller) als undichte Stellen seiner geheimen Existenz ein Ende machen würden. Und dass er, der internationale Erfolgsautor Berthold Beck, Gefahr liefe, von einer Mafiabande aus dem Verkehr gezogen zu werden.

Bastian zuckte zusammen. Ein klapperndes Geräusch in der Küche entpuppte sich als Wandkalender, der durch einen Windstoß zu Boden geweht wurde. Innerlich aufgewühlt wählte er Krix' Nummer. Eine ihm nicht bekannte Frauenstimme begrüßte ihn.

„Tut mir leid. Herr Krix ist nicht mehr zu sprechen..."

Bastian wusste, dass bei Krix eine Dienstreise nach England anstand und reagierte prompt. „Kein Problem. Ab wann kann ich ihn wieder erreichen?"

Die unerwartete Antwort traf ihn wie ein Donnerschlag. „Herr Krix ist nicht mehr bei uns. Weiteres entnehmen Sie bitte den Pressemitteilungen..."

Bastian war wie gelähmt. Die letzte Vertrauensperson als Hüterin seines dienstlichen und zugleich privaten Geheimnisses war nicht mehr erreichbar. Was mochte geschehen sein? Hektisch durchstöberte er das Internet und wurde fündig. Die Schlagzeile ließ ihm das Blut in den Adern gefrieren:

„VERLAGSCHEF WEGEN VERDACHT DES AUFTRAGSMORDES FESTGENOMMEN"

Atemlos las Bastian den Artikel im „Stadt Journal":

„In den Mordfall an den hiesigen Privatklinikbetreiber Wolfram Wickel im schweizerischen Luzern kommt neue Bewegung. Die Schweizer Ermittler konnten einen 26-jährigen Tunesier festnehmen, der gestanden hat, neben Wickel auch den bislang verdächtigen Lebenspartner Jerome T. getötet und dessen Selbstmord inszeniert zu haben. Als möglicher Auftraggeber wurde Kilian Krix, der Leiter des Jostein-Verlages, am gestrigen Abend vorübergehend festgenommen. Krix, der mit der Veröffentlichung des „Bestsellers" von Berthold Beck gegenwärtig große Erfolge feiert, befindet sich seitdem in Untersuchungshaft. Die Hinweise des gefassten Täters, die zur Verhaftung von Kilian Krix geführt hatten, wurden dadurch erhärtet, dass Wickel, ein früherer Lebenspartner von Krix, gedroht hatte, geheime Informationen über den Bestseller-Autor an die Presse weiterzugeben und damit den Verlagschef zu erpressen. Ein Geständnis von Krix hinsichtlich der Beauftragung des Doppelmordes steht noch aus. Gegenwärtig werden die Leichen der Getöteten bezüglich des genauen Tathergangs obduziert."

Längst hatte Bastian die Flasche Kirschwasser in der Hand und goss das vor ihm stehende Wasserglas bis zur Hälfte voll. Üblicherweise brauchte er in kritischen Situationen einen klaren Kopf. Dieses Mal ging es ausschließlich darum, die Sinne zu benebeln, um die hässliche Realität in der inneren Wahrnehmung auszumerzen. Nach dem zweiten Glas sackte Bastian rücklings in seinen Sessel und verfiel in einen komatösen Schlaf.

Zwei nette Beamte

Am späten Vormittag des nächsten Tages wachte er auf. Obwohl ihn ein hämmernder Kopfschmerz peinigte und die Bewegungen zähflüssig vonstattengingen, waren die Gedanken an die Presseschlagzeile umgehend präsent. Nachdem er den Kaffee aufgesetzt und sich unter die rettende Dusche geschleppt hatte, begann er mit der Recherche. Die Titelzeile des Stadt Journals lautete nun:

„VERLAGSCHEF KRIX GESTEHT AUFTRAGSMORD"

Mit einem Mal war Bastian bewusst, dass nun auch seine Person in den Ermittlungen wieder eine Rolle spielen könnte. Er durfte mit hoher Gewissheit davon ausgehen, dass Krix den bizarren Besuch in Wickels Suite bei seinem Geständnis nicht unerwähnt lassen würde. Bastian blickte auf die Uhr und zuckte zusammen. Wie lange würde es dauern, bis die bulgarischen Bluthunde bei ihm vor der Tür standen oder ihm bei seinem nächsten Außenaufenthalt auflauerten? Womöglich hatte auch Roller sein „Versprechen" inzwischen wahr gemacht und Bastian als weiteren Beteiligten im Mordfall Wickel in Richtung Polizei verpfiffen. Nun konnte er zwischen Pest und Cholera wählen, der Entführung durch die Panov-Clique oder der vorübergehenden Festnahme zur Klärung einer möglichen Mittäterschaft durch die Luzerner Polizei.

Er warf eine Kopfschmerztablette ein, verriegelte die Wohnungstür und ließ die Fensterrollladen herunter, um ein Gefühl von Sicherheit inmitten seines wild wuchernden Angstbiotops zu kreieren. Bastian begann, die ersten Zeilen des Artikels über Krix' Geständnis zu lesen, als es an der Tür klingelte. Sein Herz schlug bis zum Hals. Wer konnte es realistischerweise sein? Es war kein hektisches Klingeln, eher ein höflich-zurückhaltendes.

Bastian betrat den Flur und versuchte nach dem Ausschlussverfahren der Identität des mysteriösen Besuchers näherzukommen. Annalena hatte einen Schlüssel. Dass sich die Panovs durch höfliches Türklingeln Zugang zu ihrem Entführungsopfer verschaffen würden, widersprach den aus Spielfilmen bekannten Machenschaften osteuropäischer Geheimdienste. Vielleicht doch die Polizei? Jener letzte Gedanke erschien ihm vergleichsweise verlockend. Nirgendwo konnte man sich als unbescholtener Bürger sicherer fühlen als in der Gegenwart von Polizeibeamten. Entschlossen schob er den Riegel zurück, drückte er die Klinke nach unten und öffnete die Wohnungstür einen kleinen Spalt weit.

„Kriminalpolizei! Herr Buck, dürfen wir eintreten?"

Vor ihm standen zwei freundlich auftretende Herren in Zivil, die ihm ihre Hundemarken entgegenstreckten. Die Sorge, dass Vertreter des Panov-Clans ihn entführten, überwältigten und irgendwelche Gliedmaßen abtrennten, trat augenblicklich in den Hintergrund. Bastian führte die Herren in das Esszimmer, wo er ihnen Platz anbot. Einer der beiden Polizisten, ein semmelblonder Mittvierziger mit einem breiten Gesicht und Sommersprossen, ergriff das Wort.

„Hauptkommissar Dietrich mein Name. Leiter der hiesigen Mordkommission. Gemeinsam mit meinem Schweizer Kollegen, Herrn Sutter, von der Kripo Luzern leite ich die Ermittlungen im Mordfall Wolfram Wickel."

Der Kollege aus Luzern wirkte schmächtig und unscheinbar und blickte Bastian durch seine dickglasige Brille wohlwollend lächelnd an. Dann folgten aus dem Mund von Hauptkommissar Dietrich die entscheidenden Worte, die Bastians gesamtes Selbstverständnis bis ins Mark erschütterten.

„Herr Buck, Sie sind dringend tatverdächtig, den Mord an Wolfram Wickel begangen zu haben. Sind Sie einverstanden, dass wir Ihnen ein paar Fragen stellen?"

„Ich...tatverdächtig...?", stammelte Bastian verständnislos. „Woher wollen Sie wissen, dass ich...aber... gerne, fragen Sie! Ich stehe Ihnen Rede und Antwort."

„Herr Sutter wird von jetzt an die Befragung durchführen und auch Fragen Ihrerseits beantworten, die zur endgültigen Klärung des Sachverhaltes beitragen." Mit einem vielsagenden Blick spielte Dietrich an seinen Schweizer Kollegen ab, der mit einem sympathischen, gut verständlichen Dialekt die Befragung begann.

„Herr Buck, Sie werden jetzt sicher fragen, warum wir hier sind, und woher wir wissen, dass Sie sich zu der Tatzeit in Luzern aufgehalten haben."

Bastian lächelte zustimmend, als Sutter mit einer weiteren Frage die mögliche Antwort direkt mitlieferte. „Nach unseren Informationen ist es zutreffend, dass Sie Berthold Beck sind, der Autor des Romans „Der Bestseller", der in der letzten Woche im Hotel am See in Luzern eine Lesung abgehalten hat. Trifft dies auch aus Ihrer Sicht zu?"

Bastian fühlte sich komplett entwaffnet, entlarvt und ohne jede Perspektive, das Versteckspiel der letzten Wochen weiter aufrechtzuerhalten.

„Ja, dem ist so. Ich wurde eingeladen von einem Züricher Kulturkaufhaus und bin der Einladung gefolgt...Aber verraten Sie mir auch, von wem Sie diesen Tipp bekommen haben?"

Sutter grinste verschmitzt „Ich kann verstehen, dass Sie die Antwort interessiert, aber ich bin zu Verschwiegenheit verpflichtet."

Bastian hatte die Hoffnung zu erfahren, ob Krix ihn im Rahmen seines Geständnisses belastet hatte oder ob Roller durch Lena in Kenntnis gesetzt wurde und der geheimnisvolle Informant gewesen ist.

„Sie haben in der vergangenen Woche im Hotel am See von Mittwoch bis Sonntag in der Luxury Suite gewohnt. Laut dem

Hotelpersonal wurden Sie aus Diskretionsgründen unter dem Namen Ulrich Ude eingecheckt. Ist dies zutreffend?"

„Ja das trifft zu. Es war eine Idee der Organisatoren, um auf diese Weise meine Identität geheim zu halten." Bastian wurde langsam selbstsicherer, da er mit seinem Hotelbesuch an sich keine Verdachtsmomente in Verbindung brachte.

„Am Samstagmorgen sind Sie dann überraschend abgereist, obwohl Sie bis Sonntag gebucht hatten. Was war der Grund für Ihre überstürzte Abreise?"

Bastian durchzuckte ein Hitzeschwall. „Ja, ich hatte Verpflichtungen privater Natur. Ich musste weg."

„Interessant, denn wir haben die Information, dass unter Ihrem offiziellen Namen für den gleichen Zeitraum in der Nähe des Hotels am See ein Apartment angemietet wurde, aus dem Sie am Sonntagmorgen ausgecheckt sind. Darf ich Sie nach den Hintergründen fragen und welcher Natur Ihre Verpflichtungen waren?"

Freundlich und mit stoischer Ruhe blickte Kommissar Sutter zu ihm rüber. Bastian spürte, dass der anfänglich so clever erscheinende Schachzug eines Parallelapartments ihm auf die Füße gefallen war. Er sah wenig Anlass, den beiden Herren eine haltlose Geschichte aufzutischen und bemühte sich, die Wahrheit so originalgetreu wie möglich wiederzugeben.

„Es war so, dass ich meine Identität auch gegenüber meinem privaten Umfeld abgeschirmt hatte. Nicht mal meine Frau, der Rest der Familie und meine Bekannten wussten, dass ich Berthold Beck, der Autor des „Bestsellers", bin. Also gab ich zu Hause vor, dass ich als normaler Lesungsgast nach Luzern reisen wollte. Da konnte ich natürlich unmöglich kundtun, dass für mich bereits eine Suite im Hotel am See reserviert war. Also hatten wir, das heißt meine Frau und ich, jenes Apartment ausgesucht und gebucht…Da meine Schwiegereltern eine Wohnung in der Nähe von Luzern kaufen wollten, nutzte ich dies als Mitreisegelegenheit, obwohl die Organisa-

toren mir einen exklusiven Privattransfer angeboten hatten.
An jenem Sonntagmorgen hatte ich mit meinen Schwiegereltern einen Treffpunkt zur Abreise in der Nähe des Hotels vereinbart. Ich wollte vermeiden, dass sie mich dort vor dem Hotel antreffen und bin am Samstag vorsorglich in das Apartment eingezogen, um keinerlei Verdacht zu erwecken."
Die beiden Ermittler tauchten wissende Blicke aus, bevor Sutter die Befragung fortsetzte.
„Kann es sein, dass Ihre überstürzte Abreise mit der Anwesenheit von Wolfram Wickel zu tun hatte? Bekanntermaßen war er Gast Ihrer Lesung und Sie teilten das gleiche Hotel."
Sutters freundliche Miene verfinsterte sich für einen kurzen Moment. „Zum Zeitpunkt Ihres überstürzten Auscheckens war Wickel bereits tot. Damit sind Sie automatisch tatverdächtig."
Bastian stutzte und spürte wie sich eine unsichtbare Schlinge um seinen Hals zog.
„Lieber Herr Buck", setzte Sutter jovial aber bestimmt fort, „bitte schildern Sie uns möglichst detailliert, wann Sie Herrn Wickel an dem Abend das erste Mal getroffen haben und wie der Abend danach verlaufen ist."
Bastian wusste, dass er unschuldig war. Sowohl die Beauftragung des heimtückischen Messermordes durch Krix als auch dessen perfide Ausführung geschahen ohne seine Kenntnis und Mitwirkung. Krix hatte eigenmächtig hinter seinem Rücken gehandelt und ihn dabei außen vor gelassen. In dem guten Gefühl der Unschuld entschied sich Bastian dafür, die Ereignisse des Abends aus seiner Sicht möglichst detailgenau wiederzugeben.
„Schon während der Lesung war mir ein älterer Herr aufgefallen, den ich spontan nicht so recht zuordnen konnte. Ich hatte Herrn Wickel vorher nur zwei Mal flüchtig getroffen, ein Mal..."
Sutter unterbrach Bastian an dieser Stelle mit gebotener Höflichkeit. „Die Vorgeschichte Ihrer flüchtigen Bekanntschaft

und die Motivation Wolfram Wickels an Ihrer Lesung teilzunehmen sind uns bekannt... Bitte bleiben Sie bei den Beschreibungen des Abends, bei IHRER Version!"

Bastian durfte davon ausgehen, dass Krix ausgiebig über Wickel, deren Verbindungen und die Umstände der Erpressung ausgepackt hatte. Dennoch war er überrascht, dass die beiden Ermittler ihn zur Person des inhaftierten Kilian Krix nicht weiter befragten. Krix war der Auftraggeber, der junge Tunesier der gesuchte Doppelmörder. Warum die Ermittler sich so intensiv mit seiner Person befassten und ihn als tatverdächtig einstuften, kam ihm nicht in den Sinn. Ohne größeren Argwohn fuhr Bastian mit seiner Beschreibung fort.

„Nach der Lesung hatte ich mich vor dem Hotel auf eine Bank gesetzt, um ein wenig durchzuatmen. Kurz danach trat Wickel heran, setzte sich neben mich und forderte mich auf, gegen 21 Uhr in seine Suite zu kommen. Zu einer privaten Lesung, wie er sagte. Wickels Partner Jerome stand wenige Schritte entfernt am Ufer und beobachtete uns misstrauisch. Offenbar spürte er eine gewisse Eifersucht, da sich Wickel sehr für meine Person interessierte."

Sutter unterbrach ihn an dieser Stelle kurz. „Mord aus Eifersucht mag plausibel klingen, entspricht aber nicht der Faktenlage. Wie Sie der Presse möglicherweise schon entnommen haben, haben unsere Ermittlungen ergeben, dass Jerome T. nicht der Mörder, sondern selbst Opfer dieses heimtückischen Verbrechens geworden ist. Der Mörder von Jerome T., ein Tunesier namens Khaled G., ist mittlerweile gefasst und hat gestanden. Anhand neuester Untersuchungen haben wir Grund zu der Annahme, dass Wolfram Wickel und Jerome T. nicht durch die gleiche Person zu Tode gekommen sind."

Was hatten die Ermittler vor? Wollten Sie ihn als Mordkomplizen des Tunesiers, des Mörders von Jerome T., nun dingfest machen und ihm den brutalen Messermord an Wickel in die Schuhe schieben? Mit dem Verlangen, jegliche Restzweifel an seiner Mordbeteiligung auszuräumen, fuhr Bastian mit der Darstellung fort.

„Nachdem ich zurück auf meine Suite gegangen war, hatte ich mich entschieden, Wickel wie vereinbart um 21 Uhr zu besuchen. Wickel hatte zuvor gedroht, bei Nichterscheinen meine Identität der Öffentlichkeit preiszugeben. Also sah ich mich gezwungen, diesen Schritt zu gehen, wohl wissend, dass er aufgrund seiner Neigung nicht nur ein literarisches, sondern möglicherweise auch ein privates Interesse an meiner Person hatte."

„Was geschah dann, nachdem Sie die Suite betraten?"

„Jerome öffnete die Tür und ließ mich missmutig herein. Wickel saß leicht bekleidet in seinem Bett und hatte einen Champagnerkübel auf seinem Nachttisch stehen. Er forderte Jerome auf, mir einzuschenken. Jerome war verärgert und offensichtlich eifersüchtig. Dies brachte Wickel auf die Palme. Er herrschte Jerome an und befahl ihm, uns alleine zu lassen. Daraufhin schleuderte er Wickel ein paar arabische Begriffe entgegen und verließ unter lautem Protest die Suite."

„Von da an waren Sie mit Wickel also allein. Keine weiteren Zeugen. Haben Sie eine ungefähre Idee, wann Jerome die Suite verlassen hatte?"

„Das war relativ früh nach meiner Ankunft. Wird so gegen 21:15 Uhr gewesen sein."

„Vielen Dank", Sutter lächelte zufrieden, „fahren Sie bitte fort!"

„Ich hatte meinen Roman dabei, weil ich hoffte, Wickel mit einer literarischen Diskussion von anderen, mir unangenehmen Dingen abzuhalten. Doch er verstand unter einer „privaten Lesung" offensichtlich etwas ganz spezielles…"

„Hat Wickel Sie zum Sex aufgefordert?"

„Nein…das heißt nicht direkt. Wir sprachen zunächst über die Inhalte meines Romans. Wickel hat ein tiefes Literaturverständnis und eine große Gabe, Texthintergründe zu analysieren. Er fing an, die Erlebnisse des Romanhelden auf sich zu beziehen und schlug eine Brücke zu meiner Person. Am Ende sah er uns beide in einer ähnlichen Rolle, in der einer tragischen Figur, die durch äußere Umstände gezwungen wurde, ihr Talent vor der Öffentlichkeit zu verstecken. Er fühlte sich offenbar tief mit mir verbunden und hatte wohl das Verlangen, sich – in irgendeiner Form – mit mir zu vereinen."

„War Ihnen diese Diskussion und Wickels Analyse unangenehm?"

„Anfänglich noch nicht. Ich war gewissermaßen beeindruckt, wie treffsicher er meine Persönlichkeit und auch mein Verhalten gegenüber meinem Umfeld analysiert hatte. Doch ab einem gewissen Punkt kippte die Stimmung und Wickel wurde anzüglicher. Ich hatte das Ziel, ihn durch eine größere Menge Champagner gewissermaßen ruhig zu stellen, um die Suite wieder ungeschoren verlassen zu können."

Sutter setzte ein breites, wissendes Lächeln auf. „Ruhig stellen ist ein gutes Stichwort, Herr Buck. Haben Sie in Ihrer Beschreibung nicht noch ein kleines Detail vergessen?"

Bastian zögerte kurz und setzte einen fragenden Blick auf, während Sutter fortfuhr. „Laut dem Hotelpersonal haben Sie, nachdem Sie Wickel vor dem Hotel getroffen hatten, an der Rezeption den Zimmerservice bestellt. Laut der Hotelangestellten war es eine etwas „ungewöhnliche" Bestellung."

Bastian fiel das kleine Detail umgehend ein und hatte sich dafür eine Ausflucht zurechtgelegt. „Ja, ich hatte um ein leichtes Schlafmittel gebeten. Ich komme hin und wieder in fremden Hotelbetten schlecht zur Ruhe."

Sutter grinste zufrieden und forderte Bastian mit einer kleinen Handbewegung auf, fortzufahren.

„Ab einem gewissen Punkt wirkte Wickel sichtlich angetrunken, wodurch seine Annäherungen weiter verstärkt wurden. Mit einem Mal verschwand er im Badezimmer..."

„Beschreiben Sie bitte genau, was danach geschah!" Sutter beugte sich aufmerksam nach vorne, während Hauptkommissar Dietrich demonstrative Gelassenheit signalisierte.

„Ich schenkte ihm sein Glas Champagner erneut nach. Es dauerte eine Weile, bis er aus dem Bad zurückkam. Währenddessen überlegte ich, die Suite zu verlassen, entschied mich aber dagegen, weil dies Wickel veranlassen könnte, trotz meines Besuches über mich auszupacken..."

„Also sind Sie geblieben und entschieden sich dafür, Wickel „ruhig zu stellen", um die Suite im Anschluss ohne sein Bemerken wieder zu verlassen...?!"

„Ja, das ist richtig. Er kam mit einigen SM-Accessoires aus dem Bad und näherte sich mir mit eindeutigen Anwandlungen. Ich reichte ihm zunächst sein Glas, das er in einem Zug leerte. Ich spürte schnell, dass er genug hatte, wie man so schön sagt, und dass er auf kurz oder lang von dem Bett nicht mehr hochkommen würde. So war es dann auch. Er kippte auf den Rücken und schlief ein. Ich deckte ihn zu und verließ die Suite..."

„Er kippte um! Einfach so?" Sutter setzte einen ungläubig fragenden Blick auf.

„Na ja, er hatte die Magnum-Flasche Champagner fast im Alleingang geleert", gab Bastian als Erläuterung an.

„Der Zimmerservice hat in jener Nacht gegen 0:30 Uhr eine Person aus der Suite kommen sehen. Passt das in etwa von der Uhrzeit?"

„Ja das kommt hin. Ich hatte es verständlicherweise eilig und den Zimmerservice auch nur aus der Entfernung wahrgenommen."

„Und dann sind Sie wieder auf Ihre Suite und hatten sich entschieden, am nächsten Morgen früh auszuchecken, um, sagen wir mal so,...", Sutter lächelte ihn vielsagend an, "...von den Ereignissen der Nacht Abstand zu gewinnen...?!"

„Natürlich fühlte ich mich unwohl und wollte es vermeiden, Wickel in irgendeiner Form noch mal zu begegnen."

„Vielen Dank, Herr Buck." Sutter verschränkte die Arme zufrieden. „Wir haben keine weiteren Fragen."

Hauptkommissar Dietrich hatte die ganze Zeit teilnahmslos geschwiegen und ergriff nun das Wort. „Sehr geehrter Herr Buck, unsere Ermittlungen in Verbindung mit Ihren Schilderungen haben ergeben...", Dietrich räusperte sich kurz, „... dass Sie den Tod von Wolfram Wickel zu verantworten haben. Selbstverständlich haben Sie das Recht, Ihre weitere Aussage zu verweigern..."

„Aber...was habe ich bitteschön mit dem heimtückischen Messermord zu tun?"

„Herr Sutter, sind Sie so nett, Herrn Buck unsere weiteren Ermittlungen und die Tathintergründe zu erläutern."

Der Luzerner Kommissar setzte einen Gesichtsausdruck des Bedauerns auf und begann mit seiner Erläuterung. "Herr Buck, erst einmal danken wir Ihnen für Ihre Kooperation bei den Ermittlungen...Nach den Ergebnissen der Obduktion ist der Tod von Wolfram Wickel durch einen allergischen Schock eingetreten. Todeszeitpunkt war gegen 1:30 Uhr, lange bevor der Mörder von Jerome T. die Suite betreten hatte. In Wickels Blut wurden Reste eines wasserlöslichen Schlafmittels gefunden, interessanterweise genau das Präparat, um das Sie am Abend zuvor an der Rezeption gebeten hatten. Wickel war Allergiker und hatte eine starke Unverträglichkeit gegen Beruhigungsmittel. Sie sprachen davon, Wickel „ruhigstellen" zu wollen. Dies ist Ihnen unzweifelhaft gelungen. In Kombination mit dem Champagner war es ein tödlicher Mix. Die Idee, die Schlaftablette in dem Champagnerglas aufzulösen, während Wickel das Badezimmer aufsuchte, war keine gute."

„Aber ich hatte doch..."

„Ihre Version, dass Sie die Tablette für sich benötigten, ist leider haltlos. Wir haben Reste der Tablettenfolie in Wickels

Papierkorb gefunden. Vor dem Hintergrund, dass Wickel wissentlich Allergiker war, ist auszuschließen, dass er die Tablette selbst aus freien Stücken eingenommen hat bzw. sie ihm mit seinem Einverständnis verabreicht wurde. Sie wurde ihm unwissentlich zugeführt." Sutter atmete tief ein. „Damit ist zumindest der Tatbestand der fahrlässigen Tötung erfüllt. Aufgrund der Tatsache, dass Sie die Absicht geäußert haben, ihn „ruhigstellen" zu wollen, darf man sogar von einer vorsätzlichen Handlung ausgehen. Ob man Ihnen damit eine Mordabsicht nachweisen kann, müssen die Gerichte klären..."

Bastian war am Tiefpunkt seines Lebensweges angekommen. Als überführter Straftäter, der sich der fahrlässigen Tötung, möglicherweise des Mordes verantworten musste, hatte er einen überhöhten Preis für seinen unerwarteten literarischen Erfolg gezahlt. Stumm blickte er auf die Platte des Esstisches, auf dem sich der braune Tassenkranz seines Morgenkaffees abzeichnete.

Nach einem Moment der Stille ergriff Hauptkommissar Dietrich das Wort. „Herr Sutter, ich glaube, Herr Buck hat das Recht, auch noch die weiteren Hintergründe der Tat zu erfahren."

„Selbstverständlich, Herr Dietrich." Sutter, dem eine gewisse Empathie offensichtlich nicht abzusprechen war, holte tief Luft. „Gegen Morgen, also einige Stunden nachdem Sie die Suite verlassen hatten, fand Jerome T. seinen Partner leblos vor. Als er verzweifelt die Suite verlassen wollte, lief er Khaled G. in die Arme. Khaled überwältigte ihn und erdrosselte ihn mit einem Badezimmerhandtuch. Danach stürzte er sich auf den bereits toten Wickel und schnitt ihm die Kehle durch. Es sollte wie ein Mord aussehen. Khaled G. sorgte dafür, dass die Fingerabdrücke auf dem Messer und weitere Spuren am Tatort auf Jerome als Mörder hindeuteten, bevor er seinen leblosen Körper am Heizungsrohr im Badezimmer erhängte."

Erst am späten Abend gegen 22:30 Uhr wurde die Tür durch das Hotelpersonal geöffnet, nachdem der Zimmerservice mehrfach erfolglos angeklopft hatte. Daraufhin wurden wir benachrichtigt und nahmen die Ermittlungen auf. Haben Sie noch weitere Fragen?"

Bastian spürte trotz geschlossenen Fensters die ausweglose Kälte, die ihn umgab. „Nein, es ist alles gesagt…" Er stutzte kurz, bevor er wie ein Schüler in der ersten Reihe seinen Zeigefinger hob. „Eine Frage hätte ich noch. Ich weiß, dass mein Verlagsleiter, Kilian Krix, als Auftraggeber des Verbrechens in Untersuchungshaft sitzt. Können Sie mir sagen, welche belastenden Hinweise in meine Richtung geführt haben?"

Die beiden Kommissare tauschten Blicke aus, bevor Dietrich das Wort ergriff. „Die Ermittlungen, was den Verdachtsfall Krix angeht, sind abgeschlossen. Herr Krix hat ein umfassendes Geständnis abgelegt und eine Mittäter- bzw. Mitwisserschaft Ihrerseits ausgeschlossen. Herr Krix sprach von einer „privaten Angelegenheit" zwischen Wickel und ihm. Er wird sich aufgrund des nachgewiesenen Auftragsmordes an Jerome T. vor Gericht verantworten müssen. Khaled G. hat der Polizei nach seiner Festnahme den entscheidenden Hinweis gegeben, dass Krix ihn des Doppelmordes beauftragt hat. Krix hatte Khaled als Hotelpage eingeschleust, um Zugang zu den Suiten zu erhalten. Khaled G. und Jerome T. kannten sich. Sie waren beide im Jahr 2015 über die Mittelmeerroute nach Europa gekommen und kurz darauf während der Grenzöffnung nach Deutschland eingewandert. Khaleds jüngerer Bruder war in Wickels Klinik beschäftigt und wurde von Wickel gemeinsam mit Jerome zu Sexspielen angestiftet. Krix wusste davon. Insofern war es ein Leichtes, Khaled G. mit Hilfe einer stattlichen Summe den Auftragsmord schmackhaft zu machen. Da Wickel jedoch, dank Ihrer „guten Vorarbeit", bereits tot war, muss sich Khaled G. vor Gericht nur noch des einfachen Mordes an Jerome T. verantworten."

Bastian ging angesichts der neuen Erkenntnisse in sich und endete mit der finalen Frage. „Darf ich daraus schließen, dass der Hinweis bezüglich meiner Verbindung zu Wolfram Wickel aus einer anderen Ecke gekommen ist?" Dietrich zog die Augenbrauen nach oben. „Dazu dürfen wir keine Angaben machen... Krix jedenfalls hat Sie bis zum Schluss aus der Sache rausgehalten. Offensichtlich wollte er mit Ihrem „Bestseller" einen Welterfolg kreieren und auch als inhaftierter Auftragsmörder etwas Bleibendes hinterlassen."

Bastian spürte ein Gefühl innerer Verbitterung. Dass er von Krix' Seite aus loyal aus der Sache herausgehalten wurde, während ihn Roller und seine eigene Ehefrau als Interessengemeinschaft ausgeliefert hatten, war für ihn fast schwerer zu ertragen als die bevorstehende Inhaftierung.

„Herr Buck, wir bitten Sie, mit uns mitzukommen. Wir gehen davon aus, dass Sie weiter kooperieren und keine Fluchtgefahr besteht. Sie haben die Gelegenheit, eine Tasche mit ein paar persönlichen und notwendigen Dingen zu packen. Wir warten unten im Auto auf Sie." Mit bedächtigen Schritten verließen die Beamten die Wohnung.

Bastian blickte aus dem Fenster. Graue Regenwolken hatten sich wie bittere Mahnmale am diesigen Spätsommerhimmel festgesetzt. In wenigen Minuten würde das Leben eines Straftäters das Leben des freischaffenden, erfolgreichen Romanautors ablösen. Er wollte doch nur schreiben und hatte alles verloren. Seine Ehe, seine Familie, seine Freiheit. Auf der Tischplatte lag sein Smartphone. Wen sollte er über seinen Verbleib unterrichten? Gab es überhaupt noch Menschen, die sich für ihn interessierten? Musste er Jemanden warnen? Er dachte an die Panovs, die sich aufgrund der unterbliebenen Geiselnahme und seiner Inhaftierung nun an seiner Familie rächen könnten.

Bastian ergriff das Smartphone und textete Annalena an. „*Ich bin in Haft. Die Polizei war hier und hat mich der Tötung von Wolfram Wickel überführt. Damit sind die Panovs leer ausgegangen. Achtet bitte auf Euch und tut nichts Unüberlegtes. Küss die Kinder von mir und sag ihnen, dass ich sie liebe. Bastian*" Er nahm einen Kugelschreiber und kritzelte noch ein paar Zeilen auf einen Notizzettel, den er auf den Esstisch legte.

Bastian stand auf und näherte sich dem bodentiefen Wohnzimmerfenster. Er dachte mit einem Lächeln an die ersten Jahre, als sie an lauen Sommerabenden auf der Fensterbank saßen und mit einem Glas Wein in der Hand die Beine nach unten baumeln ließen. Lena nannte jenen Platz scherzhaft ‚Unseren Minibalkon'. Damals als sie noch unbeschwert und unerfolgreich durchs Leben drifteten.

Er öffnete das Fenster und sog die feuchtkühle Luft tief in seine Lungen ein. Der Minibalkon hatte seinen Reiz. Bastian stieg auf die Fensterbank und schloss die Augen. Als er sie wieder öffnete, sah er den Boden auf sich zukommen. Für einen kurzen Moment fühlte er sich frei, so frei, wie er sich noch nie in seinem Leben gefühlt hatte.